Niggl · Untier

PETER NIGGL

Ich bin ein Untier

DIE GESTÄNDNISSE DES THOMAS RUNG

Mit einem Vorwort
von Prof. Adolf Gallwitz

Das Neue Berlin

Im Interesse des Schutzes der Persönlichkeitsrechte der Täter, Opfer und Zeugen wurden die Namen der Beteiligten verändert.

Die Abbildungen stammen vom Autor bzw. aus seinem Archiv.

Inhalt

Vorwort	7
»Ich lüge nicht!«	13
Die Wurzeln	33
Die Eltern – Karl und Elfriede	39
»Der Drachen«	52
Immer wieder Schläge	58
Ein schlechter Schüler	67
Das erste Mal vor dem Kadi	72
Beginn der »Karriere«	78
Alkohol	90
Lehrmeister Willi	94
Wieder im Knast	102
Der erste Mord	111
Völlig enthemmt	124
Der Mörder will geküßt werden	132
Hochzeit und Tod	147
Falsche Spuren und ein Überfall	158
Mord am Heiligabend	167
Die Spur des Verbrechens	175
Immer noch nicht im Visier	179
Justizvollzug in Tegel	196
Von Haft zu Haft	203
»Bitte, laß' mich leben!«	210
Der Schlimmste	216
Ein eigener Sohn und gute Vorsätze	223
Schwierige Familienbande	227
Die Zerstörung	233
Noch ein Menschenleben	243
»Rübe ab!«	246

Vorwort

> Es ist der Wille zum Leben, der,
> durch das stete Leiden des Daseins
> mehr und mehr erbittert,
> seine eigene Qual durch das
> Verursachen der fremden
> zu erleichtern sucht.
>
> *Arthur Schopenhauer, Zur Ethik*

Dieser Mensch, von dem die Rede sein wird, ist kein Ungeheuer das aus dem Nichts auftaucht und jetzt hinter Gittern lebt, sondern ein Produkt unserer Gesellschaft, so wie auch das Böse nichts ist, das wir isolieren, herausschneiden und einfach wegsperren können.

Wir werden auch nie mit letzter Sicherheit erfahren, was wirklich in diesem Mörder vorging, Dafür gibt es zu viele Widersprüche in seinen Erklärungen.

Warum ließ er manche Frauen laufen? Die Furcht vor Entdeckung kann es nicht gewesen sein. Die meisten tödlich endenden Übergriffe trafen ältere Frauen, die nahe am Alter seiner Mutter und Stiefmutter waren. War dies eine Annäherung an sein Problem, an alle Frauen, die älter waren als er?

Es geht hier um die Geschichte eines Mannes, der mindestens sieben Menschen das Leben nahm. Ein Mann, den wir als Abfallprodukt unserer Gesellschaft empfinden. Abfall, aber aus unserer Gesellschaft.

Keine Frage, man muß froh sein, daß er hinter Gittern ist. Und hoffentlich läßt man ihn nie wieder auf die Menschheit los. Man kann ihm nicht verzeihen, aber man kann versuchen, ihn zu verstehen.

Thomas Rung ist unter Geschwistern isoliert und lieblos aufgewachsen, in einer Familie, die von Alkohol und Gewalt regiert wurde und in der chronischer Mangel, Enge, Verluste, fehlende Liebe und fehlende Anerkennung im Mittelpunkt stehen sollten.

Die Mutter hat seinen Stiefbruder zum Mann gewählt und ihren Sohn Thomas in einem Alter, in dem sie für ihn sehr wichtig war, zurückgelassen. Zurückgelassen in der Familie eines gewalttätigen Alkoholikers, der es zu nichts gebracht hatte.

Das Selbstwertgefühl des Jungen wurde in der Folgezeit von diesem Vater systematisch beschädigt. Und seine Geschwister waren untereinenader so uneinig, egoistisch und feindlich, daß auch mit ihrer Hilfe nie so etwas ähnliches wie ein Familienverband entstehen konnte. Es folgte eine Frau, die Freundin des Vaters, als Stiefmutter, die parteiisch und ungerecht ihre Zuwendung verteilte und sich wie ein weiteres feindliches Geschwister verhielt.

Thomas Rung war als Kind schon sprachlich zurückgeblieben. Niemand beschäftigte sich mit ihm, niemand wollte sich um ihn kümmern. Er brachte es zu keinem Schulabschluß.

Sehr früh war er aggressiv und gewalttätig. Mit 16 verbüßte er die erste Haftstrafe wegen Einbruchs, Diebstahls, später wegen Vergewaltigung. Seine einzige Leidenschaft als Kind war Fahrrad fahren, später das Reparieren von Autos.

Er ging eine Scheinehe für Geld mit einer Prostituierten ein. Mit ihr kam es nie zu sexuellen Handlungen, obwohl sie sehr ansehnlich und sicher willig war. Sie pumpte er nur um Geld an. Vielleicht strahlte sie ihm zuviel Stärke aus. Wie in einem tragischen Kreislauf sollte auch eines der Kinder aus der Beziehung seiner Stiefmutter mit einem seiner Stiefbrüder eines seiner Opfer werden.

Die meisten anderen Opfer waren Frauen, vor allem ältere Frauen. Er hat sie überfallen, vergewaltigt, umgebracht und beraubt. Trotzdem war er nicht der typische Sexualmörder. Er war bei seinen Überfällen meist betrunken, als er spät nachts oder am frühen Morgen meist zufällig auf seine Opfer traf. Er war aggressiv. Er ertränkte, erstickte, erwürgte, erschlug. Er benutzte nie eine Waffe.

Nur von seiner Erscheinung, groß, kräftig gebaut, Schuhgröße 47, war er eine Autorität.

Er nutzte stets die Überraschung für sich aus, und viele der getöteten Frauen hätten ihn gar nicht identifizieren können. Manche der Frauen, die er am Leben ließ, konnten ihn identifizieren. Er war nicht der Frauenhasser an sich, vielmehr spiegelte sich sein extrem niedriges Selbstwertgefühl maßgeblich in den Tatabläufen: Blitzartige Attacken, die das Opfer sofort handlungs- und kommunikationsunfähig gemacht haben. Und nach den sexuellen Handlungen an seinen willenlosen Opfern ermordete er einige und beraubte sie.

Ein einfacher Serienvergewaltiger, der Verdeckungsmorde beging?
Thomas Rungs Taten sind Produkt und Spiegelbild gesellschaftlicher Gegebenheiten. Kein Mensch wird als Mörder geboren, auch wenn uns dies oft helfen würde, mit derartigen Verbrechen umzugehen.
Der Schrecken, der Abgrund, das Böse gehört vielmehr mit zu unserem Leben und wird greifbarer, verständlicher, wenn wir uns damit beschäftigen. Außerdem bleibt der Mörder Rung ein Mensch, mit dem wir leben müssen. Und darüber hinaus laufen noch genügend Mörder und Mehrfachmörder unter uns frei herum.
Das im Buch geschilderte Schicksal kann auch motivieren, sensibler zu werden und bewußter zu leben. Vielleicht nehmen sich Menschen eher anderer in Notlagen an. Vielleicht gibt es ja bald keine Kinder mehr, die von niemand angesprochen durch die Nacht irren. Vielleicht nehmen Menschen eher Unannehmlichkeiten in Kauf. Vielleicht werden Menschen durch die Beschäftigung mit diesen Abgründen sensibler für Notsituationen und für potentielle Opfer. Vielleicht.

Es gibt keine klassische Karriere für Serienmörder, abgesehen vom Nicht-erwischt-werden oder vom Glück, daß die an der Ermittlung der Morde Beteiligten nicht zusammenarbeiten, es gibt nur markante Lebensläufe.
Der in diesem Buch beschriebene Mörder ist als Verlierer aufgewachsen, er bekam nie eine Chance, weder von seiner leiblichen Mutter, noch von seinem Vater, noch von seiner Stief-

mutter, von seinen Geschwistern, seinen Lehrern oder anderen Menschen.

Es gab nur für kurze Zeit einen Arbeitgeber im Leben Thomas Rungs, einen Schrotthändler, der ihm vielleicht hätte helfen können, Anerkennnung zu bekommen. Doch diese einzige reale Chance wurde durch den Ortswechsel der Familie jäh zunichte gemacht.

Thomas Rung ist für mich ein Mörder, dem heute nicht mehr zu helfen ist. Er ist aber auch ein Mensch, den die Gesellschaft am Beginn seiner kriminellen Karriere noch verändert hätte.

Es gibt keine Entschuldigungen für seine Morde und kein Verzeihen für das Leid und die Qualen, die er über seine Opfer und deren Umfeld brachte.

Doch, so wenig Hoffnung es für ihn gibt, so hoffnungsvoll sollte uns seine Geschichte stimmen. Die Hoffnung, endlich Konsequenzen aus dem Wissen über den Verlauf krimineller Karrieren und die Wirkungen begünstigender Umstände sowie dem Einfluß traumatischer Erlebnisse zu ziehen.

Vielleicht lenken derartige Lebensgeschichten dann unser Interesse mehr auf den Beginn krimineller Karrieren, auf die Frage, was solche Lebensläufe begünstigt. Wir beschäftigen uns zu einseitig mit den Tätern und dem Umgang mit ihnen, mit Strafe und Rache – auch wenn das heute anders heißt – und zu wenig mit den Ursachen, den Opfern und den präventiven Möglichkeiten.

Gerade in einer Zeit knapper werdender Mittel brauchen wir neben der finanziell unzureichend abgesicherten Mädchenarbeit auch dringend eine geschlechtsspezifische und innovative Jugenarbeit, sowie flächendeckende Hilfen für männliche Opfer.

Nur wenn wir in unserem Bemühen Gewicht auf beides legen, auf Täter- und Opferarbeit, können wir verhindern, daß ständig neue Täter heranwachsen. Es gibt einen Kreislauf der Gewalt in der zweiten Generation. Opferschutz, Tätertherapie und Früherkennung, Klärung, Beratung und Hilfsangebote, mehr Forschungsmittel im Bereich Diagnostik und Therapie für Täter, aber auch mehr Raum für die Früherkennung von Gewalt in den Familien sind Wege zum gleichen Ziel.

Nicht die Erweiterung des Strafrahmens, sondern die Erhöhung des Entdeckungsrisikos für Täter senkt das Risiko für Straftaten in unserer Gesellschaft! Auch kann nicht alles an den Staat, an die Polizeibehörden abgeschoben werden. Die Erhöhung der Sensibilität und Handlungsbereitschaft des einzelnen gegenüber Übergriffen und Notlagen einerseits, aber auch die Vernetzung aller an Strafaufklärung, Strafvollzug, Bewährungshilfe, aber auch Erziehung, Prävention beteiligten Institutionen wäre wünschenswert und wirksam in der Bekämpfung des »Bösen«.

Es gilt in diesem Zusammenhang auch die Kultur des Wegschauens und die Rechtsschutz-Mentalität in unserer Gesellschaft zu bekämpfen und den Stellenwert von Gewaltdelikten zu überdenken. Auffälligkeiten bei jungen Menschen, bei Kindern müssen ernstgenommen und dürfen nicht als entwicklungsbedingt abgetan werden. Gleichzeitig gilt es Schutzbündnisse der gesellschaftlichen Gesamtverantwortung als Nachbarn, Bekannte, Lehrer, Erzieher, aber auch als Passanten auf offener Straße aufzubauen und als sozial wünschenswert zu propagieren. Die Zeiten, in denen vieles in Form einer staatlichen Hilfe finanziert und initiiert werden konnte, sind längst vorbei.

Es gibt ein erschreckendes Ausmaß an alltäglicher Gewalt in unserem Land, oft verursacht, durch fehlende Kommunikation, die zum Aufstau von Wut und Zorn führt. Die Anzahl der Familien, die zunehmend durch materielle Problemlagen beschäftigt sind, nehmen zu. Und überforderte Familien können zumindest für eine zerstörerische Erziehung sorgen, vielleicht sogar Täter schaffen. Vereinsamung, Sprachlosigkeit, Sinnlosigkeit, fehlende Väter, fehlende gute Vorbilder und Werte einerseits und der Leistungs- und Konsumdruck andererseits können für das depressive oder aggressive Verhalten unserer jungen Menschen verantwortlich sein.

Wir sollten den dramatischen Entwicklungen, die Schar der eltern-, vater- oder mutterlosen Kinder und Jugendlichen zu vermehren, Einhalt gebieten. Wir brauchen effektivere Hilfen für junge Eltern, Alleinerziehende, für gestrauchelte Kinder und Jugendliche, aber auch für Erzieher und Pädagogen.

Das elterliche Züchtigungsrecht schließlich gehört, wie in vielen anderen europäischen Staaten, endlich abgeschafft.
Nach vielen Erkenntnissen beginnt der Frieden der Welt und auf unseren Straßen im Kinderzimmer. Von daher wäre es wichtig, unsere Kinder zu lieben, zu achten und zu beachten, damit sie nicht zu Tätern werden.
Andererseits sollten wir auch nicht vergessen, uns selbst zu lieben und zu achten, damit wir wieder gute Vorbilder werden.

> »Nicht ein einziges krankes Glied
> dieser Gesellschaft gereicht uns
> zur Mahnung, wie verkehrt
> das gesamte Leben der Gesellschaft ist
> und wie sehr es der Veränderung bedarf,
> wir glauben vielmehr, daß es
> für jedes solch kranke Glied
> eine Institution gebe oder geben müsse,
> die uns von ihm befreit oder
> es gar bessert.«
> *Leo N. Tolstoi, Tagebücher 1896*

Villingen-Schwenningen, im Januar 1999

Professor Adolf Gallwitz

»Ich lüge nicht!«

Unwillkürlich zieht der Mann beim Aussteigen aus der U-Bahn den Kopf ein. Mit seinen Einsneunzig überragt er alle anderen. »Kaulsdorf Nord«, die Ansage des Zugabfertigers nimmt er nicht wahr. Er kennt sich hier aus, weiß, wohin er will. Ohne erkennbare Hast steigt er die Treppen zum Ausgang hoch. Die gelben Waggons setzen sich wieder in Bewegung und rollen durch das morgendliche Grau weiter in Richtung Innenstadt. Es ist der letzte Tag im Februar 1995. Mit wenigen Schritten erreicht der Mann das Postamt, das unmittelbar an den Bahnhof anschließt. Er beugt sich über den Geldautomaten im Foyer der Post, zieht eine Bankcard aus der Tasche und drückt sie in den Schlitz des Gerätes. Auf den flüchtigen Beobachter wirkt der Hüne mit seinen langsamen Bewegungen etwas tolpatschig. Ausgewaschene Jeans, schwarze Sportschuhe, olivfarbene Jacke, keine Besonderheiten. Aber in den glasig geröteten Augen liegt etwas Kaltes. Sein Atem riecht nach Alkohol, die durchzechte Nacht sieht man ihm aber kaum an.
Mit metallischem Piepen quittiert der Automat die Eingabe der Geheimzahl. Eins, fünf, null und noch einmal die Null. Richtig. Nun fragt der Apparat, wieviel Geld er ausspucken soll – maximal eintausend Mark. Mit seinen schweißig klebrigen Fingern hämmert der Mann auf die Tasten – er will den höchstmöglichen Betrag. Auf dem U-Bahnhof zeigt die Normaluhr acht Uhr zweiundvierzig an.
Vier Haltestellen entfernt brennt eine Wohnung. Seit wenigen Minuten kämpfen Feuerwehrmänner gegen den giftigen Qualm von lodernden Textilien, schmelzendem Styropor und brennenden Kunststoffmöbeln. Schlafzimmer und Korridor sind völlig verwüstet, das Wohnzimmer ist schwer in Mitleidenschaft gezogen. In diesen vier Wänden wird vorerst niemand mehr wohnen können. Es dauert nur noch wenige Minuten, bis die Feuerwehr eine grausige Entdeckung macht.

Am U-Bahnhof Kaulsdorf Nord knüllt der Unbekannte die Geldscheine zusammen, steckt sie sich in die Jackentasche und geht. Auf der anderen Straßenseite befinden sich einige Geschäfte. Er mischt sich unter die Leute, die auf dem Weg zur Arbeit sind oder erste Besorgungen erledigen. Sein Schritt verrät etwas Unentschlossenes, er scheint ziellos zu sein. Auf dem Parkplatz vor der Kaufhalle bleibt er plötzlich stehen. Sein Blick kreist. Niemand achtet auf ihn. Er bückt sich und läßt die Bankcard zwischen den gußeisernen Stäben eines Gullyrostes verschwinden.

In der brennenden Wohnung in der Weißenfelser Straße 2 sind die Feuerwehrleute inzwischen bis zum Schlafzimmer vorgedrungen. Alles ist verkohlt. Auf dem Bett liegt, teilweise zugedeckt, ein lebloser Frauenkörper. Die Brandbekämpfer müssen in solchen Fällen über die einzuleitenden Hilfsmaßnahmen entscheiden. Sie sehen sofort, daß Wiederbelebungsversuche keinen Sinn haben. Ein Fall für die Polizei. Die Frau war bereits tot, als das Feuer ausbrach. Es gibt keine Anzeichen, daß sie versucht hätte, dem Flammentod zu entrinnen. Die Tote heißt Gabriela P., 34 Jahre alt, Mutter von zwei Kindern. Es ist ihre Bankcard, die nun im Gully vor der Kaufhalle liegt.

In Kaulsdorf Nord schaut sich der Mann nach einem Taxi um. Er will weg aus dieser Gegend. Es zieht ihn in die Ecken Berlins, die er von früher kennt. Müde läßt er sich auf den Rücksitz des Taxis fallen: »Zur Lietzenburger Straße!« Der Fahrer stellt sich auf eine Tour quer durch die Stadt ein. Allerdings fordert der Fahrgast schon nach wenigen Metern einen Zwischenstopp an einer Tankstelle.

Der Taxifahrer schaut seinem Fahrgast hinterher und sieht diesen in der Toilette verschwinden. Er hat Verständnis für die menschlichen Bedürfnisse und wartet. Im Vorraum beugt sich der bullige Kerl über das Waschbecken, seift sich gründlich die Hände ab und spritzt sich ein paar Tropfen Wasser ins übernächtigte Gesicht. Bevor er wieder in das Fahrzeug steigt, macht er einen kleinen Umweg durch den Verkaufsraum. Mit einer Plastiktüte kehrt er zurück. Nun kann es weitergehen in die westliche Innenstadt.

In der Weißenfelser Straße, am östlichen Stadtrand, versucht

sich die Polizei unterdessen ein erstes Bild von der Sachlage zu machen. Die Funkstreife, die noch vor der Feuerwehr am Ort des Geschehens war, hat die Kripo der zuständigen Direktion gerufen. Das ist der übliche Weg. Möglicherweise ist es ein Fall für die Mordkommission. Um dies zu entscheiden, muß sich die örtliche Kripo einen Überblick verschaffen. Mit ersten Befragungen wird sondiert: Welche Hinweise gibt es, liegen Anzeichen für ein Verbrechen vor?
Eine ältere Dame aus der Parterrewohnung hat etwas gesehen. Ihr war ein Mann aufgefallen, der kurz vor acht an der Haustür stand. Auf welchen Knopf am Klingelbrett er gedrückt hatte, konnte sie natürlich nicht ausmachen, sie befand sich in diesem Moment auf der anderen Straßenseite am Zeitungskiosk. Aber der Mann schien jemanden von den Mietern zu kennen, so vermutet sie, denn es wurde auffallend rasch der Türöffner betätigt. Lange war der Typ nicht im Haus. Kurze Zeit danach fiel er ihr nämlich wieder auf. Diesmal sah sie ihn aus dem Zimmerfenster. Er ging die Stufen vor dem Haus zur Straße hinunter und lenkte seinen Schritt zum gegenüberliegenden U-Bahnhof Louis-Lewin-Straße. Mehr kann die Frau nicht sagen. Beide Male hat sie den ihr Unbekannten nur von hinten gesehen. »Blaue Jeans und hellblaue Jacke«, das ist das einzige was sie an Beschreibung liefern kann.
Das ist wenig, aber die Ermittlungen haben ja erst begonnen. Noch ergibt sich kein Bild von dem, was genau geschehen ist. Zwei Arbeiter, die bei einer Gebäudereinigungsfirma beschäftigt sind, hatten den Brand als erste entdeckt. In die Wohnung konnten sie allerdings nicht, weil die Rauchentwicklung schon zu stark gewesen war. Sie konnten jedoch feststellen, daß die Wohnungstür nur angelehnt war. Trotz der wenigen Hinweise drängt sich der Verdacht auf, daß hier ein Verbrechen geschehen sein muß.
Der Fahrgast hat inzwischen das Taxi in der Lietzenburger Straße genau vor den Eingang zum Ku'damm-Karree dirigiert. Er zahlt, nimmt den Plastikbeutel und steigt aus. Die »Lietze« bildet die Rückfront dieser mäßig belebten Einkaufspassage. Besonders in der ersten Tageshälfte ist hier von Weltstadttrubel wenig zu spüren. Der hintere Eingang zum Ku'damm-Karree

wird von kleinen buchtenartigen Kneipen umrahmt. Abends, wenn neugierige Berlinbesucher an den Etablissements der recht kurz geratenen Rotlicht-Meile entlangflanieren, dann kommt an den Tresen im Ku'damm-Karree Stimmung auf. In den Vormittagsstunden sind es nur wenige, die sich in die Trinkkoben verirren. Die Zapferinnen sind damit beschäftigt, mit dem Lappen übers Inventar zu wischen und die Gläser zu polieren. Der Taxigast nimmt gleich die erste Mini-Pinte auf der rechten Seite. Nicht zufällig. Genau hier hat vor vielen Jahren mal seine Schwester bedient. Seither kommt er oftmals in diesen Laden. Er stellt die Tüte auf den Boden und schiebt sich auf einem Barhocker an der Theke. Es ist jetzt halb zehn. Die ganze Nacht hatte er mächtig gebechert und denkt auch jetzt noch nicht ans Aufhören. In einem Longdrinkglas bekommt er den bestellten »Mix« serviert. Ein Gemisch aus Bacardi und Orangensaft. Der weiße Rum hat es ihm angetan, in der Plastiktüte auf dem Boden ist noch eine ganze Flasche davon. Wie immer, wenn er zu trinken angefangen hat, bleibt es nicht bei einem Trunk. Nach einer halben Stunde zieht der einsame Trinker seines Weges.
Sein Ziel ist die Karl-Bonhoeffer-Nervenklinik in Wittenau. Dort hat er sich für die Mittagszeit verabredet. Ein Freund hat versprochen, ihm Haschisch zu besorgen. Wieder benutzt er ein Taxi. Es vergeht mehr als eine halbe Stunde, bis das Auto an der Oranienburger Straße in die Haupteinfahrt der Klinik einbiegt und vor der Cafeteria hält. Der Fahrgast nimmt wieder seinen Plastikbeutel und setzt sich in die Kaffeestube.
In der Weißenfelser Straße, im Bezirk Hellersdorf, ist der Wohnungsbrand seit zwei Stunden gelöscht. Polizei und Feuerwehr haben sich inzwischen ein genaues Bild vom Ort des Geschehens gemacht. Es ist ungefähr elf Uhr vormittags. Während in der Cafeteria der Nervenklinik der Mann die Bacardi-Flasche öffnet und an den Mund setzt, wird die fünfte Mordkommission mit den Ermittlungen zu dem Fall der Toten in der Weißenfelser Straße beauftragt.
Für die Männer von der Fünften geht es zuerst darum, festzustellen, wer die Tote ist, ob es Angehörige gibt und ein konkreter Tatverdacht vorliegt? Das alles muß schnell bearbeitet wer-

den. Die ersten Stunden nach einem Verbrechen sind für die Aufklärung die wichtigsten, die Spuren sind noch frisch.
Manche Hinweise, die in der Aufregung gegeben werden, führen aber zunächst von der richtigen Fährte weg. Die Besatzung des Funkstreifenwagens, die als erste am Ort des Geschehens eintraf, entdeckte zum Beispiel am Kiosk vor dem Haus einen jungen Mann, der ihnen bekannt ist – Ronny Wuttge Einer der Beamten notiert, er habe beobachten können, wie der 17jährige »am Kiosk Louis-Lewin-Straße/Weißenfelser Straße stand und das Geschehen verfolgte. Ronny W. trug blaue Jeans, einen bunten Pullover und eine marinefarbene Bomberjacke. Er ist uns als Mehrfachtäter bekannt und mit Branddelikten in Verbindung zu bringen.« Ronnys Jeans und Jacke könnten außerdem der Beschreibung der alten Dame entsprechen. Aber es ist eine falsche Spur.
Die Ermittlungen führen zu den Angehörigen des Opfers. So erfahren die Beamten, daß die tote Frau mit ihrem Lebensgefährten und ihren beiden schulpflichtigen Kindern in der Wohnung lebte. Die achtjährige Tochter Lisa wird von der Schule geholt und befragt. Von ihr kommen erste entscheidende Hinweise.
Das Mädchen berichtet, daß es morgens nicht sofort zur Schule gegangen war, sondern zuvor noch einen im selben Haus wohnenden Klassenkameraden abgeholt hat. Die Familie des Schulfreundes wohnt einige Etagen höher. Als die beiden von dort loszogen, die Treppe herunterliefen und an Lisas Wohnungstür vorbeikamen, sah das Mädchen, wie ihre Mutter am Eingang mit einem Mann sprach, der ihnen allen bekannt ist. »Hallo, Onkel Thomas« hatte sie ihm noch zugerufen und ist dann, von der Mutter zur Eile ermahnt, zur Schule gelaufen. Die Mordkommission ist ein Riesenstück vorangekommen. Jetzt weiß man, daß der Mann, den die alte Dame aus der Parterrewohnung beobachtet hatte, zu P.s gegangen ist. Eine, im wahrsten Sinne des Wortes, heiße Spur.
In »Bonies Ranch«, wie die Karl-Bonhoeffer-Nervenklinik auch genannt wird, hat sich dieser »Thomas« inzwischen mit einem Mann namens Hansi getroffen. Die beiden kennen sich schon seit gemeinsamen Zeiten in der Jugendhaftanstalt. Das liegt

mehr als eineinhalb Jahrzehnte zurück. Ihre Wege haben sich danach mehrfach gekreuzt. 1993 hatten sie ihren Kontakt in der U-Haft wieder aufgefrischt. Hansi ist ein berufsmäßiger Bankräuber. Seine permanente Sauferei, hat ihn statt in den Knast in die Heilanstalt gebracht. Aus Gefälligkeit besorgte er seinem Freund etwas Haschisch. Hansi hat guten Grund, seinem Kumpan gefällig zu sein. Thomas hatte sich in den frühen Tagen ihrer Bekanntschaft vor Gericht auf die Zunge gebissen und seinen Komplizen nicht ans Messer geliefert. Die alten Zeiten sind jetzt vergessen. Heute will Thomas keinen besonderen Dank. Er reicht Hansi für die Shit-Krümel 50 Mark rüber und legt, weil er gerade so spendabel ist, noch einen braunen Schein drauf. Dann nimmt Thomas ein paar kräftige Züge aus der Bacardi-Flasche. Irgendwie will er sich dem Knastkumpan mitteilen. »Du, ich habe Scheiße gebaut!« Hansi geht nicht auf den Ansatz eines Geständnisses ein, statt dessen verabschiedet er sich und verschwindet.

Es ist ein Uhr mittags. Nun wird der Lebensgefährte der Getöteten zum ersten Mal vernommen. Der Mann steht vor dem Nichts, die Partnerin ermordet, die Wohnung verwüstet, Augenblicke, in denen es unmöglich scheint, klare Gedanken zu fassen. Lisa hat ihm schon von »Onkel Thomas« berichtet. Er kann der Kripo die entscheidenden Hinweise geben. Er schildert, daß es sich bei »Onkel Thomas« um einen guten Bekannten handelt.

Der Mann heißt Thomas Rung und lebt mit einer guten Freundin der Familie zusammen. Die beiden wohnen mit drei Kindern nur ein paar Straßenecken weiter. Außerdem wisse er, daß dieser wegen Gewalttaten die er unter Alkohol begangen hatte, »bis vor einigen Monaten in der forensischen Abteilung der Karl-Bonhoeffer-Nervenklinik« untergebracht war.

Für die Ermittler entsteht ein schlüssiges Bild. Die ersten Ermittlungsergebnisse stimmen außerdem mit allgemeinen Erfahrungen überein. Im Mai 1994 hatte das »Bulletin des Presse- und Informationsamtes der Bundesregierung« die Kriminalstatistik des Vorjahres ausgewertet. Dabei untermauerte man die für Fachleute nicht neuen Erkenntnisse: »Bei Mord (vollendet und versucht) fand in den alten Bundesländern ein-

schließlich Gesamt-Berlin nahezu jede zweite Tat unter Verwandten (21,5 %) und näheren Bekannten (25,7 %) statt.«
In der Klinik ist unterdessen der Mann, dessen Namen man nunmehr kennt, zur Aufnahmestation gewankt. Mit dem weißen Rum erhöht er dabei weiter seinen Alkoholpegel. Er ist bis zum Stehkragen voll und schläft auf einer Bank ein.
Um 14.05 Uhr klingelt im Büro des Chefarztes der Station 15 das Telefon. Zu den Patienten seiner Station gehören Menschen, die besonders unter Alkohol Straftaten begehen und sich deshalb kraft eines Gerichtsentscheides einer Behandlung unterziehen müssen. Ein Mitarbeiter der fünften Mordkommission will wissen, ob ihm ein Thomas Rung bekannt ist. Natürlich kennt er ihn. Es ist ja noch nicht einmal ein halbes Jahr her, daß Rung aus seiner Abteilung entlassen worden ist. Was der Arzt dann noch hinzufügt, elektrisiert den Anrufer: Soeben habe ihm ein Mitarbeiter berichtet, daß Rung auf dem Gelände der Klinik gesehen worden ist.
Jetzt heißt es, keine Zeit zu verlieren. Drei Kripobeamte der Direktion 1 jagen zur Nervenklinik, wo der Professor sie empfängt und ihnen den Weg zeigt. Rung hängt noch immer zusammengesunken auf der Bank und schläft. Er macht gar nicht den Versuch einer Gegenwehr, als man ihn »zu Boden« bringt, die Handschellen anlegt und durchsucht. Mit Alkohol zugeschüttet, fällt es ihm später schwer, sich an die Minuten seiner Festnahme zu erinnern. Jedwede Angaben und die Unterschrift unter das Festnahmeprotokoll verweigert er. Beim Filzen seiner Kleidung finden die Beamten in verschiedenen Taschen insgesamt 1 268,86 DM.
Auf der Einlieferungsanzeige wird 14.35 Uhr als Zeitpunkt der Festnahme vermerkt. Das Formblatt besitzt in der Mitte einen rot umrandeten Kasten für besondere Hinweise. Hier sollen Besonderheiten wie Fluchtgefahr oder ähnliches angekreuzt werden. »Selbsttötungsgefahr« sollte ebenfalls vermerkt werden. Dies reicht den Beamten offensichtlich nicht aus. Mit einem roten Stift schreibt einer in großen Lettern »Achtung! Selbsttötungsgefahr« in das Hinweisfeld. Das Protokoll verrät nicht, wie die Kripoleute zu dieser Diagnose kamen. Vielleicht hat der Arzt den Polizisten zu größter Vorsicht geraten.

Zur selben Zeit, als in Wittenau die Festnahme Rungs über die Bühne geht, sitzt eine Frau bei der Kripo, Direktion 7. Diese Dienststelle ist unter anderem für Hellersdorf zuständig. Hier ist man gegenwärtig mit einem mysteriösen Fall beschäftigt. Ein 53jähriger Mann war tot in seiner Badewanne aufgefunden worden. Er lag bekleidet mit dem Kopf unter Wasser, außerdem wies er einige nicht erklärbare Verletzungen auf. Dennoch hatte es am Vorabend die dritte Mordkommission abgelehnt, den Vorgang zu übernehmen. Die Frau, die nun ihre Zeugenaussage zu Protokoll gibt, ist eine der beiden Töchter des Toten. Noch läßt sich nicht eindeutig feststellen, ob der Tod eine Unfallfolge ist oder durch fremde Hand herbeigeführt wurde. Die Frau hat keine Erklärung für den plötzlichen Tod. Sie muß gestehen, daß ihr Vater stark alkoholabhängig war. Es bleiben viele Ungereimtheiten.

Es ist drei Uhr nachmittags, als die Frau das vierseitige Vernehmungsprotokoll pflichtgemäß noch einmal liest und unterschreibt. Sie kann gehen. Doch erfährt sie noch, »daß es zu einem Vorfall bei der Familie Proter (oder so ähnlich) gekommen ist«. Diese Mitteilung trifft die Frau wie ein Keulenschlag. Das ist doch ihre beste Freundin. Erst jetzt wird deutlich, was sie bedrückt. Spontan kommt die vom Beamten protokollierte Befürchtung über ihre Lippen:»Wenn dieser Familie etwas passiert ist, dann war es der Thomas Rung.«

Ein Verdacht, der niederschmetternd für sie selbst ist. Seit 1990 lebt sie mit Thomas Rung zusammen, 1991 ist der gemeinsame Sohn geboren worden. Rung ist zudem der Stiefbruder ihres jetzt auf so unerklärliche Weise verstorbenen Vaters. Die beiden hatten das sonderbare Verhältnis einer Trinkgemeinschaft: Treffen, Saufen und Streiten. Hatte Rung, zu dem sie über die Jahre auch in schwierigen Phasen gehalten hatte, ihren Vater und eine ihrer besten Freundinnen ermordet? Alles erscheint ihr »wie ein Alptraum, aus dem man schreiend aufwachen will, der einen aber nicht freigibt«.

Noch aber ist alles offen. Rung ist zwar festgenommen, aber nicht überführt. Um möglichst viele Beweise sicherzustellen, verfrachtet man ihn umgehend in die gerichtsmedizinische Abteilung der Charité. In der Uniklinik an der Hannoverschen

Straße wird er gemessen und gewogen, nach Kratzspuren untersucht, und ihm wird tatsächlich das Schwarze unter den Fingernägeln hervorgeholt. Wenn die Ermittler Glück haben, finden die Ärzte Haar- und Hautpartikel des Opfers. Das Fazit der Gerichtsmediziner erbringt aber nicht den erhofften Aufschluß, kaum belastendes Material. Man habe nur »Bagatellverletzungen« feststellen können, welche »uncharakteristisch« sind und »keine sicheren Schlußfolgerungen auf ein tatbezogenes Kampfgeschehen« zulassen.
Dann folgen die für Rung nicht neuen Prozeduren. »Klavierspielen«, wie das Abnehmen der Fingerabdrücke spöttisch genannt wird, Fotografieren und so weiter. Ein Arzt verabreicht ihm noch Beruhigungsmittel, dann wird der Festgenommene zur sogenannten Gefangenensammelstelle in die Gothaer Straße in Schöneberg gebracht. Dort bleibt Rung in dieser Nacht. Die Geschehnisse der letzten 24 Stunden bringen ihn nicht um den Schlaf. Der Alkohol tut sein übriges.

Am nächsten Morgen, es ist der 1. März 1995, wird er gegen sieben Uhr geweckt. Von der Gothaer Straße bringt ihn ein Polizeiwagen zur Keithstraße. In dem wuchtigen grauen Altbau sind die Dienststellen des Landeskriminalamtes untergebracht, die sich mit »Delikten am Menschen« befassen. Hier haben also die Mordkommissionen ihren Sitz.
Rung fühlt sich noch recht benebelt im Kopf, als er durch die Flure in der dritten Etage des Kripogebäudes zum Vernehmungszimmer schlurft. Das Verbrechen in der Weißenfelser Straße wird bereits in den Klatschspalten der Tagespresse vermeldet. Für die Redaktionen ist die Sache damit abgehakt, für die Kripo beginnt die Arbeit erst.
Der Stapel druckfrischer Postillen liegt auf dem Tisch von Kriminalhauptkommissar Peter Böhm. Die Journaille stochert, was den Täter anbelangt, im Nebel, und selbst die Polizei muß sich erst ein Bild von demjenigen machen, den man hier vernehmen will.
Es ist fünf Minuten nach halb neun Uhr, als das übliche Ritual beginnt. Der Vernehmungsbeamte belehrt den Beschuldigten. Er setzt ihn davon in Kenntnis, daß man ihm vorwirft, einen

Mord begangen und zum Verdecken der Tat einen Brand gelegt zu haben. Es stehe ihm frei, sich zur Sache zu äußern, und er habe das Recht, jederzeit einen Anwalt hinzuzuziehen.
Obwohl Rung, auf den sich nun drei Augenpaare richten, eine Vernehmung zur Sache nicht ablehnt, verlaufen die kommenden Stunden in beinahe wortloser Anspannung. Beim Ausfüllen des Personalbogens kommt man nicht allzuweit. Rechts oben wird das Datum und die Uhrzeit des Vernehmungsbeginns, es ist 8.40 Uhr, festgehalten. Links oben trägt die Schreibdame die Dienststelle und das Geschäftszeichen ein. LKA 4115 ist das Kürzel der Dienststelle. Wobei die 411 beim Landeskriminalamt (LKA) für die zur Aufklärung von Tötungsverbrechen gebildeten Kommissionen steht, die Fünf am Ende besagt, daß es die fünfte der neun Berliner Mordkommissionen ist, die diesen Fall bearbeitet.
Im Personalbogen wird nach dem Namen, nach sämtlichen Vornamen, Eltern, Beruf, Einkommen etc. gefragt. In der letzten Rubrik sind die »Bestrafungen« aufzuführen, allerdings steht in Klammern kleingedruckt dahinter »eigene Angaben«.
Rung könnte in diese Spalte einiges eintragen lassen, aber er zeigt sich unzugänglich. Die Vernehmer kennen seinen Namen und den Vornamen. Bei der Frage nach weiteren Vornamen verweigert er die Antwort. Schweigen. Er sitzt aufrecht auf dem Stuhl und blickt auf den Boden, ohne erkennbare Regung. Wiederholt versuchen die beiden Vernehmungsbeamten, ein Gespräch zustande zu bringen. Auf die Frage, ob er alles mitbekommen habe, reagiert er mit einem angedeuteten Kopfnicken. Er sagt aber weiterhin kein Wort.
Die Kripomänner konfrontieren Rung mit der Tatsache, daß es ihn belastende Aussagen gibt. Er sei beim Betreten des Hauses in der Weißenfelser Straße gesehen worden. Wer diese Beobachtung gemacht hat, wird ihm nicht verraten. Es ist zehn Minuten vor neun Uhr, als einer der Vernehmungsbeamten und die zur Niederschrift der Aussage anwesende Schreibkraft das Zimmer verlassen. Man will die Situation – so wird protokolliert – »überschaubarer« machen. Kommissar Böhm hat sich auf ein Geduldsspiel eingerichtet.
Die Eindrücke des Vortages lassen selbst jemanden wie den

Kommissar, der seit 1979 bei der Mordkommission ist, nicht los. Er hatte den knapp zwölfjährigen Sohn und die achtjährige Tochter der Ermordeten zur Dienststelle begleitet, hatte die Trauer und Ohnmacht des Lebensgefährten der Toten erlebt und die Kinder, die es nicht begreifen konnten, daß sie nun keine Mutter mehr haben und ihrer Bleibe beraubt sind.

In diesem Augenblick jedoch muß der Beamte einen kühlen Kopf behalten. Emotionsgeladenes Brüllen, Toben, Drohen, das sind Allüren, die sich nur die Mordkommissare drittklassiger Fernsehkrimis leisten können. Morde werden mit dem Verstand aufgeklärt, nicht Lautstärke entscheidet, sondern ein präzises Auge für Beweise und ein feines Gespür für Widersprüche. Oft reicht Böhm der erste Blick, wenn ein Tatverdächtiger schlotternd zur Vernehmung kommt. An diesem Tag ist die Situation anders.

Der Kommissar blättert in der Tagespresse. Es ist nicht unwichtig zu wissen, welche Einzelheiten über eine Tat in der Presse breitgetreten werden. »Gruselmorde in Hellersdorf«, so die Überschrift in der »BILD«-Zeitung, etwas nüchterner die »BZ«, die die Seite 12 mit dem Bericht über den Mord aufmacht: »Frau getötet, dann Brand gelegt«. Andere Blätter berichten weniger sensationsbesessen.

Der Kriminalhauptkommissar liest die Meldungen, aber seine Konzentration gehört dem Mann, der scheinbar reglos auf dem Stuhl sitzt. Mehrmalige Ansätze zum Gespräch. Warum er gestern zur Wohnung der Getöteten gegangen sei? Keine Antwort. Wieder ein Nachhaken, ob er die Frage verstanden habe? Wortlos angedeutetes Kopfnicken. Pause. Böhm beschäftigt sich wieder mit den Pressemeldungen. »BILD« hat einiges in Erfahrung bringen können. In der Unterzeile wird gemutmaßt: »Wieder ein Irrer aus Bonies Ranch?« Bei dem Blatt hat man offenbar gute Informationsquellen. Die Gazette stellt Zusammenhänge her: »Entsetzlicher Verdacht: Möglicherweise hat wieder ein Patient der Karl-Bonhoeffer-Nervenklinik (Reinickendorf) zwei Menschen bestialisch umgebracht. Gruselmorde.«

Hauptkommissar Böhm lenkt bei einem weiteren Vernehmungsansatz das Gespräch auf das Thema Nervenklinik. Er fragt, ob Rung in jüngster Zeit Kontakte zu Ärzten oder Ärztinnen der Station 15 hatte. Rung zeigt erstmals eine Reaktion. Er blickt den Beamten an und nennt den Namen einer Frau. Böhm will den Faden nicht abreißen lassen und fragt nach dem Warum der Kontaktaufnahme. Aber darauf gibt es schon wieder keine Antwort mehr. Die Vernehmung will nicht in Gang kommen.

Der Kripomann blättert weiter in der Tagespresse. Die »Berliner Zeitung« beschreibt das Geschehen so: »Als die Feuerwehr in die Räume kommt, ist die Dreizimmerwohnung rußgeschwärzt. ›Das Zimmer sah aus wie eine Tropfsteinhöhle‹, erzählt ein Feuerwehrmann – die Flammen hatten die Styroporplatten an der Decke zerschmolzen und dabei giftige Dämpfe freigesetzt. Im Schlafzimmer finden die Feuerwehrmänner die halbbekleidete Wohnungsinhaberin Gabriela P. Sie ist tot. Im Hausflur retten die Beamten einen Gebäudereiniger. Er wird mit einer Rauchvergiftung ins Krankenhaus gebracht. Um 8.53 Uhr hat die Feuerwehr den Brand endgültig gelöscht. Überraschendes Ergebnis einer ersten Untersuchung der Leiche: Gerichtsmediziner entdecken Verletzungen am Hals. Die 5. Mordkommission übernimmt den Fall. Erster Kommentar eines Polizeisprechers: ›Alles deutet darauf hin, daß die Frau bereits tot war.‹ Ob der Mörder das Feuer legte, um Spuren zu beseitigen, ist noch unklar. Gabriela P. wohnte zusammen mit ihrem Lebensgefährten Frank K. und ihren beiden Kindern … in der Dreizimmerwohnung im Sechsgeschosser.«

Böhm redet auf Rung ein. Er spricht von der Verantwortung, die jeder für seine Taten zu übernehmen hat. Er geht also davon aus, daß der mutmaßliche Mordbrenner, mit dem er am Tisch sitzt, noch einen Rest dessen besitzt, was man gemeinhin Gewissen nennt. Er ist wütend darüber, daß dieser Mann sich offensichtlich in Selbstmitleid ergeht, statt zu seiner Tat zu stehen.

Der Tagesablauf wird in einem Protokoll festgehalten, das jeden einzelnen Schritt, sogar jede Änderung der Haltung des Tatverdächtigen dokumentiert. Böhm faßt zusammen, was er dem Beschuldigten vorhält. Es sei zu hoffen, meint er, daß Rung »durch die angerichtete Katastrophe – den Kindern die Mutter und dem Lebenspartner die Frau zu nehmen und ihn durch die ausgebrannte Wohnung vor den Ruin zu stellen – über sich hinauswachse und sich – möglicherweise das erste Mal – für diese Tat verantworte. Ein Mensch mit solcher Einsicht hätte die beste Voraussetzung, nach Absitzen der Strafe einen Neuanfang wagen zu können, ohne die Gefahr, das erkannte Fehlverhalten wiederholen zu müssen.« Rung aber versucht Ordnung in seine Gedanken zu bringen und Zeit zu gewinnen.

Unaufhörlich schweift Rung in Gedanken zurück, weit zurück. Die Kindheit, der gewalttätige Vater, die tückische Stiefmutter, waren sie nicht schuld an allem? Der Vater, ja, der hat alles in mir zerstört. Schuldzuweisungen. Nur einmal hatte Thomas Rung irgendwie sein Leben in den Griff bekommen. Da gab es so etwas wie eine Familienidylle. Mit Höhen und Tiefen, aber mit vielversprechenden Ansätzen. Selbst im engsten Kreis – und der war wirklich sehr klein – ahnte niemand, mit welcher Hypothek dieses bißchen Glück belastet war. Wie sollte es weitergehen mit der Lebensgefährtin und dem gemeinsamen Kind? Die Vorkommnisse hatten sich in den zurückliegenden fünf Tagen überschlagen.

Das Gespräch bleibt einseitig. Böhm redet, sein Gegenüber beteiligt sich nur durch gelegentliches zustimmendes Kopfnicken. Dann notiert der Kripomann: »Nur in dem letzten Punkt über die Chance eines Neuanfanges zeigte er sich ablehnend. Er äußerte unvermittelt: ›Herr Böhm, bitte bringen Sie mich in mein Loch, ich möchte mich umbringen‹.« Die Selbstmordandrohungen müssen, ob man sie für gespielt oder echt hält, von der Kripo stets ernstgenommen werden. Neben den dienstlichen Konsequenzen und das öffentliche Aufsehen würde ein Suizid in erster Linie auch die vertane Chance bedeuten, ein Verbrechen aufzuklären. Die Kriminalbeamten sind also vorsichtig.

Inzwischen ist es 11.40 Uhr. Drei Stunden nach dem Beginn des Vernehmungsversuchs wird notiert: Der mutmaßliche Täter »änderte nun seine Körperhaltung, indem er die Schultern hängen ließ, im Rücken krumm wurde und jetzt nur noch zu Boden starrte. Er machte jetzt einen sehr stark depressiven Eindruck.«

Es werden keine besonderen Versuche unternommen, auf den Beschuldigten einzuwirken. Statt dessen wird weiter die Presse ausgewertet. Da der Tatverdächtige – so ein Vermerk – »erst am Folgetag seiner Festnahme vernommen wurde, war nicht auszuschließen, daß er durch Mitgefangene an Zeitungen bzw. Informationen daraus gelangt sein könnte«. Die Kripobeamten wollen auf alle Eventualitäten, auch eines Geständnisses, vorbereitet sein. Dazu gehört eine präzise Einschätzung, was unzweifelhaftes Täterwissen ist, und welche Informationen der Tatverdächtige aus anderen Quellen haben könnte. Noch muß für die Öffentlichkeit unbeantwortet bleiben, was die »BILD«-Zeitung am Ende ihrer Meldung fragt: »Wer ist der Irre aus Bonie's Ranch? Er soll 33 Jahre alt sein und sonst in Hellersdorf wohnen. Die Kripo hüllt sich noch in Schweigen.«
In diesen Momenten ist ein anderer der Schweigsame. Von Vernehmung kann keine Rede sein. Ein Belauern von beiden Seiten. Eine Veränderung in der Körperanspannung Rungs, wie sie beim Wechsel zwischen Wachsein und Schlaf vorgeht, wird von den Kripobeamten nicht bemerkt. Rung behauptet später, er habe zwischendurch geschlafen. Die Augen hält er jedenfalls geschlossen.
Vier Stunden nach Vernehmungsbeginn, um 12.45 Uhr, ändert Rung wieder seine Körperhaltung, setzt sich aufrecht und öffnet die Augen. Er starrt auf den Boden. Dabei denkt auch er an die Presse. In Gedanken entwickelt er einen Coup, bei dem er von finanzkräftigen Medienkonzernen für seine Geschichte eine stattliche Summe kassieren will. Der Markt der Neuigkeiten ist hart umkämpft, nur wirkliche Exklusivität läßt sich teuer verkaufen. Er muß einen Deal machen, denkt er, aber der hat noch Zeit.
Inzwischen ist bei der fünften Mordkommission ein Anruf eingegangen, der dem Verdacht gegen Thomas Rung neue Nahrung gibt. Um 12.35 Uhr hatte sich ein junger Polizeiobermeister gemeldet. Es ist ein Neffe Rungs. Er ist von seiner Mutter gebeten worden, einige Wahrnehmungen, die diese beunruhigen, weiterzugeben. Die Mutter des jungen Polizisten, Rungs Schwester Sieglinde, hegt einen schwerwiegenden Verdacht. Ihr Bruder habe in den vergangenen Tagen einen »verwirrten« Ein-

druck gemacht. Da sie wisse, daß er im Suff gewalttätig werden kann, sei sie besorgt, daß er etwas mit der Sache in Hellersdorf zu tun haben könnte. Schließlich ist es innerhalb von drei Tagen der zweite Mord im direkten Umfeld der Familie. Neben der Zeugenaussage der achtjährigen Lisa war nun von ganz anderer Seite der Finger auf Rung gerichtet worden, der seinerseits seit nunmehr etwa 24 Stunden alle Angaben verweigert.

Dann aber tritt gegen ein Uhr mittags eine Wende ein. Zusammengefaßt heißt es im Protokoll: »Es wurde nun ein erneuter Vernehmungsversuch unternommen, indem er direkt auf die Tat angesprochen wurde. Er wurde zunächst gefragt, ob er die Frau bereits in böser Absicht aufgesucht habe.« Der Befragte »reagierte auf diese Frage zunächst nicht. Als sie aber wiederholt wurde, schüttelte er verneinend mit dem Kopf.« Für Böhm ist dies der Augenblick, auf den er den ganzen Vormittag gewartet hat und von dem er überzeugt war, daß er kommen würde. Ein kleines bißchen Geständnis. »Von diesem Augenblick an«, so das Protokoll, ließ sich Rung »auf die Vernehmung ein und antwortete nun auch verbal.«

Der Klärung des Falles steht nichts mehr im Wege – so scheint es. In einem ersten Gespräch gibt Rung – noch ohne Protokoll – eine Beschreibung des Tatablaufes. Das Gesagte wird anschließend zusammenfassend zu Papier gebracht. Es beginnt mit der Frage: »Ist es richtig, daß Sie eben folgende Angaben gemacht haben: Zwischen Ihnen und Gabi bestand schon seit längerem ein intimes Verhältnis. Sie haben sie auch am gestrigen Tage aufgesucht und hatten mit ihr intimen Verkehr bis zum Erguß in die Scheide. Mit diesem Verkehr war Gabi einverstanden. Anders als sonst waren Sie aber diesmal mit Jürgen W., Luckenwalder Str. 10, den Sie von früher her aus der Station 15 der Karl-Bonhoeffer-Nervenklinik kannten, dort hingegangen. Während Sie schon in die Wohnung gegangen sind, blieb Jürgen noch an einem Imbiß zurück und trank Alkohol. Sie hätten Jürgen dann heimlich in Gabis Wohnung eingelassen. Sie hätten zu dritt im Wohnzimmer gesessen. Jürgen wollte dann mit Gabi Geschlechtsverkehr haben. Damit war Gabi aber nicht einverstanden. Jürgen habe sich dann den Geschlechtsverkehr erzwingen wollen und habe in dieser Situation Gabi getötet. Gabi lag dann zum Schluß leblos auf dem Bett. Sie und Jürgen hätten dann Feuer im Schlafzimmer gemacht, damit keiner mehr weiß, was da passiert ist.«

In vielen Kriminalfällen wird von einem Beschuldigten, der sich in arger Bedrängnis sieht und alles daran setzt, seine Haut zu retten, irgendwann ein geheimnisumwitterter Dritter ins Spiel gebracht. Der große Unbekannte soll dann der wirkliche Schuldige sein. Leider kennt man nur seinen Vornamen oder lediglich einen Spitznamen, genauso wenig weiß man, wo er wohnt usw. Diese Versionen sind meist durchsichtig und unglaubwürdig. Bei Rungs Erzählung verhält es sich anders. Dieser Jürgen Werner wohnt in dem Kiez, in dem die Tat stattfand, selbst wenn sich Rung bei der Adressenangabe irrt, die Person existiert. Viele Fakten reihen sich nachvollziehbar aneinander.

Geht jetzt alles von vorne los? Sind die Mordermittlungen wieder am Anfang oder bereits am Ende? Es ist nicht leicht für die Kripomannschaft, den Überblick über alle Details zu behalten. Schließlich ist es nicht die einzige Tat, mit der sie sich gegenwärtig zu beschäftigen haben. Inzwischen ist im Teltowkanal die Leiche eines jungen Mannes gefunden worden. Ein Verbrechensopfer. Jeder Vorgang muß mit gleicher Sorgfalt bearbeitet werden, oder sollte es zumindest. Der 1. März geht für die Kripo mit einem Teilerfolg zu Ende. Rung legt sich in der Zelle auf die Pritsche, die Ermittler gönnen sich einige Stunden Schlaf, die Nacht wird kurz.

Als sie am kommenden Morgen die »Berliner Morgenpost« aufschlagen, können sie lesen, was sie selbst nicht wissen: »Der gewaltsame Tod der 34jährigen Gabriela P. aus Hellersdorf ist vermutlich aufgeklärt.« Ihnen steht jedoch noch einige Arbeit bevor. Es ist noch dunkel, als an diesem Tag der beschuldigte Jürgen Werner Besuch von Beamten der fünften Mordkommission erhalten soll. Doch die Beamten klingeln vergebens an der Wohnungstür. Der Schlüsseldienst muß gerufen und die Tür gewaltsam geöffnet werden. Der Erfolg bleibt aus. Der Mann hat das Haus bereits verlassen und ist zur Arbeit gefahren. Kurze Recherche und die Kripo weiß, wo er beschäftigt ist. Gegen neun Uhr vormittags treffen die Beamten den Gesuchten im Bezirk Wedding an. Er folgt ihnen ohne Zögern zur Dienststelle in der Keithstraße.

Kurz nach zehn Uhr beginnt nun die Vernehmung von Jürgen Werner. Ihm wird eröffnet, daß man ihn eines Tötungsdeliktes beschuldigt und er vorläufig festgenommen ist. Eine heikle Situation für den 36jährigen. Für den Personalbogen gibt er in der Rubrik Bestrafungen selbst an: »KV, Diebstahl, Einbruch.« KV steht für Körperverletzung. Er ist aber auch wegen Vergewaltigung vorbestraft und hat einen Aufenthalt in der forensischen Abteilung der Karl-Bonhoeffer-Nervenklinik hinter sich. Das sind denkbar schlechte Karten. Dennoch bestreitet er die Vorwürfe vehement, bestätigt nur den Kontakt zu Rung.

Über die Nacht zum 28. Februar gibt er detailliert zu Protokoll: »... am letzten Montag, also am 27.02.1995, rief mich Thomas überraschend in meiner Wohnung an, es war gegen 23.30 Uhr. Ich wollte eigentlich gar nicht mehr ans Telefon, weil es schon so spät war, bin dann aber doch rangegangen. Thomas war dran. Er meinte, er habe Probleme, er brauche jemanden zum Quatschen und fragte, ob wir uns treffen könnten. ... Etwa 20 Minuten nach dem Telefonat erschien er auch. ... Wir sind zunächst mit der Straßenbahn bis zum Cottbusser Platz gefahren. Von hier aus wollten wir weiter mit der U-Bahn nach Kaulsdorf Nord, weil er dort am Automaten noch Geld abheben wollte. Weil die U-Bahn erst so spät fuhr, nämlich um 12.23 Uhr (er meint 0.23 Uhr), hat er uns ein Taxi spendiert nach Kaulsdorf. Dort hat er Geld vom Automaten abgehoben, wieviel weiß ich nicht. Anschließend wollten wir in die Gaststätte ›Klabautermann‹, die dem Geldautomaten schräg gegenüberliegt, die hatte aber zu. Wir sind zu einem nahegelegenen Taxistand gelaufen und haben dort einen Taxifahrer gefragt, ob er weiß, ob das Lokal ›Lippenstift‹ noch offen hat. Als er das bejahte, haben wir uns von ihm zu diesem Lokal fahren lassen. ... Wir sind bis zum Schließen des Lokals dort geblieben. Es schließt um zwei Uhr. Wir ließen uns von der Bedienung des Lokals ein Taxi rufen und sind damit in das Lokal ›Schabernack‹ gefahren. Ich habe für die Fahrt zwölf DM bezahlt. ... Im ›Schabernack‹ haben wir beide an der Theke gesessen. ... Wir sind dann etwa zweieinhalb bis drei Stunden im Lokal geblieben. Thomas hat dann die

Zeche bezahlt, jedenfalls meine ich mich daran zu erinnern. ...
Ich kann mich jetzt nur noch daran erinnern, daß ich dann alleine auf der Straße stand, ein paar Schritte auf die Fahrbahn getreten bin und mir ein Taxi angehalten habe. ... Es muß jetzt gegen 4.30 bis fünf Uhr gewesen sein. Auf die Uhr habe ich nicht geguckt und ich muß auch noch einmal sagen, daß ich stark alkoholisiert war.«

Der Mann versucht noch genauer zu werden: »Im ›Lippenstift‹ hat jeder von uns sechs bis sieben doppelte Campari-Orange und drei bis vier halbe Liter Schwarzbier getrunken. In dem nächsten Lokal haben wir jeder nur ein Bier getrunken. Im ›Schabernack‹ haben wir dann Futschi, also Cola mit Weinbrand, und Bier getrunken. Es muß reichlich gewesen sein. Wieviel genau, kann ich nicht sagen.«

Er schwitzt Blut und Wasser. Während er die Vorgänge schildert und seine Unschuld beteuert, haben sich zwei Beamte der Mordkommission noch einmal auf den Weg zum Tatort gemacht. Ihr Ziel ist diesmal der Imbißstand an der Straßenkreuzung Weißenfelser und Louis-Lewin-Straße. Sie wollen sich mit dem Verkäufer unterhalten. Er könnte vielleicht etwas Klarheit über Wahrheit oder Unwahrheit von Rungs Anschuldigungen gegen Jürgen Werner bringen. Hat dieser tatsächlich am Morgen des Verbrechens am Kiosk gewartet? Der 58jährige wiegt den Kopf. Es sind allerhand Suffköpfe unter seinen morgendlichen Kunden, die sich mit Bierdosen und Flachmännern eindecken, aber namentlich kennt er sie nicht. Um seinem Gedächtnis etwas nachzuhelfen, legen ihm die Kripobeamten zwei Polaroidfotos vor. Das eine zeigt Rung, das andere Jürgen Werner. Der Verkäufer kann mit dem Porträt Rungs nichts anfangen, aber der andere kommt ihm bekannt vor. Ob der allerdings an diesem Dienstag in aller Herrgottsfrühe hier gestanden hat, weiß er nicht. Wieder ist alles offen. Beweise für Rungs Aussage hat die Aktion nicht gebracht. Die Angaben des Verkäufers am Kiosk entlasten aber Jürgen Werner nicht.

Die Dinge scheinen sich im Kreise zu drehen. Die Verdachtsmomente gegen Rung sind erdrückend, jedoch seine Version von der Tat nicht mit einer Handbewegung zu entkräften. Bei seiner Version wäre er nicht so leicht zu überführen, zumindest nicht des Mordes. Er liefert eine Erklärung für Fingerabdrücke in der Wohnung wie für Spermaspuren bei der Toten. Wie wird die Partie ausgehen? Zwanzig Minuten vor eins wird Rung ins Vernehmungszimmer gebracht, wo Jürgen Werner verzweifelt versucht, seine Haut zu retten. Kriminalhauptkommissar Böhm bemüht sich nun, mit einer Gegenüberstellung Klarheit zu schaffen.

»Herr Rung, schildern Sie bitte noch einmal den Ablauf des Dienstagmorgens.« Es erfordert ein gehöriges Maß an Langmut, sich immer und immer wieder um ein und denselben Punkt zu drehen.

Rung ist zugeknöpft: »Ich möchte einen Anwalt haben!«

»Sie haben Herrn Jürgen W. bezichtigt, die Gabi in der Wohnung getötet zu haben, weil sie keinen Geschlechtsverkehr mit ihm haben wollte. Wiederholen Sie heute hier diese Beschuldigung?« insistiert Böhm.

»Ich habe schon gesagt, ich möchte einen Anwalt haben!«

»Wir fragen Sie hier noch einmal, hat Herr W. die Frau getötet oder nicht?«

»Laßt ihn raus!« Rungs Verhalten wird nun völlig unverständlich.

»Das können wir nicht.« Der Kommissar drängt auf eine Klärung und eine Erklärung: »Wir fragen noch einmal, hat Herr W. die Frau getötet?«

»Ja.«

»Herr W., Sie haben gehört, was Herr Rung gesagt hat. Was sagen Sie dazu?«

»Dem widerspreche ich, weil ich mich nicht in der Wohnung aufgehalten habe.«

»Herr Rung, Sie haben gehört, was Herr W. gesagt hat. Was sagen Sie dazu?«

»Ich lüge nicht!«

Nach zehn Minuten wird das paradoxe Hin und Her beendet. Der Fall bleibt unklar. Das Ganze zehrt an den Nerven. Dann spricht der Beamte unter vier Augen mit Rung. Er hat Entlastendes für Jürgen Werner ermittelt. So war dieser zum Beispiel in den frühen Morgenstunden des Tattages mit Bekannten verabredet. Diese können ihm ein Alibi geben. Er hält es Rung vor.

Für den scheint nun der Zeitpunkt gekommen, das ungute Spiel zu beenden. Er sieht keine Chance mehr, seinen Kopf aus der Schlinge zu ziehen.

Wenige Minuten vor ein Uhr bittet er darum, man möge seinen ehemaligen Saufkumpel noch einmal hereinführen. Er zieht den Schlußstrich unter dieses Kapitel seiner Aussage: »Entschuldige bitte, Jürgen, du hast damit nichts zu tun. Ich habe das gemacht, weil du mich vom Alkohol nicht zurückgehalten hast. Ich habe die Tat alleine gemacht.« Den ersten Satz fügt Rung selbst handschriftlich in das Protokoll ein.

Rung und Jürgen Werner haben sich wirklich vor Tagesanbruch am 28. Februar getrennt. »In der Diskothek«, so beschreibt Thomas Rung die letzten Stunden der Sauftour in seinen autobiographischen Notizen, »blieben wir bis in die frühen Morgenstunden. Jürgen machte sich dann, voll wie ein Amtmann, aus dem Staub. Daß ich von der Diskothek aus – die sich in Hellersdorf befand – nicht zu P. gefahren bin, ist sicher, wo ich zuletzt aber noch war, weiß ich nicht.«

Für Werner hat der Schrecken ein Ende. Er kann gehen. Aber für die Beamten der fünften Mordkommission beginnt ein Alptraum, als Rung versichert: »Ich gestehe!«

Die Wurzeln

1991, es ist das Jahr nach der deutsch-deutschen Vereinigung, da flammt in Thomas Rung ein eigenartiges Interesse an der Geschichte seines Erzeugers auf. Mit seinem vier Jahre älteren Bruder besucht er Neu Zittau. Hier war Karl Rung kurz vor dem ersten Weltkrieg geboren worden. Viel hatte Vater Rung über Neu Zittau, das Elternhaus und die Jugendjahre zeit seines Lebens nicht ausgeplaudert. Nur hin und wieder sprach er eher beiläufig über seine frühen Jahre. In seinem Elternhaus herrschten rüde Umgangsformen. Das mag eine Episode aus den frühen 60er Jahren belegen. Karl hatte schon mehr als 50 Jahre auf dem Buckel, als ihn wieder einmal seine Mutter in West-Berlin besuchte. Die betagte Dame klagte über ihre Sehschwäche und wurde so wie eine Blinde betreut. Eines Abends jedoch ertappte Karl seine Mutter dabei, wie sie mit Adleraugen in seinen Unterlagen und Dokumenten wühlte. Er stellte sie zur Rede und erhielt, wie weiland zur Jugendzeit als Antwort eine schallende Ohrfeige. Einen Moment nur war er perplex, dann warf er die Alte aus der Wohnung. Der Draht nach Neu Zittau war auf diese Weise immer dünner geworden. Erst viel später regte sich also bei Karls Söhnen so etwas wie Interesse an der Familiengeschichte.
Anfang der 90er Jahre wollen Thomas und sein Bruder sehen, wo Karls Wiege stand. Jedoch rein ideeller Natur ist der Ausflug nicht. Der Alte, der nun schon seit fünf Jahren unter der Erde liegt, hatte nämlich gelegentlich etwas von einem Stückchen Wald erzählt. Nun juckt es die Rung-Brüder, zu prüfen, ob die Einheit nicht auch für sie eine Kleinigkeit abwirft. Aber Fehlanzeige, nichts zu holen.
Sie kehren bei Karls Tochter aus erster Ehe zu einem kurzen Plausch ein. Dann führt die Halbschwester ihre Gäste auf den alten, idyllischen Friedhof des Ortes. Auf einer kleinen Anhöhe, unter verwilderten Buchsbaum-Stauden zeigt sie ihnen schließ-

lich die Ruhestätte der Vorfahren, die keine Grabsteine mehr besitzen.

Neu Zittau liegt wenige Autominuten von der Berliner Stadtgrenze entfernt, am Unterlauf der Spree. Seine Existenz verdankt der Ort preußischen Autarkiebestrebungen. Vor rund 250 Jahren unternahm Friedrich der Große den Versuch, Weber unter anderem aus dem erzgebirgischen Zittau hier anzusiedeln. Um Kolonisten für die Feinwollspinnerei zu gewinnen, entstanden 1751 fünfzig Zweifamilienhäuser aus denen 1753 Neu Zittau wurde. Doch der Gedanke, mit einem derartigen Handwerkerzentrum Preußen von Stoffimporten unabhängiger zu machen, gelang nicht so richtig. Der Zwirn, der hier gesponnen wurde, war zu derb und konnte mit dem feinen Tuch aus anderen Ländern nicht konkurrieren. Die Weber- und Spinnereien gerieten deshalb schon nach verhältnismäßig kurzer Zeit wirtschaftlich in den Hintergrund. Ein anderer Erwerbszweig bestimmte für rund ein Jahrhundert das Leben des kleinen Ortes: die Binnenschiffahrt.

Bereits 1806 wurde in der damaligen 500-Seelen-Gemeinde ein Schiffsverein gegründet. Mit dem Aufblühen Berlins stieg der Stellenwert Neu Zittaus. Vor allem in der zweiten Hälfte des vorigen Jahrhunderts, als die Berliner Wasserwege ausgebaut wurden, kam das Schifferdorf an der Müggelspree zu einigem Wohlstand.

Viele Einwohner Neu Zittaus fanden fortan ihren Broterwerb darin, Kohlen, Baumaterial, Lebensmittel und andere Gebrauchsgüter per Schiff nach Berlin zu transportieren oder in entgegengesetzter Richtung die Lausitz zu beliefern. Im Dorf zählte man zu dieser Zeit etwa 100 Schiffseigentümer. Dennoch ein hartes Brot, denn zu Beginn mußten die Zillen stromaufwärts noch getreidelt, das heißt vom Ufer aus mit einem Pferdegespann gezogen werden. Stromabwärts bediente man sich der Staken und Segel. Diese Arbeit bedurfte ganzer Kerle. Die Binnenschiffahrt zog weitere Berufe, die mit menschlicher Muskelkraft zu tun hatten, nach sich – den des Schmieds zum Beispiel. Zu dieser sozialen Schicht gehörte die Familie Rung. In der Zeit des wirtschaftlichen Aufblühens, kommt am 8. Februar 1885 in Neu Zittau der Großvater von Thomas, Carl Albert Gustav Rung, zur Welt. Er wird Schmied und heiratet am 15. Oktober 1911 die sieben Jahre jüngere, in Motzenmühle bei Teltow geborene Marie Pauline Martha Baschin. Schwiegervater Gustav Baschin ist in den amtlichen Unterlagen der Hochzeit als »Schiffseigner« verzeichnet.

Die Zeit für die Ehebande drängt. Als Carl seine Martha zum Traualtar führt, ist die 19jährige bereits schwanger. Uneheliche Bälger gelten als Schande, das Kind muß »legitim« werden. In den Mittagsstunden des 24. Januar 1912 wird dem Ehepaar ein Sohn geboren. Am 25. Februar wird der Erstgeborene getauft und erhält den Namen Carl Hermann Gustav. Später benutzt er wie sein Vater die gängigere Schreibweise des Vornamens »Karl«. Die Rungs leben in Steinfurt, das zum Kirchspiel von Neu Zittau gehört.

Die Familie wächst in den folgenden knapp fünf Jahren noch um drei weitere Kinder an. Eine Tochter erblickt im Juni 1913 das Licht der Welt, im November 1914 und im Dezember 1916 folgen zwei Söhne. Seinen eigenen Kindern erzählte Karl Rung – wenn er mal darüber sprach – von einem strengen Elternhaus. Bei den Wahlen im April und Juli 1932 konnte Hitlers Nationalsozialistische Deutsche Arbeiterpartei (NSDAP) in Neu Zittau die meisten Stimmen erringen. Die weit rechtsstehende Deutsch-Nationale Volkspartei (DNVP) ist die zweitstärkste Kraft im Ort. Das politische Klima im Dorf ist dumpf faschistisch-reaktionär. Das färbt auf Karl ab. Er wächst zu einem grobschlächtigen Kerl heran.

24 Jahre alt, heiratet er am Sonnabend, dem 22. August 1936, die zwei Jahre jüngere Maria, Tochter eines Rangierers. Hitlers Reich versinkt in diesen Tagen im nationalistischen Taumel. Am 16. August erlebte die Reichshauptstadt das Abschlußspektakel der XI. Olympischen Sommerspiele. Deutschland war die erfolgreichste Nation und Hitler ist der eigentliche Gewinner. Er genießt das Rampenlicht des internationalen Interesses. Sein Regime erfährt eine unheilvolle Aufwertung. Alles hat sich dem Führerwillen zu beugen, soldatische Tugenden wie Härte und bedingungsloser Gehorsam werden in diesem Deutschland großgeschrieben. Karl verinnerlicht diese Werte.

Bei der kirchlichen Trauung gibt er unter Beruf »Bootsmann«

an. Doch dieser Beruf hat in Neu Zittau seine Blütezeit bereits hinter sich, und Karl hat ihn wohl nicht mehr allzulange ausgeübt. Als den Eheleuten sieben Monate nach der Eheschließung eine Tochter geboren wird, hat er umgesattelt und ist nun Kraftwagenfahrer.

Die Autos bestimmen sein weiteres Leben. Vielleicht liegt ihm das sogar im Blut. Schließlich hat der Name Rung (und Runge) seinen Ursprung in einem Handwerk und leitet sich von den Stemmleisten (Rungen) der Leiterwagen ab, ist also sinnverwandt mit Wagenmacher.

Anfang 1939 stellt sich bei Karl und Maria Rung erneut Nachwuchs ein. Es ist ein Sohn. 1939 ist ein entscheidendes Jahr. Hitler setzt auf den Waffengang. Mit dem Überfall der deutschen Wehrmacht auf Polen am 1. September beginnt der Zweite Weltkrieg. Karl Rung hadert in diesen Tagen mit dem Gesetz. Als er am 1. April 1941 zur Fahne muß, registriert man, daß er etwas auf dem Kerbholz hat. Die Wehrmachtsdienststellen vermerken: Karl Rung hat am 29. November 1939 wegen »Amtsunterschlagung« eine Zuchthausstrafe von einem Jahr und zwei Monaten auferlegt bekommen. Welches Amt er innehatte, verschweigen die Dokumente.

Nach den Blitzkriegen gegen Polen, Frankreich und andere europäische Länder holt das Hitlerregime zum ganz großen Schlag in Richtung Osten aus. Da wird jeder Mann benötigt. An diesem 1. April beginnt das Goebbelssche Ministerium die Propagandatrommel für Militärattacken gegen Jugoslawien zu rühren. Im sogenannten Führerhauptquartier in Berlin war wenige Tage zuvor der Schlachtplan besprochen worden: »Politisch ist es besonders wichtig, daß der Schlag gegen Jugoslawien mit unerbittlicher Härte geführt wird und die militärische Zerschlagung in einem Blitzunternehmen durchgeführt wird.« Am 6. April 1941 überfällt die deutsche Wehrmacht ohne Kriegserklärung Jugoslawien und Griechenland.

Für den 29jährigen Karl Rung, der als Kraftfahrer zunächst der 1. Kompanie der Kraftwagen-Transportabteilung 987, die das Kürzel »z.b.V.« (zur besonderen Verwendung) trägt, zugewiesen wird, bedeutet das: Marschbefehl Richtung Balkan. Bis zu einer Umgliederung der Verbände am 1. Mai 1943 bleibt Karl bei seiner Einheit, ist nur zwischenzeitlich in der 5. Kompanie. Mit einer erneuten Umgliederung im Sommer 1943 wird Karl am 20. Mai 1943 der neugebildeten 4. Kompanie der Kraftwagen-Transportabteilung 606 zugewiesen.

In der Zwischenzeit bekommt die Familie Rung die Folgen des Krieges schnell zu spüren. Karls Bruder Franz fällt auf der griechischen Insel Kreta. Und Karl landet schließlich wieder beim Werkstattzug der Kraftwagen-Transportabteilung 987, die zum Jahresende 1943 an die Ostfront verlegt wird. Das Einsatzgebiet ist die Nordukraine. Die deutschen Truppen verloren nach der vernichtenden Niederlage bei Stalingrad im Februar 1943 die Initiative an der Ostfront. Sie befinden sich auf dem Rückzug. Als das ursprünglich mit Hitler verbündete Mussolini-Regime in Italien zerbricht, schließt sich die neue Regierung den Westalliierten an. Das bringt für Karl Rung Veränderungen mit sich. 1944 erhält seine Abteilung den Einsatzbefehl für Italien. Sie gehört zur Heeresgruppe C. Der Krieg in Italien endet am 2. Mai 1945 mit der Kapitulation der deutschen Truppen. Karl Rung tritt wie Hunderttausende den Weg in die Kriegsgefangenschaft an. Als er von der US-amerikanischen Armee interniert wird, hat es Rung gerademal zum Unteroffizier gebracht. Keine aufregende Militärkarriere.

In den Wehrmachtsunterlagen ist festgehalten, daß Karl Rung während des ganzen Krieges als Heimatanschrift die Bahnhofstraße in Erkner, unweit von Neu Zittau, angab. Der Krieg hat sein Leben verändert. Es kommt zu einer Liaison mit einer Italienerin. Über dieses Kapitel, wie über die gesamte Kriegszeit, wird später in der Familie kaum gesprochen. Man weiß nur, daß er der Südländerin wegen sogar die Konfession gewechselt hat und vom Protestantismus zum Katholizismus konvertiert ist. Wieviel Liebesglück ihm beschieden war, bleibt dahingestellt.

Karl Rung 1946

Die Italienerin verschwindet bald wieder aus Karl Rungs Leben. In der Erinnerung der Familie sprach man nur noch abschätzig von »Odilla, dem Trecker«. Sie bleibt eine Episode, aber es dauert noch Jahre, bis für Karl der Krieg wirklich vorbei ist.

Als ersten Schritt wird Karl Rung am 19. September 1945 aus der US-Kriegsgefangenschaft in Italien »zurückgeführt«. Das heißt, er kommt wieder nach Deutschland, aber ein freier Mann ist er noch lange nicht. Jetzt ist er »prisoner of war« der Briten und bleibt es für längere Zeit. Rung gehört zu den letzten, für die sich im Westen die Tore zur Freiheit öffnen. Am 6. August 1948 wird er von einer britischen Kriegsgefangenen-Entlassungsstelle registriert. Die Siegermacht England legt Wert darauf, daß die Entlassenen eine Wohnanschrift in der britischen Besatzungszone vorweisen können. Karl Rung gibt eine Adresse im niedersächsischen Hildesheim an. Großvater Rung betreibt zu dieser Zeit in Neu Zittau ein Fuhrunternehmen. Doch dorthin zieht es Karl nicht mehr.

Der Krieg hinterläßt eine entwurzelte Generation. Die Jahre, in denen sich Menschen den Grundstein für ihr weiteres Leben legen, ist für diese Generation vertan. Mehr noch, die meisten stehen vor einem Trümmerhaufen. Sie müssen, auch wenn sie den Weltenbrand mit heiler Haut überstanden haben, ganz von vorn beginnen. Karl Rung hat dieser Krieg mehr als sieben Jahre seines Lebens gekostet. Nun muß er sich, 36 Jahre alt, wieder eine Existenz aufbauen, und er ist einzig auf die Schaffenskraft seiner Hände angewiesen. Die Schicksalsschläge haben ihn verbittert. Nachsicht, Toleranz, die Fähigkeit, anderen Menschen zuzuhören, all diese Charaktereigenschaften sind ihm völlig fremd. Die Suche nach dem persönlichen Glück gerät für ihn zur freudlosen Routine.

Was er jedoch unbestritten beherrscht, ist der Umgang mit Fahrzeugen und Motoren, ob zu Lande oder zu Wasser. Mit diesen Fähigkeiten will er sich die neue Lebensgrundlage schaffen. Aus Westdeutschland zieht es ihn in die Nähe der einstigen Heimat, nach Berlin. Hier lernt er die 19 Jahre jüngere Elfriede kennen, die seine zweite Ehefrau wird.

Die Eltern – Karl und Elfriede

Die Geburt des ersten Kindes stand unmittelbar bevor, als sich Karl und Elfriede Anfang April 1952 das Jawort gaben. Elfriede war im März 21 Jahre alt geworden und konnte somit selbst entscheiden. Ihre Eltern wollten die Einwilligung zum Bund fürs Leben mit Karl Rung nicht geben. Sie blieben auf Distanz. Und Karl war nicht der Typ, der auf irgendeine Art und Weise ausgleichend und harmonisierend wirken konnte. Elfriedes Eltern mögen geahnt haben, daß diese Beziehung zwischen ihrer Tochter und dem beinahe doppelt so alten Mann nicht ohne Probleme verlaufen wird.
Zwei Tage nach der Hochzeit kommt die erste Tochter zur Welt. Der Segen von sieben Kindern, der über die Familie in den folgenden zehn Jahren hereinbricht, ist kein Zeichen besonderen Glücks.
Karl gilt als guter Handwerker, den Ruf allerdings, eine glückliche Hand im Umgang mit Geld zu haben, besitzt er nicht. Die Familie leidet unter ständiger Finanzknappheit. Einen guten Teil dessen, was er verdient, trägt Karl in Kneipen. Es wird zur Regel, daß er mit schwerer Schlagseite nach Hause kommt. Die Kinder sprechen von »Vaddas bestem Freund«, dem Alkohol. Betrunken ist er streitsüchtig und vor allem gewalttätig. Manchmal tobt er sich in seiner Kaschemme aus. Dann sucht er sich Gegner zum Fingerhakeln oder Armdrücken. Auf seine Muskeln ist er stolz.
Von einer finanziellen Misere in die andere schlitternd, kann die Familie froh sein, noch ein Dach über dem Kopf zu haben. Bis Ende der 50er Jahre wohnt sie im Spandauer Ortsteil Hakenfelde. Die Ein-Zimmer-Wohnung ohne Korridor in einer Baracke an der Reichstraße, Ecke Schönwalder Allee ist eine miserable Behausung. Fünf Personen der zu dieser Zeit sechsköpfigen Familie sind dort zusammengepfercht. Die älteste Tochter ist bei der Oma untergebracht, und für den noch größer

werdenden Rest der Familie wird das Quartier schließlich wieder zu eng. Im September 1959 steht die Geburt des fünften Kindes unmittelbar bevor. Karl hat eine größere Unterkunft aufgetrieben. Wenige Tage vor Elfriedes Entbindung muß der Umzug bewerkstelligt werden. Karls Mutter hilft mit, denn der Wohnungswechsel findet unter denkbar ungünstigen Umständen statt. So ist die nächste Station der Rungs eine Siedlung in Ruhleben.

Auf der Suche nach vier Wänden, waren bei Kriegsende Berliner, die in der ausgebombten Stadt alles verloren hatten, auch in die Stallungen der Trabrennbahn Ruhleben gezogen. Sie mußten dort unter erbärmlichsten Bedingungen dem Winter trotzen. Durch die schlecht schließenden Stalltüren pfiff der Wind. Heute ragen an dieser Stelle die mächtigen Faultürme des Klärwerkes Ruhleben weithin sichtbar in den Himmel. Um die Traber-Arena wieder dem Pferdesport zugänglich machen zu können, wurden Ende der 40er Jahre auf Beschluß der Spandauer Bezirksverwaltung Ersatzwohnungen auf dem Gelände der Rennbahn geschaffen. Die Mau-Mau-Siedlung war in einem kläglichen Zustand.

Unter der Überschrift »Das Wohnungselend in Ruhleben« befaßte sich im Oktober 1947 das »Spandauer Volksblatt« mit der deprimierenden Lage der Menschen dort. Das Blatt zitierte den bekannten Ausspruch von Heinrich Zille: Mit schlechten Wohnungen kann man Menschen erschlagen, wie mit einer Axt. Der »Abend« meldete im Februar 1948 über die bevorstehende Wiedereröffnung der Traberbahn: »Die Mieter der Stallwohnungen bekommen Steinbaracken.« So blieb es dann für Jahre. Wahrlich keine Luxusquartiere. Freilich, im beginnenden Kalten Krieg sprach man im Westen ungern über die eigenen Schattenseiten und Defizite. Dem Thema Wohnungsnot wurde nur in Maßen Aufmerksamkeit geschenkt. Die Familien, die an der Rennbahn wohnten, schienen vergessen zu sein. Ihre beklagenswerten Wohnverhältnisse waren erst acht Jahre später wieder Gegenstand politischer Erörterungen. Das »Volksblatt« berichtete am 22. September 1956: »Mit der außerplanmäßigen Bewilligung von 100 000 Mark für die Instandsetzung der Wohnungen auf dem Gelände der ehemaligen Trabrennbahn in

Ruhleben, wird sich in Kürze der zuständige Ausschuß der Bezirksverordneten befassen.«

Hier, an der Rennbahn, liegt die neue Wohnung der Rungs. Zwar ist auch diese neue Herberge nur eine provisorische Bleibe, aber sie ist deutlich geräumiger als die alte. Drei Zimmer, Küche, Bad, Kammer und eine geräumige Diele sind schon so etwas wie ein kleiner Luxus. Das neue Heim in Ruhleben, behaftet mit dem Makel einer Notunterkunft, belastet das Rungsche Familienleben dennoch. Für die Rungs wird das Wohnen in den länglichen Flachbauten ein weiterer Schritt der gesellschaftlichen Absonderung. Zu ihnen ins Haus Nummer 24 kommt außer den engsten Verwandten kaum jemand. Wenn eines der Kinder mit den Klassenkameraden spielen will, wird ihm das untersagt. Schulfreunde mit in die Wohnung zu bringen, ist für den Rung-Nachwuchs undenkbar.

Die Siedlung an der Rennbahn ist außerdem nicht für Kinder gedacht. Einen Spielplatz gibt es nicht. Das Leben an der Peripherie der Gesellschaft beeinträchtigt zwangsläufig das Zusammenleben.

Zwischen Karl und Elfriede kracht es wiederholt. Er greift schon mal zur Bratpfanne, um seine Wut an ihr auszulassen. Sie wehrt sich nach Kräften. Karl ist groß und verfügt über Bärenkräfte, gegen die keiner in der Familie ankommt. Alle müssen seine Zornesgewitter über sich ergehen lassen. Der Mutter gelingt es dennoch lange Zeit, zu verhindern, daß Karl in seiner Rage den Kindern gegenüber tätlich wird. Hin und wieder rutscht ihr zwar selbst die Hand aus, noch aber kommt die wachsende Kinderschar glimpflich davon. 1952 wurde die erste Tochter, zwei Jahre später die zweite geboren. 1957 folgte ein Sohn, in den beiden kommenden Jahren wieder zwei Töchter.

In jenen Jahren ist Karl Rung bei einer Firma beschäftigt, die mit Lastwagen Sand, Kies und ähnliches befördert. Einer seiner Kollegen, mit denen er eng zusammenarbeitet, ist Heinz Traube. Karl macht sich später darüber lustig, wie er Heinz bisweilen befohlen hat, bei gemeinsamen Fahrten, im Laster die Sektflaschen völlig geräuschlos zu entkorken. Geräuschvoller ging es dann zu, wenn der Sekt und härtere Sachen getrunken waren.

Karl und Heinz besuchen sich mit ihren Familien zwar nicht regelmäßig, aber es entwickelt sich eine kollegiale Sympathie. Rung lernt in dieser Zeit Traubes Ehefrau Hildegard kennen.

Kaffeklatsch, Elfriede Rung (rechts außen) und Hilde T. (zweite von links)

Man trifft sich ein- bis zweimal im Jahr zum Eisbeinessen. Hilde trennt sich später von Heinz Traube, heiratet erneut, wird jedoch bald Witwe.
Karl Rung wechselt wieder einmal die Arbeitsstelle. Er nimmt in einer Werft in Tiefwerder einen Job an. Seine ehemalige Arbeit als Bootsmann in Neu Zittau kommt ihm bei dabei zugute.

Ungeheuer stolz ist er, daß er dabei war, als der 1956 in Betrieb genommene Ausflugsdampfer »Brigitte«, in der Werft um einige Meter gestreckt wurde. Zu diesem Zweck hatte man das Schiff in der Mitte senkrecht durchtrennt und neue Teile eingesetzt. Der Arbeitsplatz auf der Werft bekommt später noch eine besondere Bedeutung für die Familie Rung.
Die ständige Sauferei ruiniert

Hilde und Heinz T.

Karls Gesundheit. Der Alkohol ist sein ständiger Begleiter. An den Kiosken und in den Kneipen der Umgebung ist Karl bekannt.

Die Größe der Familie übersteigt seine finanziellen Möglichkeiten. Nach sieben Jahren Ehe haben die Rungs fünf Kinder. Alle zaghaften Versuche, dem gesellschaftlichen Abseits zu entfliehen, enden wie der Wettlauf zwischen Hase und Igel.

Am 3. Oktober 1957 wird Willy Brandt zum Regierenden Bürgermeister von Westberlin gewählt. Karl Rung schätzt ihn nicht besonders. Er läßt kaum eine Gelegenheit aus, seine Abneigung gegen den Sozialdemokraten zu betonen. Daß sich die Arbeitsmarktbilanz im Westteil der Stadt nun langsam wieder sehen lassen kann, versöhnt ihn nicht. Bis September 1961 sank die Arbeitslosenquote auf 1,4 Prozent.

In den neuen Gründerzeiten versucht Karl Rung als Selbständiger wirtschaftlich Boden unter die Füße zu bekommen. Sein Metier ist die Autoreparatur. Nicht allzuweit von der Wohnung entfernt, richtet er sich unter Bretterverschlägen seine Werkstatt ein. Obwohl bei ihm nicht der Wohlstand ausbricht, leistet er es sich, zwei Arbeiter zu beschäftigen. Die Familie aber muß weiterhin jeden Pfennig umdrehen. Sieben Mäuler wollen gestopft

Karl Rung in seiner Firma

sein. Die Werkstatt läuft mehr schlecht als recht. Die permanente Ebbe in der Haushaltskasse macht das Leben zusätzlich unerträglich.
Und wieder kündigt sich in dem Spandauer Notquartier Nachwuchs an. Im Frühsommer 1960 ist Elfriede Rung zum sechsten Mal schwanger. Es ist kaum anzunehmen, daß sie damals einem Bericht ihre Aufmerksamkeit geschenkt hat, der in der Ausgabe vom 8. Mai 1960 im »Spandauer Volksblatt« abgedruckt war. Der Artikel befaßt sich mit dem Thema »Jugend auf schiefer Bahn«. Mahnend wurde die wissenschaftliche Erkenntnis referiert, daß »schon in den ersten Lebensjahren ... im jungen Menschen der Keim zur Kriminalität gelegt werden« kann. Zeilen wie ein Menetekel für das Stammbuch der Rungs: »Die Härte und Kälte vieler Mütter, der Drang der Eltern, in ihren Kindern ein Objekt zu sehen, aus dem sie machen können, was sie wollen, die halt- und rücksichtslose Situation im Elternhaus – das sind einige jener Faktoren, die ein Kind für sein ganzes Leben charakterlich schädigen können.«
Der 3. Januar 1961 ist ein Dienstag. Elfriede Rung wird von ihrem sechsten Kind entbunden, es ist der zweite Sohn. Er erhält die Vornamen Thomas Karl Hermann. Der Rufname ist Thomas.

Thomas bleibt wenig Zeit, die Rolle des Kükens zu genießen. Es vergeht kein halbes Jahr, da ist Elfriede erneut schwanger. Das siebte Kind ist wieder eine Tochter. Christiane wird Ende Februar 1962 geboren. Durch Berlin weht in dieser Zeit ein frostiger politischer Wind. Am 13. August 1961 zog die DDR eine Mauer durch Berlin. Die Teilung der Stadt, die bereits nach dem Kriege Schritt für Schritt begonnen hatte, war somit an einem vorläufigen Endpunkt angelangt. Bei den Rungs hat der Kampf ums Überleben Vorrang. Über Politik wird so gut wie gar nicht geredet. Wie auch? Diskussionen sind unvorstellbar; Vater Rung hat seine Meinung und das genügt. Seine Partei ist die CDU, und handfeste Argumente sind seine Domäne.
Hin und wieder, wenn er mit sich und der Welt zufrieden ist, verbreitet Karl sogar so etwas wie gute Laune. Dann macht er, die Schultern auf zwei Stühle gelegt, einen »Kopfstand«. Da-

bei demonstriert er, daß man sogar in dieser Position trinken kann, und davon versteht er wirklich was. Oder er holt das Schifferklavier vom Schrank oder läßt auf dem Plattenspieler alte Schellack-Platten ächzen. Zu den Gassenhauern wie »La Paloma« stimmt er Melodien an, die zum »Kulturgut« brauner Vorzeit gehören. Dann schmettert er »Die Fahne hoch« oder »Schwarz-braun ist die Haselnuß ...«. Bekenntnisvoller Singsang aus dem untergegangenen Reich bleibt den Rung-Kindern ständig im Ohr. Deutsche Schlager à la Heino werden bei den Rungs auch gerne gehört. Karl ist einer, der sich an die Vergangenheit klammert, weil er keine Zukunft für sich erkennen kann. Sein diffuses Weltbild bleibt Außenstehenden verschlossen, er unternimmt nur wenige Versuche, es darzulegen. Barsch, ungehobelt, keine Widerrede duldend, wird er mehr und mehr zu einem Zuchtmeister, dem selbst jeder Halt fehlt.

Karl Rung als Kopfstandtrinker

Für ihn ist der Alltag ein einziger Trott zwischen Maloche und Suff. Wie brüchig die Ehe mit seiner viel jüngeren Frau darüber wird, entgeht ihm. Er ist überzeugt, der unangefochtene Herrscher seines kleinen Rung-Reiches in der Siedlung an der Ruhlebener Rennbahn zu sein. In dem Glauben, er hätte alles im Griff, mußten ihn die kommenden Ereignisse besonders hart treffen.

Im Spätsommer 1963 macht ihm sein Magen wieder zu schaffen. Er muß ins Krankenhaus, nicht zum ersten Mal. Diesmal ist es schlimm. Die Ärzte halten eine Operation für unumgänglich. Karl ist außer Gefecht gesetzt. In dieser Situation taucht Klaus-Heinrich, sein Sohn aus erster Ehe, nach langer Sendepause auf, es ist Mitte September 1963. Karl hatte es seinem Sprößling sehr übelgenommen, daß dieser sich »an Frankreich verkauft« hatte und zur Fremdenlegion gegangen war.

Karl liegt also schwerkrank darnieder, und Elfriede und Klaus-Heinrich kommen sich in seiner Abwesenheit näher. Das Schicksal nimmt seinen Lauf. Von allen unbemerkt, umgarnt Karls inzwischen 24jähriger Filius die acht Jahre ältere Elfriede. Und schon bald plant Elfriede die Flucht. Sogar die Lohngelder steckt sie ein. Karl und den Kindern wird die Existenzgrundlage entzogen. Ende September erscheint Klaus-Heinrich letztmalig in der Siedlung an der Rennbahn. Keines der sieben Kinder ahnt, daß sich ein dramatisches Finale und ein tiefer Einschnitt in ihr Leben anbahnen.

Im ersten Moment sind alle davon überzeugt, daß Elfriede etwas zugestoßen sein muß, als sie auch nachts nicht zurückkehrt. Die beiden Beschäftigten aus Karls kleiner Autobude schalten sich in die Suche ein. Sie rufen sämtliche Krankenhäuser an, Hilflosigkeit macht sich breit. Karl selbst hält es nicht länger in der Klinik. Zwei Tage nach dem schweren Eingriff verläßt er wider den ärztlichen Rat das Krankenbett, um zu Hause nach dem Rechten zu sehen. Was geschehen ist, übersteigt sein Vorstellungsvermögen. Noch am Tage seiner Entlassung aus dem Krankenhaus wendet sich Karl an die Öffentlichkeit. Er spricht mit einer Reporterin der Sensationspostille »BZ«. In großer Aufmachung berichtet das Blatt am folgenden Tag auf Seite 4: »Seit Freitag voriger Woche ist die 32jährige Elfriede R. aus Spandau spurlos verschwunden. Sie ließ ihre sieben Kinder im Alter von einundhalb bis elf Jahren allein zurück. Der 51jährige Ehemann mußte, trotz seiner schweren Krankheit, aus dem Krankenhaus nach Hause eilen, um sich um die Kinder zu kümmern. Die Mutter hatte ihnen nicht einmal etwas Eßbares zurückgelassen.« Das stimmt nicht ganz. Am 27. September, einem Freitag, hatte Elfriede einen riesigen Topf Bohnen gekocht und der zweitältesten Tochter Sieglinde eingeschärft, abends diesen Pott Fisole warmzumachen, dann verließ sie die Wohnung. Sieglinde wird es nie vergessen, wie sie als Neunjährige die Bohnen umrührt, immer in der Hoffnung, daß jetzt bald die Mutter zurückkäme. Niemand konnte sich vorstellen, daß dieser Topf mit Bohnen das Abschiedsgeschenk einer Mutter ist, die ihren kranken Mann und die sieben Kinder im Stich läßt, um auf Nimmerwiedersehen zu verschwinden. In dem Zeitungsbericht wird die Vergangenheit geschönt: »Karl und Elfriede R. hatten 1952 geheiratet. Der um knapp 20 Jahre ältere Ehemann besitzt aus seiner ersten Ehe einen heute 24 Jahre alten Sohn. Und mit diesem Sohn, so erklärte Karl R. der BZ, soll

32jährige verschwand mit ihrem Stiefsohn
Sieben Kinder im Stich gelassen

Seit Freitag voriger Woche ist die 32jährige Elfriede R. aus Spandau spurlos verschwunden. Sie ließ ihre sieben Kinder im Alter von eineinhalb bis elf Jahren allein zurück. Der 51jährige Ehemann mußte, trotz seiner schweren Krankheit, aus dem Krankenhaus nach Hause eilen, um sich um die Kinder zu kümmern. Die Mutter hatte ihnen nicht einmal etwas Eßbares zurückgelassen.

Karl und Elfriede R. hatten 1952 geheiratet. Der um fast 20 Jahre ältere Ehemann besitzt aus seiner ersten Ehe einen heute 24 Jahre alten Sohn.

Und mit diesem Sohn, so erklärte Karl R. der „BZ", soll seine Frau „durchgebrannt" sein. Diesem Sohn zuliebe soll sie ihre eigenen sieben Kinder im Stich gelassen haben.

„Unsere Ehe war sehr glücklich. Meine Frau ließ sich nie etwas zuschulden kommen. Sie sorgte für uns." So schildert Karl R. die Ereignisse der jüngsten Zeit.

„Am 14. September tauchte plötzlich mein Sohn K▬▬▬ auf. Er war aus der Fremdenlegion entlassen worden. Meine Frau nahm ihn auf und verpflegte ihn.

Die Kinder aber vernachlässigte sie. Bis sie am Freitag dann mit meinem Sohn verschwand."

Die Schränke ausgeräumt

Der 51jährige Ehemann stellte nach seiner Heimkehr aus dem Krankenhaus fest, daß seine Frau sämtliche Schränke ausgeräumt und sogar das Geschirr und Besteck mitgenommen hatte. Ebenso das gesamte Bargeld und die Lohngelder der in dem Betrieb von Karl R. tätigen Arbeiter.

Kurz vor ihrem Verschwinden hatte die 32jährige noch bei der zuständigen Behörde eine Abschrift ihres Geburtsscheines beantragt. Wollte sie ihre bestehende Ehe verschweigen und eine neue Ehe eingehen? Karl R. befürchtet das.

„Ich will ihr vergeben!"

„Sollte sie zu mir zurückkommen, bin ich bereit, ihr zu vergeben. Schon der Kinder wegen, die die Mutter dringend brauchen", sagte Karl R. gestern der „BZ".

Karen Wiedemann

Von der Mutter verlassen: die sieben Kinder mit ihrem Vater. — Elfriede R.

»BZ« vom 30. September 1963

seine Frau ›durchgebrannt‹ sein. Diesem Sohn zuliebe soll sie ihre eigenen sieben Kinder im Stich gelassen haben. ›Unsere Ehe war sehr glücklich. Meine Frau ließ sich nie etwas zuschulden kommen. Sie sorgte für uns.‹ So schildert Karl R. die Ereignisse der jüngsten Zeit. ›Am 14. September tauchte plötzlich mein Sohn ... auf. Er war aus der Fremdenlegion entlassen worden. Meine Frau nahm ihn auf und verpflegte ihn. Die Kinder aber vernachlässigte sie. Bis sie am Freitag dann mit meinem Sohn verschwand.‹ Der 51jährige Ehemann stellte nach seiner Heimkehr aus dem Krankenhaus fest, daß seine Frau sämtliche Schränke ausgeräumt und sogar das Geschirr und Besteck mitgenommen hatte. Ebenso das gesamte Bargeld und die Lohngelder der in dem Betrieb von Karl R. tätigen Arbeiter. Kurz vor ihrem Verschwinden hatte die 32jährige noch bei der zuständigen Behörde eine Abschrift ihres Geburtsscheines beantragt. Wollte sie ihre bestehende Ehe verschweigen und eine neue Ehe eingehen? Karl R. befürchtet das. ›Sollte sie zu mir zurückkommen, bin ich bereit, ihr zu vergeben. Schon der Kinder wegen, die die Mutter dringend brauchen‹, sagte Karl R. gestern der BZ.«

Die Tage des Verlassenwerdens von der Mutter und die daraus folgende Entwicklung haben ihre Nachwirkungen. In seiner Begutachtung anläßlich des Prozesses gegen Thomas Rung im Dezember 1995 wird auf diesen Punkt in Rungs frühkindlicher Entwicklung mit einem Satz eingegangen: »Man kann davon ausgehen, daß dieses Verlassenwerden einen tiefen Einschnitt für sein Leben bedeutete.« Diese Zäsur im Leben der Rungs ist wohl mehr als diese knappe These besagt, es ist eine schicksalsschwere Phase, die die Familie nach dem Verlust der Mutter durchmacht.
Nach dem ersten Zeitungsbericht 1963 folgen weitere öffentliche Kniefälle Karls. Elfriede aber bleibt verschwunden. Erst viele Jahre später erfahren die Zurückgelassenen, mit welchem Gefühl des Triumphes Elfriede alle diese Artikel ausgeschnitten, gesammelt und aufbewahrt hat.
Oma Helene, Elfriedes Mutter, nimmt sich im ersten Augenblick der Familie ihrer Tochter an. Sie kommt morgens und bleibt bis

zum Einbruch der Dunkelheit, um den Haushalt des alleingelassenen Haufens vor dem Desaster zu bewahren. Sie beteuert, keinen blassen Schimmer zu haben, was mit ihrer Tochter geschehen und wo sie abgeblieben sein könnte.
Einige Wochen nach dem Weggang und dem Rätselraten um Elfriedes Verbleib, will Onkel Willy nicht länger gute Miene zu diesem bösen Spiel machen. Er steckt dem gehörnten Ehemann, daß die Schwiegermutter genau wisse, was mit Elfriede los und wohin diese verschwunden sei. Sie soll sogar mit ihr in Verbindung stehen und schon Post erhalten haben. Karl gerät außer Rand und Band. Er verzichtet auf die Unterstützung der Oma und wirft sie aus dem Haus. Elfriede, so erfährt die Familie nach und nach, hat sich mit Klaus-Heinrich in Westdeutschland niedergelassen. Ein Jahr nach dem plötzlichen Ausrücken bekommt sie dort ihr achtes Kind. Das erste in der neuen Beziehung. 1966 und 1970 folgen noch zwei weitere Geburten und Ende August 1967 kann Elfriede ihren Stiefsohn heiraten. Der verlassene und zum Großvater gemachte Karl ist über die Enkelkinder nicht glücklich und wirft der Ex-Gattin alle Schimpfwörter des Volksmundes hinterher, wobei »Drecksau« noch das salonfähigste ist. Den Kontakt zu Elfriedes Eltern bricht Karl für immer ab.
Es erscheint Karl, als hätten sich alle Mächte des Bösen gegen ihn verschworen. Kein Gedanke, daß er selbst zu einem guten Teil seines Unglückes Schmied ist. Der nunmehr knapp 52jährige steht vor einem Scherbenhaufen. Sein Stolz aber verbietet es, seine Kinder ins Heim zu geben. Die behördliche Unterstützung bleibt bescheiden. Über das Bezirksamt wird der verwaisten Familie eine Frau als Hilfe zugewiesen, die zunächst stundenweise den Haushalt führt.
Karl weiß nun, daß auch seine zweite Ehe kein Bund fürs Leben war. Es bleibt Verbitterung. Dabei ist er nicht in der Lage, den sieben Kindern, zwischen eineinhalb und elf Jahren, die nötige Nestwärme zu bieten. Im Gegenteil, ungeschützt sehen sie sich nun seinen Wutanfällen ausgeliefert. Seine »Erziehung« hat kein Konzept, er straft nach Laune, Lob für die Kinder ist ihm fremd. Noch heute erinnern sie sich an einstudierte Auftritte. So machte es im eine diabolische Freunde, vor Gä-

sten die Nachkommenschar antreten zu lassen und ihnen die Frage entgegenzuschleudern: »Was ist euer Vater?« Die gewünschte Antwort mußte siebenstimmig kommen: »Hart!«
Sieben Kinder sind keine Gewähr dafür, daß jeder einzelne von ihnen in der Gemeinschaft ein normales Sozialverhalten erlernt. Thomas zum Beispiel bleibt ausgegrenzt. Er wird zum Einzelgänger, ist introvertiert und ißt schlecht. Seine spätere wuchtige Gestalt zeichnet sich noch nicht ab. Der Junge ist spillerig. Schon in den Kinderjahren muß er oft als Sündenbock herhalten. Bereits im Alter von drei, vier Jahren werden seine kindlichen Fehltritte unerbittlich mit harter Hand geahndet. Er verschließt sich merklich. Immer häufiger ignoriert er die Anweisungen anderer. Nicht nur der Vater geht in seiner Wut darüber zu immer derber werdenden Züchtigungen über. Sogar die älteste Schwester schlägt ihrem Bruder bei nichtigem Anlaß das Stullenbrett ins Gesicht.
Thomas Rung verbringt seine Kindheit in der Tristesse einer Familie, die keine verschworene Gemeinschaft bildet und überdies nicht versucht, dem Schicksal vereint die Stirn zu bieten. Gustav Nass, Psychologe und von 1951 bis 1964 stellvertretender Direktor einer Strafanstalt, hat sich mit den Lebensläufen von Menschen befaßt, die auf die »schiefe Bahn« geraten sind. In seinem Buch »Die Kriminellen« kommt er zu der Auffassung: »Von vornherein muß bemerkt werden, daß der objektive Lebenslauf des Kriminellen eigentlich recht inhaltsreich ist. Er ist angefüllt mit sozialen Katastrophen, kleinen und größeren. Der Laie empfindet das als Sensation, dem Kriminellen ist es nichts Besonderes; es ist sein Metier, sein Lebensstil.«
Diese allgemeinen Erfahrungswerte haben genauso für Rung Gültigkeit. Während die leibliche Mutter sich noch einer normalen Ausdrucksweise gegenüber den Kindern befleißigte, greift nach ihrem Weggang der Wortschatz des Vaters Raum. Titulierungen wie »Penner«, »Verbrecher« oder Vergleichbares werden alltäglich. Karl läßt es sich deutlich anmerken, daß er sich für etwas Besonderes hält. Er prahlt mit seinen Fahrzeug- und Bootsführerscheinen. Seinen Kindern prophezeit er weniger glanzvolle Persönlichkeitsentwicklungen.

Thomas gewöhnt sich früh an ein Leben, in dem es für ihn im wahrsten Sinne des Wortes nichts zum Lachen gibt. Professor Wilfried Rasch, der in zahlreichen spektakulären Strafprozessen als Gutachter auftrat, zieht zur frühen Entwicklungsstufe von Rung das Fazit: »Da bei ihm keine eigentliche Erziehung im Sinn von vorbildhaftem Leben oder Förderung bestand, ist seine Erlebniswelt durch das Erleben von Macht und brutaler Unterdrückung bestimmt.« Dies ändert sich nicht, als die Familie eine neue Mutter bekommt.

»Der Drachen«

Karl hat im Krankenhaus Hilde Traube, die Frau seines früheren Arbeitskollegen, wiedergetroffen. Hilde ist Krankenschwester und nach und nach kommen sich die beiden näher. Seit kurzem verwitwet, ist sie außerdem unglücklich darüber, daß ihr volljährig gewordener Sohn Eckhard nach Ostberlin gezogen ist. Er ist einer von drei Söhnen aus der Ehe mit Heinz Traube. Da Hilde viel unterwegs war, verbrachte Eckhard die meiste Zeit bei der Großmutter. Es waren keine politischen Motive, die ihn veranlaßten in den Osten zu gehen. Eckhards Partnerin lebte dort, war zum Zeitpunkt des Mauerbaus schwanger und hatte inzwischen eine gemeinsame Tochter zur Welt gebracht. Um mit ihr zusammensein zu können, entschloß er sich, mit 21 Jahren – der damaligen Mündigkeitsgrenze – nach Ostberlin überzusiedeln. Das war im Januar 1963.

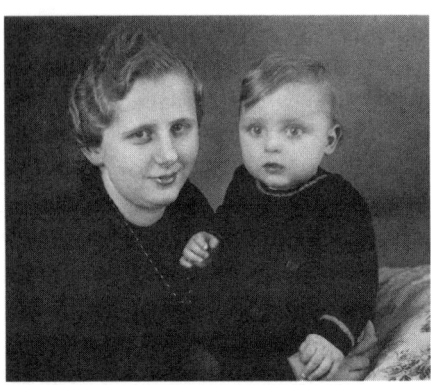

Hilde mit Sohn Eckhard

Hilde kümmert sich nun um Karls Familie. Anfangs besucht sie die verwaiste Truppe tagsüber für ein paar Stunden. Haushalt ist zwar nicht ihre Stärke, aber ihre Mutter mischt sich beherzt in die Familiengeschicke ein. Auf diese Weise wird das Loch, das Elfriedes Weggang gerissen hat, langsam wieder etwas gefüllt. Es ist vielleicht das einzige, was die Stiefkinder Hilde später anrechnen, daß sie den Mut hatte, an die Stelle der verschwundenen Elfriede zu treten und sich den Riesenhaushalt der Rungs aufzuhalsen. Die neue Beziehung, aus der erst viele Jahre später Karls dritte Ehe wird, führt die Familie aber nicht aus der Misere. Hilde verliert den Kindern gegenüber nie die Distanz, sie wird kein »Kuschelpartner«. Häufig betont sie, daß es ja nicht ihre eigenen Kinder sind. Besonders in unangenehmen Lebenslagen schiebt sie diese Ausrede vor. Sie wird für die Schar nie ein Partner, zu dem sich Vertrauen entwickeln kann. Außerdem ist sie zu schwach, vielleicht sogar zu phlegmatisch, um dem unberechenbaren Vater ein zügelnder Widerpart zu sein. Die neue Mutter, allgemein von den Kindern nur »Tante Hilde« gerufen, versteht es so wenig wie Karl, die Haushaltskasse zu konsolidieren. Nur einige Monate vergehen, da bricht neues Unheil über den Clan herein.

Eines Tages stehen große Lastwagen vor der Tür ihrer Behausung an der Rennbahn. In aller Eile werfen Karl und Hilde die wichtigsten Sachen, Papiere, Dokumente, Kleidung und anderes in zwei Kinderbetten. Die restlichen Habseligkeiten werden auf einem Speicher deponiert. Die neunköpfige Familie steht auf der Straße, ist exmittiert.

Das Los der Rung-Kinder interessiert keine Behörde, man überläßt sie ihrem Schicksal. Die ersten Tage wohnen sie bei Hildes Mutter in Haselhorst, und Karl versucht so schnell wie möglich, eine neue Zufluchtsstätte aufzutreiben. Bei seinem früheren Chef, einem Werftbesitzer, findet Karl ein Provisorium in einem Abrißhaus neben der Schiffswerft. Acht Personen – Hilde wohnt größtenteils noch bei ihrer Mutter – müssen nun mit eineinhalb Zimmer und einer winzigen Küche auskommen. Zum Klo geht es selbst bei Eis und Schnee über den Hof.

Obwohl oder vielleicht gerade weil alle dicht gedrängt leben, entsteht in der Familie keine menschliche Wärme. Im Gegenteil, Hilde kann und will die züchtigenden Strafgerichte Karls an den Kindern nicht unterbinden. Sie ordnet sich statt dessen in diese ritualisierten Prügelorgien ein. Sie schlägt nicht selbst. Dennoch sehen die Kinder in Hildes Verhalten eine besondere Infamie. Sie erteilt abends, wenn Karl alkoholisiert und mißmutig nach Hause kommt, Rapport über die Schandtaten der Ban-

de. Zu Bestrafung muß der jeweilige Übeltäter sogar spät nachts noch aus dem Bett, um sich seine Tracht Prügel verabreichen zu lassen, denn oft kommmt Karl erst gegen zehn Uhr abends aus der Kneipe. Hilde leistet für diese Tortur die psychologische Vorarbeit, indem sie schon tagsüber keine Ruhe läßt: »Warte nur, wenn Vater nach Hause kommt!« Die Kinder empfinden Hilde wie auf einem Thron sitzend und kommandierend. Von den handgreiflichen Bestrafungen des Vaters sind nur die älteste und die jüngste Tochter ausgenommen. Von der ältesten Tochter bekommt Karl schon gelegentlich die Meinung gesagt. Sie ist die einzige in der Riege, die sich das folgenlos leisten kann. Die jüngste Tochter, Christiane, wird von beiden gehätschelt. Sie hat es in erster Linie Hilde angetan, deren Wunsch nach einer eigenen Tochter unerfüllt blieb. Christiane ist das einzige der sieben Kinder, zu der die Stiefmutter so etwas wie eine emotionale Beziehung aufbaut. Thomas hingegen, der Zweitjüngste, erfährt ihre ganze Ablehnung. In ihm sieht sie einen »Bekloppten« einen in jeder Hinsicht Mißratenen.
Die Situation bessert sich nicht wesentlich, als die Familie Mitte der 60er Jahre in der Charlottenburger Seelingstraße 18 eine Ladenwohnung beziehen kann. Keine Komfortbleibe, doch groß genug. Allerdings ist diese Behausung auch nicht ideal. Zum Beispiel ist sie im Winter mit den Kohleöfen kaum warm zu bekommen. Die Kinder haben manchmal das Gefühl, beim Abwaschen in der Küche anzufrieren. Dennoch stellt die neue Unterkunft natürlich einen deutlichen Fortschritt im Vergleich zum Notquartier in Tiefwerder dar. Hier im Charlottenburger Kiez wohnt die Familie zentral in einer der guten Wohngegenden. Karl Rung baut den Teil der Wohnung, der zur Straße führt, als Verkaufsraum aus und versucht sich mit dem Handel von Autoteilen über Wasser zu halten, mit mäßigem kaufmännischem Gespür.
Selbst den eigenen Kindern fällt auf, daß die Unordnung in dem Kramladen nicht gerade Kunden anlockt. Karls Versuch scheitert. Sein nächstes kaufmännisches Experiment wird vollends ein Fiasko. Es scheint, als habe ihn und Hilde der Teufel geritten, als sich die beiden im Verkauf von Getränken probieren. Ohne jegliches kommerzielles Geschick betreiben sie den La-

den. So kommt es vor, daß sich Hilde mit dem Geld, das sie soeben durch den Bierverkauf eingenommen hat, unverzüglich auf den Weg zum nächsten Krämer macht. Außerdem will sie trotz des engen Budgets nicht auf eine gewisse weibliche Eleganz verzichten. Es sind nicht die billigsten Kostüme, die sich die rund 40jährige aus Katalogen diverser Versandhäuser bestellt. In jungen Jahren war sie eine durchaus attraktive Frau. Am Ende des kaufmännischen Wagnisses steht jedenfalls das wirtschaftliche Fiasko.

Die dramatischen Schattenseiten dieser abenteuerlichen Lebensführung bekommen die Kinder deutlich zu spüren. Da keine Krankenversicherung abgeführt wird, kann der ganze Clan nur hoffen, nicht auf ärztliche Hilfe angewiesen zu sein. Der Schularzt ist die einzige medizinische Betreuung, die die Kindern erhalten.

Im Leben mit Karl gibt es für Hilde nur wenige Momente, wo sie sich »flott machen« muß. Gemeinsam ausgehen, tanzen oder ähnliches, steht für Karl schon lange nicht mehr auf dem Programm. Und auch die Kinder haben selten eine Abwechslung. An die wenigen erinnern sie sich gut. Da gibt es mal eine Fahrt mit einem Ausflugsdampfer. Karl will zeigen, daß er auch Blödsinn treiben kann. In reichlicher Schnapslaune springt er vom Schiff ins Wasser, um am Ufer mit den Enten zu planschen. Die Augenblicke, bei denen die Kinder über Karl oder Hilde lachen können, bleiben allerdings rar. In den ersten Jahren mit Hilde ist Karl sogar noch eifersüchtig. In einer Kneipe an der Nehring-, Ecke Christstraße im Charlottenburger Kiez läßt er aus diesem Grunde einmal die Fäuste fliegen, als er einen Kneipenbruder dabei ertappt, wie er Hilde den Hof macht. Das bringt Karl ein Ermittlungsverfahren wegen Körperverletzung ein.

Hilde, Anfang der 90er Jahre

Für die Rung-Kinder ist die Stiefmutter nur der »Drachen«. Die älteren Geschwister glauben einen Grund für Hildes Gebaren zu erkennen. Da sie es nicht schafft, den Haushalt in den Griff zu bekommen, sieht es bei den Rungs immer chaotisch aus. Im Bad türmt sich die schmutzige Wäsche, in der Küche stapelt sich das Geschirr und der Staublappen wird nicht überstrapaziert. Mit einigen Arbeiten ist Hilde völlig überfordert. Ihre kaputten Knie lassen es angeblich nicht zu, beim Fensterputzen lange auf der Leiter zu stehen. Für die Kinder sieht es ganz danach aus, als würde Hilde damit erreichen, was ihnen versagt bleibt – sich vor unangenehmen Seiten des Lebens zu drücken. Statt dessen wird der Fernsprechapparat reichlich strapaziert. Kein Lausbubenstück, kein Mißgeschick, kein Vollrausch des Alten, es gibt kaum etwas, das nicht am Telefon mit Verwandten und Bekannten lang und breit erörtert wird. Stunden vergehen, in denen eigentlich die Alltagsaufgaben erfüllt werden müßten. Um Karls Aufmerksamkeit von den eigenen Mängeln abzulenken, zeigt Hilde mit boshafter Regelmäßigkeit auf eines oder mehrere der Kinder. Eines Tages erwischt sie Thomas, der gerademal fünf Lenze zählt, auf dem Klo mit einem Glimmstengel im Mundwinkel. Bei Rungs herrscht nicht die Atmosphäre für ermahnende Worte. Hilde erstattet Bericht und der Junge erhält die obligatorische Abreibung durch den Vater. Über die Methoden der väterlichen Bestrafungen gab Thomas viele Jahre später zu Protokoll: »Im Kleinstalter war es mit den Händen, aber er hat so auf einen eingeschlagen, daß man sich vor Angst immer bepinkelt hat, also ich. Er schlug wahllos zu, egal, wohin er traf. Später hat er Hilfsmittel genommen, Hundestachelhalsband, später einen gummiüberzogenen Knüppel. Ja, das sind Sachen, die man im Leben nicht vergessen tut. ... Eine Bestrafung sah unter anderem so aus, weil ich die Schule geschwänzt habe, hat er mir 'ne Glatze geschnitten, und mich so zur Schule geschickt. Ich kam mir damit ausgesprochen komisch vor und habe mich geschämt.
Na, dann wurde es immer härter, so mit den Nicht-mehr-Lausbuben-Geschichten. Da kam es zu Fahrraddiebstählen, Ladendiebstählen und mal 'ne schwere räuberische Tätigkeit, wo ich mal einen vom Fahrrad getreten habe und Geld verlangte. Da

waren natürlich die Bestrafung und die Schläge noch härter, so daß er mir androhte: ›Ich schlag' dich tot, du Schwein‹. Ich war damals 14 Jahre alt. Ja, und ab dem 14. Lebensjahr hat er sich eigentlich sehr oft so artikuliert, mit Verbrecher, Schwein und daß er einen totschlagen will.«

In einem Aufsatz über die Geschichte des Verbrechens, wird in der Zeitschrift »Kriminalistik« Heft 5/96 auf die alles überragende Bedeutung der Erziehung im Sinne des menschlichen Kontaktes hingewiesen: »Was passiert, wenn auf jede Erziehung verzichtet wird, wenn also das neugeborene Kind einer totalen Reizisolation ausgesetzt wird? – Die erste verbürgte Überlieferung eines solchen Versuchs stammt aus dem 7. Jahrhundert v. Chr.: Der ägyptische König Psammetich I. ließ neugeborene Kinder ohne jeden menschlichen Kontakt großziehen; gesäugt wurden sie von Ziegen. Am berühmtesten wurde wohl das Experiment, das Kaiser Friedrich II. in 13. Jahrhundert durchführte. Er ließ Neugeborene von ihren Müttern trennen und von taubstummen Betreuern aufziehen, die strengste Anweisung hatten, ihre Schützlinge niemals zu streicheln oder zu liebkosen. Der Kaiser wollte wissen, ob dem Mensch von Natur aus eine Sprache mitgegeben sei, und wenn ja, welche: Ob nun also keltisch oder germanisch oder die Muttersprache Jesu (hebräisch) die natürliche Sprache des Menschen sei. Die Folgen waren verheerend. Selbstverständlich zeigten diese menschlichen Versuchskaninchen nicht einmal Ansätze zum Sprechen. Trotz aller Fürsorge kränkelten sie dahin und starben sehr früh. Gesundheit hat eben auch eine sehr tiefgehende seelische Wurzel! Die Familie spielt im Sozialisationsprozeß des Menschen eine wichtige Rolle und prägt ihn bereits in den ersten Lebensjahren entscheidend. Defekte, hervorgerufen durch mangelnde Zuwendung und Anleitung, können zu Norm- und Verhaltenskonflikten und damit auch zu Verletzungen der Strafgesetze führen. Daraus folgt, daß von einer ›funktional unvollständigen‹ (gestörten) Familie eine erhebliche Gefahr für die Sozialisation des Kindes und damit eine Begünstigung der Entwicklung zur Kriminalität ausgeht.« Erziehung ist in den Augen des Vaters, die rücksichtslose Bestrafung und somit das Brechen des Willens eines jeden Kindes.

Immer wieder Schläge

Die meisten der Rung-Kinder sind der Willkür von Karl hilflos ausgeliefert und sie spüren, daß sich die Stiefmutter kaum Gedanken um ihre Lage macht. Hatte die leibliche Mutter sie noch in Schutz genommen, wenn es in der Schule Probleme mit einem Lehrer gab, so macht es sich Hilde in solchen Situationen leicht. Der Pauker hat prinzipiell recht, alles andere interessiert sie wenig. Sind die Zensuren schlecht, sagt sie den lieben langen Tag: »Warte nur, wenn Vater von der Arbeit kommt!« Kritik muß an dieser Stelle aber auch die Lehranstalten treffen. Daß bei den Rungs gnadenlos geprügelt wurde, kann den Pädagogen nicht entgangen sein. Eingeschritten ist in all den Jahren kein Amt und keine Behörde. Karl gibt sich dabei keinerlei Mühe, seine unbarmherzigen Züchtigungen vor anderen Leuten zu verheimlichen.

Hilde mit fünf Rung-Kindern, links außen Thomas

Hilde gegenüber hält er sich – zumindest in den ersten Jahren des Zusammenlebens – im Zaum. Der Grund dafür ist wohl Hildes Mutter, von allen wegen ihrer bescheidenen Körpergröße die »kleine Oma« genannt. Oma Frieda ist eine resolute Person und die einzige vor der Karl kuscht. Ihre Wünsche sind ihm Befehl. Vor allem für gelegentliche Fuhren bestellt sie Karl, der trotz aller finanziellen Nöte nicht auf seinen fahrbaren Untersatz verzichten will. Zu verschiedenen Autotypen, die Karl Rung in all den Jahren fährt, gehört neben einem alten Mercedes, einem Zweitakter der Marke DKW, einem Peugeot, auch ein Gogo, jenes Kleinstmobil der frühen Wirtschaftswunderjahre. Es gelingt ihm sogar, die ganze Familie in das Minigefährt zu zwängen.

Wenn bei Rungs in der Haushaltskasse wieder mal gähnende Leere herrscht, macht Karl ab und zu einen Abstecher zur »kleinen Oma« in die Stresowstraße. Mit ein wenig Überredungskunst läßt sie sich schon anpumpen und reicht auch mal einen Schein rüber. Der wird meist unverzüglich in die nächste Kneipe getragen. So bleibt der Familienetat weiterhin im Minus. Wenn sich der Vater Geld von der Oma zum Saufen geborgt hat, erfahren es die Kinder durch Telefonate Hildes mit ihrer Bekanntschaft. Für die Kinder ist der »Drachen« eine widerliche Tratsche, sie haben kein Verständnis dafür, daß über die mißlichen Verhältnisse in der Familie endlos am Telefon palavert wird.

Hildes Beitrag, die Familiensituation zu verbessern, bleibt bescheiden. So nimmt sie zum Beispiel Heimarbeit an. Sie muß Blumengebinde herstellen, doch durch ihre chaotische Arbeitseinteilung beschäftigt sie schließlich damit die ganze Familie. In den ersten Tagen, wenn das Material angeliefert ist, bleiben die Utensilien zunächst unbeachtet in der Wohnung liegen. Das ändert sich erst, wenn der Liefertag heranrückt. Dann herrscht Betriebsamkeit in der Seelingstraße, alle müssen mit anfassen. Häufig kommt es vor, daß Hilde eines der Kinder nicht zur Schule schickt, sondern zum Blumenbinden einsetzt, bis ihm vom harten Draht die Finger wund sind.

Im täglichen Überlebenskampf wird auf die Entwicklung von Thomas kaum geachtet. Lediglich seine Tölpelhaftigkeiten werden ihm als Bösartigkeit ausgelegt. Wenn der Vierjährige mit seinem liebsten Spielzeug, einem Dreirad auf dem Gehsteig in der Seelingstraße herumkurvt, kommt es vor, daß er einer älteren Dame in die Hacken fährt. Auf das Gezeter der Blessierten folgt für das Kind mindestens ein Katzenkopf, wenn nicht die obligatorische Tracht Prügel vom Vater.

Thomas' Verhältnis zur kleinen Schwester ist zwiespältig. Er merkt, wie das Nesthäkchen bevorzugt wird. Es ist unübersehbar, wie unterschiedlich die Sympathien verteilt sind. Der gemeinsame Besuch mit Hilde und den Geschwistern bei der Großmutter beginnt meist mit dem Aufzählen der jüngsten Sünden von Thomas. Dann wird er mit einer Kiste Lego-Steine in die Ecke verbannt, während die andern sich unterhalten. Der Junge spürt, daß er abgelehnt wird.

Auch sein Umgang mit Spielzeug stößt bei den Erwachsenen auf wenig Gegenliebe, wenn er beispielsweise mit Autos die Wirklichkeit im Straßenverkehr nachzuahmen versucht. Simuliert er einen Unfall, drängt es ihn, der Wirklichkeit möglichst nahe zu kommen. Mit Vaters Kneifzange demoliert er das Spielzeugauto, bis es den echten Unfallfahrzeugen ähnelt. Kaputte Autos sieht der Sohn beim Vater mehr als genug. Mit solchen Spielen aber verscherzt er es sich stets bei Karl und Hilde, und die Strafe folgt auf dem Fuße.

Thomas ist nicht nur linkisch, sondern auch feige. Die Beziehung zum Vater ist sehr schwierig. Feigheit widerspricht ganz und gar den Lebensmaximen von Karl. In seinem Kopf sind die Parolen vergangener Zeiten noch festgefressen, wonach nur der ein wirklicher deutscher Mann ist, der den Härtegrad von Kruppstahl erreicht. Sein Sohn entspricht dieser wahrlich eisernen Formel nicht im mindesten.

Bei Thomas Rung bleiben Zwischenfälle fest im Gedächtnis haften, in denen er den Vater als äußerst gehässig empfindet. Eine Schlittenfahrt vergißt er deshalb nie. Es ist der Winter nach dem Einzug in der Seelingstraße. Karl greift sich den Schlitten und zieht mit seiner Kinderschar zum nahegelegenen Klausnerplatz. Ein Sandhügel bietet für die in Wintersportmöglichkeiten nicht gerade verwöhnten Städter beste Rodelbedingungen. Karl verstaut ein Kind nach dem anderen auf dem Schlitten. Drei seiner Geschwister sind schon auf dem Gefährt, als letzter soll Thomas noch mit drauf. Als er auf dem Rodel sitzt und den Abhang hinunter schaut, verläßt ihn die Traute. Er springt wieder ab. Die scheinbar waghalsige Rutschpartie ist ihm nicht geheuer. Für ihn ist damit der Ausflug beendet. Mit »Tante Hilde« dackelt er nach Hause. Das provoziert den Alten

maßlos. Er kommt hinterher, brüllt den Jungen an: »Du feiget Schwein!« Dann klatscht er ihm mit voller Wucht einen Schneeball ins Gesicht.
Nicht nur der physische Schmerz trifft Thomas hart. Die Machtlosigkeit und moralische Einsamkeit, vernichten alle Gefühle. In den Situationen, in denen er der unkontrollierbaren Erregung des Vaters ausgesetzt ist, fühlt er recht deutlich, daß sich niemand für ihn starkmacht. Die Geschwister sind keine Leidensgenossen. Sie trösten sich in schwierigen Momenten nicht gegenseitig, eher kommt es vor, daß sie sich untereinander sogar verpetzen.
Thomas genießt die wenigen Male, wenn die dicke Tante Selma und Onkel Otto aus dem Osten zu Besuch kommen. Vor allem Selma nimmt Thomas gelegentlich auf den Arm und widerspricht Karl: »Mensch, das ist ja ein ganz lieber Bengel! Was hast du immer gegen den Jungen?« Solche Erlebnisse sind Ausnahmen in seinem Leben. Selma und Otto gehörten zu den wenigen Menschen, die für ihn erkennbar eine andere Meinung vertreten können. Karl akzeptiert die beiden, denn in seiner Kindheit hat er viel Zeit bei ihnen verbracht.
Familienfeiern fallen bei den Rungs eher schlicht aus. Für die Bescherung am Heiligabend gibt die kleine Oma das Geld und irgendein Saufkumpan von Karl wird zum Weihnachtsmann drapiert. Allerdings ist dieser wie Karl und vergällt mit seiner Brüllerei den erwartungsfrohen Kindern jedes Mal die feierlichen Augenblicke. Die Geschenke, die auf dem Gabentisch landen, enthalten meist Kleidung, bisweilen auch gebrauchte. Spielzeug ist selten darunter.
In der warmen Jahreszeit kommt es gelegentlich vor, daß Karl und Hilde zusammen mit den Kleineren einen Sonntagsausflug unternehmen. Dann geht es nach Eiswerder oder Tiefwerder, den Kindern wird gezeigt, wo man einmal gewohnt hat. Es kommt hin und wieder vor, daß der Vater Thomas mit in die Kneipe nimmt und ihn dem trinkfreudigen Kreis vorstellt. Die kleine Tafel Schokolade, die Thomas bei solch einer Gelegenheit geschenkt bekommt, bleibt ihm in angenehmer Erinnerung.
1967 wird Thomas Rung eingeschult. Er ist kontaktarm und weder bereit noch in der Lage, dem Unterricht zu folgen. Im Zei-

chenunterricht holt er die Knetmasse aus der Schultasche und kümmert sich nicht darum, was die anderen tun. Die Lehrer kapitulieren bald vor dem Eigensinn des Jungen. Es dauert nicht lange und der Sechsjährige wird wegen mangelnder Reife wieder aus der Klasse herausgenommen und für ein Jahr zurückgestellt. Den nächsten Versuch, dem Jungen eine normale Schulbildung zukommen zu lassen, starten die Rungs im Märkischen Viertel.

Unmittelbar an der Grenze zu Ostberlin wurde seit 1963 im Bezirk Reinickendorf das Märkische Viertel errichtet. Westberlins größtes Neubaugebiet, projektiert für 50 000 Berliner, denen hier moderner Wohnkomfort geboten werden sollte. Schnell stellt sich jedoch heraus, daß zur Wohnqualität mehr als nur fließend Warmwasser und Zentralheizung gehören. Für lange Zeit bleiben die Wohnsilos unpersönlich.
Die »Süddeutsche Zeitung« warf im September 1968 einen kritischen Blick auf die Zustände im Märkischen Viertel. Die Menschen, die hier in die Trabantenstadt zogen, fanden »einen Wald von Betonklötzen, gegen dessen Einförmigkeit man mit bunten Fassadenanstrichen anzugehen versucht, Kinder, die im märkischen Staub oder auf den zum Parken angelegten Betonflächen zwischen den Hochhäusern spielen, Erwachsene, die klagen: ›Jar nischt jibt't hier, det einzije, det wat det hier jibt is Langeweile‹ oder: ›Da haben Se für jesorgt, det die Bullen nich so weit fahren müssen, die haben se jleich mit einjenistet, damit se ordentlich mangwichsen können. Det haben se nich ohne Absicht jemacht, weil se wissen, wat hier los ist.‹«
Sozialer Sprengstoff häuft sich in diesem Ballungsraum. Es fehlt die Eckkneipe, der Tante-Emma-Laden und alles, was sonst zum täglichen Leben gehört und das Wohnen lebenswert macht. Nicht wenige Menschen werden in der Anonymität der Trabantenstadt depressiv. Am Senftenberger Ring, einer der Hauptstraßen des Märkischen Viertels häufen sich die Selbstmorde derart, daß sich die Bezirkspolitiker mit dem Problem befassen müssen. Der Senftenberger Ring ist eine eigene Stadt. In den rund 5 000 Wohnungen leben etwa 15 000 Menschen. Genau an diesem Senftenberger Ring, im Haus Nummer 2, bekommt

die Familie 1968 eine Wohnung für rund 400 Mark Monatsmiete. Hilde überredet Karl zu dem Umzug. An der Ecke zum Wilhelmsruher Damm beziehen die Rungs die neue Wohnung in der ersten Etage des Hochhauses. Es ist für die neunköpfige Familie zweifellos eine Verbesserung der Lebenssituation. Hilde wohnt allerdings, zumindest offiziell, weiterhin bei ihrer Mutter in der Spandauer Stresowstraße. Als Karl offenbar die Telefonrechnungen nicht bezahlen kann, wird der Fernsprechapparat im neuen Heim auf Hildes Namen angemeldet.
Thomas treibt sich viel auf der riesigen Baustelle herum, eine sinnvolle Beschäftigung entdeckt er nicht für sich.

Das Jahr 1968 ist eines der einschneidensten in der Nachkriegsgeschichte Westberlins. Seit einigen Jahren schon regten sich an der Freien Universität kritische Geister, die alte, eingefahrene Machtstrukturen in Frage stellten. Nach dem tödlichen Schuß des Polizisten Kurras auf den Studenten Benno Ohnesorg, am 2. Juni 1967, wuchs die außerparlamentarische politische Opposition (APO). Laut wurde über gesellschaftspolitische Alternativen nachgedacht. Der Begriff Sozialismus war nicht mehr tabu. Entsprechend unerbittlich regten sich die Gegner jeder Veränderung. In den Ostertagen 1968, am 10. April, überfiel der Neonazi Bachmann den Wortführer der APO Rudi Dutschke. Er streckte ihn mit mehreren Schüssen nieder. Dutschke überlebte schwerverletzt. Infolge des Attentats erlebte Westberlin, bis dato brave Frontstadt des kalten Krieges, turbulente Zeiten. Die Demonstrationen richteten sich unter anderem gegen das Verlagshaus von Axel Springer. Von den Zeitungen dieses Verlages wurden die schärfsten Angriffe gegen die Studentenbewegung verbreitet. Mit der Rebellion ging eine Veränderung in den Lebensgewohnheiten vieler junger Menschen einher. Der Begriff »antiautoritäre Erziehung« hat seinen Ursprung in dieser Zeit.

An den Rungs geht diese Entwicklung spurlos vorüber. Seit ihrem Wohnungswechsel ins Märkische Viertel besitzen sie zwar ein Fernsehgerät, Thomas aber ist zu jung, um sich für politische Zusammenhänge zu interessieren. Häufig und lange

sitzt er Ende der 60er Jahre auf der neuen Kunstleder-Couch vor dem neuen Fernseher und versäumt keine Sendung seiner Lieblings-Serie »Schweinchen Dick«.
Vater Rung, inzwischen 56 Jahre alt, läßt sich sein Weltbild durch die Tagesereignisse nicht in Frage stellen. In »Erziehungsangelegenheiten« ist er die Autorität, sonst niemand. Nach außen hält er sich politisch bedeckt. Den Kindern fällt nur auf, daß er eine höllische Angst davor hat, von den Staatsorganen der DDR erwischt zu werden. Als Anfang der 70er Jahre die Rung-Tochter Martha während eines Ausfluges in Österreich mit dem Fahrrad schwer verunglückt und Karl zu ihr fahren will, muß ein Bekannter Karls Auto bis München chauffieren, während der den Weg im Flugzeug zurücklegt, um nicht durch die Grenzkontrollen zu müssen. Erst einige Jahre später wird durch Verwandte in der DDR nachgeforscht, ob gegen Karl etwas vorliegt. Als er sicher ist, daß man ihm nicht ans Leder will, begleitet er von da an auch öfter mal seine Hilde, wenn die ihren Sohn Eckhard in Zepernick besucht.
Bis Anfang der 70er Jahre Hildes Mutter, die kleine Oma, stirbt, besuchen Karl und seine Frau diese häufig sonntags mit den Kindern. Gelegentlich fahren sie durch die Seidelstraße in Tegel. Dabei deutet Karl, wenn es wieder einmal Zoff mit Thomas gegeben hat, mit grimmigem Unterton auf die Backsteinbauten der Justizvollzugsanstalt Tegel und prophezeit seinem Filius, daß er mit Sicherheit eines Tages dort landen werde. Eine Weissagung, die sich bestätigen wird. Nach seinem Anteil an dieser Entwicklung, wird ihn dann niemand mehr fragen können. Karls schweres Herzleiden macht ihn Mitte der 70er Jahre zum Frührentner wider Willen, dennoch muß er weiterhin versuchen, die wahrlich nicht üppige Rente durch zusätzliche Arbeit aufzubessern.
Außer an den Wohnbedingungen ändert sich für die Familie also nicht viel. Karl sorgt mit Autoreparaturen, die er unter der Hand ausführt, mehr schlecht als recht für den Unterhalt; geht in die Kneipe und verprügelt aus nichtigem Anlaß die Kinder. Wenn er sich zur Züchtigung entschließt, müssen die Unglücksvögel zuweilen die Schlaginstrumente wie die Hundeleine selbst dem Zuchtmeister reichen. Solche Erniedrigungen wirken sich auf

das Selbstwertgefühl der Kinder besonders negativ aus. Nur einmal kann sich Thomas groß fühlen. Als Hilde sich bei Karl beschwert, daß der Junge nicht bereit sei, sich am Abwasch zu beteiligen, tritt der Vater an die Seite des Sohnes: »Det mußte nich tun, det is Weibersache.«

Im Märkischen Viertel wird Thomas nun erneut eingeschult. Jetzt geht er mit seiner ein Jahr jüngeren Schwester Christiane in die 1. Klasse der Wilhelm-Raabe-Schule am Senftenberger Ring. Langsam bildet sich in dieser Zeit bei Thomas, der sich immer schlechter als die anderen bedacht glaubt, der Hang zum Stehlen heraus. Er tut dies, auch wenn es für ihn ohne jeden Vorteil ist. Als er einmal, etwa zehn Jahre alt, bei der kleinen Oma übernachten soll, stöbert er in ihrem Zimmer herum. Dabei findet er zwei goldene Ringe mit Edelsteineinsatz. Die Beute verschwindet in seiner Hosentasche. Nur seine jüngere Schwester wird zur Mitwisserin. Als die Großmutter verzweifelt nach den wertvollen Stücken sucht, hält sie dicht, nutzt jedoch lange Zeit ihr Wissen, um den Bruder unter Druck zu setzen. Um sich den Erpressungen zu entziehen, läßt Thomas nach einiger Zeit das Diebesgut verschwinden. Er zerkleinert mit einer Zange den wertvollen Schmuck und wirft die Trümmer weg.

Den Eltern entgeht nicht, daß Thomas von Monat zu Monat unberechenbarer wird. Um sich vor bösen Überraschungen zu schützen, lassen sie ihn häufig nicht aus der Wohnung oder sie beauftragen Christiane, beim Spielen ein Auge auf ihn zu werfen. Das nutzt Thomas, indem er die Schwester bittet, sie solle sich doch die Genehmigung holen, damit er sie zum Spielen begleiten darf. Darf sie ihn mitnehmen, wird sie noch ermahnt: »Paß gut auf Thomas auf!« Während Christiane mit anderen Kindern herumtollt, auf einem Bein übers Pflaster hüpft oder Gummi-Twist tanzt, sitzt Thomas irgendwo abseits und stochert lustlos und gedankenabwesend mit einem Stock im Sand herum. Sein gestörtes Kontaktverhalten wird immer offenkundiger – er ist ein Außenseiter. Nur gelegentlich, wenn er sich zum Beispiel mit dem aus Hildes Geldbörse gestohlenen Geld Bucker, also Murmeln, gekauft hat, darf er bei den anderen mitspielen.

Thomas entwickelt wenig kindliche Neugier. Sein Bewegungsdrang ist gering. Seine Feigheit schon so ausgeprägt, daß ihm selbst das Bolzen anderer Jungs auf dem Fußballplatz bedrohlich und gefährlich erscheint. Musische Interessen keimen in dem Jungen nicht. Zu Büchern hat er, wie die ganze Familie, keine Beziehung. Selbst die Musik, die in der Familie bevorzugt wird, interessiert ihn nicht. Der Vater liebt seine Seemannsliedern, die Thomas als Humba-Humba-Gedudel bezeichnet, und ansonsten hört man im Familienkreis deutsche Schlager. An Kino, Theater, Museen oder andere kulturelle Einrichtungen ist ebensowenig zu denken, wie an den Besuch von Sportveranstaltungen. Der Junge entwickelt keine Ideen für sein Leben, sucht sich keine Idole oder Leitfiguren.

Sein Alltag wird stupide. Seine Verhaltensstörungen sind bereits so ausgeprägt, daß schon eine sehr komplexe Betreuung durch Fachleute nötig wäre, um dem Leben von Thomas Rung eine neue Richtung zu geben. In seiner Umgebung findet sich aber niemand, der das kommende Unheil hätte erahnen und abwenden können.

Nur selten kommt es vor, daß Thomas Umgang mit anderen Kindern hat. Einmal nimmt ihn ein gleichaltriger Junge, der ein Stockwerk höher wohnt, mit zu sich nach Hause. Für Thomas tut sich eine ganz neue Welt auf. Die Familie pflegt einen ganz anderen Umgangston, der Sohn besitzt als Einzelkind ein eigenes Zimmer. Lebensbedingungen, die Thomas wie aus einer anderen Welt erscheinen.

In der Schule gelingt es dem Jungen wieder nicht, sich in die Klassengemeinschaft zu integrieren. Er macht Faxen, spielt den Lehrern deftige Streiche und schlüpft in die Rolle eines Klassenclowns. Einmal türmt er Schultische übereinander, schubst sie, als der Lehrer hereintritt, um und freut sich, wie der Lehrer erschrickt. Ein anderes Mal setzt er einen Mitschüler auf die Tafel, schiebt diese hoch und läßt sie mit Karacho zu Boden sausen, so daß das ganze Gestell aus den Fugen gerät. Mit spitzbübischem Grinsen verfolgt er die Arbeit des Hausmeisters, der leise fluchend, das Unterrichtsinventar wieder herrichtet. Das erste Jahr besuchen Thomas und Christiane eine gemeinsame Klasse. Ab dem zweiten Schuljahr sind sie wieder getrennt.

Ein schlechter Schüler

Lernen ist für Thomas ein Fremdwort. Zur Schule geht er nicht gern und anderswo zeigt er sich ebenfalls begriffsstutzig. Wenn Hilde ihm etwas erklärt, ist er nur mit halbem Ohr bei der Sache. Nach drei erfolglosen Versuchen, ihm etwas zu verdeutlichen gibt's was hinter die Ohren. Thomas wird mehr und mehr von einer regelrechten Abneigung gegen das Lernen beherrscht. Statt die Hausaufgaben zu erledigen, grübelt er über seine Wut nach und wie er diese abreagieren könnte. An eine normale Teilnahme am Unterricht ist bei ihm nicht zu denken. Die Pädagogen kapitulieren und dringen darauf, daß das schwierige Kind aus der Klasse genommen wird.

Für Thomas bedeutet das nach fünf Jahren Grundschule den Wechsel in die Sonderschule. Den Wechsel auf diese Schule empfindet er als eine Zäsur in seinem Leben. »Als ich damals von der Grundschule in die Sonderschule kam, fing gleichzeitig der Hang zur Kriminalität an. ... Zum einen fand ich keinen Spaß an schulischer Leistung; ich bin ein Mensch, der mehr auf Abenteuer aus ist. In der Schule hatte ich zwei Fächer, an denen ich etwas mehr teilnahm. Einmal Gesangsunterricht und Werkunterricht, alles andere interessierte mich überhaupt nicht. Es ist heute noch so, daß mir das Lernen von Theorie sehr schwer fällt. Ich höre zu und höre zu, kann es aber im Kopf nicht abspeichern. Beispiel: Wenn ich mir heute einen Film ansehe und mich fragt einer zwei Tage danach, was der Film für eine Handlung hatte, bin ich nicht mehr in der Lage, darüber zu reden. Weil fast alles ausgelöscht ist.« (An dieser Stelle soll vermerkt werden, daß Thomas Rung in seinen schriftlichen wie mündlichen Aussagen, die in diesem Buch wiedergegeben sind und alle aus den 90er Jahren stammen, durchaus nicht als ungebildet und einfältig erscheint. Im Laufe der Jahre aber fand für ihn Kommunikation vor allem in Verhören und Verhandlungen, mit Kriminalbeamten, Anwälten, Gutachtern statt, so

daß seine Sprache und Begrifflichkeit, der man hier begegnet, vor allem aus dieser »Schule« herrührt.)
Für Karl Rung ist dieser Absturz des Sohnes nur eine weitere Bestätigung, daß der Lümmel ein Taugenichts, ein »Strolch«, ein »Verbrecher« und blöde ist und daß aus dem nie etwas Gescheites werden wird. Die Frage nach der eigenen Schuld stellt er sich nicht. Karl rechnet es sich hingegen selbst hoch an, daß er, nachdem Elfriede die Familie im Stich gelassen hatte, keines der Kinder in ein Heim gegeben hat. Später läßt er Zweifel laut werden, ob wirklich alle sieben Nachkommen von ihm sind, und er unterstellt seiner früheren Frau, mit diversen Seitensprüngen die Kinderschar vergrößert zu haben. Zum Beispiel bezweifelt er, der Vater von Thomas zu sein.
Am Märkischen Viertel wird Ende der 60er, Anfang der 70er Jahre noch kräftig gebaut. Reste der Kleingartenkolonien, die der Trabantenstadt weichen mußten, stehen noch. Die Lauben sind jedoch inzwischen verwaist. Thomas spricht von einem »Schlaraffenland« für Abenteuerlustige, und es drängt ihn geradezu, sich in den Hütten umzusehen. In seinen autobiographischen Notizen beschreibt er diese Anfänge folgendermaßen: »In der Sonderschule hatte ich einen Mitschüler kennengelernt, der sich bereits durch Einbruchsdiebstahl in Lauben hervorgetan hatte; zweimal bin ich selbst dabei gewesen; beim ersten Mal ›erbeuteten‹ wir mehrere Luftdruckgewehre und alten Plunder, womit wir nichts anfangen konnten, weil uns die Munition dazu fehlte; beim zweiten Mal fanden wir einige alte Münzen, von denen ich eine an einen meiner Sonderschullehrer verkaufte; warum nicht, auch Lehrer sind nur Menschen!«
Diese nicht mehr kindlichen Diebereien müssen noch kein genereller Auslöser für eine kriminelle Karriere sein. Bei jungen Menschen allerdings, die in ihrem Sozialverhalten bereits deutlich gestört sind, kommen so die ersten Tropfen zusammen, die schnell zu einem Rinnsal werden.
In der Schule sinkt seine Bereitschaft, sich am Unterricht zu beteiligen, immer augenfälliger. Der Neunjährige ist für die Lehrkräfte ein Problem. Sie drängen darauf, mit dem Jungen einen Arzt zu konsultieren. »Bei einer Untersuchung«, so vermerkt Jahre später das Gericht über diese Begutachtung, »die offen-

bar durch das Jugendamt Reinickendorf durchgeführt wurde, wurde R. als naiv, weich und zurückgeblieben beschrieben. Er sei in der Schule durch starke Motorik und ausgesprochene Aggressivität aufgefallen.« Der Mediziner weiß kein Mittel, das wirklich helfen könnte, fürs erste empfiehlt er, dem Kind einen »Tapetenwechsel« zu gönnen. Auf Staatskosten darf Thomas um die Osterzeit 1970 für sechs Wochen nach England reisen und es sich dort in einem Landschulheim gutgehen lassen.

Eine Woche vor Ostern ist die Abreise. Fünf bis sechs Jungs bewohnen in dem Heim in England gemeinsam ein Zimmer. »Mausi«, die zweitälteste Schwester, hatte Thomas ein Osternest mit einem Schoko-Hasen ins Gepäck gesteckt. Er sieht zwar noch, wie die Betreuer beim Auspacken des Koffers das Nest im Nachttisch verstauen, als aber Ostern heran ist und er endlich das süße Langohr schlachten will, ist es verschwunden. Da hat er, wie er selbst sagt, »einen Anfall bekommen«. Das führt dazu, daß ihm »Onkel Jack« von der Heimleitung eine Abreibung verpaßt. In seiner mißlichen Lage versucht Thomas diesen Jack einzuschüchtern, indem er mit dem Vater droht, der es ihm schon zeigen werde.

Hier wird die Ambivalenz im Verhältnis zum Vater besonders deutlich, den Thomas haßt und zugleich in diesem Augenblick als Beschützer beschwört. Allerdings zieht er es nach der Rückkehr vor, dem Vater diesen Zwischenfall zu verschweigen. Er weiß, daß er sich damit höchstens eine weitere Lektion einhandelt. Insgesamt jedoch gefällt es Thomas in England ganz gut. Er fährt stundenlang mit einem Kett-Car umher und lernt nebenbei auch noch Fahrrad fahren. In Berlin konnte Thomas das bis dato nicht, schon weil es am notwendigen Trainingsinstrument fehlte.

Die Sandberge des Märkischen Viertels bieten ideale Bedingungen für die Kinder, sich auf verschiedenste Art auszutoben. Hier können die Kids mit den Fahrrädern wilde Crossrennen veranstalten. Thomas will da nicht länger nachstehen. Da er sich jetzt zu den Pedalrittern zählen kann, ohne jedoch über das erforderliche Gerät zu verfügen, stiehlt er sich seins. Nachdem er mit dem Drahtesel um die Häuser gesaust ist, läßt er ihn achtlos liegen oder versteckt ihn für den nächsten Tag. In seinem

Treiben sieht er sich sogar noch bestätigt, als er merkt, daß ihm andere das illegal organisierte Fahrrad selbst wieder aus seinem Versteck stehlen. Stehlen wird nun in einem beängstigenden Maße für ihn zur Gewohnheit. Seine Achtung vor dem Eigentum anderer hat einen Tiefpunkt erreicht.

Die Fahrradklauerei soll sich nach einigen Wochen aber erübrigen. Karl und Hilde haben in der Zeit seines Englandaufenthaltes, am 25. März 1970, geheiratet. Es ist für beide die dritte und letzte Ehe. Mit der Heirat wird für Hilde die Auszahlung der Witwenrente fällig. Die Rungs besitzen also für kurze Zeit ein bißchen Geld. Die Kinder dürfen sich etwas wünschen. Für Thomas geht der Traum vom eigenen Drahtesel in Erfüllung. Über das Klappfahrrad freut er sich riesig.

Thomas ist happy, wie er sagt, aber er besitzt nicht die uneingeschränkte Verfügungsgewalt über sein Zweirad. Die Eltern argwöhnen, er könnte das wertvolle Stück nicht mit der gebotenen Sorgfalt behandeln. Also tut er wieder das, was er zuvor schon getan hat – er stiehlt.

Die Schläge, die er bekommt, als Bestohlene sich bei den Eltern beschweren, haben natürlich keinerlei erzieherischen Effekt.

Thomas Rung selbst erzählt später bei einer Vernehmung über diese Zeit: »Es muß Anfang der 70er Jahre gewesen sein, da bin ich mit meiner kleinen Schwester im Märkischen Viertel zu Woolworth rein. Wir hatten eine Plastiktüte dabei und haben soviel an Spielzeug und Süßem geklaut, bis die Tüte voll war. Wir wurden dann von einer Verkäuferin angesprochen und logen uns damit heraus, daß meine Schwester für mich eine Hose kaufen wollte. Zum Glück klingelte dort ein Telefon und die Verkäuferin mußte an den Apparat. Sie forderte uns vorher noch auf, zu warten, aber natürlich haben wir das nicht gemacht, sondern haben uns aus dem Geschäft verzogen. Das war eigentlich mein erstes größeres Ding. Wir konnten das Zeug natürlich nicht mit in die Wohnung nehmen, sonst hätte es da Dresche gegeben. Und so haben wir es auf der Straße unter den Kindern verteilt und damit angegeben. Es kam dann mehrmals zu Ladendiebstählen. Ich wurde auch mehrmals erwischt und von der Polizei nach Hause gebracht. Zu Hause gab's dann von Vater richtig Dresche bis zum Einpinkeln. Abstreiten konnte ich die Sache nicht, weil man das Geklaute bei mir gefunden hat. Und deswegen gab's von Vater Dresche. Die Sachen waren mir jedesmal unangenehm, und ich hatte natürlich auch scheißende Angst vor Vater. Trotzdem habe ich weiter geklaut, wenn über die alte Sache etwas Gras gewachsen war. Zum einen war unser Familienleben trostlos, zum anderen habe ich mich frei gefühlt, wenn ich von zu Hause weg war.«

Das erste Mal vor dem Kadi

Das einzige wirkliche Interesse, das der Junge in diesen Jahren entfaltet, gehört den Autos. Dahinter scheint sich die heimliche Bewunderung des sonst so verhaßten Vaters zu verbergen. Thomas ist stolz, wenn Karl ihn mitnimmt und bei einer Autoreparatur selbst Hand anlegen läßt. Die Kommandos gibt der Alte in seiner Diktion: »Du Sau, setz' den Schraubenschlüssel gerade an, sonst hau' ich dir den Hammer ins Kreuz!« Solche Sätze sind durchaus keine Ausrutscher, vielmehr charakterisieren sie den »normalen« Umgangston.

Die positiven Erlebnisse mit dem Vater sind dünn gesät. Besonders freut sich der Junge, als er einmal den Alten auf einer Fahrt nach Detmold begleiten darf. Im Ganzen überwiegt jedoch die Ablehnung. Im stillen hofft Thomas, daß den Alten der Teufel holt. Er meint dies nicht sinnbildlich. Ihm scheint nur der Tod des Vaters eine Befreiung von ihm zu bringen. Die Rungs leben erst einige Monate in der neuen Wohnung im Märkischen Viertel, da schlägt eines Tages neben Karl ein herabstürzender Zementsack aufs Pflaster. Hätte ihn dieser Sack mit voller Wucht getroffen, wäre das mit ziemlicher Sicherheit sein Ende gewesen. Doch er bleibt unversehrt und ist lediglich von oben bis unten grau eingestaubt. Einen besonderen Grund für das Beinaheunglück kann er nicht erkennen, das Neubauviertel ist noch eine einzige Baustelle. Karl wird nie erfahren, daß in diesem Augenblick sein Leben an einem seidenen Faden hing. Sein Sohn hatte bewußt den angebrochenen Zementsack aus dem neunten Stockwerk hinunter gestoßen und sein Ziel nur um wenige Zentimeter verfehlt. Zum ersten Mal hatte Thomas Rung versucht, ein Problem durch die »Beseitigung eines Menschen« zu lösen.

Das Verhältnis zwischen Thomas und seinem Vater bleibt zwiespältig. Einerseits verabscheut Thomas ihn, besonders wegen seiner Erziehungsmethoden, andererseits bewundert er seinen

Fleiß und seine Disziplin. Den Faible für Kraftfahrzeuge scheint Thomas ebenfalls vom Vater übernommen zu haben. Und da Karl Rung unter anderem auf einem Schrottplatz arbeitet, bekommt der Junge Kontakt zum Autoverwerter. Das Firmengelände liegt am Rande des Märkischen Viertels. Auf seinem Lagerplatz am Zerpenschleuser Ring sind die Autokadaver zu imposanten Gebirgen aufgetürmt. Obwohl Thomas noch einige Jahre Schule vor sich hat, nimmt ihn der Schrottverwerter als Hilfskraft an. Nach dem Unterricht beteiligt sich der Junge mit Begeisterung und geschickter Hand am Ausschlachten der Fahrzeuge. Für den halben Tag gibt es fünf Mark. Das ist nicht wenig Taschengeld für einen Jungen seines Alters. Er ist gerade dreizehn Jahre alt, als er anfängt, sich regelmäßig auf dem Autofriedhof zu verdingen. Hier fühlt sich Thomas Rung frei. Jede Minute, die er erübrigen kann, verbringt er zwischen den Autowracks, selbst am Wochenende.

Es dauert nicht lange, da macht er seine erste Bekanntschaft mit dem Alkohol. Mit dreizehn kauft er einen 6er Pack Bier und eine Flasche »Bols Kirsch«, nimmt sie mit zur Schule und verstaut alles unter der Schulbank. Dabei bedenkt er nicht, daß die Fächer nach vorne einen Schlitz besitzen und der Lehrer sehen kann, was unter dem Tisch verwahrt wird. Es kommt wie es kommen muß, die hochprozentige Ladung entgeht der Entdeckung nicht und wird beschlagnahmt. Jetzt bekommt es Rung mit der Angst zu tun. Er weiß, was ihn erwartet, wenn der Lehrer dem Vater Bericht erstattet. Mit einem Klassenkameraden entschließt er sich auszubüxen. Darüber nachgedacht hat er schon einige Male, aber an der Frage »Wohin?« waren die Pläne bislang gescheitert. Nun ist sein einziger Gedanke: »Weg von zu Hause!« Die erste Nacht verbringen die beiden in einem Ausschlachtauto auf dem Schrottplatz. Dann zieht es sie in die City. Aber Unsicherheit und Hunger zwingen sie schnell etwas zu unternehmen.

Die beiden erfahren von einer Pension in der Charlottenburger Kantstraße, in der sich Trebegänger melden können, ohne kurzerhand »ausgeliefert« zu werden. Hier vermittelt man ihnen sogar ein Zimmer, es gibt ein Essen und zusätzlich noch zehn Mark. Thomas vergnügt sich beim Schlittschuhlaufen auf der

Eisbahn im Europa-Center. Er genießt die kurze Unabhängigkeit von den Eltern, muß jedoch erkennen, daß es kein Zustand von Dauer sein wird.

Am folgenden Tag meldet er sich beim Jugendamt und packt über die häuslichen Verhältnisse aus. Sein Wunsch ist es, lieber ins Heim als wieder nach Hause zu kommen. Er hält das für eine realistische Möglichkeit, der auch die Eltern zustimmen könnten. Schließlich haben Karl und Hilde nicht nur einmal gedroht: »Ihr kommt alle ins Heim!« Die Mitarbeiter des Jugendamtes sind davon überzeugt, für beide Seiten das Beste zu tun, wenn sie die scheinbar unüberwindlichen Gräben zwischen Vater und Sohn zu überbrücken versuchen. Karl wird zum Jugendamt bestellt und muß sich zu den Anschuldigungen erklären. Thomas ist bei der Aussprache nicht zugegen, er wartet in einem separaten Raum auf das Ergebnis. Am Ende legt ihm ein Mitarbeiter des Jugendamtes nahe, doch wieder ins Elternhaus zurückzukehren. Er versichert ihm, daß es für den Alkohol in der Schule und die anschließenden Eskapaden keine Prügel geben werde. Der Sohn willigt ein. Daheim scheint alles wie ausgewechselt. Tatsächlich setzt es keine Schläge wie sonst üblich, statt dessen darf Thomas ein Bad nehmen und im Anschluß fürstlich speisen. Soviel Fürsorge kannte er bis dahin nicht. Er genießt die einmalige Klimaveränderung, aber die hält nicht allzulange vor. Bald setzt mit Gekeife und den obligatorischen Hieben wieder die gewohnte Alltäglichkeit ein. Über Flucht denkt Thomas dann jedoch nicht mehr ernsthaft nach.

Thomas Rung schafft es nicht, sich gegen die Erniedrigungen aufzulehnen und er beginnt, selbst Freude an der Erniedrigung anderer zu empfinden. Im Sommer 1975, es ist der 8. Juli, bricht die aufgestaute Aggressivität aus ihm heraus. Er selbst beschreibt den Vorfall, der ihn das erste Mal in seinem Leben vor den Kadi brachte, beinahe lapidar.

Wieder einmal ist er bei dem Schrotthändler zugange und verrichtet kleine Botengänge: »Der Inhaber des Platzes schickte mich mit dem Rad los, Eis zu kaufen. Das war damals im Märkischen Viertel im Zerpenschleuser Ring. Auf der Fahrt Eis zu holen, kamen mir da auf dem Ring Kinder auf Rädern entgegen und die hatte ich irgendwie auf meine Art richtig grob angemacht. Die sind dann ziemlich ängstlich in verschiedene Richtungen geradelt und so kam es, daß ich den einen regelrecht verfolgte. Weil ich ihn ja nun fangen wollte, das aber fast nicht möglich war, weil er so schnell fuhr, da habe ich ihm dann mit voller Wucht mit dem linken Bein gegen das Hinterrad getreten, so daß er sich gleich mehrmals überschlagen hat. Und dann bin ich sofort weg. Ich hatte die Kinder provoziert und ihnen Angst gemacht. Eigentlich hatte ich keinen Grund dafür, mir war einfach so danach. Ich bin dann mit meinem Rad weitergefahren, als wenn nichts gewesen ist. Habe das Eis geholt und bin zurück zum Schrottplatz. Anschließend kam die Polizei auf den Platz und wollte mich verhaften... Der Schrottfritze hat sie vom Hof gejagt. Er drohte, die Hunde loszumachen. Er meinte, daß ich doch ein Kind sei und daß es so was nicht gäbe. Und die haben sich dann getrollt. Er hatte ja nicht die leiseste Ahnung, was überhaupt passiert war. Daher hielt er auch zu mir. Die Polizei hatte aber gewartet, vor dem Platz, und mich, als ich den Platz verließ, mitgenommen. Es kam zu einer Anzeige mit dem Vorwurf ›Räuberische Erpressung‹, zumal das Kind erhebliche Verletzungen erlitten hatte. Ich wurde dann wegen der Sache auch verurteilt, der Jugendrichter gab mir einen Wochenendarrest. Ich hatte bei der Sache mit den Kindern auch gesagt ›Knete her‹ aber das mehr, aus Flachs und nicht als Ernst gemeint. Die Kinder waren acht bis zehn Jahre alt.«

Der dreitägige Arrest wird am 16. Dezember 1975, knapp drei Wochen vor Rungs 15. Geburtstag, verhängt. Karl selbst packt den kleinen Gauner ins Auto und liefert ihn im »Café Schönstedt«, dem Jugendknast in der Neuköllner Schönstedtstraße ab. Diese Strafe nutzt bei Thomas nichts mehr. Mitleid kennt er nicht. Wenn Menschen, die viel schwächer sind als er, vor Angst bibbern und ihnen die Tränen übers Gesicht laufen, bleibt er unberührt. In diesen Augenblicken ist er – der sonst so Ohnmächtige – mächtig. In einer Selbstdarstellung, die er später während der Haft einem Mitgefangenen in die Schreibmaschine diktiert, beschreibt er zotenhaft weitere »Vorlieben« jener Tage: »Damals hatte ich auch großen Spaß daran, alten Weibern den Hut vom Kopf zu schlagen; einmal traf ich versehentlich den Kopf einer Oma, so daß sie sich auf den Hintern setzte und ganz fürchterlich zu kreischen begann; als ich mich aus dem Staub machen wollte, wurde ich von meinen Schulkameraden daran gehindert und so lange festgehalten, bis die Polizei eintraf. Während die Oma noch wetterte, mir einen Denkzettel zu verpassen, fuhr mich die Polizei nach Hause, wo ich von Vater den ›Denkzettel‹ in Form von Prügel bekam, die wieder äußerst schmerzhaft war.«

Die Staatsanwältin, die die letzte Anklageschrift gegen Thomas Rung verfaßte, vertrat darin recht ungeschminkt die Meinung, daß bei dem Überfall auf die kleineren Jungs, der Arrest bei Thomas kaum Wirkung gezeigt habe, die ihm »vom Vater dafür zuteil gewordenen Schläge ... ihn jedoch nachhaltiger« beeindruckten.

Er gibt sich kaum noch die Mühe, seine Vorhaben anders als mit Gewalt zu erreichen. Davon sind besonders auch die ersten Beziehungen zum anderen Geschlecht gekennzeichnet. Sein Bruder ist frühzeitig eine feste Verbindung eingegangen, mit 17, und seine Freundin ist gerade 13, so alt wie Thomas. Mit anderen Klassenkameraden versucht sich Thomas eines Tages auf dem Nachhauseweg von der Schule an das Mädchen heranzumachen, mit Gewalt. Gemeinsam versuchen sie, ihr die Kleider vom Leibe zu reißen. Sie wehrt sich erfolgreich.

Thomas schildert sein beginnendes Sexualleben wenig dramatisch: »Zum ersten Orgasmus kam es in der Badewanne, da war ich so 13 Jahre alt. Ich schraubte die Brause ab und hielt mir den Schlauch an mein Glied. Zuerst wußte ich ja überhaupt nicht, was jetzt in mir vorgegangen ist. Es war so ein gewisses Kribbeln. So kam es dann auch, daß ich es ab und zu wiederholte. Gesprochen hatte ich mit niemandem darüber. Ich kann mich auch nicht daran erinnern, daß meine Eltern je über Sexualität gesprochen haben. Lediglich in der Schule wurde darüber etwas berichtet, was, weiß ich heute nicht mehr. Als mir dann so richtig klar wurde, was das für ein Erlebnis war, war ich bereits so etwa 16 Jahre alt. Irgendwo und auch unbewußt habe ich das für mich zum Tabuthema gemacht. Das einzige, was ich machte, beim Sexualunterricht aufmerksam zuhören und den Rest aus der Zeitung entnommen. Als ich dann das erste Mal inhaftiert wurde und überall die nackten Frauen rumhingen, ging das Onanieren richtig los.« Seine Schwierigkeiten die er nicht nur in der Pubertät mit dem anderen Geschlecht hat, ist weniger von seinem Sexualtrieb als von seinem Sozialverhalten insgesamt geprägt.

Beginn der »Karriere«

Mit dem Abschluß der achten Klasse ist für Thomas Rung die Schulzeit vorbei. Den Hauptschulabschluß hat er nicht gemacht. Er will keine Zeit verlieren und möglichst bald in der Autoverwertung eine richtige Anstellung erhalten. Der Schrotthändler ist eine knorrige Natur, aber Rung empfindet ihn als väterlichen Freund, der wenigstens nicht zu unkalkulierbaren Wutausbrüchen neigt. Wenn dem allerdings etwas nicht paßt, sind auch seine deftigen Flüche über den ganzen Schrottplatz zu hören. Aber im großen und ganzen hat es Rung hier recht gut. Er ist zufrieden.

Karl Rung will sich nun als Rentner aber einen Traum erfüllen. Er sieht sich in Niedersachsen nach einem Häuschen um.

Viele Westberliner waren nach den Jahren der Ummauerung des Großstadtlebens ein wenig überdrüssig geworden. Wer es sich leisten konnte, besorgte oder baute sich ein Häuschen auf dem flachen Lande. Viele Möglichkeiten gab es dafür nicht. Sofern man seinen Wohnsitz in Berlin (West) nicht aufgeben konnte oder wollte, blieb einem nur das Pendeln zwischen der Stadt und dem Haus im Grünen. Es lag nahe, daß die Westberliner dazu den kürzesten Weg suchten und der führte über die Transitautobahn durch die DDR nach Niedersachsen, Grenzübergang Helmstedt. In dieser Ecke bauten sich eine ganze Menge Spree-Athener ein zweites Zuhause auf.

Für 25 000 Mark kauft Karl ein sanierungsbedürftiges Fachwerkhaus in Barnstorf, einem Kleinod, rund 25 Kilometer von Helmstedt entfernt. Eigentlich ist es eine Übertreibung, daß Karl das Gebäude erstanden hat. Einen Teil des Kaufpreises kann Hilde noch von der verbliebenen Witwenrente aufbringen. Außerdem spannen die Eheleute Rung Hildes Vater für das Projekt ein. Der Opa ist einige Jahre zuvor Witwer geworden und hat nichts dagegen, mit aufs Land zu ziehen. Seine Rente wird praktisch vollständig von Karl und Hilde verwaltet und für das Haus

aufgewandt. Die restliche Kaufsumme für das kleine Anwesen decken Hypotheken.
Die meisten der Rung-Kinder halten den Hauskauf im wahrsten Sinne des Wortes für eine Schnapsidee ihres Alten. Die älteren unter ihnen denken ohnehin nicht daran, den Eltern in die für sie so trostlose Provinz zu folgen. Martha, noch keine 18 Jahre alt, holt sich sogar vom Jugendamt die Sondergenehmigung, entgegen dem elterlichen Willen in Westberlin bleiben zu können. Nur für Christiane, die Jüngste, gibt es keine Debatte, sie muß auf jeden Fall mit aufs Land. Um den Wegzug nicht zu verzögern, wird sogar Christianes Konfirmation vorgezogen. Am 19. August 1976 melden sich die Rungs vom Senftenberger Ring ab, um nach Niedersachsen »auszuwandern«. Und einige Wochen später steht auch der 15jährige Thomas vor der Entscheidung. Eigentlich ist es dem Vater ganz recht, daß der Sohn auf dem Schrottplatz das Arbeiten lernt. So willigt er ein, daß Thomas in Berlin bleiben darf und nicht mit nach Barnstorf ziehen muß. 1 000 Mark im Monat sind bei dem »Schrottfritzen«, wie Karl den Händler nennt, ein üppiges Salär. Dieser sieht für den Halbwüchsigen eine sichere Zukunft in seinem Autoverwertungsbetrieb. Wenn Rung 18 ist, soll er den Führerschein machen, dann würde ihm der Chef sogar den Platz in alleiniger Regie überlassen und nur noch freitags zum Kassieren vorbeikommen. Wenn der Firmeninhaber dann irgendwann stirbt, würde Rung ihn sogar beerben können. Thomas kann beim Arbeitgeber wohnen – teilt sich ein Zimmer mit dessen Sohn – und muß nur etwas Kostgeld für seinen Unterhalt beisteuern. Alles in allem ist er bestens versorgt und kann einer sinnvollen Zukunft entgegen sehen. Während eines Besuches bei der kleinen Rest-Familie in Barnstorf ändert sich aber alles, leider wieder einmal zum Schlechteren. Thomas läßt sich überreden, ebenfalls in das Nest zu ziehen und beim Werkeln an dem reparaturbedürftigen Bau zu helfen.
Für den stadtgewohnten Jungen ist das Dorf die Ödnis schlechthin. Der Vater hat beim Umzug zwar das Klappfahrrad eingepackt. Aber über die Dorfstraßen zu radeln, ist für Thomas keine besondere Erbauung. Nach seinem eigenen Dafürhalten nimmt in dem Ort seine kriminelle Karriere »ihren verhängnis-

vollen Anfang«. Es habe damit begonnen, so schreibt er selbst, daß ihn das »eintönige Leben« in dem Ort »nicht mehr antörnte, sondern buchstäblich ankotzte; außer den zwei Dorfkneipen, die Vater tagtäglich aufsuchte, einer Bäckerei, einem Tante-Emma-Laden und einem größeren Verbrauchermarkt gab es dort nur hausgemachten Mist«.

Im Tante-Emma-Laden kann Hilde anschreiben lassen, denn die finanzielle Misere ist den Rungs aufs Land gefolgt. Wenn Thomas einkaufen geht, zweigt er gleich noch eine Tafel Schokolade für sich ab und freut sich wie ein Schneekönig, »die Alte bemogelt« zu haben. Gegen Hilde, die er – wie er später erzählt – mit der wichtigsten Nebenfigur in dem Märchen »Hänsel und Gretel« vergleicht, hegt Thomas eine tiefsitzende Abneigung. Diese ist zwar von Anfang an vorhanden, verstärkt sich aber in Barnstorf.

Er fühlt sich in fast allen Lebenslagen zurückgesetzt. Seine jüngere Schwester beginnt im nahegelegenen Schöppenstedt eine richtige Lehre, und Thomas wird von Karl in einem Betrieb vorgestellt, um ihn zum Landmaschinenschlosser ausbilden zu lassen. In der Firma aber kann man sich nicht so recht entscheiden, und schlägt vor, den Jungen zunächst für ein Jahr auf eine vorbereitende Schule zu schicken. Thomas hat eigentlich nichts dagegen, in der Gegend gibt es ohnehin nichts anderes, was ihm Spaß machen könnte. Aber der Vater kümmert sich nicht weiter drum, und der Vorstoß gerät in Vergessenheit.

Statt dessen muß Thomas für sieben Mark in der Stunde gemeinsam mit dem Vater Rübenblätter einsammeln. Er hat eine Stinkwut im Bauch und den Vorsatz, hier bald wieder abzuhauen.

Am Verhalten des Vaters den Kindern gegenüber ändert sich nur insofern etwas, als daß die Auswahl derer, die seine Schläge zu spüren bekommen, viel kleiner geworden ist. Zum Schluß bleibt nur noch Thomas übrig.

Doch der knapp 16jährige sorgt auch genügend für Aufregung und jagt dem sonst so selbstsicheren Vater einmal einen gewaltigen Schreck ein. Bauer Erich, so weiß der Junge, verfügt als passionierter Jäger über eine entsprechende Flinte. Es ist für Thomas ein Kinderspiel, nachts durchs Dorf schleichend, das

Schießeisen zu stehlen. Er ist entschlossen, dem häuslichen Tyrannen eine Kugel in den Kopf zu jagen.
Es ist der 24. Februar 1977. Thomas ist verschwunden, bei Bauer Erich fehlt das Gewehr und eine Menge Munition. Karl Rung braucht wenig Phantasie, um sich auszumalen, welch explosive Gefahr sich da auftut. Er macht sich keine Illusionen darüber, welchen Zweck der Bengel mit dem Schießeisen verfolgt. Karl bangt um sein Leben. Doch der Halbwüchsige, noch weit von seiner späteren körperlichen Konstitution entfernt, setzt sich schon beim ersten Probeschuß auf den Hosenboden. Er verwirft vorerst seine Plänen und versteckt die Waffe in einem Wasserrohr. Damit das Gewehr trocken bleibt, legt er es auf übereinandergeschichtete Steine. Nach Hause will er jedoch nicht. Später erzählt er: »Zuerst hatte ich in einer Scheune bei einem Kumpel im Dorf übernachtet. Dann wollten die Eltern von meinem Kumpel das nicht mehr, so drohte ich, mit Streichhölzern die Scheune in Brand zu setzen. Sie versprachen mir, mich nicht an meine Eltern auszuliefern, sondern ich konnte bei ihnen im Haus schlafen. Sie haben ihr Versprechen auch gehalten.« Nach einigen Tagen verläßt er sein Asyl und kreuzt wieder bei den Eltern auf.
»Wo ist die Knarre?« Karl ist deutlich beunruhigt, als er den zurückgekehrten Jungen dazu bringen will, das Mordinstrument herauszurücken. Diesmal prügelt Karl nicht auf den Sohn ein. Er scheint wirklich verunsichert. Thomas willigt ein, daß die Polizei gerufen wird. Mit der zieht er schließlich los und gibt das Versteck preis. Ihm bleibt aber der Triumph, den Alten in Angst und Schrecken versetzt zu haben. Der Vater ist offenbar getroffen.
Für Thomas, wie für Bauer Erich hat die Angelegenheit ein Nachspiel. Das Amtsgericht Wolfenbüttel spricht gegen Thomas wegen »Diebstahls mit unbefugtem Führen einer Schußwaffe« eine Verwarnung aus, außerdem muß er in Wolfenbüttel gemeinnützige Arbeit ableisten. Bauer Erich, der sein Gewehr so nachlässig aufbewahrt hatte, wird sogar für einige Zeit das Jagdrecht mit der deutlichen Weisung entzogen, in Zukunft die Waffen besser unter Verschluß zu halten.
Thomas Rung bleibt kein halbes Jahr mehr in Barnstorf. Im

Sommer 1977 hält ihn nichts mehr in der verhaßten dörflichen Fadheit. Seine »Flucht«, so schreibt er später, war gar nicht so einfach, »weil ich nur die Personalpapiere und kein Geld hatte. Da ich wußte, daß es bis zum Grenzübergang zur damaligen DDR zirka 25 Kilometer gewesen sind, und ich die lange Strecke nicht zu Fuß zurücklegen konnte, war ich gezwungen, in eine Garage einzubrechen, in der ein Mofa stand, für das aber der Sprit bis Helmstedt nicht ausreichte, so daß ich mir unterwegs auch noch ein Fahrrad klauen mußte.« Es ist die Garage des Dorftischlers, aus der sich Rung ein Mofa nimmt. Und weiter berichtet er: »... von Helmstedt aus bin ich dann per Anhalter über die Transitstrecke nach Berlin gelangt, von wo ich mich auf den Weg zu einem Freund meines Bruders machte, den ich aber bei sich zu Hause nicht antraf, sondern lediglich dessen Bruder Detlef, dem ich erzählte, daß ich von zu Hause abgehauen sei und nie mehr dorthin zurückkehren wolle.« In der Steegerstraße 71 im Bezirk Wedding findet er eine vorläufige Unterkunft.

Aber Rung besitzt keine Papiere, um sich irgendwo um eine Lehr- oder Arbeitsstelle zu bewerben. Am liebsten wäre er auf die Schrotthalde zurückgekehrt, war sich jedoch sicher, daß der Chef sofort den Vater benachrichtigen und die ganze Fluchtaktion damit hinfällig würde.

Mit dem Bruder seines Gastgebers stellt er Überlegungen an, wie man zu Geld kommen könnte. Rung macht den Vorschlag, alten Frauen – »Weibern« wie er sagt – die Handtaschen zu entreißen.

Gemeinsam gehen die beiden an die »Arbeit«. Zuvor trinken sie sich Mut an. »Das war vormittags oder mittags rum und passierte auf der Straße. Ich bin von hinten an die Oma ran und riß ihr die Tasche weg. Detlef paßte auf. Und dann sind wir beide mit der Tasche abgehauen. Es können 150 DM drin gewesen sein, das weiß ich nicht genau. Das ganze war im Wedding, ich glaube Steeger Straße. Ich glaube wir haben dann gleich auch die nächste Oma gemacht, ein paar Straßen weiter, aber diesmal im Hausflur. Ich bin wieder an die Oma ran und habe ihr die Handtasche weggenommen und sie zu Boden geschubst. Sie schrie tierisch. Detlef hatte wieder aufgepaßt und wir sind dann

beide abgehauen. Schon beim Wegrennen hörte ich das Sirenengeheul der Polizei.«
Es ist der 19. Juli 1977. Rungs Komplize verschwindet und wird in der Wohnung gefaßt, Thomas versucht Haken schlagend zu entkommen. In einer Querstraße kommt ihm eine Funkstreife mit Blaulicht entgegen. Er geht unter einem Auto in Deckung. Das hilft nichts, er wird aufgestöbert. Einer der Beamten hält ihm dabei seine Dienstwaffe an den Kopf und macht ihm unmißverständlich klar, daß es nicht ratsam sei, abzuhauen. Rungs Hoffnung auf ein ungebundenes Leben, frei von allen Zwängen zerschlägt sich von dieser Minute an. Thomas hat die Rentnerin zu Boden gestoßen, diese zog sich bei dem Angriff einen Oberschenkelhalsbruch zu.
Er wird in Untersuchungshaft genommen. Die Monate sitzt er in dem ihm schon bekannten »Café Schönstedt« in Neukölln ab. Rund drei Monate nach dem mißlungenen Coup stehen Rung und sein zwei Jahre älterer Mittäter vor dem Jugendrichter. »Raub in Tateinheit mit Körperverletzung« lautet die Anklage. Der Mitbeschuldigte versucht in der Verhandlung am 11. Oktober 1977 seinen Tatanteil auf ein unerhebliches Minimum zu reduzieren: »Ich stand da wie angewachsen, als der Rung mit der Handtasche ankam!« Was er von dieser Version hält, demonstriert Rung durch lautes Lachen im Gerichtssaal. Das ist nicht klug, denn der Richter kreidet ihm das offensichtlich als Mißachtung des Gerichts an. Die Staatsanwältin will es für beide noch einmal mit einer Bewährungsstrafe bewenden lassen. Aber nur Rungs Spießgeselle kommt auf diese Weise mit einem blauen Auge davon, die einjährige Haftstrafe wird zur Bewährung ausgesetzt. Gegen Rung verhängt das Gericht eine Freiheitsstrafe von zwei Jahren Haft ohne Bewährung. In der Berufungsverhandlung hat Rung keinen Erfolg, das Urteil gegen ihn wird bestätigt. Seine Adresse für die kommenden Monate ist die Jugendstrafanstalt Plötzensee. »Bis zu meiner Verhaftung«, resümiert er, »habe ich das Leben ziemlich locker gesehen. Mich ärgerte auch oft: Nur Arbeiten, Verpflichtungen, Essen, Trinken und Schlafen, dazu vielleicht sich auch noch einen Buckel von der Arbeit holen. Das kann das Leben doch einfach nicht sein.«

Thomas Rung muß bei dieser Gerichtsverhandlung die Erfahrung machen, daß sein Werdegang den Eltern offensichtlich nicht viel bedeutet. Und er teilt das Schicksal anderer Jugendlicher in dieser Situation. Weder Vater noch Stiefmutter halten es für nötig, beim Gerichtstermin zu erscheinen. Jedoch drei seiner Geschwister wollen sich noch nicht von ihm abwenden. So sitzen die älteste Schwester, seine Lieblingsschwester Sieglinde und sein Bruder auf den Zuschauerbänken.
Die Hoffnung, wieder auf dem Schrottplatz alte Motoren zu zerlegen und in Autowracks nach Verwertbarem zu suchen, muß Thomas zunächst sausen lassen. In seiner Selbsteinschätzung ist mit dieser Haftstrafe unrevidierbar der Weg zu einer verhängnisvollen Verbrecherkarriere eingeschlagen. Ohne berufliche Zukunft, bar jeder Mittel und mit einem Schuldenberg, beginnt der Teufelskreis. Die finanziellen Verpflichtungen ergeben sich aus den Regreßansprüchen der Allgemeinen Ortskrankenkasse, die für die Arzt- und Heilungskosten der schwer verletzten Rentnerin aufkommen muß. 7 000 Mark will sie von Rung, eine Summe, die zu bezahlen ihm utopisch erscheint.
Rung notiert über die Anfangszeit in der »Plötze«: »Der Weg in den Knast führt unweigerlich über die sogenannte Hauskammer, wo man sich erst einmal vollständig ausziehen muß, den Sack gegen Ungeziefer eingepudert bekommt und danach in Knastklamotten gesteckt wird; nach dieser Prozedur wird man in eine Aufnahmezelle und später in die reguläre Zelle verfrachtet, wo einem für die Dauer der Haft der Strafanspruch des Staates ordnungsgemäß zu praktizieren gelehrt wird. Ich bin im Haus II dieser Anstalt untergekommen; hier mußte ich anfangs für die Kalfaktoren die langen Flure bohnern, im Weigerungsfalle hätten die mir was auf die Schnauze gehauen; als Zugang mußte jeder ran, ob er wollte oder nicht; hätte ich mich beschwert, wäre ich bei allen Mitgefangenen unten durch gewesen; für mich hat sich das so dargestellt, daß die Peiniger draußen und drinnen waren.«
Im Knast genießt Rung kein besonderes Ansehen. Er ist ein Neuling und da er sich an einer alten Frau vergangen hat, gilt er als Feigling. Noch immer weit davon entfernt, sich mit den Fäusten durchzusetzen, muß er sich allerlei Hänseleien gefallen las-

sen. Wegen seiner großen spitzen Nase bekommt er von den Mithäftlingen den Spitznamen »Pinoccio«. In die Gemeinschaft des Jugendknastes kann er sich nicht einleben. Aber er läßt sich wie die anderen tätowieren. Das eine Motiv zeigt die Comic-Figuren »Fix und Foxi« und das andere – inspiriert von der Rocksängerin Suzi Quattro, die dieses Tattoo am Handgelenk trägt – einen roten Stern. An dem Stern findet er nur begrenzten Gefallen und läßt ihn zum Kometen verfremden und schließlich wieder entfernen.

Er lernt die Spielregeln und die Spiele des Knastes kennen: »Ein anderer Knacki machte auf ›Kumpel‹ und brachte mir das ›Klammern‹ bei, ein unwägbares Kartenspiel, bei dem man, wenn man nicht aufpaßt, Haus und Hof verlieren kann; da wir aber nur um volle Cola-Dosen spielten, dauerte es nicht lange, bis ich meinen Einkauf im Gegenwert von 60 Mark an diesen Knacki verspielt hatte ...« Rung bleibt mißtrauisch und es gelingt ihm nicht, Freundschaften zu schließen, besser gesagt, er bemüht sich auch nicht darum.

Hier, in der Jugendstrafanstalt, kommt er mit Haschisch in Berührung. Als er zum Freigang zugelassen wird, drückt ihm ein Mithäftling Geld in die Hand, sagt ihm, wo er sich mit der Taxe hinfahren lassen soll, und wie er dort an den Stoff kommt. Rung erledigt den Auftrag. Dafür darf er an dem Pfeifchen ziehen. Zuerst verspürt er nichts, doch dann »geht das Zeug mächtig in die Birne«. Vollgekifft läuft Rung durch die Räume, er glaubt, daß er ohne medizinische Hilfe von diesem Trip nicht mehr runterkommt. Die anderen Häftlinge halten ihn davon ab, sich beim Sanitäter zu melden. Erst etwa 1984 beginnt Rung dann regelmäßig Haschisch zu rauchen.

Im Knast wird er auf seine Defizite aufmerksam. Er ist inzwischen bald 17 Jahre alt und nicht in der Lage, seine Gedanken schriftlich zu formulieren. Er beginnt, sich in deutscher Schriftsprache zu üben. Seinem Eindruck nach werden die Jugendlichen in Plötzensee nicht ausreichend betreut. Er fühlt sich mit seinen Problemen alleingelassen. Versuche, sein Gefühlsleben ins Lot zu bringen, scheitern. In den quälend langen Nächten der Einsamkeit erinnert sich Rung an seine Schulkameradin Regina. Er schreibt ihr und sie antwortet ihm postwendend. »Für

mich brach eine unbeschreibliche Gefühlswelt aus, ich habe mich gleich in sie verliebt und träumte von einer gemeinsamen Zukunft«, schwärmt Rung noch viele Jahre später. Die Träume platzen, das Mädchen erwidert die Zuneigung nicht. Selbstzweifel plagen Rung. Solche Erlebnisse sind Gift für Menschen mit einem angeschlagenen Selbstwertgefühl.
Nach 16 Monaten, nach Verbüßen von zwei Dritteln der Strafe, kann er am 14. November 1978 die Strafanstalt Plötzensee verlassen. Er entschließt sich den versprengten Rest der Familie in Barnstorf zu besuchen. Christiane muß bei Wind und Wetter die 25 Kilometer mit dem Moped nach Helmstedt knattern, um Thomas am Grenzübergang abzuholen. Derzeit wohnen Hilde, ihr Vater Paul und das jüngste der Rung-Kinder in dem niedersächsischen Dorf. Karl jobbt, da das Geld gebraucht wird, in Berlin und kommt nur einmal in der Woche oder gar nur alle 14 Tage auf seinen Landsitz. Seine Besuche sind nicht selten von Kapriolen begleitet. Unvergessen ist der Tag, als Karl im Kofferraum seines Mercedes mit einer Babybadewanne voll Wasser, die Pumpe einer Scheibenwaschanlage dient als Belüfter, und einem lebenden Fisch ankommt. Die Freude an dem Geschenk bleibt gedämpft. Während Hilde und die anderen sich in der Küche mit der Zubereitung des Schuppentiers abmühen, sitzt Karl bereits in einer der von ihm so geliebten Dorfgaststätte und läßt es sich bei einem Jägerschnitzel gutgehen.
Als Thomas nach seiner Haftstrafe im Fachwerkhaus in der Holmstraße in Barnstorf aufkreuzt, ist der Empfang demonstrativ kühl. Besonders Hilde läßt den Jungen ihre Abneigung unverhohlen spüren. Den knapp 17jährigen hält es hier nicht lange, es zieht ihn zurück in die Großstadt. Nur kurz ist die Zeit, die er in Freiheit verbringt.
Im Winter 1978/79 arbeitet seine Schwester Martha in einer Kneipe in der Weddinger Seestraße. Als Zapferin steht sie hinterm Tresen und Thomas nutzt die Gelegenheit, sich das eine oder andere hochprozentige Getränk gratis servieren zu lassen. Sein Alkoholkonsum ist inzwischen beträchtlich. Eines Tages kommt es dabei zu einem Vorfall, der bereits einen Hinweis auf spätere Taten gibt. Rungs Version der im Detail nicht mehr rekonstuierbaren Angelegenheit taucht viele Jahre später im Pro-

tokoll auf: »Es kam eine Frau herein, die sich irgendwie merkwürdig benommen hat, außerdem war sie betrunken. Ich weiß zwar heute nicht mehr, was mich an ihr reizte, irgendwas reizte mich aber an ihr. Beim Verlassen der Kneipe hatten sich meine Schwestern Gabi und Martha noch einen kleinen Schabernack mit der Frau erlaubt, indem sie die Frau mit Schneebällen bewarfen und sie schubsten. Das hatte ich dann ausgenutzt und faßte der Frau von hinten unter den Rock, in ihren Slip und hatte zwei Finger von mir in ihrer Scheide gehabt. Auf dem Weg nach Hause verfolgte ich sie dann auch noch ein Stück und versuchte sie dazu zu bewegen, mit mir zu schlafen. Sie hat aber völlig verängstigt reagiert.« Es scheint ihn zu wundern, daß sich Frauen in dieser Situation ängstigen. Die Angegriffene erstattet bei Anzeige, ohne Erfolg. Rung wird zwar vernommen, streitet aber alles ab. Die Ermittlungen verlaufen im Sande.

Die 83 Tage, die sich Rung zwischen dem ersten und dem zweiten Gefängnisaufenthalt auf freiem Fuß befindet, bleiben also nicht ohne Gesetzesübertretungen. Was sich in den wenigen Tagen abspielt, hält er in seinen Notizen fest: »Nach meiner Haftentlassung aus Plötzensee kam ich zunächst mal bei meinem Bruder ... unter, der mir auch eine Arbeitsstelle bei einem Papierfritzen in der Lortzingstraße im Wedding besorgte; die gröbste Arbeit, die ich je in meinem Leben verrichtet habe; schon als ich da anfing, wußte ich bereits, daß ich bei dem nicht alt werde; aus Bergen von Papier, die übers Förderband liefen, hatte ich Müll und Plaste herauszusuchen; eine beschissene Arbeit, die obendrein auch schlecht bezahlt wird. Als mein Bruder wegen einer offenen Geldstrafe in Haft genommen wurde, war ich anfangs völlig fertig; doch eines Tages ging es weiter, da ich im Einkaufszentrum des Hochhausviertels seit längerer Zeit ein Auge auf ein Tabakwarengeschäft geworfen hatte, das es auszuplündern galt. Als mich ein ehemaliger Schulkamerad in meines Bruders Wohnung besuchte, machte ich den so besoffen, daß es für mich eine Leichtigkeit war, ihn für den Einbruch in das Tabakwarengeschäft zu gewinnen.

Wir beide sind besoffen durchs Zentrum marschiert. Wir grölten laut Fußballparolen und schwenkten irgendeine geklaute Fußballfahne. Damals war noch das Kaufhaus ›Horten‹ im Zentrum, was heute ›Hertie‹ ist. Dort war eine Passage und in dieser u.a. ein Zigarettenladen. Dort habe ich aus Blödsinn gegen die Tür getreten und zu unserer Verblüffung ging sie auf. Das war meine erste Straftat, die spontan passiert ist. Wir sind beide ins Geschäft rein, haben uns Tüten und Kartons mit Zigaretten geschnappt, das ganze Lager, haben einfach nur eingesackt. Das war so viel, daß wir beide es gar nicht allein wegtragen konnten.

Nachts gegen zwei Uhr schlichen wir uns in eine Tiefgarage, von der ich wußte, daß dort der Kleintransporter einer Firma untergestellt war, für die mein Bruder bis zu seiner Verhaftung gearbeitet hatte; ich wußte aber auch, daß sich die Wagenschlüssel unter dem Fahrersitz befanden, so daß es für mich nicht schwer war, den Wagen flott zu kriegen.

Aber schon auf dem Weg zum Einbruchsobjekt war mein Kumpel mehrmals eingeschlafen, so daß ich ihn x-mal wachrütteln mußte, bevor es dann endlich zur Sache ging. Nachdem ich die Glastüre aufgehebelt hatte, was ruck, zuck über die Bühne ging, stürzten wir uns gemeinsam in das Lager, um an die Zigaretten heranzukommen, bei denen es sich um 400 Stangen gehandelt hat; natürlich bediente ich mich auch noch an der Ladenkasse, der ich das gesamte Wechselgeld entnahm, und aus den Regalen ließ ich auch noch einige Flaschen Suff mitgehen.

Als das Ding endlich gelaufen war, mußte sich mein Kumpel ans Steuer setzen, weil das Kleingeld auf meine Taschen drückte und mich nervte; wir hatten vor, die Beute auf dem Schrottplatz zu verstecken, wo ich früher schon mal gearbeitet hatte; aber es kam anders als geplant; kurz vor unserem Ziel wurde eine Funkstreife auf uns aufmerksam, weil mein Kumpel offensichtlich Schlangenlinie gefahren war, so daß ich ihn aufforderte, endlich mal Vollgas zu geben, was er auch tat; obwohl es den Bullen anfangs schwerfiel, uns überhaupt zu folgen, da sie vorher noch wenden mußten, und im übrigen die Straßen vereist waren, bekam mein Kumpel plötzlich Muffensausen, stoppte den Wagen, sprang heraus und haute wie der Blitz ab; bis ich mich dann vom Beifahrer- auf den Fahrersitz bequemen konnte, hatten die Bullen mich längst am Schlawickel und aus dem Wagen heraus gezerrt. Zigaretten ade!«

Soweit die kurze Geschichte von der kurzen Freiheit. Am 7. Februar 1979 wird diese jäh beendet. Da noch acht Monate Haft zur Bewährung aus der vorangegangenen Verurteilung offen sind, führt der Richterspruch am 9. Juli 1979 dazu, daß sich die Zellentüren hinter Rung wieder für geraume Zeit schließen. Zusammen mit der Reststrafe und sechs Monaten Haft für die neuerliche Tat sind es nun 14 Monate, die er zum größten Teil in der ihm schon bekannten Jugendhaftanstalt Plötzensee verbringen muß. Seiner beruflichen Neigung, Autos zu zerlegen, kann er hinter den Anstaltsmauern nicht nachgehen. Um wenigstens etwas Sinnvolles zu machen, bewirbt er sich für den Malerkurs. Wie fast alles in seinem Leben, verläuft jedoch auch diese sechsmonatige Schnellausbildung nicht ohne Komplikationen. Schon in seiner Schulzeit hatte er oft den Clown gemimt. Auch beim Kursus in der Haftanstalt fehlt es ihm an Ernsthaftigkeit. Der 18jährige spielt, und der Kursleiter wirft ihn aus der Ausbildungsgruppe. Nur mit Mühe gelingt es ihm, vier Wochen vor Kursende doch noch im Lehrgang bleiben und den Abschluß machen zu können. Auf alle geleisteten Arbeiten bekommt Thomas Rung eine Vier.

Alkohol

Die oft nur nach Stunden gezählten Ausgänge aus dem Knast und die Tage des Hafturlaubs nutzt Rung, um mit Alkohol die Eintönigkeit zu bekämpfen. Hinter den Gefängnismauern wird er nicht auf das Leben in Freiheit vorbereitet. Mit deutscher Behördenpräzision wird er am 7. Februar 1980, exakt ein Jahr nach der Inhaftierung, zum Freigang zugelassen. Er sucht sich einen Job und findet ihn bei einer Firma mit Sitz in der Ansbacher Straße als Gebäudereiniger. Seine Arbeit organisiert er sich auf eigene Weise. Er muß mit der Kehrmaschine das Zentrum des Märkischen Viertels saubermachen, dann nach Wilmersdorf zum Reinigen in der Bundesversicherungsanstalt für Angestellte und anschließend noch in der Mensa der Technischen Universität »aufstuhlen« und den Boden putzen. Die letzte Station dieser Reinigungstour liegt in Reinickendorf in einer metallverarbeitenden Firma. Nicht weit davon entfernt wohnt seine Schwester Christiane. Thomas überredet Christiane, ihn in der Firma zu »vertreten«. Seine Vorgesetzten haben für diese Form der Arbeitsteilung allerdings kein Verständnis. Nach einer Ermahnung ist Rung den Job wieder los.
Am 8. April wird er, nachdem er seine Strafe bis zum letzten Tag abgesessen hat, aus Plötzensee entlassen. Er beginnt jetzt intensiver über Knast und den Umgang mit der Polizei nachzudenken. Es ist kein Akt der Besinnung oder der Versuch, nun vielleicht ein »normales«, zumindest straftatenfreies Leben zu beginnen. Im Gegenteil, er wird zunehmend abgebrühter. Im Rückblick sieht er die Anfangsphase mit den Augen des Routiniers: »Als Erststraftäter hat man unwahrscheinlich Respekt gegenüber der Polizei, denn die Vorstellung, alleine ins Loch zu kommen, ist Angst einflößend. Allerdings läßt das nach dem zweiten Mal nach, vorausgesetzt, man hat schon im Loch dringesessen. Denn es sieht ja so aus: Meistens ist man in den Kreisen von Straftätern, und so kommt man dann an Informationen

wie: Bei den Bullen brauchst du gar nichts auszusagen. Hat man Rechtsbeistand, hängt es von der Schwere der Tat ab, inwieweit man sich auf ein Geständnis einläßt. Ich würde mal sagen, wenn man das erste Mal verhaftet wird, erzählt man alles. Beim zweiten Mal ist das schon wesentlich anders, da habe ich immer nur erzählt, was schon bekannt war. Das hängt wahrscheinlich damit zusammen, weil bei den Vernehmungsmethoden, die Haft als sehr grausam hingestellt wird. Ich muß dazu sagen, die Haft ist noch viel grausamer.«

Bei der zweiten Haftentlassung ist Rung 19 Jahre alt. Seine Altersgenossen fassen gerade im Berufsleben tritt oder büffeln fürs Abitur. Zweieinhalb Jahre hat er hinter Gittern verbracht. Die Gefängnisse werden oft als Hochschulen des Verbrechens bezeichnet, die Jugendstrafanstalt ist für Rung in diesem Zusammenhang zumindest so etwas wie das Gymnasium.

Bei seinem Neuanfang hat er wieder wenig Glück. Es scheint, als würden Menschen, die auf die sogenannte schiefe Bahn geraten sind, eine gewisse Neigung dazu entwickeln, sich in den gesellschaftlichen Grauzonen zu bewegen. Selbst, wenn sie eigentlich gewillt sind, unter die zurückliegende Zeit einen Schlußstrich zu ziehen. Rung gehört nicht zu denen, die mit hehren Vorsätzen den neuen Lebensabschnitt beginnen. Für ihn muß es einfach irgendwie weitergehen. Die Rechnung über 7 000 Mark aus dem Überfall auf die Rentnerin sind immer noch offen. Rung denkt gar nicht daran, das Geld durch normale Arbeit zu verdienen und die Forderung zu begleichen. Er treibt sich in Gaststätten herum, läßt sich hin und wieder auf dem Schrottplatz sehen. Schließlich zwingt ihn die finanzielle Flaute, nach einer Geldquelle Ausschau zu halten.

Auf den Stellenmarkt-Seiten der »BZ« sucht er nach einem Job. Bei ihm leuchten keine Warnlampen auf, die bei besonders lukrativen Offerten immer angebracht sind. Sein Blick bleibt an einer kleinen Anzeige haften, wo »junge, ortsungebundene Beifahrer« für den Bereich Zeitschriftenabos gesucht werden. Rung landet in einer Drückerkolonne. Er hat keinen blassen Schimmer davon, was ihn dort erwartet. Um den Ruf der aggressiven Zeitschriftenwerber ist es schon damals nicht zum besten bestellt. Miese Tricks an der Haustür und terrorisierender Erfolgsdruck, zusammen mit unwürdiger Abhängigkeit, sind die Markenzeichen dieser Abonnenten-Haie. Mit einer Werbergruppe fährt Rung zum Einarbeiten nach Dortmund. Er erweist sich als nicht sonderlich geschickt auf dem Gebiet des Leutebeschwatzens. Es gibt Ärger, weil er keine »Scheine schreibt«, das heißt Zeitungsbezieher vorweisen kann. Die Anführer der Gruppe drohen ihm sogar Prügel an. Als ihn einer auffordert, »gib' doch mal deinen Ausweis her«, dämmert es Rung, daß da nicht alles mit rechten Dingen zugeht. Nach ungefähr einer Woche stiehlt er sich aus der Truppe davon und fährt nach Westberlin zurück. In beinah kindlicher Naivität trottet er am Kurfürstendamm zur Zentrale der unseriösen Abonnenten-Gaukler. Jetzt ist er es wieder, der hinters Licht geführt wird. In salbungsvollen Worten beschwichtigt man ihn: »Herr Rung, Sie sind ja in die ganz verkehrte Gruppe reingekommen.« Rung glaubt es und läßt sich zur »richtigen« nach Bremen schicken. Die zwischenzeitlichen finanziellen Engpässe überbrückt er immer wieder mit Diebstählen und Einbrüchen. Witz und Bauernschläue, notwendig für einen erfolgreichen Betrüger, gehören nicht zu Rungs Vorzügen. Es fehlt ihm die erforderliche Wortgewandtheit für das Werbergeschäft. So schreibt er sich einen kleinen Handzettel, den er den Leuten an der Haustür unter die Nase hält. Darauf steht, daß er taubstumm sei und diese Arbeit ihm die einzige Möglichkeit biete, sich seine Brötchen zu verdienen. Die Mitleidsmasche zieht. Manche Leute drücken ihm Geld in die Hand – einfach so. Er dürfte es eigentlich nicht nehmen, aber sei's drum, er nimmt, was er bekommen kann.

Nun hat auch er ein bißchen Erfolg. Aber der Teamchef will sicher sein, daß das mit den geworbenen Abos in Ordnung geht, und fragt deshalb bei den Bestellern vorsichtshalber nach. Dabei fliegt der Schwindel mit der Taubstummen-Nummer auf. Rung bekommt mächtig Ärger mit seiner Gruppe: »Das ist Betrug!«

Rung ist mit solchen Standpauken nicht zu überzeugen. Er macht weiter. Erst als ihn eine ältere Dame aufs Kreuz legt, ihn in die Wohnung bittet und gleichzeitig die Polizei holt, wird ihm der Drückerboden zu heiß. Zwar übersteht er den Zwischenfall aufgrund des Einsatzes des Gruppenleiters ohne Konsequenzen, aber er zieht es vor, wieder dorthin zurückzukehren, wo er sich heimisch fühlt. Trampen ist für ihn die einzige Reisemöglichkeit. Das letzte Stück ist die Transitautobahn. In Helmstedt steht er am Fahrbahnrand und hebt den Daumen. Ein junges Paar erbarmt sich seiner, läßt den 19jährigen einsteigen und nimmt ihn mit nach Westberlin.

Lehrmeister Willi

Auf den rund 200 Kilometern gemeinsamer Fahrt kommen die drei ins Gespräch. Rung erzählt von sich und seiner Vergangenheit. Das Paar ist nicht im mindesten entsetzt. Der Fahrer macht dem Mitfahrer sogar ein traumhaftes Angebot. Da seine betuchte Tante gern ihr Häuschen etwas aufpoliert hätte, könnte er als Maler dort nicht nur mietfrei wohnen, sondern sich sogar noch etwas dazuverdienen. Dies ist der Beginn einer Freundschaft, die Rung noch weiter in den kriminellen Strudel ziehen wird. Der Fahrer, Wilhelm, neun Jahre älter als Rung, hat eine Karriere als Schauspieler und Synchronsprecher seiner Drogensucht geopfert. »Willi war ein krimineller Sack in Theorie und Praxis«, stellt Rung später fest. Er wird in vielen Dingen sein Lehrmeister.

Als erstes vermittelt ihm der Heroinabhängige das angekündigte Zimmer bei seiner Tante. Die betagte Dame, Hildegard Brauer, war in ihren besseren Tagen Schauspielerin und Sängerin. Ihre Stadtvilla in der Trabener Straße 16 ist heruntergekommen. Rung ist nicht verwöhnt, er nimmt das ihm gebotene Obdach an. »Einige Tage später«, so hält er in seinen Notizen fest, »stellte mich Willis Tante als Maler ein, wobei sie mir auch ein Zimmer in ihrer Villa anbot, die in Berlin als das ›Katzenhaus‹ bekannt war, weshalb ich mich auch vor lauter Katzen, mindestens 30 an der Zahl, kaum noch retten konnte; alles in dieser Villa hat nach Katze gestunken, die Alte noch viel schlimmer, was mir aber Wurscht war, da ich unbedingt Geld brauchte.« Rung merkt zwar, daß hier kein besonders gutes Klima herrscht, aber er nimmt das hin: »Schon beim ersten Gespräch zog die Alte über ihren Neffen her, was das Zeug hielt, und meinte schließlich, daß er nicht richtig im Kopf sei und ich die Finger von ihm lassen sollte, da er heroinsüchtig wäre; ich erzählte Willi alles weiter und er bestätigte mir, daß er zusammen mit seiner Frau täglich 750 Mark und mehr wegspritzt.« Mit dem Einzug in die

Villa vollzog sich ein Einschnitt in Rungs Leben: »In diesem Haus geht dann die Lehre meiner Kriminalgeschichte los.« Obwohl Rung nur im Gefängnis an etwas Haschisch gekommen war und sich von harten Drogen völlig fernhält, führt die Offenbarung der Frau bei ihm nicht dazu, sich aus der ganzen Angelegenheit zurückzuziehen. Genau das Gegenteil geschieht: »Während ich mit Willi gut Freund war, kam ich mit seiner Tante überhaupt nicht klar, weder ließ sie mich malern, noch bekam ich Geld von ihr; statt dessen durfte ich die verdreckte Villa aufräumen und ihren verwilderten Garten mit Birkenbäumchen bepflanzen, bis mir das irgendwann zu bunt wurde, und ich die Stämmchen samt Wurzeln wieder herauszog und umgekehrt einpflanzte, was zu einem tierischen Zoff mit der Alten führte, den nicht einmal mehr Willi zu schlichten vermochte.«

Willi hat es ihm angetan, und Rung zeigt sich als gelehriger Schüler. Sein Lehrmeister besitzt das, was Thomas Rung in seiner kriminelle Karriere nie herstellen kann – Kontakte in die Unterwelt. Der Gaunernovize erfährt, wie es gemacht wird.

»Den ersten Einbruch mit Willi«, gesteht Rung mit unterschwelligem Stolz, »unternahm ich in einer Kneipe, aus der wir runde 3 000 Mark Bargeld und diverse Pullen Schnaps mitgehen ließen, so daß er für sich und seine Frau reichlich Heroin kaufen und ich mich tagelang vollsaufen konnte.«

Willi ist, was die kriminellen Vorhaben betrifft, ein Stratege. Er unterhält beispielsweise freundschaftliche Beziehungen zum Besitzer einer Detektei am Adenauerplatz, Ecke Kurfürstendamm. Von dort erhält er einen Auftrag der besonderen Art. Für Montag, es ist der 21. Juli 1980, hat sich im Büro des Privatschnüfflers ein Bäcker angesagt. Er will mit einem Anteil von 25 000 Mark, die er gleich in bar mitbringen wird, in den Detektivladen einsteigen. Der detaillierte Schlachtplan sieht vor, daß Willi und Rung, kurz nachdem der Möchtegern-Anteilseigner aufgetaucht ist, die Detektei überfallen und den Bäcker berauben.

An besagtem Montag, es ist erst kurz nach neun Uhr vormittags, klingelt und klopft es an der Pforte der Detektei. Der inzwischen eingetroffene Bäcker öffnet dienstbeflissen selbst die

Tür. Nach vereinbartem Muster stürzen die Räuber auf den völlig verdatterten Brötchenschmied. »Du bist doch hier der Chef, gib' die Papiere raus!« Der Überrumpelte wehrt sich zaghaft mit dem Hinweis, daß ihm die Firma – auf die er in diesem Moment wohl jeden Appetit verloren hat – nicht gehört. Die Gangster raffen einiges, darunter den Geldkoffer, zusammen. Um dem Spektakel noch mehr Authentizität zu verleihen, sperren sie die in das böse Spiel eingeweihte Belegschaft samt Opfer in eine Kammer. Dann verschwinden sie. Als die beiden das Haus verlassen, wird Willis Mercedes gerade von einer Politesse wegen unvorschriftsmäßigen Parkens aufgeschrieben. Aber das Knöllchen bringt die gemieteten Räuber nicht in Verlegenheit. Sie bewahren Ruhe, und es bleibt bei dem Strafzettel.

Aus der Beute nimmt Willi für sich und für Rung jeweils 3 000 Mark, die als Gage für das Räubertheater vereinbart waren. Der Rest geht an den Organisator des Raubzuges in der Detektei.

Obwohl Rung nach der Haftentlassung bei seinem Bruder polizeilich gemeldet ist, hält er sich zum Zeitpunkt dieses Überfalls zusammen mit Willi überwiegend in der Trabener Straße auf. So auch am Tag nach dem dreisten Streich.

An diesem 22. Juli berichtet die »BZ« unter der Überschrift »Einbrecher kamen mit Hammer und Pistole – Privatdetektive mußten die Polizei holen« in einer vierspaltigen Meldung über das Geschehnis vom Vortage. Das Blatt weiß: »Die Kripo fahndet jetzt nach zwei jungen Männern, die aus den Räumen der Detektei ›Jago‹ am Kurfürstendamm, Ecke Adenauerplatz 30 000 Mark Bargeld und Schmuck im Wert von etwa 10 000 Mark geraubt haben sollen.« Diese Zeilen werden auch im Haus von Hildegard Brauer gelesen. Aber nicht die ausgediente Schauspielerin hegt einen Verdacht, sie hat sich längst mit dem unrechtmäßigen Treiben ihres Neffen abgefunden und manchmal sogar davon profitiert. Max, eine andere, nicht gerade von Arbeitsamkeit gequälte Gestalt, nutzt in jenen Tagen die Unterkunftsmöglichkeiten bei der alten Frau. Er sieht einen Zusammenhang zwischen der Zeitungsmeldung und dem plötzlichen »Reichtum« der beiden Mitbewohner.

Wenig später klingelt das Telefon. Die Quartiergeberin nimmt den Hörer ab. Am anderen Ende der Leitung meldet sich ein Beamter der in Sachen Detektei-Überfall ermittelnden Polizeidienststelle. Er will von der Frau wissen, »ob sie sich vorstellen kann, daß zwei ihrer Untermieter an einer Straftat beteiligt gewesen sind«. Die 76jährige Ex-Schauspielerin reagiert gelassen: »Ich kann mir das nicht vorstellen und ich glaube auch nicht, daß die beiden mir das auf die Nase binden würden.« Basta. Zwar erhalten die leicht Verdächtigen noch eine Vorladung zu einer Gegenüberstellung, aber Willi zeigt auch hier seinem Schüler Rung wie man es macht. Die beiden lassen den Termin verstreichen, dann meldet sich Willi bei der Polizei und bietet an, das peinliche Versäumnis nachzuholen. Die Kripo verspürt offensichtlich wenig Lust, die Prozedur noch einmal zu veranstalten. Dankend winkt der Beamte durch die Telefonleitung ab. Das gespielte Drängeln von Willi, der sich sogar den Jux macht: »Später könnten wir uns ja verändert haben«, kann den Mann nicht dazu bewegen, die Aktion zu wiederholen. Für die beiden verläuft die Angelegenheit ohne Folgen.

Die Detektei ist eine lukrative Quelle für kriminelle Tips. »Diese Detektei«, berichtet Rung, »hatte gegenüber meinem Kumpel Willi mal die Annonce gemacht, die Wochenendeinnahme von IKEA durch einen Raubüberfall zu erbeuten. Es war eine hohe Beute zu erwarten.« Rung reizt der Coup, aber er hat in seiner Ganovenausbildung ein Gespür für Gefahren entwickelt: »Mein Kumpel und ich sollten das mit Waffengewalt machen. Ich habe noch nie etwas mit scharfen Waffen gemacht und wollte das auch diesmal nicht. Ich hatte dann vorgeschlagen, daß wir, wenn die Gelder mit einem VW Golf abgeholt würden, mit einem Lkw gegen ihn fahren, so daß die Türen aufspringen und wir an das Geld kommen. Aus irgendwelchen Gründen sind wir von dem Plan abgekommen. Später, aber viel später, habe ich dann von einem Raub bei IKEA gehört, möglicherweise stand dahinter diese Detektei. Bei unserem Plan sollte die Beute zwischen meinem Kumpel und mir und dieser Detektei aufgeteilt werden, es war von 50 zu 50 die Rede.«

Mit den Gaunereien hält sich Rung finanziell über Wasser und kann sich nebenbei seine Fleischeslust finanzieren. In den einschlägigen Zeitungsanzeigen sucht er sich eine Prostituierte. Er verabredet sich mit einer 36jährigen Blondine, die ihr Arbeitsappartement am Kurfürstendamm unterhält. Die Frau hat eine gute Figur, für eine Nummer mit Gummi verlangt sie 50 Mark, ohne Präser ist es 20 Mark teurer. Rung wählt die preisgünstigere Variante. Als er sich nach einer knappen halben Stunde die Hose hochzieht und das Hemd zuknöpft, ist er nicht unzufrieden. Dennoch bleiben seine Schäferstündchen mit käuflichen Damen weitgehend Ausnahmen. Etwa zehnmal, so schätzt er, hat er die käuflichen Liebesdienste in Anspruch genommen. Aber mit dem Kontakt zu Willi mehren sich die Besuche in der Lietzenburger Straße. In den dortigen Rotlicht-Kaschemmen wird das Kopulieren bedeutend teurer in Rechnung gestellt. Diesen Luxus kann sich Rung nicht sehr oft leisten. Er trinkt, häufig bis zum Abwinken, und baldowert ansonsten mit Willi immer neue Verbrechen aus.

Das Leben in der Villa ist für Rung voller krimineller Episoden. Ende August 1980 gerät er mit einem Mieter in Streit über den Warmwasserverbrauch. Der hatte den Hahn zugedreht, da er nicht bereit war, für Rung die Warmwassergebühren mit zu bezahlen. Der auf diese Weise »Kaltgestellte« reagiert auf die für ihn typische Weise. Er verschafft sich Zugang zu den Räumen des Nachbarn, der inzwischen in Urlaub gefahren ist. Er dreht den Wasserhahn wieder auf, trinkt ihm den Wein aus und greift sich mehrere Musikkassetten.

Als der in mehrfacher Weise Geschädigte aus dem Urlaub zurückkehrt, wird Rung sogar noch handgreiflich gegen ihn und »schenkt ihm eine ein«. Der Attackierte schließt sich aus Angst in sein Zimmer ein und ruft die Polizei. Bevor die Uniformierten, denen das Haus in der Trabener Straße längst ein unangenehmer Begriff ist, vor Ort erscheinen, steht Rung an der Tür des Nachbarn. Seiner Aufforderung »Hier Polizei, machen Sie die Tür auf!« will der Eingeschüchterte nicht Folge leisten. Als dann die Funkstreifenbesatzung dasselbe versucht, glaubt der Verängstigte immer noch an einen miesen Trick und verlangt, daß man ihm die Dienstausweise durch den Briefschlitz zeigt. Den Moment des Verhandelns durch die geschlossene Tür nutzt Rung, um mit einer völlig anderen Geschichte den Anzeigenden in die Defensive zu bringen. Dieser habe ihn völlig unvermittelt von hinten angefallen, fabuliert Rung. Sein Freund Willi bestätigt bereitwillig die Schilderung. Die Polizisten sind mißtrauisch und inspizieren die Wohnung von Rung. Dabei werden die Tonbandkassetten zu Tage gefördert, und am 25. August 1980 wird gegen ihn ein Ermittlungsverfahren eingeleitet. Vor Gericht aber »haut« ihn Willi wieder »raus«. Die Kassetten hätten im Vorraum gelegen, so Willi als Zeuge, und deshalb hätte er sie in die Wohnung von Rung gebracht. Für den Richter sind am Ende die Anschuldigungen gegen Rung nicht bewiesen, er verkündet: Freispruch.

Es ist also schon etwas dran, wenn Rung später von seinem Lehrmeister schwärmt: »Was Willi anfaßte, das hat geklappt.« Das ist unverhohlene Bewunderung für den Prinzipal. »Willi klärte mich auf, was man bei Straftaten so alles beachten müßte: Bei Einbrüchen immer Handschuhe tragen, ersatzweise die Socken überziehen.« Rung hat die Lektion verinnerlicht. Weiter gibt ihm Willi den dringenden Rat, »wegen der Speichelreste keine Zigarettenkippen, geschweige denn Kot am Tatort zu hinterlassen«. Rung ist über diesen Ratschlag etwas verwundert. Deshalb muß der Lehrherr in seiner Unterrichtung weiter ausholen und erklären, »daß es viele Einbrecher gäbe, die sich am Tatort vor Angst oder Aufregung erst noch mal ausscheißen müßten, was zwar durchaus verständlich, aber brandgefährlich sei; und vor allem – so Willi – sollte man das Einbruchswerkzeug grundsätzlich verschwinden lassen, wegen der Spuren, die es hinterließe; und bei Raubüberfällen sei besonders darauf zu achten, daß am Tatort oder in dessen Nähe keine Haare, Blutspuren oder Fußabdrücke hinterlassen würden; ebensowenig Fingerabdrücke an blanken Teilen der Kleidung wie Knöpfen oder Reißverschlüssen und dergleichen mehr; auch irgendwelche Waffen hätten auf Nimmerwiedersehen zu verschwinden, was sich ja von selbst verstünde.« Bei nächtlichen Raubzügen, bei denen man durch eine eingeschlagene Schaufensterscheibe in die Verkaufsräume eindringt, muß man, so erklärt er Rung, schon bei Tage die Örtlichkeiten »vermessen«, das heißt es werden die Schritte ausgezählt, die man im Laden benötigt, um zur Beute zu gelangen und mit ihr unbeschadet zu flüchten. Rung versteht und zeigt sich zum ersten Mal in seinem Leben wirklich wißbegierig. Willi weiß noch vieles.

Über diese Lehrzeit berichtet Rung: »An fing das mit einem Kfz-Diebstahl, in der Königsallee von einem Grundstück, ein Audi 80. Im Wagen steckte ein Fahrzeugschlüssel. Das Auto wollten ich und Willi eigentlich für Raubüberfälle benutzen. Wir hatten vor, bewaffnet Geschäfte zu überfallen. Dazu kam es aber nicht, weil Willi, der absolut heroinsüchtig war, nicht aus dem Arsch kam. Im Auto waren auch Fahrzeugpapiere gewesen. Willi konnte sich deshalb mit dem Halter in Verbindung setzen und hat mit dem einen Finderlohn ausgemacht. Und so ist der Wagen an den Halter zurückgekommen.« Aufmerksam registriert Rung, welche Ideen man als Krimineller entwickeln muß.
Nun sieht sich Rung plötzlich gewisse Fernsehsendungen mit ganz anderen Augen an. Wenn einmal im Monat im ZDF Eduard Zimmermann mit seiner Sendung »Aktenzeichen XY ungelöst« zu sehen ist, sitzt Rung gespannt vor der Flimmerkiste. Es ist für ihn wie Schulfunk. Exakt studiert er, welchen Fahndungsansatz die Polizei in den verschiedenen Fällen entdeckt hat. Alle Einzelheiten prägen sich tief in seinem Gedächtnis ein, er nimmt sich vor, derartige Fehler nicht zu machen.

Thomas Rung hat die Schwelle zum Berufsverbrechertum längst überschritten. In seinem Leben gibt es kaum noch Augenblicke, in denen sein Treiben nicht mit dem Strafgesetzbuch kollidiert.
Seit dem Zusammentreffen mit Willi wohnt er in der Villa, nicht weit vom S-Bahnhof Grunewald entfernt. Polizeilich gemeldet ist Rung in der Trabener Straße 16 seit dem 15. Oktober 1980. Eine Woche bevor er offiziell diesen Wohnsitz wieder aufgibt, hat die Quartiergeberin ihn angezeigt, weil er mit einer Bratpfanne drei Scheiben zu Bruch gehen ließ. Das Haus ist innerhalb kurzer Zeit in Verruf geraten. Mit Rungs Einzug sind die Polizeieinsätze in der Villa zum Alltag geworden. So ruft die Vermieterin am 5. Februar 1981 die Polizei und zeigt Rung wegen Hausfriedensbruch und Sachbeschädigung an. Drei Tage später muß die Funkstreife an einem Tag gleich zweimal anrücken. Einmal beschuldigt die Vermieterin Rung, ihr einen Teppich gestohlen zu haben, das andere Mal wirft sie ihm vor, er hätte das Fenster der Kellertür eingeschlagen.

Rung gibt über die Zeit bei der alten Künstlerin zu Protokoll: Sie war »geizig oder es lag vielleicht auch daran, daß sie wirklich kein Geld hatte, auf jeden Fall heizte sie nur bei sich, und bei uns anderen Mietern war es eiskalt. Ich habe sie absprachegemäß mal in ein Gespräch verwickelt, während das von einem anderen Mieter ausgenutzt wurde und dort alle Scheiben ihrer wohlig geheizten Räume eingeschlagen wurden, damit auch sie mal Kälte spürte. Das führte zu einer Anzeige wegen Sachbeschädigung ... Die Frau machte mit der Zeit mich für alles verantwortlich und muß mich schon richtig gehaßt haben.« Schließlich reicht die bejahrte Dame eine Räumungsklage gegen den ungeliebten Mieter ein. Rung bittet Willi um Hilfe. Dieser ist wirklich mit allen Wassern gewaschen und hinreichend skrupellos, die eigene Tante aufs Kreuz zu legen.

Willi setzt zwei Schreiben auf, die sich zwar äußerlich kaum unterscheiden, aber inhaltlich völlig gegensätzlich sind. In dem einen wird vereinbart, daß Rung alle finanziellen Forderungen von Frau Brauer anerkennt und sich bereit erklärt, das Zimmer zu räumen; im anderen Schreiben wird festgehalten, daß sich die Parteien geeinigt haben, die Räumungsklage zurückgenommen wird und die finanziellen Verbindlichkeiten aufgehoben sind. Rung legt der Frau das erste, die Ansprüche der Vermieterin anerkennende Papier vor und wedelt auch gleich mit ein paar Geldscheinen. Die mißtrauische Dame zögert, aber einige Tage vor dem Gerichtstermin, bei dem über die Klage entschieden werden soll, willigt sie ein. Sie unterschreibt das Dokument, auf die Zweitschrift für Rung blickt sie nur flüchtig und setzt ebenfalls ihren Namenszug darunter. Die Verhandlung findet trotz der scheinbaren außergerichtlichen Einigung statt, die Frau will es amtlich haben, daß Rung ihr Haus verlassen muß. Der Richter entscheidet für Rung.

Wieder im Knast

Inzwischen haben Karl und Hilde das Haus in Barnstorf verkauft. Das füllt ihnen für einige Zeit die Taschen. Sie sind in das sechs Kilometer entfernte Schöppenstedt gezogen. Karl, nun schon an die 70 Jahre alt, läßt es sich so richtig gutgehen. Er genießt das in seinem Leben so seltene Gefühl, im Portemonnaie nicht nur Löcher zu haben. Das hält nicht lange vor. Schneller als angenommen, sind die Gelder aus dem Verkauf aufgebraucht. Karl und Hilde sind wieder da, wo sie sich die ganze Zeit ihres gemeinsamen Lebens befunden haben – am Rande des finanziellen Ruins. Seit von den Kindern eines nach dem anderen seine eigenen Wege gegangen ist, muß Hilde immer häufiger die launischen Tobereien von Karl über sich ergehen lassen.
Es ist der Machtwahn des kleinen Mannes, über das Wohl und Wehe anderer Lebewesen zu bestimmen. Selbst der Hund wird von ihm so malträtiert, daß der ältere Sohn, Thomas' Bruder, das Tier zu sich nimmt, um ihm die ständigen Quälereien zu ersparen. Thomas ist inzwischen zwanzig Jahre alt und hat sich von der Familie abgenabelt, nur zu einzelnen Geschwistern hält er mehr oder minder engen Kontakt.
Seit seiner Haftentlassung im April 1980 verdient er sich nur auf kriminelle Weise seinen Lebensunterhalt. Hinzu kommt, daß er im Suff zu Streitigkeiten neigt. Am 21. Januar 1981 wird die Polizei ins Ku'damm-Karree gerufen, weil Rung Stunk machte. Besonders wenn der Alkohol von seinen grauen Zellen Besitz ergreift, wird Thomas Rung dem alten Rung immer ähnlicher.
Seine »Tätigkeit« in der Zeit, als er bei Hildegard Brauer wohnte, beschreibt er wie in einem lustlos verfaßten Bewerbungsbogen: »Ich selbst habe dann noch einige Ladendiebstähle begangen, bei denen ich nicht erwischt wurde und ich bin dort in einige Kneipen eingebrochen und auch nicht erwischt worden.«

Wie diese Einbrüche aussahen, skizziert Rung in seiner Lebensbeichte ganz beiläufig: »Ich bin durch die Bierluke in das Lokal und habe dort Bargeld, etwa 300 Mark, und Schnapsflaschen erbeutet. In dieses Lokal bin ich mehrmals eingebrochen. Ich wohnte damals in der Nähe, nämlich in der Trabener Straße 16, bei Hildegard Brauer. In die Kneipe brach ich zweimal ein und außerdem hinten in das Lager.« Eine ganze Serie von Straftaten begeht Rung also ohne die Hilfe seines Lehrmeisters. Willi muß seine Heroinabhängigkeit finanzieren. Als Sprecher hatte er in besseren Tagen in einem bekannten Synchronstudio gutes Geld verdient. Dabei waren ihm die homophilen Neigungen seines schwerreichen Chefs nicht entgangen. Er bietet sich ihm als Stricher an und kann auf diese Weise seinem Geld sehr nahe sein. Es lohnt sich für ihn, denn der Chef finanziert einige Zeit Willis Sucht. Ebenso verhält es sich mit dem Besitzer eines großen Gartenlokals an der Lietzenburger Straße. Willi ist viel unterwegs und schleppt die unmöglichsten Leute, meist recht lichtscheue Gestalten, an.

»So kam es dann auch«, berichtet Rung, »daß Willi eines Tages mit Hansi erschien, dort in der Villa. Ich kannte Hansi schon aus dem Vollzug.« Eigentlich hätte er die Nase rümpfen müssen, denn sein Urteil über diesen Hans-Joachim ist vernichtend: »Er ist im Vollzug die größte Ratte.« Aber das Gruppenverhalten hat in Ganovenkreisen seine eigenen Gesetze. Da die meisten von sich selbst nicht die allergrößte Meinung haben, werden die Charakterschwächen des anderen hingenommen. Man ist sogar bereit, mit diesen Leuten die Gefahren einer gemeinsamen Straftat zu teilen.

Hansi, den Willi in einem Musikcafé kennengelernt hatte, so berichtet Rung, »hatte auch in der Villa der Frau Brauer genächtigt. Hansi war auch voll auf Heroin. In der Villa saßen wir abgebrannt im Zimmer und überlegten: Was können wir machen, wo können wir Geld holen? Ich hatte die Umgebung schon gut ausgekundschaftet. Und so bin ich dann mit Hansi losgezogen und wir wollten einen Einbruch in einem Tante-Emma-Laden in der Auerbacher Straße machen.«

Die Auerbacher Straße führt wie die Trabener Straße zum Vorplatz an der S-Bahnstation Grunewald. Es ist Rungs »Revier«, hier hat er, wie er berichtet, schon häufiger sein Unwesen getrieben: »Einmal bin ich in einen Imbiß im Grunewald eingebrochen, in der Auerbacher Straße, das muß im Winter 1981 gewesen sein. Dort war ein Platz, von dem aus man in den Wald kommt. Rechts vorn am Platz war eine Kneipe. Dahinter stand ein Imbißwagen, in den bin ich eingebrochen, nachts, und habe zu Fressen und zu Saufen rausgeholt. Ich bin oben durch die Luke in den Wagen rein und durch die Tür wieder raus. Um Spuren zu verwischen, habe ich mit einem Feuerzeug im Wageninnern Feuer gemacht. Der Wagen ist bis aufs Chassis abgebrannt. Ich hatte anschließend noch die Feuerwehr alarmiert, weil ich nicht wollte, daß auch der Wald noch abbrennt, natürlich ohne meinen Namen zu nennen, und bin vor deren Eintreffen abgehauen.«

Nun hat er sich mit Hansi wieder diese Ecke ausgeguckt. Es ist die Nacht zum 16. März 1981, halb drei Uhr, Auerbacher Straße 12. Die beiden drücken den Sicherungsriegel eines Fensters nach innen und machen sich so den Weg in den Kramladen frei. Erst als sie bereits im Raum stehen, merken sie, daß dies eine Ladenwohnung ist und die Besitzerin mit ihren Kindern im hinteren Raum schläft, beziehungsweise schlief, denn der Einstieg war nicht geräuschlos abgelaufen. Die Frau und zwei ihrer Kinder werden von dem Gepolter wach, aber die Einbrecher sind vorbereitet.

Sie sprechen sich gegenseitig mit »Werner« und »Fredo« an. Mit einer Stabtaschenlampe blenden sie die Opfer und verhindern auf diese Weise, erkannt zu werden. Über ihr Vorgehen berichtet Rung: »... ich war mit einem Messer bewaffnet, was mir später nicht nachgewiesen werden konnte. Er (Hansi) war nicht bewaffnet. Vorgefunden hatten wir eine Mutter mit ihren Kindern. Und daraufhin habe ich also die Familie mit meinem Messer in Schach gehalten. Ich sagte zu Hansi, daß er im Laden alles einpacken sollte. Hansi packte nur Scheiße ein, irgend so einen Fusel an Schnaps und Eis und so einen Blödsinn. Unter anderem hatten wir der Frau die Geldbörse gestohlen. Das Telefon hatten wir rausgerissen. Ich habe dann zu Hansi gesagt, daß er mit der Tasche mit der Beute abhauen soll, es war ja nicht weit zu Hildegard Brauer Dann habe ich der Überfallenen mit einigen Worten noch Angst eingeflößt, und machte mich auch aus dem Staub.«

Das geradezu unsinnige Diebesgut hatten die beiden in eine Sporttasche gepackt, die dem Sohn der Überfallenen gehörte. Um nicht wiedererkannt werden zu können, hatte sich das Räuberduo Handtücher vor das Gesicht gewickelt. Zur Beute gehörten unter anderem eine Brieftasche mit etwa 400 Mark Bargeld und eine Wechselgeldtasche mit rund 200 Mark. Insgesamt notiert die Polizei eine Schadenshöhe von 800 Mark. Dann übernimmt die Spurensicherung routinemäßig die weitere Arbeit. Am Seitenfenster, durch das die beiden Räuber gekommen waren, werden ebenso Fingerabdrücke gesichert wie an einer Glasscheibe des Wohnzimmerschrankes, der durchwühlt worden ist. Es dauert mehr als acht Wochen, dann schreibt die Kripo einen Zwischenbericht. Am 14. Mai 1981 steht fest: »Ein Vergleich mit dem Bestand des ED-Materials beim BKA ergab, daß der Spurenverursacher zweifelsfrei Thomas Rung ist.« ED steht für »erkennungsdienstlich« und BKA für »Bundeskriminalamt«. Die Spurenvergleiche beim BKA in Wiesbaden brauchen eben ihre Zeit, aber jetzt mit der Rückmeldung ist klar: Rung ist als einer der Täter ermittelt. Da man von ihm weder einen Aufenthaltsort kennt noch eine polizeiliche Anmeldung vorliegt, wird er zur Fahndung ausgeschrieben.

Seit seiner Haftentlassung ist er gerade mal 13 Monate auf freiem Fuß. Genau einen Monat nach Fahndungsbeginn ereilt ihn wieder das Schicksal. An einem Sommersonntag, es ist der 14. Juni 1981, wird Thomas Rung an der Grenzübergangsstelle Helmstedt gestellt. Er ist per Anhalter auf dem Weg zurück nach Berlin. Die Leute, die ihn mitnehmen, sind arglos. An der Grenzstation erleben sie eine böse Überraschung. Im Kommandoton wird ihnen bedeutet, links ranzufahren. Das Auto ist im Nu von Grenzpolizisten mit gezogenen Waffen umstellt. Rung sitzt in der Falle. Er kommt in Untersuchungshaft und muß sich am 3. November 1981 vor dem Jugendrichter verantworten. In den Monaten zuvor lassen die ermittelnden Kripobeamten nichts unversucht, um ihm den Namen des Mittäters zu entlocken. Rung aber schweigt, nicht nur aus Ganovenehre. »Dadurch, daß Hansi älter war als ich, und mir das klar gemacht wurde, wenn das rauskommt, daß er dabei gewesen ist, würde es dann vorm Landgericht abgeurteilt werden.«

Alle taktischen Kalküle helfen ihm nichts. Zwei Monate vor seinem 21. Geburtstag lautet das Urteil: drei Jahre Haft. Zum dritten Mal bezieht er sein Quartier in der Jugendstrafanstalt Plötzensee. Etwa 400 Jugendliche müssen dort für ihre Verfehlungen büßen und sollen gleichzeitig zu brauchbaren Mitgliedern der Gesellschaft erzogen werden. Letzteres ist aber kaum mehr als graue Theorie. Hinter den Gefängnismauern ist Rung nun kein Neuling mehr, er hat im wesentlichen seine Ruhe. Eine Abkehr vom eingeschlagenen Weg gibt es nicht mehr. Niemand unter den Gefangenenbetreuern entwickelt eine Vorstellung, was für ein Ungeheuer in diesem Mann steckt.

Rungs Werdegang weist frappierende Übereinstimmungen mit den Biographien von Serienmördern auf. Der französische Kriminologe Stéphane Bourgoin hat die Lebensläufe von Serienmördern untersucht, ausgewertet und eine Vielzahl von Gemeinsamkeiten festgestellt. Bourgoin, stellvertretender Direktor am Centre International de Sciences Criminelles in Paris entwirft ein Bild, das in nahezu allen Facetten auf die Biographie Rungs zutrifft. »Die Beziehungen zu den Eltern und zu anderen Familienmitgliedern sind bei einem Heranwachsenden auch für sein Leben als Erwachsener und seine Reaktionen auf die Gesellschaft prägend«, schreibt der Kriminologe und er fährt fort: »Diese frühen affektiven Bindungen oder ihr Fehlen graben sich von Geburt an tief ins Bewußtsein des Kindes ein und bestimmen seine Wahrnehmung des Lebens außerhalb der Familie. Man ist sich im allgemeinen darüber einig, daß die Persönlichkeit eines Menschen in seinen ersten Lebensjahren geformt wird. Obwohl außergewöhnlicher Streß, Alkohol- und Drogenmißbrauch spätere Beschädigungen verursachen können, sind die frühen Jahre für die Entwicklung der Persönlichkeit und die Persönlichkeitsstruktur entscheidend. Nur äußerst selten kommt ein Mörder dieses Typs aus einer warmherzigen und verständnisvollen Familie.« Genau diese Bedingungen erlebt Rung: Das Verschwinden der leiblichen Mutter und damit verbunden der Wegfall des Schutzes gegen den gewalttätigen Vater, der Vater als unberechenbarer und verständnisloser Tyrann und die Stiefmutter, die von den Kindern als »Drachen« empfunden wurde. Dies trifft zweifellos alle Rung-Kinder, aber Thomas in seiner entscheidenden Entwicklungsphase. Abgesehen davon, daß Mädchen für einen solchen Tätertyp weitaus seltener in Frage kommen.

Warum muß man an dieser Stelle bereits von einem Mörder sprechen? Noch hat Rung kein Menschenleben auf dem Gewissen. Aber er vollzieht im Innern den nächsten und entscheidenden Schritt in diese Richtung.

Vorerst ist ihm wenig anzumerken. Nach 15 Monaten Haft, am 25. September 1982, erhält er das erste Mal Tagesurlaub. Er besucht Horst, einen Freund aus den Tagen bei der Gebäudereinigungsfirma in der Steglitzer Kniephofstraße. Diese Verbindung wird noch Folgen haben. Aber zunächst muß die Strafe abgesessen werden. In den folgenden Monaten bekommt Thomas etwa alle vier Wochen Urlaub aus dem Kittchen. Als Adresse gibt er stets die Anschrift seiner Lieblingsschwester »Mausi« an. Weihnachten 1982 kann er dort im kleinen Kreis verbringen. Von Heiligabend bis zum zweiten Weihnachtsfeiertag hat er frei. Danach muß er in die Strafanstalt zurück. Schon zwei Tage später bekommt er wieder Urlaub, soll sich aber am kommenden Tag, dem 29. Dezember, zurückmelden. Er kehrt nicht zurück, erst einen Tag später taucht er wieder auf. Ihm werden Konsequenzen angekündigt. Das Ende der Strafzeit wird auf den 13. Juni 1984 festgelegt. Das heißt nichts anderes, als die Strafe die vollen drei Jahre abzusitzen. Rung bekommt jedoch weiterhin Kurzurlaube, Ende Januar drei und Ende Februar zwei Tage.

Ab 1. März 1983 erhält er seine Zulassung zum Freigang. Er nennt die Anschrift eines Ladens für zoologische Bedarfsartikel. Nun kann er tagsüber die Haftanstalt verlassen, außerdem bekommt er noch fünfmal Kurzurlaub bis er am 19. August 1983, entgegen früheren Festlegungen, nach 26 Monaten Haft vorzeitig aus der Justizvollzugsanstalt Plötzensee entlassen wird.

Was hat die Haft bewirkt? Die Einsicht in das unrechtmäßige Handeln? Die Abkehr vom bisherigen Treiben? Als sich die Gefängnistore für Thomas Rung öffnen, ist er 22 Jahre alt und hat davon bereits 56 Monate in Haft verbracht. Über das, was ihn bedrückt, spricht er wenig: Wie soll er mit seinem Sexualleben zurechtkommen? »Durch meine ewigen Inhaftierungen«, so reflektiert er seine Lage, »hatte ich nie eine Beziehung zu Mädels gehabt. Allerdings steckt man durch die ganzen Abbildungen der Mädels in den Zeitschriften voller Geilheit.« Dann kommt der Augenblick, in dem er wieder auf die Menschheit losgelassen wird und »mit einem Mal sehen sie die ganzen geilaussehenden Mädels vor sich. Ein Mädel zu bekommen ist ja nicht einfach, Geld für eine Nutte hat man nicht. Geil ist man, von Brutalität ist man auch schon geprägt, also nehme ich mir das, was ich will.«

Rung hat auch einen Vorsatz: Nie wieder in den Knast! Deshalb ist für ihn nur ein toter Zeuge ein ungefährlicher Zeuge. Seine Formel für künftige Verbrechen heißt ab jetzt: Totmachen und weg!

Zuerst muß Rung nach der Haftentlassung sein tägliches Leben organisieren. Obwohl er in der Bertramstraße 38 im Stadtteil Hermsdorf ein möbliertes Zimmer beziehen kann, hält er sich die meiste Zeit bei seiner Schwester Gabriele in der Neuköllner Elbestraße auf. Zu ihr hielt er in den zurückliegenden Monaten, während seines Freiganges Kontakt. Sie ist die einzige, die Zugang zu der Szene hat, in der sich Thomas heimisch fühlt. Gabriele stand mal in einem Nachtclub hinter dem Tresen und in ihrer Umgebung sind Ex-Knackis keine Exoten.

Etwa seit April hat Rung im Freigang bei einer Firma in der Thaterstraße einen Job. Über den Lebensgefährten von Gabriele hat er Hermann kennengelernt. Dieser wiederum fädelt den Kontakt zum Autoverwerter Ingo Friedrich ein. Thomas Rung ist wieder in seinem Element. Er kann sich wie früher mit dem Ausschlachten von Fahrzeugen beschäftigen, eine Tätigkeit, die ihm mehr als alles andere liegt. Kompliziert aber gestaltet sich sein Umgang mit Menschen. Im Knast war er stets ein Einzelgänger. Sein unterentwickeltes Selbstbewußtsein verbucht jede Kleinigkeit und schnell fühlt er sich mißachtet oder zurückgesetzt. Für ihn ist dies stets Anlaß wütend und von abgrundtiefem Haß befallen zu werden.

Es dauert nicht allzu lange, da gibt es Unstimmigkeiten zwischen ihm und dem 36jährigen Friedrich. Als der Firmenchef nicht rechtzeitig Rungs Lohngeld bei der Anstaltskasse in Plötzensee einzahlt, sieht der seine Entlassung gefährdet. In dem daraufhin folgenden Wortgefecht mit dem Chef sieht er sich von oben herab behandelt und entwickelt einen schwer beschreibbaren Groll auf den Autoverwerter. Daß der Händler ihm eine aussichtsreiche Dauerstellung bieten will, interessiert Rung nur noch wenig.

Von seiner Schwester Gabriele erfährt Rung in der Zwischenzeit, daß in der Zeitung eine Wohnung in der Silbersteinstraße 71 angeboten worden ist. Die Unterkunft in der Bertramstraße sagt ihm nicht zu, sie besitzt keine Innentoilette und zum Duschen muß er in den Keller gehen. Deshalb hält er sich ohnehin die meiste Zeit bei Gabi in der Neuköllner Elbestraße auf.

Am 15. September 1983 fahren Gabriele und Thomas zur Silbersteinstraße 71. Gemeinsam sehen sie sich die Wohnung an, dann führt die Schwester die weiteren Verhandlungen mit der Vermieterin Melanie S. allein. Thomas setzt sich unterdessen in das nur einige Häuser entfernt gelegene »Silberstein-Eck«. Eine Kneipe, direkt an der Kreuzung zur Hermannstraße gelegen, die noch eine besondere Bedeutung für ihn erlangen wird.

Gabriele und die Hausbesitzerin werden sich rasch einig. Um alles perfekt zu machen, blättert Gabriele der 77jährigen Frau zwei Hundertmarkscheine auf den Tisch und läßt sich eine Quittung über 200 Mark für die erste Monatsmiete ausstellen. Gabriele erzählt anfangs noch, daß ihre Schwester Martha die Wohnung haben will, deshalb wird auf der Quittung deren Name vermerkt. Einige Tage später aber kreuzt Thomas bei der Vermieterin auf und sagt, daß er in die Wohnung einziehen möchte. Es gibt keine Probleme. Von Melanie S. ist bekannt, daß sie im Umgang mit Geld eine sichere Hand hat. Sie besitzt neben dem Haus in der Silbersteinstraße noch weitere Mietshäuser.

Unbeeindruckt von den neuen Umständen ist Rung besessen davon, sich an den Autoverwerter Friedrich zu rächen. Obwohl es keinen wirklichen Anlaß gibt, schleicht er am späten Abend des 22. September 1983 auf das Firmengelände an der Thaterstraße, drückt die schlecht gesicherte Tür zu dem Bauwagen, der Friedrich als Büro dient, auf. Er hält sein Feuerzeug an die zerknüllten Schriftstücke im Papierkorb. In Windeseile wird das Büro ein Raub der Flammen. Für Rung, der sich schnellstens aus dem Staub macht, bringt diese Aktion gar nichts, außer 1 500 Mark, die er in der Bürobude findet. Aber sein Rachedurst ist damit noch nicht befriedigt, und es ist nicht das letzte Mal, daß er auf dem Betriebsgelände zündelt. Bis er jedoch erneut zu Werke geht, wird noch einiges passieren.

Der erste Mord

In der zweiten Etage des Hauses Silbersteinstraße 71 hat Rung inzwischen eine Ein-Zimmer-Wohnung bezogen. Der unauffällige Altbau liegt von der Hermannstraße aus auf der linken Straßenseite. Im Erdgeschoß befindet sich ein Laden, der sich auf Heimwerkerbedarf spezialisiert hat, in den danebenliegenden Räumen bieten Frauen ihre Liebesdienste an. In den vier Etagen darüber befinden sich elf Wohnungen, zehn davon sind vermietet, die elfte bewohnt Frau S., die Vermieterin, selbst. Die Betreiber des im Parterre liegenden Etablissements haben das Haus zu einem gewissen Grade bekannt gemacht. Mehrmals pro Woche erscheint in den einschlägigen Zeitungsspalten unter der halbfett gedruckten Überschrift »1/44, Silbersteinstr. 71« die Richtungsvorgabe für Sexhungrige »Ecke Hermannstr., 3 Modelle, Mo. – Fr. 10 – 19 U., Sbd. u. Stg. 10 – 15 U.«
Melanie S. bewohnt die Wohnung in der ersten Etage rechts. Die Wohnung darüber ist behelfsmäßig aufgeteilt. In dem abgetrennten und separat zugänglichen Raum hat es sich Rung bequem gemacht. Als er am 28. September 1983 eine Arbeit bei einer Gütertransportfirma in der Muskauer Straße in Kreuzberg findet, scheint sein Neuanfang sogar in geordnete Bahnen zu kommen. Mit einem Einkommen von 250 Mark wöchentlich plus 29 Mark der Westberlinern gezahlten Zulage hat der Junggeselle die Grundlage für ein Auskommen.
Die 77jährige Melanie S. ist für ihr Alter noch recht agil, und sie ist leutselig. Naserümpfende Vorhaltungen aus dem Bekanntenkreis, warum sie den Damen des horizontalen Gewerbes die Parterrewohnung überläßt, können sie nicht erschüttern. Auch in einem ihrer anderen Häuser läßt sie Gunstgewerblerinnen gewähren. Daß bei den Freudenmädchen in einem ihrer Steglitzer Häuser zu später Nachtstunde noch Hochbetrieb herrscht, stört sie nicht. Gegenüber weitläufigen Verwandten spricht sie sogar mit einer gewissen Hochachtung von den

»fleißigen Bienen«. Die Huren zahlen pünktlich, das ist entscheidend für sie, denn bei Geld hört für sie die Freundschaft auf. Vor einiger Zeit hat sie die Beziehung zu einem pensionierten Postrat aus Ostberlin nur deswegen beendet, weil der Herr etwas von »unter die Arme greifen« gesagt und dabei ihr Geld im Sinn gehabt hatte. Im März 1982 ließ sie, vom Krebs gezeichnet, beim Notar ihr Testament beurkunden. Als Reinvermögen sind darin 550 000 Mark angegeben. In ihrem Bekanntenkreis weiß man jedoch, daß sie kaum Geld in der Wohnung aufbewahrt und auch sonst nicht mit besonderen Reichtümern protzt.
Rung trifft seine Vermieterin kaum. Selbst jetzt, wo er die neue Wohnung besitzt, bleibt er nachts regelmäßig weg. Manchmal, wenn er morgens sehr früh zur Arbeit muß, übernachtet er bei seiner Schwester, um nicht zu verschlafen. Nach Feierabend gibt er sich dem Alkohol hin. Zu Frauen hat er keinen Kontakt, und er hat inzwischen alle Anstrengungen, auf normalem Wege zu einer Partnerschaft zu kommen, fahren lassen. Seine Maxime lautet inzwischen: Was ich will, nehme ich mir mit Gewalt. In seinen Phantasien erlebt er Mädchen, die in knapper Satinwäsche ihren makellosen Körper präsentieren. Eine solche Frau im spitzenbesetzten Tanga, wohlformenden Büstenhalter und mit neckischen Strapsen zu besitzen, wenn auch nur für einen Augenblick, ist ein Wunsch, der ihn nicht mehr losläßt.
Anfang der zweiten Oktoberwoche drückt er nachts vom Hof aus ein Fenster zum Bordell in der Silbersteinstraße 71 auf. Der Puff ist zu dem Zeitpunkt schon geschlossen. Rung steigt ein und durchstöbert die stickig parfümierten Räume. Er sucht die »Arbeitskleidung«, die tagsüber die »geilen Körper veredelt«. Wahllos stopft er die verschiedensten Teile in eine Plastiktüte und verschwindet wie er gekommen ist. Es ist die Ouvertüre zu einem Mord.
In seiner Phantasie malt sich Rung aus, wie er das Objekt seiner Begierde mit diesen Dessous zur Hure drapieren, an ihm seinen Trieb ausleben und es schließlich umbringen wird.
Es ist Donnerstag, der 13. Oktober 1983. Rung hat wie üblich getrunken, er ist nicht besoffen, aber sein »Pegel« ist erreicht. Der angestaute Trieb drängt ihn zur Tat. Es ist gegen sechs Uhr

abends. Er greift sich den Plastikbeutel mit der Reizwäsche und klingelt bei Melanie S. Sie öffnet und bittet Rung herein. Es ist für sie nicht ungewöhnlich, um diese Zeit von einem Hausbewohner aufgesucht zu werden. Einige zahlen die Miete noch bar bei ihr. Auch Rung gibt vor, die noch ausstehenden Mietschulden begleichen zu wollen.

Er bemerkt, daß die Frau irgendwie »daneben« ist. Sie macht einen verstörten Eindruck. Sein Entschluß ist unumstößlich. Als die Tür hinter ihm ins Schloß fällt, stürzt er sich von hinten auf das ahnungslose Opfer. Sofort umschlingt er mit seinen kräftigen Armen ihren Hals und nimmt sie in den Würgegriff. Mit ihren 156 Zentimetern Körpergröße und ihren 59 Kilogramm wäre sie sogar in jüngeren Jahren gegen den Koloß ohne jede Chance geblieben. Bevor ihr die Sinne schwinden, preßt sie nur noch ein »Du Schwein!« über die Lippen.

Mehr als ein Jahrzehnt danach fällt es Rung vergleichsweise leicht, sich öffentlich zur Tötung von Melanie S. zu bekennen. Seine Motive aber verschleiert und leugnet er gegenüber den polizeilichen Vernehmern, obwohl einige Indizien die Vermutung eines Sexualdeliktes nahelegen: »Sexuelles habe ich mit der Frau wirklich nicht gemacht. Wenn da was anderes wäre, müßten Ihre Ermittlungen damals das ja ergeben haben. Richtig ist, daß ich die Frau entkleidet habe, zunächst auch den Schlüpfer ausgezogen habe, weil ich ein Sexualdelikt vortäuschen wollte.« Rung will noch nicht gestehen, daß er die Frau, die am 12. November ihren 78. Geburtstag gefeiert hätte, zum Objekt seiner sexuellen Begierde erkoren hatte.

»Weil sie aber im Wohnzimmer lag und man sie möglicherweise von draußen durch das Fenster hätte sehen können – es schießen einem ja bei einer solchen Sache tausend Gedanken durch den Kopf –, habe ich ihr den Schlüpfer wieder angezogen und habe sie dann ins Bett gelegt. Es war gar nicht so einfach, sie dort hinzukriegen. Ich habe ihr dann von hinten unter die Arme gegriffen und sie so zum Bett gezogen. Als ich ihren Rücken zum Ziehen etwas anheben mußte, röchelte sie tief. Das ist bei Toten so, gelebt hat sie nicht mehr. Ich habe sie bis ans Bett gezogen und ohne sie erst noch einmal abzulegen gleich auf das Bett gelegt. Dort lag sie auf dem Rücken, der Kopf zum Fenster. Der Kopf lag auf einem Kopfkissen, es müßte weiß gewesen sein. Dann habe ich sie mit dem Bettzeug bis zum Hals zugedeckt. Es war meiner Erinnerung nach ein Federbett, Genaueres kann ich dazu nicht sagen.«

Mit kargen Worten schildert Rung, wie er zum ersten Mal ein Menschenleben ausgelöscht hat. »Das Ganze war mir dann doch ein bißchen komisch, weil die Fenster auf waren, die vom Wohnzimmer waren nämlich aufgezogen, ich hatte tierische Angst, daß ich gesehen werde.«

Rung gibt sein Vorhaben auf, sich an einer zur Hure maskierten Leiche zu vergehen. Er betrachtet nur das Opfer in Unterwäsche: »Es gibt ja Mieder, die unten im Schritt zugeknöpft werden können, so eines war es nicht, sondern es war im Schritt offen. Ihre Perlonstrümpfe waren oben mit dem Mieder verknöpft, das Mieder hatte an den Seiten Strapse und daran waren die Perlonstrümpfe geknöpft. Sie hatte einen recht großen Schlüpfer. Als ich ihn ihr wieder anzog, habe ich ihr ihn bis über den unteren Teil ihres Mieders gezogen.«

Nachdem Rung die Tote ins Bett gelegt hat, streift er seine Schuhe ab. Er braucht – wie es ihm Willi gezeigt hatte – seine Socken, um sie als Handschuhersatz über die Hände zu streifen. Dann durchsucht er die Schränke der Toten. Die Beute ist lächerlich. In einem Wandtresor, der offensteht, entdeckt er zwei Sparbücher. Im Schlafzimmerschrank findet er eine Sammlung alter Fünfmarkstücke, die er am nächsten Tag auf der Bank gegen 80 Mark eintauscht. Die Sparbücher wirft er später weg.

Zum Schluß löscht er in allen Räumen das Licht. Aus seiner Ganovenausbildung weiß er, daß Wohnungen, in denen ständig das Licht brennt, eher auffallen als Wohnungen, deren Beleuchtung längere Zeit nicht eingeschaltet wird.

Rung verläßt schließlich den Ort des Schreckens. Sein eigentliches Ziel hat er nicht erreicht. Drei Monate nach seiner Haftentlassung ist er zum Mörder geworden, hat die grausame Maxime »Totmachen und weg!« Wirklichkeit werden lassen.

Sechs Tage lang liegt Melanie S. in ihrem Schlafzimmer. Rung muß, wenn er seine Wohnung verläßt, an der Tür zum Tatort vorbei, und ebenso, wenn er nach Hause kommt. Das sei »schon ein beschissenes Gefühl« gewesen, sagt er.

Rung ist kaltblütig genug, aus der Nachbarschaft mit der Leiche nicht zu fliehen. Ab dem 14. Oktober versucht eine Nichte der Ermordeten, telefonisch Kontakt zu ihrer Tante aufzunehmen. Mit jedem Tag wird sie unruhiger. Am 19. Oktober entschließt sie sich, persönlich nach dem Rechten zu sehen. Da Melanie S. auch in einem ihr gehörenden Häuserblock in Steglitz eine Wohnung unterhält, versucht die Nichte zuerst dort ihr Glück. Nachdem sie erkennt, daß die Vermißte sich hier nicht aufhält, macht sie sich auf den Weg in die Silbersteinstraße. Es ist früher Nachmittag als sie mit ihrem Mann an der Wohnungstür klingelt und klopft. Schon im Treppenhaus ist ihr ein sonderbarer Geruch in die Nase gestiegen. Als sie sich bückt, um durch den Briefschlitz zu sehen, wird es zur Gewißheit, der Gestank kommt aus der Wohnung ihrer Tante. Beide ahnen Schlimmes. Obwohl sie einen Schlüssel zu der Wohnung besitzen, wollen die beiden die Räumlichkeiten nicht betreten; die Polizei wird alarmiert. Es ist nachmittags gegen 15 Uhr, als ein Polizeiobermeister, der als erster die Zimmer in Augenschein nimmt, die bereits in Fäulnis übergegangene Leiche findet.
Der Arzt attestiert zunächst »ungeklärte Todesursache«, den genauen Befund muß der Gerichtsmediziner erstellen. Am 21. Oktober, im Laufe des Vormittags, wird die Obduktion der Leiche durchgeführt. In einem Kripobericht ist das Ergebnis zusammengefaßt: »Einwirkung auf den Hals mit Stauchungen und zum Teil Brüchen des knöchernen Gerüstes, Rippenbrüche links und rechts. Entsprechende Blutunterlaufungen stellen sich als zu Lebzeiten gesetzte dar ... Nach Auskunft des Professors Schneider deuten diese Erscheinungen deutlich auf den Tod durch fremde Hand hin.«
Nun kommt die dritte Mordkommission zum Einsatz. Mit fünf Beamten, einem Kriminalkommissar in Ausbildung, einer Polizeiangestellten, dem Fotografen und Kollegen vom Erkennungsdienst wie von der Polizeitechnischen Untersuchungsstelle wird der Tatort und das Umfeld unter die Lupe genommen. Die einen suchen in der Wohnung nach verwertbaren Spuren, andere kümmern sich um den Bekannten- und Verwandtenkreis der Getöteten, wieder andere sehen sich im Haus um. Es gehört für die Kripobeamten zum Routineprogramm, trepp-

auf, treppab von Tür zu Tür zu ziehen, in der Hoffnung, einer der Mieter im Haus könnte einen verwertbaren Hinweis geben. Das Ergebnis des ersten Durchlaufs ist wenig ergiebig. Auf Seite 3 des Berichts ist unter anderem notiert: »2. Etage rechts. An der Tür steht der Name Rung. Es ist nicht bekannt, ob die Wohnung überhaupt noch bewohnt ist.« Einen Tag später machen sich die Kripobeamten ein weiteres Mal auf die Strümpfe. Alle diejenigen die tags zuvor nicht angetroffen wurden, sollen nun gehört werden. Für die zweite Etage rechts wird im zweiten Bericht über die Hausermittlungen vermerkt: »An der Wohnung steht lediglich der Name Rung. Es dürfte sich hierbei um den Thomas Rung, 3.1.61 Berlin geb., handeln, der bislang nicht anzutreffen war.«

Den Berliner Tageszeitungen ist an diesem 22. Oktober die polizeiliche Mitteilung vom Vortag nur einen Einspalter wert. Der Fall gibt keine Schlagzeile her. Aber die Mordermittler haben zunächst einen Erfolg. Sie finden das Original eines Briefes, den die Frau am 8. August 1983 an einen Mieter gerichtet hat: »Sehr geehrter Herr M.! Ich fordere Sie auf die Miete für den Monat August zu bezahlen.« Dann folgt eine Aufstellung der Schulden des Herrn Müller, in der Mietrückstände von 200 Mark »und das geliehene Geld in Höhe von 50 Mark« gefordert werden, insgesamt also 250 Mark. Nachdrücklich heißt es am Ende des kurzen Schriftstückes: »Werter Herr M., wenn Sie nicht können zahlen geben Sie sofort die Wohnungsschlüßel ab. Ich habe mich in Sie getäuscht.«

Das Dokument bekommt eine gewichtige Bedeutung. Noch am selben Tag wird der »Hinweis auf eine verdächtige Person« verfaßt. Damit hat sich die Kripo weitgehend auf eine Tatversion festgelegt und die kommenden Tage sollten ihren Verdacht zur fatalen Sicherheit werden lassen. Weitere zwei Tage später, es ist Montag, der 24. Oktober, werden zwei Zeugen vernommen. In den Vormittagsstunden dringen die Männer der dritten Mordkommission mit einem Zweitschlüssel aus den Beständen der Vermieterin in die Wohnung von Thomas Rung ein, den sie bislang nicht angetroffen haben und der nicht auf Klopfen und Klingeln reagiert hatte. Rung liegt im Bett und wird von den Beamten unsanft aus dem Schlaf gerissen. Er fährt mit zur

Dienststelle, um seine Vernehmung zu absolvieren. Er berichtet lang und breit, wie er an die Wohnung gekommen ist und wie oft er sich wegen des Mietvertrages in den Räumen von Frau S. aufhielt. Es sind gute vier Seiten des Frage-Antwort-Spieles aufgeschrieben, da fragt der Vernehmungsbeamte plötzlich, wie aus heiterem Himmel: »Hat Sie Frau S. mal in irgendeiner Form angesprochen, und Sie zum Kaffee eingeladen oder ähnliches?
»Nein.«
»Hat sie Sie auf sexuellem Gebiet mal angesprochen?«
»Nein.«
»Welchen Eindruck machte Frau S. vom Äußeren her auf Sie?«
»Sehr nett. Sie hat mir über die Mieter erzählt, auch daß vor mir ein Ausländer in der Wohnung wohnte.«
»Hat sie hinsichtlich Ihrer Wohnung erwähnt, ob auch eine Frau Vormieter in der Wohnung war?
»Nein.«
»Ist Ihnen bekannt oder würden Sie annehmen, daß Frau S. vermögend ist?«
»Nein, weiß ich nicht.«
Wie selbstverständlich hängt der Vernehmer die Frage an: »Haben Sie Frau S. umgebracht?«
»Nein.« Rung läßt es sich nicht anmerken, daß ihn diese Fragestellung durchaus elektrisiert hat. Aber der Ermittler geht so unvermittelt, wie er auf den Punkt zu sprechen kam, zu anderen Fragen über.
Was hätte wohl der Kripomann gemacht, wenn Rung »ja« gesagt hätte? Das Geständnis wäre nicht verwertbar gewesen, sofern es nicht an anderer Stelle wiederholt worden wäre. Rung wurde als Zeuge vernommen. Wollte man von ihm ein Geständnis, müßte man ihm vor Beginn der Vernehmung mitteilen, daß er als Beschuldigter vernommen wird, welche Tat man ihm zur Last legt, daß er das Recht habe, sich zur Sache zu äußern oder die Aussage zu verweigern, und daß es ihm freistehe, jederzeit einen Rechtsanwalt hinzuzuziehen.
Rung benötigt keinen Anwalt. Als er um 14.20 Uhr das Vernehmungsprotokoll unterschreibt, konzentriert sich das Interesse der dritten Mordkommission schon auf Michael Müller. Einige Stunden später wird dieser am S-Bahnhof Hermannstraße

aufgestöbert. Es liegt nichts vor, was eine Festnahme rechtfertigen würde, aber der 20jährige ist bereit, mit in die Keithstraße, den Sitz der Mordkommissionen, zu kommen. Nach einem Vorgespräch werden in den späten Abendstunden Müllers Aussagen protokolliert. Er schildert seine permanenten Geldschwierigkeiten, seine Sucht, jede verfügbare Münze in Spielautomaten zu stecken, und wenn er blank ist, sich bei Freunden durchzuschnorren. Die paar Mark, die ihm der Job beim Gartenbauamt einbringt, gehen meistens ebenso für die Schuldenbegleichung drauf, wie die Sozialhilfe.
Im Juli 83 hatte Müller sich im Hause von Frau S. eingemietet. Die 200 Mark für den ersten Monat streckte noch seine Mutter vor, dann mußte er selbst für seine Behausung aufkommen. Statt aber Miete zu zahlen, pumpt Müller seine Hausherrin an. Die alte Dame hat, von ihren Bekannten belächelt, eine gewisse Schwäche für junge Männer. Sie leiht ihm mal 30, mal 20 Mark. Aber sie leiht eben nur. Sie will also das kleine Darlehen auf Heller und Pfennig zurück und die Miete beglichen haben.
Müller läßt die Rückzahlungstermine verstreichen und wird kaum noch im Haus in der Silbersteinstraße gesehen. Als Frau S. ihn eines Tages auf der Straße trifft, verlangt sie von ihm den Wohnungsschlüssel zurück. Da aber noch persönliche Gegenstände von ihm in der Wohnung gewesen seien, so gibt Müller zu Protokoll, sei er noch einmal zur alten Anschrift zurückgekehrt. Dort erzählt ihm eine ehemalige Nachbarin, daß Frau S. seine Habe in hohem Bogen aus dem Fenster geworfen hätte. Die Wohnung, die Müller gemietet hatte, ist die, in der sich nun Rung häuslich eingerichtet hat. Koffer vom Vormieter stehen noch dort. Müller wird nicht in die ehemalige Bleibe zurückkehren können. Trotzdem – so räumt er ein – habe er sich entschieden, noch einmal Frau S. aufzusuchen und sie dabei außerdem um Geld zu bitten. Das interessiert den Vernehmer besonders.
»Wann haben Sie sich das vorgenommen?«
»Am Donnerstag, 13. Oktober 1983, habe ich mich entschlossen. Ich bin gegen 18 Uhr in das Haus gegangen, habe zweimal an der Tür geklingelt. Es wurde mir aber nicht aufgemacht. Dann bin ich eine Etage höher zu meiner ehemaligen Wohnung

gegangen, habe dort ebenfalls geklingelt, in der Hoffnung, meine Sachen sind noch dort und der Mieter würde sie mir geben.« Im Unterton des vernehmenden Beamten schwingt ungläubige Skepsis mit: »Sie wußten doch aber, daß Ihre Sachen aus dem Fenster geworfen worden waren. Weshalb haben Sie trotzdem noch mal versucht, nachzufragen?«
»Ich hoffte, daß doch noch ein paar Sachen von mir da sind. Nachdem mir keiner aufgemacht hat, habe ich das Haus verlassen. Beim Weggehen habe ich noch nach oben zur Wohnung der Frau S. gesehen. In der Wohnung brannte kein Licht. Ich bin dann noch am S-Bahnhof Hermannstraße geblieben und bin dann um 19.30 Uhr in die Wohnung von meinem Freund Werner gegangen und habe dort die Fernsehsendung ›Der Große Preis‹ gesehen. Dies ist auch der Grund, warum ich mich daran erinnere, daß ich an diesem Tag bei Frau S. geklingelt habe.«
Nach einigen weiteren Fragen, bei denen es darum geht, ob es denn für Müller logisch gewesen sei, Frau S. erneut anzubetteln, wo er doch schon unter Beweis gestellt habe, daß eine Rückzahlung nicht zu erwarten sei, stellt der Beamte, wie einige Stunden zuvor gegenüber Rung, völlig unvermittelt die Frage: »Haben Sie Frau S. umgebracht?«
Auch bei Müller lautet die einfache Antwort: »Nein.« Anders als Rung, besitzt er aber keinen Vertrauensbonus. Müller wird noch einmal darauf hingewiesen, daß er als Zeuge hier sitze, man aber zu Vergleichszwecken gern seine Fingerabdrücke abnehmen und sich in seiner derzeitigen Bleibe nach Gegenständen aus dem Besitz von Melanie S. umsehen möchte. Er willigt ein.
Die Inaugenscheinnahme der Wohnung fördert nichts Belastendes gegen Müller zutage. Aber die Mordkommission befragt auch die Bekannten des insgeheim bereits Tatverdächtigen. Dabei treffen die Ermittler auf einen 40jährigen Koch. Der wohnt im selben Haus in der Siegfriedstraße, wie seit kurzer Zeit auch Müller, und er pflegt zu dem 20jährigen Kontakt. Was er über den jungen Mann berichtet, läßt die Beamten aufhorchen: »Seit vier Tagen, so seit Freitag glaube ich, ist er so anders, so deprimiert. … Er erzählte, daß er bei einer älteren Frau war, Essen verlangt habe, dann habe er sie gehauen, weil sie ihm nichts

gab. ... Dann erzählte er noch, daß er wegen der Sache gestern über acht Stunden bei der Kripo war.« Der Argwohn des Ermittlungsbeamten scheint sich als berechtigt zu erweisen. Müller macht Minuspunkte. Mit dieser Zeugenaussage wird aus ihm ein dringend Tatverdächtiger.

Am frühen Nachmittag des 25. Oktober nehmen ihn zwei Beamte der dritten Mordkommission vor seiner Wohnung in der Neuköllner Siegfriedstraße fest.

Schon auf der Fahrt zur Polizeidienststelle rückt Müller von der Aussage des Vorabends ab. Der Kripomann faßt die Schilderung, die immer mehr den Charakter eines Geständnisses annimmt, so zusammen: »Auf Befragen erklärte mir M., daß er am 13.10.1983 gegen 18.00 Uhr, in die Wohnung der Frau S. gegangen sei. Er habe dort zweimal geklingelt, worauf er von Frau S. eingelassen wurde. Er will sie aufgesucht haben, um seine Wohnung wiederzubekommen und um sich von ihr Geld auszuleihen. Im Verlaufe der Unterhaltung soll es dann zu Streitigkeiten gekommen sein. Nach seinen Angaben soll ihn Frau S. aus ihrer Wohnung geworfen haben.«

Für Müller sieht es nicht gut aus. So wie sich der Tatablauf darzustellen beginnt, muß er mindestens mit einer Anklage wegen Raubes mit Todesfolge rechnen. Im Büro der dritten Mordkommission erzählt der 20jährige schließlich, was sich bei dem besagten Besuch in der Wohnung von Frau S. zugetragen hat. Wiederholt korrigiert er sich, ändert die Version.

Er sei kurz nach sechs Uhr abends bei der ehemaligen Vermieterin angekommen. Sie habe ihm die Tür geöffnet und mit den Worten begrüßt: »Na, Herr Müller, melden Sie sich auch mal wieder?« Dann hätte sie ihn hereingebeten. Er habe sie dann gedrängt, doch die Wohnung behalten zu dürfen, das Sozialamt würde ja die Miete übernehmen. Die alte Dame aber hatte von ihm die Nase voll: »Sie zahlen mal erst Ihre Miete, ich habe mich so in Ihnen getäuscht. In Ihnen habe ich einen anderen Menschen gesehen.«

Dann will der junge Mann zumindest noch einmal Geld geliehen bekommen, damit er sich etwas Eßbares kaufen könne. Sie bleibt unbeirrt: »Bei mir nicht mehr, nein.« Damit ist die Unterhaltung zu Ende, die Frau komplimentiert den unerfreulichen

Gast hinaus. Doch bevor sie hinter ihm die Tür schließen kann, hat er seinen Fuß dazwischen gestellt.
»Herr Müller, nehmen Sie den Fuß weg!«
»Nö, borgen Sie mir bitte noch mal Geld!«
Er stößt die Tür erneut mit heftigem Druck auf. Die Frau schlägt auf dem Korridor hin. Dann habe er sie am »Kittel genommen und noch mal in die Ecke geworfen«.
Der Kripobeamte will wissen: »Was war mit Frau S.?«
»Sie sagte gar nichts mehr.«
Daraufhin habe er sie genommen, ihr einen Fausthieb versetzt und sie ins Schlafzimmer geschleift und aufs Bett gelegt. Nicht ganz ohne suggestiven Beiklang stellt der Beamte, nachdem Müller mit der Schilderung, wie er die Wohnung durchwühlt hat, fertig ist, die Frage: »Welchen Eindruck hatten Sie von der Frau S., als Sie die Wohnung verließen? Lebte sie noch oder war sie schon tot?«
»Ich glooobe, sie war schon tot.« Der Fall Melanie S. kann als geklärt abgehakt werden. Mehrfach betonte Müller, es sei kurz nach sechs Uhr abends gewesen, als er Melanie S. aufgesucht habe. Tatsache ist, daß zu diesem Zeitpunkt Rung sein grausiges Werk erledigte. Ist die Frau zu ein und der selben Zeit von zwei Männern, die sich nicht begegnet sind, ermordet worden? Müller hatte bei seinen Vernehmungen berichtet, daß die 76jährige, als er sie niederschlug und ins Schlafzimmer zog, mit einem Kittel bekleidet war und darunter nur die Unterwäsche, zum Beispiel eine Korsage, trug. Genau bis auf diese Korsage entkleidet wurde die Leiche Tage später gefunden. Täterwissen. Des Rätsels Lösung wird später deutlich. In der ausführlichen Vernehmung Müllers, die am folgenden Tag, es ist der 26. Oktober, von morgens kurz vor neun Uhr bis zum späten Nachmittag um halb sechs dauert, kommt das Gespräch noch einmal auf die Tatzeit. »Ist es richtig, daß Sie am Donnerstag abend in der Wohnung waren?« will der Kripobeamte wissen und insistiert: »Bleiben Sie dabei?«
»Nein, es war morgens sieben Uhr, halb acht.«
Für die neuerliche Frage nach der Tatzeit, die beinahe nebensächlich erscheint, gibt es vor allem einen Grund. Die Armbanduhr von Melanie S. wurde in der Wohnung, nicht am Hand-

gelenk der Toten gefunden. Es handelt sich hierbei um ein schlichtes Versandhausmodell der Marke »Anker« zum Aufziehen per Hand mit Datumsanzeige, die bei 13 stehengeblieben war. Die Uhr zeigte 11.30 Uhr an. Die Kripo bemühte einen Uhrmachermeister, der dem Chronometer das Rätsel des Todeszeitpunktes entlocken sollte. Als erstes schätzte er ein, daß die Uhr, ohne aufgezogen zu werden, zwischen 24 und 36 Stunden geht. Man muß somit praktisch jeden Tag mit dem kleinen Rädchen die Feder spannen. Dann drehte der Fachmann die Zeiger über den 12-Uhr-Punkt hinaus. Im Datumsfenster bewegte sich nichts, erst nachdem er sie einmal eine volle Runde weitergezwirbelt hatte, sprang die Tagesanzeige auf die 14 vor. Die Schlußfolgerung lag nahe, daß die Frau immer morgens, bevor sie die Armbanduhr anlegte, das Uhrwerk aufzog. Am Morgen des 13. hat sie dies jedoch verabsäumt. Mit der von Müller jetzt korrigierten Tatzeit bekommt nicht nur diese Erkenntnis eine Logik.

Im nachhinein klärt sich so auch, warum Müller die Unterbekleidung beschreiben konnte. Frau S. war zu diesem Zeitpunkt noch nicht angezogen. Und wie die späteren Erkenntnisse zeigen, war sie nicht tot, als er sie auf das Bett warf. Im Laufe des Tages ist sie wohl wieder zu sich gekommen, hat sich langsam aufgerappelt und angekleidet. Die Schmalzstulle, die sie sich zu früher Stunde schmierte und zum Essen bereitlegte, wurde als verschimmelter Rest am 19. Oktober gefunden. Die Frau war an diesem Tag nicht mehr zu den einfachsten Tätigkeiten in ihrem Haushalt fähig. Sie hatte offenkundig noch nicht einmal die Zeit, das Geschehen vom Morgen zur Anzeige zu bringen oder es einer vertrauten Person mitzuteilen, da kam schon Rung. In einer beinahe diabolischen Fügung wird ihm – ohne daß er es auch nur zu ahnen vermag – das Verbrechen der Morgenstunden zum Schutzschild für seine noch viel abscheulicheren Pläne.

Am 26. Oktober ist die Kripo überzeugt, den entscheidenden Schritt vorangekommen zu sein. Die Presse wird über den Erfolg informiert. Der »Tagesspiegel« meldet in seiner Ausgabe vom nächsten Tag, der Mord an der Rentnerin »steht vor der Aufklärung«.

Rung bekommt die Zeitungsmeldungen nicht mit, ihn interessiert die Presse nicht. Er hat sich inzwischen der beiden Sparbücher entledigt und die 80 Mark Bargeldbeute in Alkohol umgesetzt. In absehbarer Zeit hofft er, mit einem größeren Geldbetrag, seine finanzielle Situation zu verbessern. Hermann, der ihm schon den Job bei der Autoverwertung Friedrich vermitteln konnte, offeriert ihm 5 000 leicht verdiente Mark. Rung müsse nur eins: heiraten. Hermanns Ex-Frau Christa ist Österreicherin und hat Probleme mit der Ausländerbehörde. Als Prostituierte hat man ihr die Aufenthaltserlaubnis nicht verlängert, die Ausweisungsverfügung steht unmittelbar bevor. Nun soll Rung die Dirne ehelichen und sie damit dem Behördenzugriff entziehen.
Gegen eine so sichere und gefahrlose Nebeneinnahme hat Rung nichts einzuwenden. Als Termin für die Trauung wird der 30. November 1983 festgelegt.

Völlig enthemmt

Viele Jahre später meint Rung im Rückblick auf seine Verbrecherkarriere, »daß dieser Tag mit Frau S. der Tag X« gewesen ist, an dem er »ins Wackeln gekommen« sei. Aber Rung ist nie an einem Punkt, an dem er sich ernsthaft vor die Entscheidung stellt, den eingeschlagenen Weg wieder zu verlassen oder nicht. Es ist in seinem Leben kein wirklicher »Tag X« zu erkennen. Geradezu nahtlos fügt sich bei ihm ein Tiefpunkt des moralischen Niederganges an den nächsten. In der Kriminalistik sprich man von der Akzelleration, von der Beschleunigung. Da Triebtäter durch ihre Handlung so gut wie nie das erreichen, was sich bei der Tatvorbereitung in ihrer Phantasie entwickelt hat, drängt es sie zur Wiederholung. Dabei werden die Abstände zwischen den Verbrechen immer kürzer. Der Gesetzesbrecher arbeitet an der Perfektionierung seines Vorgehens.
»Bei einer Straftat, wie zum Beispiel Raub«, veranschaulicht Rung die Dynamik seines Verhaltens, »wird man, zumindest was mich betraf, unwahrscheinlich von der Angst beherrscht. Der erste Raub sieht natürlich ganz anders aus als der zweite Raub. Denn so, wie sich Sportarten trainieren lassen, ist es auch bei Straftaten. Beim ersten Raub kommt man natürlich ganz schön ins Zittern. Jetzt stellt sich die Frage: Habe ich auch alles richtig gemacht oder hätte ich das lieber nicht gemacht. Man hatte eben immer noch eine Hemmschwelle. Bei Fehlern, die dann zur Verurteilung führen, wird man durch seine Mitgefangenen oder ehemalige Häftlinge, die man von draußen kennt, schlauer. Jeder studiert seine Anklageschrift und erzählt darüber, was er gemacht hat, und so wird eine regelrechte Aufarbeitung der Straftat betrieben, um so besser wird die Ausübung jeder weiteren Tat.«
Rung ist inzwischen ein »Berufsverbrecher«. Straftaten sind sein Lebensinhalt und seine Philosophie: »Meine Raubüberfälle waren, soweit ich mich zurückerinnern kann, alle geplant. Ich

kundschaftete schon Tage vorher aus, wo und was für ein Opfer überfallen wird. Hätte ich jemals eine scharfe Waffe gehabt, wäre bestimmt auch schon Schlimmeres passiert. Raubüberfälle habe ich auch nie allein gemacht. Ich kann mich heute noch an eine Sache erinnern, die aufgrund unserer Angst gescheitert ist. Ich hatte mit einem Kumpel vor, im U-Bahnhof Neukölln die Einnahmen aus dem Fahrkartenhäuschen zu rauben. Wie gesagt, zum einen läuft man hin und her und versucht jetzt, den richtigen Augenblick zu finden, um starten zu können. Durch die Angst meines Kumpels und meiner, war das Ding schon zum Scheitern verurteilt. Bei jedem Raubüberfall habe ich mich immer durchringen müssen und mir gesagt ›Los geht's‹, also der richtige Augenblick war jetzt da. Denn einfach wahllos unter Zeugen habe ich nie eine solche Tat ausgeführt.«

Rung kennt genau die Grenzen zwischen Straftaten, die man gemeinsam begeht und Verbrechen, bei denen jeder Mitwisser fehl am Platze ist: »Ein Raubmord mit meinem Kumpel wäre irgendwo ausgeschlossen für mich. Weil ich mir damals schon dachte und auch wußte, daß solch eine Tat schwer zu verkraften ist. Ich denke mir, hätte ich gemeinschaftliche Raubmorde gemacht, wäre es viel früher zum Aufdecken dieser Taten gekommen.

Mit zwei Kumpels hatte ich so 1983 oder 84 vor, den Geldboten der Orangerie vom Schloß Charlottenburg zu überfallen. Wir hatten vor, den Geldboten von seinem Motorroller zu schlagen und die Tasche mit dem Geld zu nehmen. Da sich aber die Lage verändert hat, bekamen die zwei Kumpels Angst. Ich hatte vor, jetzt ins Gebäude zu gehen und die Lohngelder rauszuholen. Wir saßen im geklauten Fahrzeug, bewaffnet mit Gasrevolvern. Hätte ich eine echte Waffe gehabt, wäre ich alleine rein, denn immerhin erwarteten mich 150 000 DM. Schief ging allein deshalb vieles, weil mich halt die Angst auch sehr beherrscht hat, man macht dabei unwahrscheinlich viele Fehler.«

Im Repertoire seiner Untaten scheint kaum etwas zu fehlen. Er läßt keine Gelegenheit aus. Er taumelt von einer Straftat in die andere. Die Spur seiner Verbrechen zieht sich durch ganz Westberlin: »Ich wohnte damals in der Silbersteinstraße 71, ich glaube es war nach der Sache mit Frau S., da habe ich zusammen

mit einem Kumpel ein An- und Verkaufsgeschäft in Spandau überfallen. Und zwar ist dieses Geschäft auf der rechten Seite der Schönwalder Straße, Richtung stadtauswärts gewesen, und es war ein Eckgeschäft. Ich habe dabei reichlich Blut verloren. Ich hatte beim Zuschlagen mit der Gaspistole mir selber auf den Finger geschlagen, der dann stark blutete. Im Laden selbst müßten Bluttropfen von mir auf dem Fußboden gewesen sein. Die Tatzeit muß damals mehr zum Abend hin gewesen sein. Ich glaube es war an einem Sonntag, der Inhaber war beim Abladen und nur deshalb war das Geschäft offen. Mir fällt noch ein, daß der Mann einen Lkw mit Plane hatte und außerdem einen Pkw, und zwar einen beigefarbenen Daimler, 216er Karosse. Der hatte dort einen uralten Geldschrank stehen, in dem sich allerdings keine müde Mark, sondern nur Gerümpel befand.«
»Ich bedrohte«, erzählt er weiter, »den Inhaber mit einer Gaswaffe, als dieser gerade dabei war, sein Auto abzuladen. Ich habe ihn auch ins Gesicht geschlagen. Er hat zunächst lange rumgezuckt, daß er kein Geld hat. Als er nicht sagen wollte, wo das Geld ist, habe ich ihn mit einer Axt bedroht, die dort im Geschäft war. Mein Kumpel hat dann auf den Mann aufgepaßt und ich bin eine Treppe hoch in einen Hinterraum, den ich zufällig sah. Dort habe ich in einer Jackentasche 7 000 Mark gefunden. Wir sind dann abgehauen. Den Mann hatten wir zuvor gefesselt.«
Rung besitzt weder die Fähigkeit noch verspürt er eine Neigung, zwischenmenschliche Konflikte ohne Gewalt zu lösen. Es ist nur scheinbar ein Widerspruch, daß Gewalttäter dieser Größenordnung, was ihre eigene Befindlichkeit anbelangt, sich oft sehr dünnhäutig zeigen.
Im Spätherbst 1983 lag die Auseinandersetzung Rungs mit seinem Ex-Chef, dem Autoverwerter Friedrich wegen des nicht rechtzeitig abgeführten Lohnes schon Monate zurück. Seit August 83 war Rung auf freiem Fuß und hatte die Stelle längst aufgegeben. Noch immer war er besessen von der Vorstellung, daß er Friedrich »eins auswischen werde«. Das Feuer, das am 22. September die Bürobaracke in Schutt und Asche gelegt hatte, genügte Rung nicht. Der Gebrauchtwagen-Spezialist war noch nicht am Boden zerstört. Durch ein günstiges Angebot hat-

te es Friedrich sogar geschafft, seinen Betrieb technisch aufzumotzen. Rung aber wollte den Autoverwerter unbedingt in den Ruin zu stürzen.
Es ist Sonntag, der 20. November 1983, kurz vor Mitternacht. Im Schutz der Dunkelheit schleicht Rung zum zweiten Mal innerhalb von rund acht Wochen über das Betriebsgelände an der Thaterstraße. Die Thaterstraße ist eine Sackgasse im Bezirk Reinickendorf, in der Nähe des Schäfersees. Friedrich hatte 1979 das Areal von rund 8.000 Quadratmetern von der Bundespost gemietet. Einen Teil nutzt er für sein Unternehmen. Zwei große Werkhallen, die eine mit rund 1.600 und die andere mit etwa 700 Quadratmetern, stehen dort. Das größere Stück Land ist wiederum an den Kleingartenverein Mariabrunn e.V. untervermietet. Zehn der insgesamt 145 Parzellen liegen auf dem Pachtland von Ingo Friedrich.
Seit Februar 1983 war das Verhältnis zwischen dem Firmeninhaber und dem Kleingartenverein jedoch gespannt. Friedrich hatte einigen Kolonisten gekündigt. Die Laubenfreunde wollten sich jedoch nicht kampflos von der Freizeitscholle jagen lassen. Friedrich war verärgert, besonders darüber, daß sich der Verein mit den von der Räumung bedrohten Mitgliedern solidarisierte. Daraufhin wollte er alle Laubenpieper von seinem Grundstück runterhaben. Er forderte die Kleingärtner auf, bis zum 1. November 1983 das Land zu räumen. Dann wurde dieser Termin auf den 3. Dezember 83 verschoben. Doch zwei Wochen vor Ablauf der Frist ändert sich die Situation.
Rung kennt das Anwesen an der Thaterstraße wie seine Westentasche. Er weiß, wo die Schwachpunkte der ohnehin schlecht gesicherten Fahrzeughallen liegen. Eine defekte und nicht verschließbare Tür ist ihm in Erinnerung geblieben. Ohne besondere Anstrengungen gelangt er in die ungefähr 40 Meter lange und ebenso breite Halle. Der Rest ist gleichfalls ein Kinderspiel. Überall liegen ölgetränkte Putzlappen, stehen Treibstoffkanister und Behälter mit Schmiermitteln herum. In den beiden angrenzenden Hallen befinden sich 15 Gebrauchtwagen und ein Kipplaster, außerdem Motoren, Getriebe und Autoteile sowie Kotflügel.
Rung verschüttet Benzin, holt sein Feuerzeug aus der Hosenta-

sche, zündet einen Putzlappen an und bringt sich in Sicherheit. Die Flammen greifen rasend schnell um sich. Eine Eisenflasche in der sich zum Schweißen benötigtes Gas befindet, explodiert. Der Feuerball, der durch das Hallendach schießt, ist weithin zu sehen. Genau um Mitternacht werden Polizei und Feuerwehr von Anwohnern alarmiert. Die beiden Gebäude brennen bis auf die Grundmauern nieder.
Vom ersten Moment an besteht für die Brandursachenermittler kein Zweifel daran, das Feuer ist vorsätzlich gelegt worden. Friedrich ist geschäftlich am Ende. Weder für die Immobilie, noch für die beweglichen Teile hatte er eine Versicherung abgeschlossen. Damit scheidet er aber zugleich als Tatverdächtiger aus.
Auf der Suche nach dem Motiv geht nicht nur die Polizei vom Naheliegenden aus. Zwei Tage nach dem Brand meldet sich der für die Friedrich-Liegenschaft zuständige Sachbearbeiter der Abteilung Grundstücksverwaltung der Landespostdirektion. Telefonisch teilt er dem mit den Ermittlungen betrauten Kommissar mit, er selbst sei seit zirka einem Jahr Parzelleninhaber in dieser Kolonie, und er hält es für möglich, daß »Mitglieder der Kolonie die vorangegangenen Störungen und Straftaten auf dem Gelände der Fa. DAV begangen haben und im jetzt hier behandelten Fall der Brandstiftung mitwirkten oder irgendwie damit zu tun haben«. Außerdem habe er den Vorsitzenden des Kleingartenvereins am Tag nach dem Brand auf dem Friedrich-Gelände getroffen, und dieser habe sinngemäß gesagt: »So, das hat sich also auch erledigt.«
Inzwischen hat Friedrich einige seiner Freunde um Hilfe gebeten. Sogar Rung greift dem ehemaligen Chef unter die Arme: »Jemand, der noch bei ihm arbeitete, erzählte mir von dem Brand und ich tat bestürzt und bin dann mit dem zu F. hin und habe F. geholfen, im Brandschutt nach Verwertbarem zu suchen. Er hatte überhaupt keinen Verdacht gegen mich. F. wußte, daß das eine Brandstiftung war, konnte sich aber nicht denken, warum und durch wen. Er hatte sogar eine Belohnung ausgesetzt. Er war völlig fertig und rätselte nur rum. Er meldete Konkurs an, er war durch den Brand pleite ...« 10 000 Mark bot Friedrich für die Aufklärung des Anschlages.

Rung war am Ziel. Er hatte seine Art von Macht ausgeübt. Das Schicksal anderer Menschen ist ihm gleichgültig. Normen des Zusammenlebens kennt er nicht. Selbst einen kleinen, normalerweise schnell vergessenen Konflikt, »bestraft« er mit der Vernichtung der Lebensgrundlage. »Ich wollte F.s Existenz vernichten«, gibt Rung freimütig zu Protokoll.
Vom Herbst 1983 bis zum Frühjahr 1984 begeht Rung eine Vielzahl von Verbrechen. Bei einigen war es zwölf Jahre später nicht mehr möglich, den genauen Zeitpunkt und den konkreten Ort zu rekonstruieren. Was damals geschah ist deshalb nur aus den Angaben Rungs überliefert: »Es war an einem Werktag, so um die Mittagszeit herum. Ein Kumpel«, dessen Identität er heute noch verschweigt, und er sind »in Neukölln in ein Haus und in die Wohnung der Frau. An und für sich hatten wir vor, dort im Haus einen älteren Mann zu berauben, von dem wir wußten, daß er Geld haben soll. Wir änderten dann aber unseren Plan, ohne daß ich sagen kann warum, und haben die Frau nebenan gemacht. Wir haben geklingelt und der Frau gesagt, daß wir von der Post kommen. Zufälligerweise hatte die Frau gerade ein Telefon neu bekommen und war deshalb nicht mißtrauisch. Sie ließ uns in die Wohnung. Im Wohnzimmer kam es zur Tat. Wir drückten sie zunächst in den Sessel und haben nach Geld gefragt. Sie sagte, daß sie keines habe. Dann haben wir sie auf den Boden gelegt und dort gefesselt und geknebelt. Fessel- und Knebelmaterial stammten aus ihrer Wohnung. Ich meine mich zu erinnern, daß sie ihre Strumpfhose ausziehen sollte. Die wollte ich zum Fesseln nehmen. Die Frau sträubte sich aber, ihre Strumpfhose auszuziehen. Da habe ich dann etwas anderes zum Fesseln und Knebeln genommen ... Ich habe dann den Wohnzimmerschrank durchsucht und auch das Schlafzimmer. Ich fand aber nur in der Küche einen ganz geringen Geldbetrag.«
In dem etwa halben Jahr, in dem er in der Silbersteinstraße 71 wohnte und sein erstes Tötungsverbrechen beging, kommt es zu weiteren Raubüberfällen, die nach dem beschriebenen Schnittmuster ablaufen: »Das war noch in der Zeit, als ich in der Silbersteinstraße wohnte, also etwa 1983. Wir haben einem älteren Mann in der Karl-Marx-Straße in der Post beim Geldholen beobachtet und dann verfolgt. In der Nähe des ›Quelle‹-

Parkhauses ist er in ein Haus rein, von dort in seine Wohnung. Es war im Vorderhaus, zweites oder drittes Obergeschoß. Wir klingelten dann an seiner Wohnungstür, er machte auf, wir gaben uns als Handwerker aus. Ich meine mich zu erinnern, einen Blaumann angehabt zu haben. Wir täuschten vor, daß in seinem Bad etwas nicht in Ordnung sei. Dann habe ich mir von ihm noch einen Schraubenzieher geben lassen. Im Flur habe ich ihn niedergeprügelt. Ich riß ihm das Innenfutter aus seiner Gesäßtasche heraus, mit seiner Geldbörse. Und dann sind wir beide weg. Geprügelt hatte ich ihn mit der Faust.« Bei diesem Überfall ist sein Kumpel Ralf, ein Jahr jünger als er selber, mit von der Partie.

Wenn Rung nicht mit Straftaten »beschäftigt« ist, pendelt er zwischen Gelegenheitsjob und Sozialamt. In der Zeit als Friedrichs Hallen bis auf die Grundmauern niederbrennen, steht Rungs Hochzeit unmittelbar bevor. Beim Sozialamt in Neukölln streitet er sich über die Frage, wieviel Extrageld aus dem Sozialbudget für eine angemessene Hochzeitskleidung herauszuschlagen ist. In der Behörde gibt man ihm zu verstehen, daß es heutzutage längst nicht mehr unschicklich sei, mit Jeans in den Ehestand zu treten.

Die Ehe, soviel ist klar, wird nichts an seinen sexuellen Problemen verändern. Daß die zukünftige Scheingattin ihren attraktiven Körper an der Potsdamer Straße feilbietet, hat darauf keinen Einfluß. Rung ist einsam. Er hat nichts an sich, was ihn negativ auffallen läßt. Worüber aber soll er sich mit anderen Menschen unterhalten? Zum amüsanten Gigolo fehlt ihm jedes Talent. Gefördert wird diese gesellschaftliche Isolation durch die permanente finanzielle Flaute.

Schon vor 140 Jahren hat Benedict Avé-Lallemant, Doktor der Juristerei in Lübeck, das Verhalten der berufsmäßigen Straftäter untersucht. Wie er feststellte, ist mit den Erfolgen des Verbrechers, dessen »Hang zur widersinnigen Verschwendung verbunden, die wieder teils aus der brutalen Genußsucht und Lebenslust des rohen Gauners, teils aber aus der Eigentümlichkeit seiner Erwerbsweise sich erklärt. Wenn der Gauner nicht einmal den vom Recht geschützten Besitz anderer achtet, wieviel weniger hat er Achtung vor dem Besitz überhaupt und vor dem eigenen Besitz, den er nur mit dem Wagnis des raschen Unternehmens, ohne langwierige, saure Arbeit erwirbt. Er genießt nicht den Besitz, sondern er bewältigt ihn wie ein Hindernis an seiner weiteren gaunerischen Tätigkeit, und trägt dabei seiner rohen Sinnlichkeit volle Rechnung.«

Der Mörder will geküßt werden

Drei Tage nach dem Brandanschlag in Thaterstraße sitzt Rung wieder einmal im »Silberstein-Eck«. Von hier sind es für ihn nur ein paar Schritte nach Hause. Jutta, die Wirtin ist immer freundlich zu ihm. Deshalb hat er in den vergangenen Wochen oft auf einen Sprung vorbeigeschaut. Er ist ein wortkarger Gast, der den Kontakt zu anderen Kneipenbesuchern scheut. Für die hat er etwas Kauziges an sich, aber man ist ihm gewogen und singt für ihn sogar mal ein Ständchen. Es ist die Nacht vom Mittwoch zum Donnerstag, der 23. November 1983 geht seinem Ende entgegen. Vor ihm steht ein Bierglas, er zählt nicht mit, das wievielte es an diesem Abend ist; daneben ein Schnapsglas. Er trinkt mal »Asbach«, dann »Bols«, dann Wodka, alles durcheinander.
Der Alkohol soll die traurigen Höhepunkte seiner Verbrecherkarriere und das eigene kümmerliche Dasein vergessen machen. Rung hat keine Pläne, die über den Tag hinausgehen. Noch sechs Wochen sind es bis zu seinem Geburtstag, dann ist er 23 Jahre alt, ein Alter, in dem einem jungen Menschen die Türen zum Leben offenstehen sollten. Aber Rung hat schon zuviel Vergangenheit, um noch eine wirkliche Zukunft zu besitzen. Trotzdem ist bisher alles glimpflich für ihn abgelaufen.
Im Fall Melanie S. war mit dem Verhör vor einem Monat alles vorbei, die Ermittlungen der Kripo konzentrierten sich darauf, nur die letzten Beweislücken gegen Müller, der seit gut vier Wochen in Untersuchungshaft sitzt, zu schließen.
In der Brandstiftung bei Friedrich verfolgte die Polizei neben der Spur »Kleingartenkolonie« nun zugleich die Spur eines Zeugen, der sich während des Brandes auffallend neugierig gezeigt hatte. Rung spielt in diesen Ermittlungen keine Rolle, er kann ganz ruhig sein.
Mittwoch, die letzte Stunde des Tages ist angebrochen. Rund sieben Kilometer vom »Silberstein-Eck« entfernt, betritt zu die-

ser Zeit eine junge Frau das Lokal »die 2«. Es ist die 22jährige Studentin Susanne M. Sie hat an diesem Abend ab etwa sieben Uhr mit Freunden in der Kreuzberger Böckhstraße zusammengesessen. Die kleine Runde diskutierte über das Projekt, gemeinsam ein Kinderbuch zu schreiben.

In Westberlin wird in diesen Wochen und Monaten viel gestritten, diskutiert und geplant. Die Auseinandersetzungen um den NATO-Beschluß, neue Raketengenerationen in Europa und besonders in der Bundesrepublik zu stationieren, haben Tausende politisiert. Susanne M. gehört dazu. Neben der Friedensbewegung entfaltet die Frauenbewegung eigenständige Initiativen. Susanne fühlt sich beiden Strömungen verbunden.

Rung kümmert sich nicht um Politik, liest keine Zeitungen. Die Auseinandersetzungen, die die Stationierung der neuen NATO-Raketen begleiten, bekommt er gar nicht mit. Wenn er wählen geht, macht er bei der SPD, später bei den Grünen das Kreuzchen. Eine politische Haltung nimmt er nicht ein. In den zurückliegenden Wochen und Monaten, in denen sich Tausende um die Zukunft der Menschheit sorgen und sich in Abrüstungsinitiativen engagieren, denkt Rung nur an eines – an sich selbst.

Am Wochenende war Susanne M. nach Westdeutschland gefahren und hatte an Blockadeaktionen im Hunsrück teilgenommen. Das hatte ihr sogar eine Anzeige wegen Landfriedensbruch eingebracht. Am Mittwoch bleibt sie bei Tee und Früchtekuchen etwa drei Stunden im Kreis der angehenden Kinderbuch-Autoren, dann verabschiedet sie sich. Sie will noch in »die 2«, das Lokal in der Martin-Luther-Straße, Ecke Motzstraße. Die »Frauenkneipe«, wie die Messinglettern an der Eingangstür unmißverständlich verraten, steht ausschließlich Vertreterinnen des weiblichen Geschlechts offen. Hier fühlt sich Susanne wohl. Ihr Verhältnis zu Männern ist über platonische Beziehungen nie hinausgegangen. Zwischen 22.30 Uhr und 23 Uhr ist Susanne in dem Lokal aufgetaucht. Die Kneipe öffnet erst um neun Uhr abends und ist bis in die frühen Morgenstunden geöffnet. So lange will sie nicht bleiben. Um 0.53 Uhr verläßt Susanne das Lokal. Im Gehen auf der Straße schließt sie noch den Reißverschluß ihrer langen Stoffjacke. Ende November sind die Nächte bereits empfindlich kalt. Über die Schultern geschlungen trägt

sie ein Tuch, das als »Palästinensertuch« bekannt ist; für Susanne ein Kleidungsstück mit demonstrativem Charakter.
Die junge Frau besitzt kein Auto, sie ist auf die Nachtbuslinien der BVG angewiesen. Die günstigste Verbindung – das wird noch von besonderer Bedeutung sein – bieten der 19er Nachtbus, der über den Kurfürstendamm fahrend bis zum Neuköllner Hermannplatz verkehrt. Daran anschließend die Nachtlinie des 91er Busses, der in der Hermannstraße Richtung Süden fährt. Für Susanne ist die nächstliegende Haltestelle des 19er Busses an der Kleiststraße, Ecke Urania. Um dorthin zu kommen, muß sie nur die Martin-Luther-Straße entlanglaufen. Die Nachtbusse fahren um diese Zeit noch alle zehn Minuten. Den um 0.58 Uhr schafft sie nicht mehr, erst den, der um 1.08 Uhr an der großen Kreuzung hält, kann sie nehmen. Wenn alles fahrplanmäßig läuft, kommt sie um 1.25 Uhr am Hermannplatz an und eine Minute später würde der 91er abfahren. Aber so exakt sind die Verbindungen eben doch nicht. Sie verpaßt den Bus um 1.26 Uhr und muß auf den nächsten, der eine halbe Stunde später kommt, warten. Eine lange Wartezeit, in der hätte sie mühelos den Weg bis nach Hause zu Fuß zurückgelegt. Aber es ist nicht angenehm, allein zu so später Stunde durch die menschenleeren Straßen zu laufen. Es scheint ihr angebracht, am Hermannplatz auszuharren, wo zu dieser nachtschlafenden Zeit noch etwas Betriebsamkeit herrscht.
Schließlich besteigt Susanne den Wagen der Linie 91E. Nur wenige Minuten später, um 2.03 Uhr, steigt sie am Mariendorfer Weg aus. An der Silbersteinstraße befindet sich keine Haltestelle, erst an der Parallelstraße. Sie muß also noch einige Meter die Hermannstraße zurücklaufen und links in die Silbersteinstraße einbiegen. Bis zu ihrer Wohnung im Haus Nummer 128, in die sie erst vor sechs Wochen eingezogen ist, sind es noch einige hundert Meter.
Im »Silberstein-Eck« hat Rung inzwischen die Zeche des Abends beglichen. Die Wirkung des Alkohols ist unübersehbar. Schwerfällig steht er auf und verläßt das Lokal. Kräftig alkoholisiert, aber immer noch in der Lage, gerade zu laufen, tritt er auf die Straße. Für das, was nun geschieht, gibt es nur einen Augenzeugen: Rung selbst.

»Es war finsterste Nacht«, erinnert er sich trotz seines »Pegels«. »Es war zunächst niemand auf der Straße zu sehen. In kaum einer Wohnung brannte noch Licht. Autoverkehr war auch nicht.« Wenn sich eine Stadt zur Nachtruhe begibt, bekommen die stummen Häuserschluchten etwas Gespenstisches, das auch der Unerschrockenste instinktiv wahrnimmt. Das diffuse Licht der Straßenlampen erreicht nicht alle Winkel und Ecken, Hauseingänge und Hofeinfahrten. Für Rung ist die Dunkelheit wie eine Maske, hinter der man sein Gesicht verstecken kann. »An und für sich wollte ich nach Hause. Ich bin dann in Richtung meiner Wohnung gelaufen. Da fiel mir die Frau auf. Sie lief auf der anderen Straßenseite, etwas vor mir. Als ich die Frau bemerkte, faßte ich den Entschluß: Die nehme ich mir!« Was hinter diesem Entschluß steht, präzisiert er ausdrücklich: »Vergewaltigen und Töten.«

Wie er das sagt, klingt es als seien Menschen Einwegartikel – benutzen und wegwerfen. Alles unterwirft er seiner freudlosen Gier. Wie ein Raubtier, das ein Opfer in seinem schmalen Blickwinkel erspäht hat, ist er von dieser Sekunde an nicht mehr zu stoppen. Sein Gewissen besitzt keine Notbremse. »Ich wechselte die Straßenseite und ging nun auf demselben Gehweg, wie sie. Es hatte nicht den Anschein, daß sie mich bemerkt hatte. Wir liefen dann etwa 200 bis 300 Meter auf diese Weise. Ich weiß nicht mehr, ob ich gerannt oder nur schneller gegangen bin, auf jeden Fall habe ich sie dann eingeholt. Ich glaube die Frau hat mich zunächst nicht bemerkt, und dann war es auch schon zu spät, ich nahm sie von hinten in den Würgegriff.«

Die nur 1,58 Meter große Frau besitzt keine Chance zur körperlichen Gegenwehr. Daran ändert auch der Umstand nichts, daß sie sehr sportlich ist, in der Damenfußballmannschaft spielt und einen Karatekurs besucht hat. Wenige Schritte trennen Susanne von ihrem Wohnhaus, als ihr die gewaltigen Unterarme des 78-Kilo-Mannes wie die Tentakel einer Riesenkrake die Kehle zuzuschnüren beginnen. »Sie schrie jetzt laut um Hilfe. Und deswegen drückte ich sie erstmal in eine Hausnische. Das war kein Hauseingang, sondern so mehr eine Auffahrt. Mit einem Tor oder einer Tür. Es war kein Haus, das heißt, über uns waren keine Fenster, selbst wenn jemand aus dem Fenster ge-

schaut hätte, hätte man uns in der Nische nicht sehen können.«
Susanne M. ist in diesem Augenblick der einsamste Mensch der Zwei-Millionen-Stadt Westberlin. Ihre gellenden Schreie verhallen in der Nacht – nicht ungehört. Später geben zwei Zeugen an, die Schreie zwischen zwei Uhr und 2.15 Uhr gehört zu haben. Da aber nichts zu sehen war, wurde dem SOS eines Menschen keine besondere Bedeutung beigemessen. Dabei verläßt Rung mit seinem Opfer das Versteck sogar. Er hält die junge Frau in der Hofeinfahrt Silbersteinstraße 122 fest. Gegenüber liegt, völlig unbeleuchtet, ein Kinderspielplatz. Dorthin will er Susanne bringen. Beim Überqueren der Silbersteinstraße wären die beiden für einen Beobachter zu sehen gewesen. Rung verhindert, daß Susanne weiter schreien kann. »Ich habe ihr dann noch zusätzlich den Mund zugehalten. Sie hörte auf zu schreien. Ich habe sie dann im Würgegriff, den ich aber lockerer ließ, rüber zum Spielplatz gebracht. Auf dem Spielplatz mußte sie sich hinlegen, ich zog ihr alle Sachen aus, ich wollte sie dann vergewaltigen.« Er verschwendet keinen Gedanken darauf, welche Kälte ein Mensch in diesem Augenblick verspüren muß. Zum einen die äußere Kälte, nackt in einer Novembernacht in eisigen Sand gedrückt, und zum anderen das innerliche Frösteln, das die panische Todesangst begleitet.
»Sie lag auf dem Rücken, sie wollte aber die Beine nicht breit machen. Sie sagte, daß sie lesbisch ist. Das war mir aber egal.« Rung hat nur ein Ziel vor Augen, davon läßt er sich mit Worten nicht abbringen und dieses Ziel ist, »bei ihr den Geschlechtsverkehr auszuführen. Auf mein Drängen hin hat sie die Beine dann doch auseinandergemacht. Ich bin aber nicht in ihre Scheide gekommen ... Ich habe dann, weil es einfach nicht ging, von mir aus damit aufgehört.«
Susanne M. ist wie Rung Jahrgang 61. Sie ist eine junge Frau von natürlicher Schönheit. Eigentlich wünschte er sich, mit einem solchen Mädchen eine Beziehung zu haben. Um ein solches Verhältnis aufzubauen, muß man aber über die Fähigkeit verfügen, auf den anderen einzugehen, ihn für sich zu gewinnen, Vertrauen und Zuneigung zu schaffen. Man muß Konflikte er- und austragen können. Rung hat an diese Stelle in seinem Charakter die Gewalt gesetzt. Über das, was Susanne M. in die-

sen Minuten durchlebt, macht er sich keine Gedanken. Als sie wieder zu schreien anfangen will, so erzählt er, »habe ich ihr mit meiner rechten Faust in Kinnhöhe eine geschlagen. Danach hat sie dort geblutet.«
Er berührt ihre Brüste und küßt sie. »Ich habe dabei etwas Blut von ihr auf den Mund bekommen, denn sie hatte ja durch meinen Schlag aus dem Mund geblutet, aber sie hat nicht doll geblutet. Irgendwie hat mir das Mädchen sehr gefallen, es war ein sehr hübsches Mädchen. Wir haben mit Zungenschlag geküßt, ich und sie auch. Sie sagte dann: Nicht so doll. Weil ich meine Lippen so doll auf die ihren gepreßt hatte.«
Nach dem gewaltsamen Versuch, Zärtlichkeiten auszutauschen, will Rung, daß sein Trieb befriedigt wird. Er hat inzwischen die Hose geöffnet und zwingt die Frau zu diesem letzten Akt: »Und dann hat sie mit der Hand onaniert. Ich hockte dabei und sie hat noch gelegen. Sie nahm zum Onanieren die rechte Hand. Ich bin dann gekommen, ob der Samen in den Sand spritzte oder auch auf sie, das weiß ich nicht. Ich habe mir jetzt die Hose zugemacht. Und dann habe ich die Frau gewürgt. Die lag immer noch auf dem Boden. Wenn ich mich erinnere, habe ich mich auf ihre Brust gesetzt, mein linkes Knie links ihres Körpers, mein rechtes rechts von ihr. Ich habe beide Hände von vorn um ihren Hals gelegt und zugedrückt. Sie wurde dann regungslos. Es kann sein, daß ich ihr vorher gesagt hatte, daß ich sie umbringen werde.« Die verzweifelte Frau, bettelt um ihr Leben. Aber er hat längst angefangen, sich »wie ein tollwütiges Tier« zu benehmen, charakterisiert sich Rung eineinhalb Jahrzehnte danach in einem handschriftlichen Lebenslauf selbst. Er wird zum Untier.
Es sind erst drei Monate vergangen, seit er mit dem Vorsatz »Totmachen und weg!« aus dem Gefängnis gekommen ist. Die Grausamkeit, mit der er in diesem Moment seine Maxime zum zweiten Mal in die Tat umsetzt, kennt kaum noch einen Superlativ: »Wie sie regungslos war, bin ich wieder aufgestanden und habe ihr dann mit dem rechten Fuß mehrmals gegen den Kopf getreten, weil ich sie totmachen wollte.«
»Warum haben Sie die Frau getötet?« will eines Tages der ermittelnde Kripomann wissen?

»Weil sie mich gesehen hat, ja, weil sie mich gesehen hat.«
»Sie meinen damit, daß die Frau Sie hätte wiedererkennen können?«
»Ja.«
»Wann hat die Frau Sie denn gesehen?«
»Als wir geknutscht hatten.«
»War es denn so hell, daß man das Gesicht erkennen konnte?«
»Das konnte man aus dieser kurzen Entfernung doch schon erkennen.«
Für Rung ist also das Töten nicht der Grund des Verbrechens, sondern zwangsläufig der Abschluß.
Was er in der Novembernacht 1983 nicht bemerkt – Susanne ist nicht tot. Sie ist bewußtlos. Damit sie nicht so schnell entdeckt wird, ergreift er sie an den Beinen und schleift den leblosen Körper in den hinteren, noch schwerer einsehbaren Teil des Spielplatzes neben eine Rutschbahn: »Ich habe sie auf dem Spielplatz ein Stückchen weiter nach hinten gezogen. Ich packte ihre Füße und zog sie über den Sand weiter in den Spielplatz hinein, vielleicht fünf Meter. Dort habe ich sie erstmal wieder abgelegt, sie lag mit dem Kopf zur Silbersteinstraße.« Niemand stört ihn bei seinem barbarischen Werk. Die Ohrenzeugen der verzweifelten Schreie sind beruhigt, weil es wieder still ist.
Nun beginnt Rung mit den Händen Sand auf den nackten Körper zu häufen. Er bedeckt Gesicht und Oberkörper mit einem rund 40 Zentimeter hohen Sandberg, dann wirft er noch etwas Sand auf die Scham. »Wahrscheinlich«, meint Rung später, »um den Leuten, die sie finden werden, den Anblick zu nehmen.« Er zieht dem Opfer einen Ring vom Finger und verbuddelt diesen irgendwo auf dem Spielplatz.
Selbst in diesem Augenblick vergißt er seine kriminelle Lehre nicht, er bemüht sich die Spuren so gut wie möglich zu verwischen: »Ich habe mir dann einen Ast mit Zweigen dran, alles aber ohne Blätter, genommen, hinten am Spielplatz waren Sträucher. Mit dem Ast habe ich dann über die Stelle, wo die Frau zuerst gelegen hatte und wo auch meine Schuhabdrücke waren, mehrmals hin- und hergefegt, um insbesondere meine Schuhabdrücke zu verwischen. Ich glaube, ich habe zur Spurenverwischung nicht nur den Ast genommen, sondern zusätz-

lich auch meine Hände, das heißt ich bin mit den Händen im Sand hin- und hergefahren, um dann Schuhspuren wegzuwischen.«

Nun sucht er in den Habseligkeiten der offensichtlich toten Frau, die er soeben noch geküßt hatte, nach verwertbaren Dingen: »Aus der Gesäßtasche ihrer Jeanshose habe ich eine Plastikhülle rausgenommen. Darin waren Papiere. In einer der anderen Taschen der Hose habe ich ein Schlüsselbund gefunden. Eine Geldbörse oder Geld habe ich nicht gefunden.«

Rung rafft Kleidungsstücke und Ausweispapiere zusammen und verläßt den Tatort. Er vermeidet es, auf direktem Wege zu seiner nahegelegenen Wohnung zu laufen. Mit dem Wäschebündel geht er Richtung Oberlandstraße. An der ersten Kreuzung biegt er links in die Eschersheimer Straße ein. Er sucht einen Gully, um die Papiere darin verschwinden zu lassen. Die nächste Querstraße ist der Mariendorfer Weg. An einer Häuserzeile sucht er nach einer Mülltonne, damit die Kleidung unauffindbar entsorgt wird. Auf dem Spielplatz bleiben nur ein Paar bordeauxfarbene Damenstiefeletten, vier Socken, jeweils zwei ineinandersteckend, das rot-weiße Palästinensertuch und das Schlüsselbund zurück.

Rung dreht eine Runde. Vom Mariendorfer Weg schwenkt er links in die Hermannstraße ein. Rund 200 Meter sind es, bis er wieder am »Silberstein-Eck« vorbeikommt und links in die Silbersteinstraße einbiegt. Er hat das Haus Nummer 71, in dem sechs Wochen zuvor Melanie S. unter seinen Händen starb, beinahe erreicht, als ein Fahrradfahrer, aus der Hermannstraße kommend, in die Silbersteinstraße einbiegt.

Es ist ein Bäcker auf dem Weg zur Arbeit. Er radelt auf dem rechten Gehweg, weil an seinem Rad das Rücklicht defekt ist. Als er bereits an einigen Häusern vorbei ist, sieht er mit einem Mal auf dem gegenüberliegenden Bürgersteig einen Mann, der sich augenfällig zu erschrecken scheint. Das bleibt dem Bäcker im Gedächtnis. Es ist etwa 2.50 Uhr, als er die Höhe des Spielplatzes erreicht. Da sieht er am Boden eine rote Handtasche, er hält an, hebt sie auf und nimmt sie mit in den Betrieb.

Der Zeitablauf des Geschehens läßt sich präzise rekonstruieren. Um 2.03 Uhr stieg Susanne M. am Mariendorfer Weg aus dem

Bus. Von hier sind es etwa 500 bis 600 Meter bis zu ihrer Wohnung. Dazu benötigte sie etwa sechs bis sieben Minuten. Es war also etwa 2.10 Uhr, als Rung die Frau überfiel. Etwa zu dieser Zeit wurden von Zeugen die schrillen Schreie gehört. Die Gewalttat mit dem anschließenden teilweisen Vergraben des Opfers und das Spurenverwischen dauerten rund zwanzig Minuten.

Es ist etwa 2.30 Uhr, als Rung den Tatort verläßt. Dann läuft er auf dem beschriebenen Weg, sich der Habe der Frau entledigend, nach Hause. Die Strecke, die er dabei zurücklegen muß, beträgt knapp zwei Kilometer. Er weiß, daß besondere Hast und Eile verräterisch sein können. Im normalen Tempo ist diese Entfernung in knappen zwanzig Minuten zu bewältigen. Damit ergibt sich ziemlich genau 2.50 Uhr als Zeitpunkt der Ankunft Rungs vor seinem Wohnhaus in der Silbersteinstraße.

Rung legt sich alkoholschwer ins Bett, aber er ist noch immer klar im Kopf. Er weiß, daß dieses Verbrechen ein besonderes ist, es schließt ihn endgültig aus der Gesellschaft aus. Er hat kein Verhältnis zur Literatur, so sind ihm diese Zeilen unbekannt: »Eine Veränderung war in mir vorgegangen. Nicht länger war es die Furcht vor dem Galgen, es war der Schauder, Hyde zu sein, der mich folterte. ... Wie im Traum ging ich heim in mein eigenes Haus und legte mich zu Bett. Nach der Anspannung des Tages schlief ich einen festen und tiefen Schlaf, den nicht einmal der Alp, der mich bedrückte, zu unterbrechen vermochte. Am Morgen erwachte ich, erschüttert, geschwächt und doch erfrischt. Noch immer peinigte mich der gleiche Gedanke und erfüllte mich mit Haß gegen die Bestie, die in mir schlummerte, und ich hatte keineswegs die entsetzlichen Gefahren des verflossenen Tages vergessen, aber ich war doch wieder daheim in meinem eigenen Hause, dicht bei meinen Drogen.« Der englische Schriftsteller Robert Louis Stevenson hat 1886 in der Novelle »Dr. Jekyll und Mr. Hyde« die Figur mit den zwei Gesichtern zu Weltruhm gebracht. Zwei Jahre später versetzte der unheimliche, nie überführte »Jack the Ripper« durch fünf grausame Prostituierten-Morde die englische Hauptstadt in Angst und Schrecken.

Rung ist nicht der Ripper, für ihn ist Töten nicht Selbstzweck, er weidet seine Opfer nicht aus. Rung setzt den Tod der gepeinigten Menschen »nur« als Schlußpunkt seines Verbrechens. Aber die Folgen seines Tuns sind vergleichbar.

Die Angst geht um in den Wochen und Monaten nach dem Mord an Susanne M. Frauen wagen sich nachts nicht mehr alleine auf die Straße.

Am frühen Vormittag nach der Tatnacht besucht Rung seine Schwester Gabi in der Elbestraße. Wenig später trifft deren Lebensgefährte ein. Er ist durch die Silbersteinstraße gefahren und berichtet von dem großen Polizeiaufgebot, von Männern in weißen Kitteln und hegt den Verdacht, daß dort wohl ein Mord geschehen sein muß. Rung läßt sich nichts anmerken.

In den Morgenstunden ist die Leiche entdeckt worden. Ein 26jähriger, der den Sohn seiner Nachbarin in der Kindertagesstätte in der Silbersteinstraße abgeliefert hatte, wollte noch auf dem angrenzenden Spielplatz nach einer Mütze suchen, die dem Kleinen vor Tagen abhanden gekommen war. Plötzlich steht er in einigem Abstand vor dem Sandhügel, aus dem der nackte Unterleib einer Frau ragt. Er tritt nicht näher und ruft nur ein hilfloses »Hallo«, bevor er in die Kita zurückrennt, um die Polizei zu alarmieren. Doch die Erzieherinnen haben das schon erledigt, sie sahen die nackten Körperteile bereits vom Fenster aus.

Rung hatte der Toten alles weggenommen. Damit sollte sie ihrer Identität beraubt werden. Trotzdem fällt es dem Team der ersten Mordkommission, die in diesem Fall die Ermittlungen übernimmt, nicht schwer, die Leiche zu identifizieren. Mit dem Schlüsselbund, das im Sand bei den wenigen verbliebenen Sachen lag, machen sich zwei Männer auf den Weg, um an den umliegenden Häusern nach dem dazugehörigen Schloß zu suchen. Im Haus Silbersteinstraße 128 passen die Schlüssel zur Haustür, wie zur Wohnungstür und zum Briefkasten von Susanne M.

Inzwischen ist es einem Fotografen gelungen, aus einem Fenster des an den Spielplatz angrenzenden Hauses, die noch nicht abgedeckte Leiche zu fotografieren. Dieses Bild geht am 25. November 1983 durch die Presse. Der Fall Susanne M. bewegt mehr als andere Morde die Menschen, vor allem Frauen. Erst zwei Tage zuvor, am 23. November, hatten nur rund eineinhalb Kilometer vom Tatort entfernt auf dem Magdalenen-Friedhof

in Neukölln 500 Trauergäste von dem siebenjährigen Uwe und dem achtjährigen Marcus Abschied genommen, die von einem einschlägig vorbestraften Sexualverbrecher ermordet worden waren.
Nun beherrscht der Fall Susanne M. die Medien. Die Polizei registriert in den folgenden Wochen und Monaten allein etwa 80 Artikel, Meldungen und Berichte über diesen Fall in den wichtigsten Tageszeitungen Westberlins, Veröffentlichungen in Illustrierten, Rundfunk, Fernsehen noch gar nicht mitgezählt.
Susanne war am 9. April 1961 in Fürstenberg an der Havel, knapp 90 Kilometer nördlich von Berlin geboren worden. Ihr Vater war Pastor. Deshalb bekam der Fall für die Boulevardpresse das Chiffre »Der Mord an der Pfarrerstochter«.

Titelseite von »BZ« am 25. November 1983

Die Mordkommission besitzt, als sie im Laufe des 24. November die Ermittlungen anlaufen läßt, außer der Identität der Toten wenig Anhaltspunkte, die zu einer brauchbaren Spur führen könnten. Das einzige, was sich am Tatort verwerten läßt, sind mehrere Fußabdrücke. Es sind die im Sand gut erkennbaren Fußstapfen mit dem Muster der Sohle eines Turnschuhs Marke »adidas«, Größe 11$^1/_2$ oder 46/47. Das läßt die Vermutung zu, daß der Täter auf jeden Fall über 1,80 Meter groß sein müßte.
Im ersten Moment kommt die Mordkommission sogar relativ schnell voran. Als sie Susannes Vater die Todesnachricht überbringt und die ersten, unabdingbaren Fragen stellt, verweist er auf eine »Marlis«, die eine gute Freundin seiner Tochter ist. Unter den Notizzetteln in der Wohnung des Opfers, ist dann der vollständige Name und eine Telefonnummer dieser Marlis zu finden. Bei ihr in der Böckhstraße fand am Abend zuvor das Treffen der Kinderbuch-Autoren statt. Von dort führen die nächsten Hinweise in das Lokal »die 2«. Auch hier ist Susanne gesehen worden. Schwierig allerdings wird es, den genauen Zeitpunkt ihres Aufbrechens zu bestimmen. Wer sieht schon auf die Uhr, wenn die Frauen kommen und gehen? Dennoch sind die Minuten nach dem Verlassen der Frauenkneipe für die Rekonstruktion des Tatablaufes von entscheidender Bedeutung. Wie ist die Frau von Schöneberg nach Tempelhof zu ihrer Wohnung gekommen? Susanne verfügt als Studentin nicht über soviel Geld, um sich am Ende ihrer abendlichen Aktivitäten in der Regel mit einem Taxi nach Hause fahren lassen zu können. Es kommt nun darauf an, Zeugen zu finden, die Susanne auf dem Heimweg gesehen haben.
Die Busfahrer, die im fraglichen Zeitraum auf den Linien 19 und 91 im Dienst waren, werden am 26. November befragt. Ein Fahrer, der in der Nacht zum 24. November den 91er Nachtbus steuerte, ist der einzige, der sachdienliche Angaben machen kann. Er, der mit seinem Bus um 1.56 Uhr am Hermannplatz und sieben Minuten später am Mariendorfer Weg hielt, gibt an, so notiert die Kripo, »daß er sich an eine weibliche Person erinnere, die am Hermannplatz zustieg und Ähnlichkeit mit einem Lichtbild des jetzigen Opfers hatte. Es handelt sich um das Lichtbild, wo das Opfer mit kurzen Haaren im Portrait abge-

bildet ist. Diese junge Frau hätte mit Sicherheit einen Umsteigefahrschein vorgewiesen. Sie sei an der Haltestelle Mariendorfer Weg ausgestiegen. Im Bus hätten sich circa 20 Personen befunden, wovon außer der Frau fünf Fahrgäste an der Haltestelle Mariendorfer Weg ausgestiegen seien. Eine weitere Personenbeschreibung war ... nicht möglich. Die junge Frau sei ihm auch nur deswegen aufgefallen, weil sie ihm beim Einsteigen freundlich zugelächelt hätte.«
Die erste Mordkommission ist 48 Stunden nach Beginn der Ermittlungen auf der richtigen Fährte. Bis das Schicksal eine jähe Wendung nimmt. Am 27. November, gegen zwölf Uhr mittags, meldet sich ein anderer Busfahrer telefonisch bei den Mordermittlern. Er teilt mit, »daß er nach erneutem Betrachten des Bildes der Susanne M. in der Zeitung sicher ist, sie in der Nacht zum 24. November 83 gefahren zu haben.«
Er chauffierte, so die Kurzversion des wichtigen Zeugen am Telefon, »den 73er Bus, der 0.45 Uhr vom Zoo losfuhr und gegen 1.17 Uhr auf dem Busbahnhof Gradestraße (Britz) ankam. In der Motzstraße stieg eine junge Frau zu, die der auf dem Zeitungsbild sehr ähnlich sah. In Höhe Sachsendamm kam sie zum Fahrer und fragte nach dem 65er Bus. Nachdem (der Fahrer) sagte, daß dieser nicht mehr fahren würde, fragte er sie, wohin sie denn wolle. Daraufhin antwortete die Frau ›Silbersteinstraße, Nähe Hermannstraße.‹ Danach schlug ihr der Busfahrer vor, mitzukommen bis zum Britzer Damm, um dann mit dem Nachtbus (91er) die Hermannstraße bis zur Silbersteinstraße zurückzufahren. Damit war sie zunächst einverstanden, stieg jedoch an der Haltestelle Komturstraße/Germaniastraße ohne etwas zu sagen aus und lief in Richtung Oberlandstraße, vorbei an der Firma Bahlsen.«
Eigentlich ein Bilderbuchzeuge. Jetzt muß die Polizei die Version über den Weg, den Susanne M. nach Hause gewählt hat, revidieren. Wie der Fahrer aus seinen Unterlagen ersehen kann, hat sein Bus um 1.12 Uhr an der besagten Station gehalten. Allerdings erscheint es schon ungewöhnlich, daß die Frau einen Fußmarsch von mehr als eineinhalb Kilometer durch das recht unbelebte Industriegebiet an der Oberlandstraße in Kauf genommen haben soll.

Mit dieser am 28. November zu Protokoll gebrachten präzisierten Version muß die Polizei eine Hypothese entwerfen, wie sich das Verbrechen abgespielt haben könnte. Als erstes ist von Bedeutung, daß nach dieser Aussage Susanne M. aus der entgegengesetzten Richtung gekommen sein muß, als zweites wäre der Zeitablauf neu zu überdenken. Wenn sie um 1.12 Uhr aus dem BVG-Bus ausgestiegen ist und für die 1,7 Kilometer knappe zwanzig Minuten gebraucht haben könnte, wäre sie etwa gegen 1.30 Uhr an ihrer Haustür gewesen. An der aber muß sie vorbeigegangen sein, denn der Spielplatz liegt noch ein kleines Stück in Richtung Hermannstraße. Die Polizei hat inzwischen die Zeugen vernommen, die die Schreie in der Nacht gehört haben. Übereinstimmend geben sie dafür eine Zeit nach zwei Uhr an. Was jedoch sollte in der halben Stunde dazwischen passiert sein?

Das Fatale dabei ist – geht man davon aus, daß der Busfahrer sein Erlebnis nicht frei erfunden hat –, daß die Person, die mit ihm fuhr, nie namhaft gemacht werden konnte. In vielen Tageszeitungen war über die Aussage des BVG-Mannes berichtet worden, aber es meldete sich bei der Polizei keine Frau, die angab, an diesem Tag und über diese Route zur Silbersteinstraße gefahren zu sein.

Während der Busfahrer am 28. November seine verhängnisvolle Zeugenaussage zu Papier bringen läßt, sind andere Beamte der Mordkommission unterwegs, um sich in den Lokalen, die zwischen Hermannstraße und dem Tatort in der Silbersteinstraße liegen, umzuhören. In »Wolfs-Eck« gibt es nichts zu erfahren, um 22 Uhr wurden die Jalousien heruntergelassen. Dasselbe in den »Drei Stufen«. Dann ist das »Silberstein-Eck« an der Reihe. »Das Lokal ist rund um die Uhr geöffnet«, schreibt der ermittelnde Kriminalhauptkommissar nach dem Gespräch mit der Inhaberin in seinem Bericht: »Das Opfer hat dort nicht verkehrt. Über Gäste, die sich in der Nacht zum 24. November 1983 im Lokal befanden, konnte Frau H. keine näheren Angaben machen, da Stammgäste offensichtlich nicht darunter waren. Im Zeitraum zwischen ein und fünf Uhr sollen auch keine Gäste das Lokal verlassen bzw. betreten haben.«

Mag es sich bei der Aussage des Busfahrers noch um einen Irrtum gehandelt haben, so waren die Angaben der Kneipenwirtin garantiert falsch. Rung war ihr kein Unbekannter, selbst wenn er nicht regelmäßig in der Schenke verkehrte. Er kannte sie mit dem Vornamen Jutta. Von ihr hätte der entscheidende Hinweis kommen können. Denn der Moment, in dem Rung das Lokal verließ, wäre für die Polizei selbst dann von höchster Bedeutung gewesen, wenn es sich nur um einen Zeugen gehandelt hätte. Hinzu kommt, daß der Bäcker, der gegen 2.50 Uhr die Handtasche von Susanne M. fand, die Person – zwar nur vage, aber doch in einigen Punkten signifikant – beschreiben konnte, die durch sein Auftauchen so erschrocken ist: »Der Mann war circa 1,80 Meter groß, um die 30 Jahre alt, länglich, schmales Gesicht, dunkelbraune, gelockte Haare (gescheitelt), kein Bart, keine Brille.« War nicht beim Schuhabdruck am Tatort von dieser Körpergröße – mindestens 1,80 Meter – ausgegangen worden?

Daß nur einige hundert Meter von dem Spielplatz entfernt sechs Wochen zuvor der Mord an Melanie S. verübt wurde, ist für diese Ermittlungen nicht mehr von Bedeutung. Dafür sitzt ein Tatverdächtiger in Haft, die Vorgehensweise bei den beiden Verbrechen ist außerdem zu unterschiedlich, um auf den ersten Blick zwischen ihnen eine Verbindung zu erkennen.

Hochzeit und Tod

Inzwischen steht Rungs Hochzeit mit der Prostituierten Christa unmittelbar bevor. Der 30. November 1983 ist ein Mittwoch. In der Stadt hat inzwischen der Winter Einzug gehalten. Eine leichte Schneedecke taucht die Dächer und Grünanlagen in dezentes Weiß. Um acht Uhr morgens ist die Polizei dabei, durch erneutes Absuchen des Umfeldes um den Spielplatz doch noch die Kleidung von Susanne M. zu finden – ohne greifbares Resultat.

Am Vormittag trifft sich Rung mit seiner künftigen Schein-Ehefrau, deren Ex-Mann und seiner Schwester Gabi vor dem Standesamt in Neukölln. In solchen Prozeduren ungeübt, kapiert er nicht, was die Standesbeamtin mit der Frage meint, ob das Paar Ringe tauschen wolle? Der angehende Ehemann winkt ab: »Nein, wir haben selber welche!«

Die vier Anwesenden lassen das Ritual pflichtgemäß und desinteressiert über sich ergehen. Die Trauzeugen, Christas Ex-Gatte Hermann und Rungs Schwester, tun ihre Schuldigkeit. Für Christa, die Braut, ist es dennoch ein glücklicher Augenblick. Sie kann weiter an ihren Plänen schmieden, Chefin eines eigenen Puffs zu werden und nicht länger »Bei Charly« in der Potsdamer Straße im Schaufenster stehen zu müssen.

Rungs Ehefrau Christa

Nach der Zeremonie trennen sich die Wege der Hochzeitsgemeinde sofort wieder. Rung nutzt die Möglichkeit, eine Prostituierte zur Frau zu haben, nicht, um einige Defizite seiner Libido auszugleichen. Die 5 000 Mark, die als Honorar für diese erheiratete Aufenthaltserlaubnis versprochen sind, erhält er in Raten.

Dafür stürtzt sich Rung auch an diesem Tag wieder auf den Alkohol. Er zieht durch Gaststätten. Am Nachmittag ist er in Reinickendorf gelandet, nicht weit von dem durch Brand zerstörten Gelände von Ingo Friedrich. An diesem Tag erscheint um zwei Uhr nachmittags die 85jährige Frieda K. auf dem Polizeiabschnitt 13 in der Straße Alt-Reinickendorf. Die alte Dame, deren Gedächtnisfähigkeiten schon sehr nachgelassen haben, ist am Tag zuvor mit dem Taxi ins Krankenhaus gefahren und hat in dem Fahrzeug eine Tasche vergessen. Die Beamten auf dem Revier können ihr aber nicht helfen, das haben sie der Frau schon bei ihrem Besuch vor drei Stunden gesagt. Frau K. ist auf dem Revier recht gut bekannt, weil »sie sehr oft dort erschien, ohne einen bestimmten Grund zu haben«. Den diensthabenden Beamten kommt es so vor, als wenn die alte Dame nur ein wenig Unterhaltung haben will. Sie ist stets etwas verwirrt, was ihren Orientierungssinn und besonders was die Tageszeiten anlangt. Um fünf Uhr morgens hatte sie bei ihrer Nachbarin geklingelt. Sie war so bekleidet, als käme sie von draußen. Das war nicht ungewöhnlich. Frieda K. war in der Vergangenheit schon im Hausflur angetroffen worden, als sie gegen 22 Uhr Einkaufen gehen oder einen Arztbesuch erledigen wollte.

Um fünf Uhr abends besucht sie an diesem Mittwoch noch ihren Nachbarn, der sie nach einer Viertelstunde aus der Wohnung komplimentiert, »sonst wäre sie überhaupt nicht gegangen«.

Zur selben Zeit, gegen 17 Uhr, versammeln sich aus Anlaß der Ermordung von Susanne M. am Hermannplatz rund 2 000 meist junge Frauen zu einem Demonstrationszug »Gegen Männergewalt«. Der »Tagesspiegel« berichtet: »Zu Beginn des Protestmarsches hatte eine der Teilnehmerinnen erklärt, Männer seien bei dieser Demonstration nicht geduldet. In einer Pressemitteilung des Berliner Frauenzentrums hieß es, Susanne M. sei das Opfer ›männlicher Gewalt und Aggression‹. Männer führten seit Jahren durch sexuellen Mißbrauch von Mädchen, Mißhandlung, Vergewaltigung und Ermordung einen Krieg gegen die Frauen. Das vom Grundgesetz garantierte Recht auf Unversehrtheit der Person gelte offenbar nicht für Frauen, hieß es in der Erklärung: Auch die im Abgeordnetenhaus vertretene Alternative Liste (AL) hatte die Kundgebung mit der Begründung unterstützt, Susanne M. sei das Opfer einer Männergesellschaft, die Frauen benachteilige, unterdrücke, vergewaltige und ermorde.«

> ## Gegen „Männergewalt"
> ### 2000 Frauen demonstrierten / Rangeleien mit der Polizei
>
> Mehr als 2000 Personen, größtenteils Frauen, haben gestern abend in Neukölln gegen eine Bedrohung von Frauen in der Öffentlichkeit durch Männer protestiert.
>
> Der Demonstrationszug führte vom Neuköllner Hermannplatz zur Silbersteinstraße im selben Bezirk. Hier wurde vergangenen Donnerstag die 22jährige Studentin Susanne M▆▆ vergewaltigt und brutal ermordet. Die Demonstranten wiesen in vielen mitgeführten Transparenten darauf hin, daß männliche Gewalt und Aggression in dieser Gesellschaft systematisch „durch Sensationspresseberichterstattung und Porno-Industrie unterstützt" werde.
>
> Während der Demonstration ereigneten sich einige kleinere Auseinandersetzungen zwischen Teilnehmern des Zuges und der Polizei. Nach Augenzeugenberichten zogen Polizeibeamte mehrere Frauen an Armen und Kleidung; weil eine der Demonstrantinnen einen Farbbeutel bei sich hatte und Beamte sich offenbar durch Zurufe beleidigt fühlten. Bei anschließenden Rangeleien erlitt eine Reporterin, die zur Berichterstattung für dpa vor Ort war und den Vorfall beobachtete, eine Prellung. Sie erhielt nach ihren Angaben von einem Polizeibeamten einen Schlag an den Kiefer. dpa

In vielen Zeitungen am 1. Dezember 1983 veröffentlichte dpa-Meldung

Die Frauen entrollen Transparente mit der Aufschrift »Wehrt Euch gegen die Männerwelt!« oder »Vergewaltiger in Frauenhände«, was mit denen passieren soll, versinnbildlicht die daneben gemalte Schere. In der Silbersteinstraße holen Frauen Spraydosen aus ihren Taschen und sprühen Losungen wie »Bringt ihn um!« und »Kastriert die Vergewaltiger!« an Häuserwände. Die Frauenzeitschrift »Emma« faßt in einer Reportage unter dem Titel »Krieg in Berlin« die Stimmung in Teilen der Frauenbewegung zusammen: »Nachdem ihr Tod bekannt wurde, haben ihre Freundinnen und viele andere Frauen die Häuserwände und den naheliegenden Spielplatz, wo man die Tote fand, mit Parolen übersät. Sie haben geschrien, geweint und Steine geworfen. Sie haben diesen Ort fast täglich besucht, Blumen niedergelegt und ihre Sprache ist unmißverständlich, voller Wut und Rache: ›Wenn Du Dich nicht stellst, werden wir Dich jagen! Ausgehverbot für Männer nach 20 Uhr! Frauen suchen den Mörder! Bringt ihn um! Kastration auf Krankenschein! Wir bringen Dich um, Vergewaltiger- und Mörderschwein, wir hauen Dir den Schädel ein!‹«

Westberlin erlebt eine Welle des militanten feministischen Protestes. »Emma« über die Aktionen der autonomen Frauen: »Die Reaktionen der Berliner Frauenöffentlichkeit auf den Tod von Susanne M. waren nicht nur vielfältig. Sie waren vor allem deutlich und allgemein sichtbar: Um eine Präsenz in den Nachrichten zu erzwingen, wurde der ›Tageszeitung‹ eindringlich klar gemacht, daß frau sich mit dpa-Meldungen nicht zufrieden gibt. Die Stadtzeitung ›Zitty‹ erhielt Besuch von vierzig maskierten Frauen, die den verantwortlichen Redakteur für das gerade erschienene Titelbild mit einer nackten, bemalten Frau zur Rechenschaft zog. Sie sperrten ihn ein, zogen ihn aus, besprühten und photographierten ihn. Die Springerzentrale, deren schamlose Berichterstattung wieder einmal nicht zu überbieten war, wurde aufgesucht, spontaner Protest zeigte sich an den eingeschmissenen Scheiben von Peep-Shows und immer wieder in verschiedensten Formen in der Umgebung der Silbersteinstraße. Autokorsos zogen durch die Straßen und die umliegenden Wartehallen an Bushaltestellen, und U-Bahnen erhielten die Aufschrift: ›Frauen, mißtraut Männern!‹ 4 000 Frauen zogen eine Woche nach der Tat durch Neukölln, Fackeln tragend, Trommeln schlagend, rennend, pfeifend und Polizisten in Zivil verprügelnd. Männer, die die Frauen anpöbelten, wurden aus Kneipentüren gezogen, Steine flogen und immer wieder der Ruf: ›Frauen wehrt Euch!‹ Die Frauen trafen sich täglich im Karate- und Frauenzentrum und in der Frauenkneipe ›Die 2‹, in der Susanne M. noch am Abend vor ihrem Tod gewesen war. Fahrgemeinschaften wurden organisiert, Stadtteilgruppen bildeten sich, Waffenscheine wurden beantragt, Gaspistolen und Sprühdosen gekauft.«
Bei der Mordkommission sind bis zu dem Tage, als die Frauen bei dichtem Schneetreiben durch die Straßen Neuköllns zogen, 43 Hinweise zum Mordfall Susanne M. eingegangen, jedoch kein entscheidender. Die Demonstrantinnen können nicht ahnen, wie ihre Losungen dem Täter unter die Haut gehen. Rung gibt zu: »Damit kann man einen Täter schon ganz schön in die Enge treiben.« Aber, als sich der Zug der Frauen mit Fackeln und Wunderkerzen durch die Hermann- und die Silbersteinstraße bewegt, ist Rung nicht zu Hause.

Er zecht in Reinickendorf, für Einzelheiten fehlt ihm später die Erinnerung. Zu vorgerückter Stunde ist er an der Residenzstraße unterwegs. Die genaue Uhrzeit läßt sich nicht mehr ermitteln. Eine Wohnungsnachbarin von Frieda K. am Büchsenweg 11 hat die alte Frau an diesem 30. November noch gegen etwa 22 Uhr gesehen, als sie die Wohnung verließ. Niemanden verwundert es, daß die 85jährige zu so später Stunde noch das Haus verlassen hat. An der Amendestraße entdeckt Rung die Greisin, die ohne Ziel dort entlangzulaufen scheint. Für ihn eröffnet sich die Chance auf einen »schnellen Biß«. Er spricht die Oma an, sagt ihr, daß er sie nach Hause begleiten werde. Die Frau sagt ihm nicht wo sie wohnt, aber sie hakt sich unter und so spazieren die beiden in Richtung S-Bahnhof Schönholz.

In Reinickendorf wird zu dieser Zeit die U-Bahn gebaut. Es ist die Verlängerung der Linie 8 ab Osloer Straße zum Märkischen Viertel. In der Amendestraße, auf dem Grundstück Nummer 41, nutzen Baufirmen ein großes Areal als Lagerplatz, um hier das Holz für die Verschalung, Eisenträger und dergleichen mehr zu deponieren. Als Rung mit der willen- und ahnungslosen Frau an dem unverschlossenen Gelände vorbeikommt, verläßt er, Frieda K. immer noch untergehakt, den Gehweg und steuert auf die leicht verschneiten Bretterhaufen und Eisenträger zu.

Was dann geschieht, schildert Rung viele Jahre später in der Vernehmung ohne jede Reue, wie eine Nebensächlichkeit: »Ich habe sie zwischen so einen Bretterhaufen geschubst. Dann hatte ich mir die Handtasche genommen und habe die durchsucht. Darin waren 1 000 DM in Hundertmarkscheinen. Die Tasche habe ich dort gelassen und bin verschwunden.«

»Was passierte mit der alten Dame, als Sie sie schubsten?«

»Sie stürzte zwischen den Bretterhaufen.«

»Hat sie versucht, sich wieder zu erheben?«

»Habe ich nicht drauf geachtet, in der Zeit in der ich ihre Tasche durchsuchte, hat sie sich nicht bewegt.«

»Wie lag die Frau zwischen dem Bretterhaufen?«

»Mit dem Gesicht zur Erde.«

»Hat die Frau bei Ihrem Angriff um Hilfe gerufen oder sich sogar gewehrt?«

»Nein, ihr war das gar nicht bewußt, was da passierte.«

»Haben Sie mitbekommen, daß die Frau sich beim Sturz verletzt hat?«
»Nein.«
»Wie haben Sie die Frau geschubst?«
»Durch einen Stoß gegen die Schulter.«
»Haben Sie die Frau gewürgt, gedrosselt oder auch sexuell angegriffen?«
»Nein, nicht, nur geschubst.«
»Haben Sie bei Ihrer Flucht dann beobachtet, ob die Frau weiterhin lag oder Anstalten machte, sich zu erheben?«
»Nein, ich bin nur weg und habe auf sie nicht mehr geachtet.«
»Können Sie die Frau beschreiben?«
»Sie war klapprig, hatte einen Mantel an, an dessen Farbe ich mich nicht mehr erinnere. Ihre Handtasche kann ich heute nicht mehr beschreiben, das Geld, das ich entnahm, war innen in der Handtasche, in einer Seitentasche. Es waren genau 1 000 DM in Hundertmarkscheinen.«
»Wohin hatten Sie die Tasche geworfen?«
»Ich hatte sie in Richtung der Frau geworfen.«
»War es zu diesem Zeitpunkt kalt?«
»Ja. Es war kalt gewesen.«
»Haben Sie, als Sie flüchteten, die Gefahr gesehen, daß die Frau, wenn ihr nicht geholfen wird, möglicherweise zu Tode kommt?«
»Daran habe ich eigentlich nicht gedacht, das war mir auch gleichgültig. Ich habe später in der Zeitung gelesen, daß sie 11 000 DM in der Wohnung hatte. Ich habe mich darüber geärgert, daß ich nicht hinterher in ihre Wohnung nachsehen gegangen bin.«
Die Frau zieht sich beim Sturz schwere Kopfverletzungen zu, kann sich nicht mehr erheben, nicht um Hilfe rufen und stirbt in der kalten Nacht. Rung hat für 1 000 Mark, die er schnell in Alkohol umsetzt, wieder einem Menschen das Leben genommen. Zwischen der ersten und der dritten Tat liegen nur sieben Wochen. Er ist in kurzer Zeit zum Serienmörder geworden. Bei vielen Kriminalisten herrscht die Überzeugung, daß Verbrecher zwangsläufig Fehler machen, vom »Verbrecherpech« nicht verschont bleiben. Rung ist kein Genie, an ihm kann es nicht lie-

gen, daß er auch nach der dritten Toten nicht ins Visier der Fahnder gerät.
Erst am 5. Dezember 1983, es ist ein Montag, müssen Arbeiter der Arge U-Bahn, die den Platz nutzt, auf das Gelände. Gegen elf Uhr kommen sie, um Eisenträger für den U-Bahnbau zu ver-

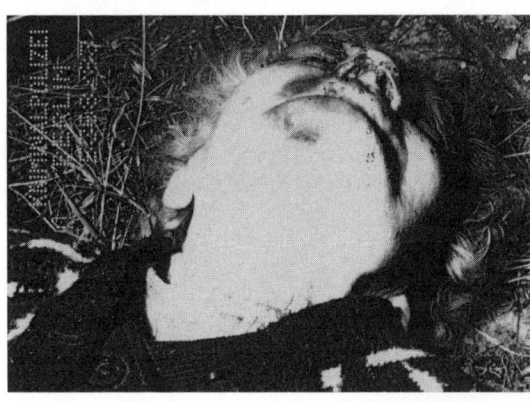

Polizeifoto der tot aufgefundenen Frieda K.

messen. Etwa 15 Meter vom Eingang entfernt entdecken sie die Tote. Die Leiche liegt auf dem Rücken, ihr Rock ist hochgeschlagen und der weite blaugeblümte Schlüpfer heruntergezogen. Der weiße Hüfthalter an dem die hellbraunen Strümpfe befestigt sind liegt frei, die Scham ist entblößt.
Die vierte Mordkommission übernimmt den Fall, der ganz offensichtlich Züge eines Verbrechens zeigt. Am Nachmittag wird das Opfer am Institut für Rechtsmedizin der Freien Universität obduziert. Währenddessen versucht die Polizei mittels eines Lautsprecherwagens, der im Bereich des Fundortes eingesetzt wird, Klarheit über die näheren Umstände des Tatortes zu erlangen: »Achtung, Achtung, hier spricht die Polizei! Heute, gegen 11 Uhr, wurde auf dem Gelände Amendestraße 41, dort, wo die Eisenträger lagern, eine circa 70jährige Frau tot aufgefunden. Es besteht der Verdacht eines Kapitalverbrechens. Die Mordkommission bittet um Ihre Mithilfe: 1. Wer hat in den letzten Tagen verdächtige Wahrnehmungen gemacht, insbesondere im Zusammenhang mit dem Grundstück Amendestraße 41? 2. Wer kann etwas über den Zustand der Eingangstür zu diesem Gelände sagen?« Die Durchsage zeitigt keinen besonderen Er-

folg. Nur ein paar Anwohner meinen, daß die Tote eine von den »Katzentanten« sein könnte. Aber zu den Frauen, die in der Gegend die streunenden Katzen füttern, gehörte die Tote nicht.
Die Identifizierung der Leiche gestaltet sich dennoch nicht schwierig, da zwei Vermißtenanzeigen bei der Polizei bearbeitet werden, die Frieda K. betreffen. Die gerichtsmedizinische Untersuchung ergibt, daß das rechte obere Kehlkopfhorn und das linke Zungenbeinhorn gebrochen sind. Damit ist es für die Polizei sehr wahrscheinlich, daß die Frau durch »einen Angriff gegen den Hals«, wie Würgen, Strangulieren oder ähnliches, zu Tode gekommen sein kann. Als Tatwerkzeug kommt Frieda K.s eigener Schal in Frage. »85jährige mit ihrem eigenen Schal erdrosselt«, meldet am folgenden Tag das »Volksblatt Berlin«, andere Blätter berichten in ähnlichem Wortlaut.
Da in der Handtasche, die in unmittelbarer Nähe der Toten gefunden wurde, die Geldbörse fehlte und diese auch nicht in der Wohnung des Opfers zu finden war, wuchs bei der Mordkommission die Überzeugung, daß Frieda K. einem Raubmord zum Opfer gefallen war. Das Obduktionsergebnis muß jedoch schon bald relativiert werden. Die Verletzungen am Hals konnte sich die Frau möglicherweise durch den Sturz zugezogen haben. Der Ablauf des Geschehens kann also weiterhin nicht mit Bestimmtheit rekonstruiert werden. Jedoch sind auch noch nicht alle Möglichkeiten ausgeschöpft, Zeugen zu finden, die brauchbare Hinweise geben könnten. Da das Lagergelände ungehindert zugänglich war, benutzte es in letzter Zeit eine Gruppe Kinder als Spielplatz. Es liegt nahe, die Kinder ausfindig zu machen und nach wichtigen Beobachtungen zu befragen.
Am 8. Dezember werden einige der Fünftklässler der nahegelegenen Grundschule am Lagerplatz angetroffen. Der Abschlußbericht dokumentiert unter anderem einen in der Berliner Kriminalgeschichte recht einmaligen Vorgang: »Während der Ermittlungen war auch daran gedacht worden, daß der Lagerplatz eigentlich einen Anreiz für Kinder zum Spielen bieten würde, zumal das Tor zum Lagerplatz seit mindestens 14 Tagen ungesichert war. Aus diesem Grund wurden am 8. Dezember auch die Personalien mehrerer Schulkinder notiert, als sie sich vor dem Lagerplatz aufhielten. Die zehn- bis elfjährigen Kin-

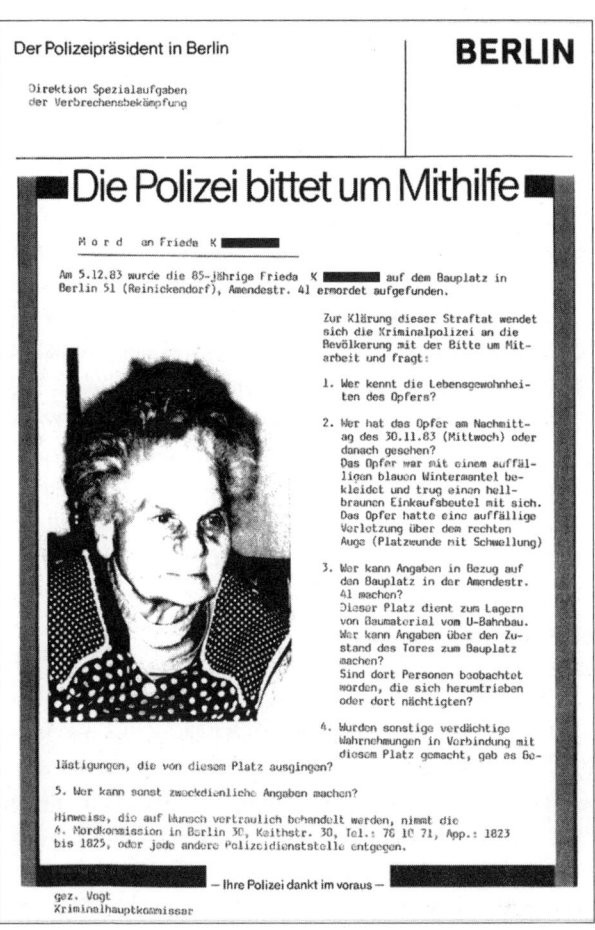

Mithilfeersuchen der Polizei an die Bevölkerung

der wurden am gleichen – und an den nachfolgenden Tagen, zum Teil mehrmals eingehend befragt. Obwohl einige Kinder bis zum Schluß, vermutlich aus Angst, nicht die Wahrheit sagten, wurde insbesondere durch die Angaben des Jan K. und Daniel E. der Verdacht eines Kapitalverbrechens entkräftet. Sie machten Angaben, die nur jemand angeben kann, der etwas Entsprechendes getan hat.« Jan rückt bei der zweiten Vernehmung am 9. Dezember Stück für Stück mit der Wahrheit heraus. Er gibt an, daß die Kinder versucht hatten, die Tote zu entkleiden.

Somit ergibt sich für die Ermittler ein völlig neues Bild. Danach hatten die Kinder, wie es im polizeilichen Schlußbericht heißt, »die Leiche bereits am 1. Dezember nach der Schule auf dem Lagerplatz entdeckt und spätestens am 3. Dezember vom Ursprungsort zum Auffindeort, am 5. Dezember 83, geschleppt. Ferner nahmen sie die Veränderungen an der Leiche vor, die zunächst als Merkmale für einen Raub- oder Sexualmord sprachen. Sie zogen nämlich der Leiche den Schlüpfer hinunter, zogen die Schuhe und fast den Mantel aus und leerten die Handtasche der Frau K. Alles Angaben, die mit der Fundsituation übereinstimmen. Da nicht alle Kinder die Wahrheit sagten, konnten die fehlenden Gegenstände aus der Handtasche – Wohnungsschlüssel, Geldbörse und Schwerbeschädigtenausweis – nicht herbeigeschafft werden. Es kann jedoch mit Sicherheit gesagt werden, daß trotz der fehlenden Wohnungsschlüssel die Wohnung der Frau K. von Unbefugten nach dem 30. November 83 nicht betreten wurde, denn in einem ungesicherten Schreibtischfach der Wohnung konnten 11 000 DM gesichert werden.«

Am 10. Dezember 1983 berichten die Zeitungen vom »Frauenmord, der keiner war«, so die »Berliner Morgenpost«. Und das Blatt schreibt weiter: »Über das unglaubliche Verhalten der Kinder waren selbst die Kriminalbeamten, die den Fall bearbeiten mußten, entsetzt. Unverhohlen sagten sie gestern, so etwas hätten sie noch nicht erlebt. Die Beamten wollten nicht ausschließen, daß Schüler von Videofilmen, die abscheuliche Gewalt verherrlichen, verroht worden sind.«

Daß diese Vermutung nicht völlig aus der Luft gegriffen ist, zeigen die Erfahrungen, die die Kriminalbeamten während der Ermittlungen machen müssen. Als sie bei den Eltern des erwähnten Daniel erscheinen, um den Jungen mit dem Ergebnis der Untersuchungen zu konfrontieren, erleben sie eine seltene Abgebrühtheit: »Zunächst wurde den Eltern mitgeteilt, daß Anhaltspunkte dafür vorhanden sind, daß Daniel die Leiche der Frau K. bereits am Sonnabend, den 3. Dezember 83, gesehen hat, als er sich auf dem Lagerplatz Amendestr. 41 aufgehalten hat. Weiter wurde den Eltern mitgeteilt, daß Daniel das Portemonnaie dieser toten Frau an sich genommen haben soll. Die

Reaktion der Eltern läßt den Schluß zu, daß sie von dem Mitgeteilten bereits Kenntnis hatten, denn sie zeigten sich weder erstaunt noch entsetzt. Im Gegenteil, Herr E. lachte und auch Frau E. zeigte sich nicht ernst. Von beiden wurden keine weiteren Fragen gestellt. Frau E. holte Daniels Jacke, als ihr gesagt wurde, daß Daniel beim nahegelegenen Abschnitt 13 befragt werden müßte, und Herr E. kehrte zum laufenden Videofilm zurück. Er teilte uns mit, daß er in einer Videothek in der Nähe des Kurt-Schumacher-Platzes Kunde sei und hier für 30 DM im Monat sich täglich bis zu drei Filme ausleihen könnte und 90 Filme im Monat wohl genug wären.«

Frauenmord, der keiner war
85jährige starb nach Sturz

Die 85jährige Frieda K. aus dem Büchsenweg, die am Montag von Arbeitern tot auf einem Lagerplatz in der Amendestraße 41 in Reinickendorf gefunden wurde, ist nicht ermordet worden. Die Frau starb nach einem Sturz an Unterkühlung. Da sie schwere Verletzungen im Gesicht und am Hals aufwies, ihre Schuhe auf dem Gelände verstreut waren, und sie teilweise entkleidet war, vermutete die Kripo zunächst ein Kapitalverbrechen.

Die Ermittlungen der Kriminalpolizei ergaben jetzt jedoch, daß sechs Jungen im Alter von zehn und elf Jahren auf dem Heimweg von der nahegelegenen Schule die tote Frau auf dem Grundstück entdeckten. Das war bereits am 1. Dezember geschehen, also fünf Tage vor dem Tag, an dem die Arbeiter den schrecklichen Fund machten. Die Kinder gingen nicht zur Polizei. Sie zogen die tote Frau teilweise aus und streiften ihr die Schuhe von den Füßen. Aus der Einkaufstasche entwendete einer der Jungen einen geringen Geldbetrag.

Über das unglaubliche Verhalten der Kinder waren selbst die Kriminalbeamten, die den Fall bearbeiten mußten, entsetzt. Unverhohlen sagten sie gestern, so etwas hätten sie noch nicht erlebt. Die Beamten wollten nicht ausschließen, daß die Schüler von Video-Filmen, die abscheuliche Gewalt verherrlichen, verroht worden sind. Ähnlich äußerte sich auch Reinickendorfs Volksbildungsstadtrat Burkhard Willimsky (CDU).

Frieda K. hatte sich die Gesichtsverletzungen schon zwei Tage vor ihrem Tod bei einem Sturz zugezogen. Auf dem Lagerplatz mußte sie ebenfalls gestürzt und dann liegengeblieben sein. **eck**

»Berliner Morgenpost« vom 10. Dezember 1983

Die Akte Frieda K. wird geschlossen. Der unappetitliche Beigeschmack und das Entsetzen, den die schon zynisch zu nennende Gleichgültigkeit der Kinder hervorgerufen hat, hält nicht lange vor. Die Stadt geht zur Tagesordnung über. Der Tod der »Oma vom Büchsenweg« wird als Unfall dem Vergessen anheimgestellt, es dauert nahezu zwölf Jahre, bis die Wahrheit ans Licht kommt. Es war ein Raub mit Todesfolge.

Falsche Spuren und ein Überfall

Rung, dem niemand Schranken setzt, bleibt auch nach dem dritten Tötungsdelikt unbehelligt, kann sich sicher fühlen. Im Fall Melanie S. bemüht sich die Staatsanwaltschaft, die Anklageschrift gegen Michael Müller zu schreiben. An seiner Schuld zweifelt niemand mehr.
Der Fall Susanne M. bewegt noch immer die Gemüter. Für den 3. Dezember 1983 ist die Beerdigung in der Neuköllner Brüdergemeine anberaumt. Einen Tag zuvor rufen die »Frauen der autonomen Frauenbewegung Berlin« in einer Zeitungsanzeige zu einer stillen Trauerdemonstration anläßlich der Beisetzung auf. Der Text des Aufrufs macht die Stimmung deutlich, die in der Frauenbewegung vorherrscht: »Wir trauern um Susanne M. Sie wurde in der Nacht vom 23. zum 24. November auf dem Weg zu ihrer Wohnung vergewaltigt und ermordet. Dies ist seit 1982 der 44. Mord an Frauen in Berlin. Unsere Trauer ist begleitet von Wut und Empörung über die ständige Gewalt von Männern, von der alle Frauen täglich bedroht sind. Susanne und viele andere Frauen könnten noch leben, wenn auf Hilferufe nicht mit Gleichgültigkeit reagiert würde.«

> **Wir trauern um**
>
> **Susanne M ▬▬▬**
>
> **Sie wurde in der Nacht vom 23. zum 24. November auf dem Weg zu ihrer Wohnung vergewaltigt und ermordet. Dies ist seit 1982 der 44. Mord an Frauen in Berlin.**
>
> **Unsere Trauer ist begleitet von Wut und Empörung über die ständige Gewalt von Männern, von der alle Frauen täglich bedroht sind.**
> **Susanne und viele andere Frauen könnten noch leben, wenn auf Hilferufe nicht mit Gleichgültigkeit reagiert würde.**
>
> Frauen der autonomen Frauenbewegung Berlin
>
> Eine stille Trauerdemonstration findet anläßlich der Beerdigung am Sonnabend, 3.12.83 um 11.00 Uhr an der Neuköllner Brudergemeinde (Kirchgasse) statt.

»Der Tagesspiegel« vom 2. Dezember 1983

Rund 600 Trauernde

nehmen am Vormittag des 3. Dezember auf dem Böhmischen Gottesacker der Evangelischen Brüdergemeine an der Neuköllner Kirchgasse Abschied von Susanne M. Der öffentliche Druck, endlich einen Täter in diesem Fall zu präsentieren, hat nicht nachgelassen. Noch immer versucht die Kripo Zeugen für die Tatnacht zu finden. Da die Oberlandstraße Gewerbegebiet ist, konzentriert sich kurzzeitig die Hoffnung darauf, bei den für die ansässigen Firmen patrouillierenden Wachschutzunternehmen Unterstützung zu erfahren. Ohne Ergebnis.

Aber seit dem 1. Dezember bahnt sich im Fall Susanne M. eine fatal-dramatische Entwicklung an. Polizeibeamte des Abschnittes 51 müssen Amtshilfe für das Bezirksamt Tempelhof leisten. Es geht darum, den knapp 27jährigen Christian Schubert in die Landesnervenklinik nach Spandau zu verfrachten.

Bei der Aktion kommt der zuständige Amtspfleger mit den Polizisten ins Gespräch. Vorsichtig deutet er an, daß der psychisch kranke Schubert als Täter im Mordfall M. in Frage kommen könnte. Er zählt einige Indizien auf. Zum einen wohnt dieser im Nackenheimer Weg, der Oberlandstraße benachbart, nur etwa 700 Meter vom Tatort entfernt. Zum anderen habe man bei ihm etwa seit dem 24. November einen starken Erregungszustand feststellen können. Außerdem neige er zu unkontrollierten, aggressiven Handlungen bei nicht beachteter Zuneigung. Auch das Alter würde in das Gesamtbild passen. Es sind Andeutungen und Vermutungen, die protokolliert an die Mordkommission weitergeleitet werden.

Das ist nicht der erste Fingerzeig auf Christian Schubert. Schon zwei Tage nach dem Mord an Susanne M. hatte sich ein 23jähriger Mann bei der Mordkommission gemeldet und einen Vorfall geschildert. Demnach hielt er sich etwa eine Woche vor dem Mord bei seiner Freundin, die im Nackenheimer Weg wohnt, auf. In den Abendstunden sei plötzlich der im selben Haus wohnende Christian Schubert erschienen und habe verlangt, in die Wohnung seiner Bekannten eingelassen zu werden. Als ihm dies verwehrt wurde, habe er so heftig randaliert, daß man die Polizei rufen mußte, die den Störenfried mitnahm. Schubert sei nämlich auf seine Freundin fixiert. Wie der Anrufer gegenüber den Ermittlern spekuliert, gäbe es gewisse Ähnlichkeiten zwischen

seiner Partnerin und dem Mordopfer, deshalb halte der Anrufer es nicht für ausgeschlossen, daß Schubert der Täter sei. Nun laufen die Spuren 19 und 63 zusammen.
Noch am 26. November wurde die Notiz zu dem Anruf mit dem handschriftlichen Vermerk versehen: »Der Hinweis entbehrt jeglicher realen Grundlage«. Mit dem zweiten Tip, der vom Amtspfleger kam, richtet sich die Aufmerksamkeit jetzt dennoch auf Christian Schubert. Am 2. Dezember wird aufgrund des Vermerkes vom Polizeirevier 51 mit dem Amtspfleger Rücksprache gehalten. Der Amtsleiter konkretisiert nun seinen »vorsichtigen Verdacht«, indem er eine Geschichte schildert, die sinngemäß in einem Bericht zusammengefaßt wird. So habe er sich aufgrund eines Hinweises des Sozialamtes Tempelhof zusammen mit einem Kollegen am 24. November – der Tag an dem Susanne M. ermordet worden war – in die Wohnung des Christian Schubert am Nackenheimer Weg begeben. Hier traf der Amtsleiter Herrn Schubert an, der ihm erst nach Nennen seines Namens, die Tür öffnete. In der Wohnung fand der Pfleger »ein völliges Durcheinander und eine große Verschmutzung vor. So waren fast alle Möbel aus der Wohnung entfernt, in der Küche habe sich lediglich noch ein leerer Kühlschrank und ein Herd befunden, in einer Ecke der Küche sei Müll aufgetürmt gewesen.«
Auf die Frage, warum er das gemacht habe, erklärte Christian Schulz, daß er »durch widrige Umstände« gezwungen worden wäre, die Wohnung in diesen Zustand zu versetzen. Da der psychisch gestörte Mann nur einen Jogging-Anzug anhatte, wollte man von ihm wissen, wo die restliche Bekleidung geblieben sei. Christian Schubert versicherte, daß er diese »ordnungsgemäß abgelegt hätte, weil er auch ordnungsgemäß abtreten wolle«. Die angedeuteten suizidalen Absichten, entgehen dem Amtsleiter nicht, auch nicht die zerbrochene Fensterscheibe im Wohnzimmer. Schubert erklärt dazu, daß er sich »einen Fluchtweg habe schaffen müssen«. Abschließend rundet der Amtsleiter das Bild ab. Er teilt dem Kriminalhauptkommissar mit, daß Christian Schubert an einer »psychotischen Erkrankung mit religiösen Wahnideen sowie einem chronischen Liebeswahn« leide.

Am 2. Dezember kommen die Ermittler sogar in das Haus Silbersteinstraße 71. Sie haben den »einschlägigen Anzeigen in der Tagespresse« entnommen, daß sich dort ein Bordell befindet. Die befragte Liebesdienerin kann aber keine Hinweise liefern. Zur Sandmännchenzeit, um sieben Uhr abends, machten sie und ihre Kollegin den Laden dicht. »An diesem Tage oder auch an den Tagen vorher waren nach ihrer Auskunft keine besonderen Kunden bei ihnen, die sich auffällig verhalten hätten.« Wie aber könnte ein »auffälliges Verhalten« aussehen? Man ist in der Kriminalistik noch weit davon entfernt, bei der Fahndung sogenannte Profiler einzuschalten, die der Physiognomie des möglichen Täters den Odem seiner Charakterzüge einhauchen. Die Frage wäre somit nicht nur, wie sieht der Täter aus, sondern was ist er für ein Mensch? Zwischen dem Bordell in der Parterrewohnung links und dem Mieter in der zweiten Etage rechts besteht keine Verbindung. Rung hatte die Dienste der Frauen nie in Anspruch genommen.

An diesem 2. Dezember klappert noch ein Kriminaloberkommissar telefonisch die Betriebe an der Oberlandstraße ab. Viele Firmen arbeiten nachts, vielleicht hat doch jemand etwas gesehen. Immerhin ist man der festen Überzeugung, daß Susanne M. an den Unternehmen vorbeigelaufen sein muß. Jedoch nur in einem einzigen Werk wird auch nachts gearbeitet. Selbst in den ZDF-Studios werden um 23 Uhr die Lichter ausgeschaltet. Lediglich ein Pressevertrieb könnte eventuell noch weiterhelfen. In der Nacht vom Mittwoch zum Donnerstag ist immer viel zu tun. Die Illustrierte mit dem Himmelskörper wird ausgeliefert, deshalb spricht man hier von der »Stern-Nacht«. Die Fahrer müssen auf 61 Touren das Blatt ausliefern und kommen dann noch einmal zum Depot, um die Remissionen, die alten, nicht verkauften Ausgaben zurückzubringen. Keiner der Zeitungsauslieferer kann aber der Mordkommission weiterhelfen.

Drei Tage nach den wenig ergiebigen Bemühungen, fahren die Ermittler zur Landesnervenklinik in der Spandauer Griesinger Straße. Als erstes wird die Kleidung des Christian Schubert in Augenschein genommen. Dabei gilt die Aufmerksamkeit vor allem seinen Schuhen. Er besitzt Turnschuhe der Größe 45, die, wie die Ermittler sich eingestehen müssen, »in ihrer Beschaf-

fenheit nicht den im vorliegenden Fall relevanten Schuhabdruckspuren« entsprechen. Trotzdem wird die Spur Christian Schubert nicht aufgegeben und weiter gegen ihn ermittelt.
Im Abfall, den die Beamten in der Wohnung von Schubert vorfinden, werden – zusammengerollt – eine blaue Cordhose und eine olivfarbene Latzhose gefunden. Und: »Beide Hosen wiesen blutsuspekte Anhaftungen auf.« Blutsuspekte Anhaftungen ist die fachliche Bezeichnung für Flecken, die aussehen, als wäre es Blut. Auf den Hosen befindet sich wirklich Blut. Schubert besitzt die Blutgruppe A, das auf den Beinkleidern festgestellte Blut gehört zur Gruppe 0. Susanne M. hatte eine Untergruppe der Blutgruppe 0 – und mit ihr aber noch weitere 320 000 Westberliner. Die Ermittlungen haben inzwischen eine klare Richtung: Christian Schubert.
Unbehelligt kann sich indessen Rung in der Stadt bewegen und auf die nächste Beute lauern. Die tausend Mark, die er der alten Frieda K. geraubt hat, wandern in verschiedenen Kneipen über den Tresen und sind bald aufgebraucht.
Am 14. Dezember hat er wieder »seine« Meldungen in der Tagespresse. Sechsspaltig berichtet die »BZ« über einen dreisten Überfall: »Räuber fuhr mein Taxi in den See – ich konnte mich in letzter Sekunde mit einem Sprung retten.« Der Taxifahrer berichtet, was ihm am Vortage widerfahren ist. In den frühen Morgenstunden, es mag so gegen halb vier Uhr gewesen sein, wartete der 28jährige mit seinem Gefährt am Taxihalteplatz in der Neuköllner Hermannstraße, an der Ecke zur Siegfriedstraße. Rung, der seinen Tagesrhythmus nicht selten von den Öffnungszeiten der Kneipen abhängig macht, ist zu dieser Zeit unterwegs. Wie so oft ist er in Geldnot. Er steigt in den Mercedes 230 ein und gibt als Fahrziel die Trabener Straße an. Der Mann am Steuer versichert sich noch einmal: »Die im Grunewald?« Es gibt keine andere.
Die Tour geht über die Stadtautobahn, Halensee, Rathenauplatz in die Königsallee. Dann bittet der Fahrer seinen Gast um genauere Anweisungen. Der dirigiert ihn zum Ende der Trabener Straße, wo ein Wendekreis die Fahrbahn abschließt. Was dann passiert, klingt mit Rungs Worten wenig aufregend: »Ich habe mich von ihm bis zum Ende der Trabener Straße im Grunewald

fahren lassen. Dann habe ich ihm eine Gaswaffe vorgehalten und Geld verlangt. Der Taxifahrer sprang aber aus dem Auto und rannte weg. Ich setzte mich ans Steuer und verfolgte ihn. Es ging über Treppen runter, bis zum Hallensee. Dort habe ich den Wagen rückwärts in den See gesetzt. Ich wollte damit erreichen, daß der Wagen nicht mehr benutzt werden konnte, um mich zu verfolgen oder Alarm auszulösen. Ich nahm noch die Börse aus seinem Wagen und flüchtete. In der Börse waren 300 DM. Den Taxifahrer hatte ich im Wagen nicht nur bedroht, sondern auch mit der Waffe geschlagen.«

Wieder zeigt sich Rungs Skrupellosigkeit bei der Ausführung seiner Taten. Es ist eine klirrend kalte Winternacht, als der Taxifahrer abseits der bewohnten Gegend anhalten muß. Er berichtet: »An dieser Stelle befindet sich kein Wohnhaus mehr, und wir standen bereits am Beginn des Wendekreises. Aus diesem Grunde ist mir die Sache schon reichlich komisch vorgekommen, und ich vermutete schon einen Überfall. Ich beschäftigte mich zunächst mit meiner Taxiuhr und schaltete die Innenbeleuchtung ein. Im gleichen Augenblick verspürte ich einen Schlag gegen meinen Hinterkopf, und gleich darauf sah ich aus dem Blickwinkel, daß der Mann mir eine Pistole an die rechte Schläfe hielt. Er forderte mich auf, die Hände hochzunehmen, was ich auch tat. Auf seine Frage: ›Wo ist die Knete?‹ sagte ich ihm, daß ich das Geld links neben meinem Fahrersitz in der Fahrertür habe. Auf seine Aufforderung: ›Gib her!‹ holte ich mit der linken Hand meine Geldbörse mit etwa 400 DM Inhalt heraus und reichte sie dem Täter über meine rechte Schulter nach hinten. Nachdem ich dem Täter das Geld überreicht hatte, schoß er mir mit der Waffe von schräg hinten ins Gesicht. Daraufhin öffnete ich die Fahrertür und ließ mich aus dem Auto fallen. Ich entfernte mich wenige Schritte von meinem Fahrzeug und beobachtete, wie der Täter auf den Fahrersitz stieg, ohne dabei den Pkw zu verlassen. Er fuhr dann auf den Gehweg und kam in meine Richtung. Ich verließ daraufhin den Gehweg zwischen parkenden Fahrzeugen und sah, wie der Täter mit meiner Taxe ebenfalls vom Gehweg herunter fuhr und in meine Richtung kam. Ich blieb dann zunächst auf der Fahrbahn stehen, und wenige Meter von mir entfernt hielt der Täter die Taxe an und stieg aus. Der Mann kam dann auf mich zu, hielt mir die Waffe vor und forderte mich mit den Worten ›Wo ist das andere Geld?‹ erneut zur Herausgabe von Geld auf. Ich erklärte dem Mann, daß ich über kein weiteres Geld verfüge, worauf er erneut auf mich schießen wollte.«

Rung ist in einem Rausch der Aggressionen. Er macht nicht Schluß, wenn er sein Ziel erreicht, also die Beute in den Händen hat. Das hat nichts mit Überlegung zu tun. Er ist unberechenbar »wie ein tollwütiges Tier«. Der Beraubte sieht wieder das Schießeisen auf sich gerichtet: »Er hielt mir nämlich die Waffe entgegen, und als er abdrückte, gab es nur ein metallisches Klicken. Nunmehr schlug er mit der Waffe in mein Gesicht, worauf ich zu Boden stürzte. Als ich nun auf dem Rücken lag, schlug der Täter mit den Füßen in mein Gesicht und würgte mich. Dann forderte er mich erneut unter Vorhalt seiner Waffe dazu auf, auf dem Beifahrersitz meiner Taxe Platz zu nehmen. Um seiner Aufforderung Nachdruck zu verleihen, die Taxe zu besteigen, sagte der Täter noch zu mir sinngemäß: ›Jetzt steig ein, sonst hole ich meine scharfe raus.‹ Ich nahm an, daß er damit eine scharfe Waffe gemeint hat. Der Täter nahm dann auf der Fahrerseite Platz und fuhr mit mir über den Gehweg in die Grünanlage des Halenseeparks. Dort fuhr er eine Böschung hinunter und machte einen leichten Bogen. Ich wußte, daß sich in der unmittelbaren Umgebung ein See befindet und versuchte, den Täter von diesem Vorhaben abzubringen, was mir jedoch nicht gelang. Er fuhr dann einen kleinen Bogen, hielt an und fuhr mit dem Fahrzeug zurück. In diesem Augenblick öffnete ich die Beifahrertür und ließ mich erneut aus der Taxe fallen. Er versuchte, mich noch mit seinen Händen festzuhalten, was ihm jedoch nicht gelang.«

In dieser Nacht sinkt die Quecksilbersäule auf minus 14 Grad, der Halensee ist zugefroren. Rung setzt das Fahrzeug rückwärts auf den See, wo es im Eis einbricht und stecken bleibt. Dann flieht er mit der Beute, knapp 400 Mark. Der Taxifahrer teilt der Polizei auch seine Eindrücke mit: »Auf Grund der Verhaltensweise, was die Örtlichkeit in der Umgebung des Tatortes anging, war ich ziemlich sicher, daß der Täter sich in dieser Gegend auskennen mußte.«

Auf der Polizeidienststelle wird dem Taxifahrer, der dem Ganoven Auge in Auge gegenübergestanden hatte, eine Lichtbildmappe mit lediglich sechs Bildern vorgelegt. Rung ist nicht darunter. Der Taxifahrer beschreibt den Täter: Alter zwischen 18 und 25 Jahre, circa 180 cm groß, schlanke Figur, dunkle leicht gewellte Haare, Mittelscheitel. Obwohl der Angegriffene betont, daß er den Mann bei einer Gegenüberstellung wiedererkennen würde, verlaufen die Ermittlungen bald im Sande. Rung, der in der Trabener Straße gewohnt hat und wegen eines Raubes, den er ebenfalls in dieser Gegend verübt hatte, verurteilt worden war, gerät nicht ins Ermittler-Visier.

Drei Tage nach dem nächtlichen Überfall gedenken in einem Schweigemarsch, der wieder vom Hermannplatz zum Spielplatz in der Silbersteinstraße führt, rund 250 überwiegend männliche Teilnehmer der ermordeten Susanne M. Noch immer geht die Angst unter den Frauen um. Der unaufgeklärte Mord erzeugt Panik. Es ist die Zeit, in der die Nächte am längsten sind. Die Frauen spüren, da geht einer um, dem kann jede zum Opfer fallen. Das ist es, was Rung mit dem gesichtslosen Frauenmörder Jack the Ripper im viktorianischen London eint.

Der Tag vor Heiligabend. Die Ermittler im Fall Susanne M. sind nicht sonderlich vorangekommen. Der einzige Tatverdächtige ist Christian Schubert. Aber, was gegen ihn bislang vorliegt, reicht nicht aus, um ihn als Täter zu überführen. Seine Schuhgröße stimmt definitiv nicht mit den am Tatort gefundenen Spuren überein. Bleiben nur noch die Blutspuren an seinen Hosen. Am 23. Dezember 1983 wird von der ersten Mordkommission ein »zusammenfassender Bericht« formuliert, in dem allerdings die Schuhabdrücke keine Rolle mehr spielen. Man konzentriert sich auf die »blutsuspekten Anhaftungen«: »Eine Untersuchung dieser Anhaftung im Institut für Rechtsmedizin der FU Berlin ergab, daß es sich dabei um Blut der Gruppe 0 handelt, die Gruppe also, die auch das Opfer besaß. Eine nähere Bestimmung war nicht möglich. Die bei der Durchsicht der Wohnung des Herrn S. im dortigen Müll aufgefundenen Hosen wurden ebenfalls im Institut für Rechtsmedizin untersucht. Dabei konnte an der blauen Cordhose mangels Masse die Blutgruppe nicht festgestellt werden. Die Untersuchung der Anhaftung an der olivfar-

benen Latzhose ergab, daß es sich um Blut der Gruppe 0 handelte. Auch in den Untergruppen wurde bei dieser Anhaftung eine Identität mit dem Blut des Opfers festgestellt. Einschränkend muß aber auch gesagt werden, daß diese Kombination bei 15 % der in hiesigen Breiten lebenden Menschen vorkommt.«
Von einer DNA-Analyse, das heißt vom sogenannten genetischen Fingerabdruck, ist in diesen Jahren noch keine Rede. Blutspuren haben deshalb nur begrenzten Beweiswert. Würden andere Faktoren hinzukommen, wie zum Beispiel eine Übereinstimmung der Schuhgröße, könnten Hypothesen, wie es zu der Tat gekommen ist, relevant werden. In den Vernehmungen sind aber die Beamten nicht weitergekommen, Schubert kann zum Teil noch nicht einmal den Fragen folgen.
Natürlich wollen die Ermittler herausfinden, wie das Blut an seine Hosen gekommen ist: »Er glaubt, bzw. behauptet, daß es sich nur um sein eigenes Blut handeln könne, da er sich an der Wohnzimmerscheibe verletzt habe. Diese hätte er eingeschlagen, weil er einmal den Schlüssel nicht dabei hatte. Einen Zeitpunkt dafür konnte er nicht nennen. Hier wäre zu bemerken, daß Herr S. Blut der Gruppe A besitzt, also das Blut von der olivfarbenen Latzhose nicht von ihm stammen kann. Über seine fehlende Bekleidung äußerte er, daß er sie ›ordnungsgemäß‹ auf einem Spielplatz abgelegt habe. Er erklärte aber, daß es nicht die gesamte Bekleidung, sondern nur eine ›orange Jacke‹ gewesen sei.« Nun wird der Spielplatz zu einem Schwerpunkt der Überlegungen. Christian Schubert hat dort häufiger mit seiner Gitarre gesessen und an den Saiten gezupft. Aber auch das sagt wenig aus.
Der Beamte kommt am Ende seines Berichts zu der Auffassung: »… insbesondere die nicht geklärte Frage, wie das Blut an die Latzhose gekommen ist, lassen es bisher nicht zu, Herrn S. aus dem Kreis der Tatverdächtigen auszuschließen.«
Der Kreis der ernsthaft Tatverdächtigen im Fall Susanne M. ist aber denkbar klein. Die Geschehnisse des folgenden Tages, es ist Heiligabend, könnten Anlaß geben, den bisherigen Kreis der mutmaßlichen Täter noch einmal genau zu durchdenken.

Mord am Heiligabend

Berlin liegt unter einer dünnen Schneedecke, es ist kalt in der Nacht zu Heiligabend 1983. 96 Tage ist es her, seit sich für Rung die Gefängnistore in Plötzensee geöffnet haben. Diese Nacht widmet er sich wieder dem Alkohol. Er säuft, wann immer es geht. Festtage haben für ihn keine Bedeutung. Sein Leben verläuft ohne Orientierungspunkte.
Er weiß später nicht einmal mehr, woher er kam und wohin er wollte, als er in der morgendlichen Dunkelheit am Kiehlufer entlanglief. Rechter Hand der Neuköllner Schiffahrtskanal, links die Häuserfront. Selbst um welche Straße es sich handelte, ist ihm nicht in Erinnerung geblieben. Welches Ziel er zu so früher Stunde ansteuerte, ist ihm ebenfalls entfallen, vielleicht ist er nur umgetrieben auf der Suche nach einem Opfer, an dem er seine sexuelle Gier stillen kann. Zwischen Oncken- und Bouchéstraße fällt sein Blick auf eine ältere Dame. Eine unscheinbare Person, mit dreiviertellanger Winterjacke, in der Hand einen Korb. Rung ist nicht mehr zu bremsen: »Ich bin so gelaufen, daß der Kanal rechts von mir war. Ich kann nicht mehr sagen, aus welcher Straße ich abgebogen bin, um am Kanal langzulaufen. Ich müßte auf jeden Fall in Richtung ›Elbestraße‹ gelaufen sein. Ich sah dann in einiger Entfernung diese Frau vor mir, die in gleicher Richtung wie ich ging. Als ich sie sah, hatte ich vor, sie zu vergewaltigen. Sie hatte einen hellbraunen Korb getragen, sie trug Oberjacke und Rock, Halbschuhe, meiner Meinung nach, und mehr weiß ich im Moment nicht. Ich habe sie dann von hinten in den Würgegriff genommen, indem ich ihr den rechten Unterarm von hinten um den Hals legte und ihr den Kopf an meine Brust drückte. Sie machte keinen weiteren Widerstand. Sie lag dann an der Böschung, ich hatte sie da zu Boden gebracht. Sie war aber nicht bewußtlos, sie lag auf dem Rücken, ihr Kopf zeigte entgegengesetzt der früheren Laufrichtung. Die Böschung war da leicht abfallend, es war dort

so ein bißchen wildes Gras. Sie lag etwa in Mitte der Böschungsbreite.«
Die Frau, die nun vor Rung liegt, ist die 62jährige Österreicherin Josefine G., am 26. Mai 1921 geboren. Sie wohnt in der siebten Etage des Hauses Kiehlufer 25 und mußte sich zu dieser frühen Stunde auf den Weg machen. Im Auftrag einer Gebäudereinigungsfirma putzt sie jeden Morgen eine Supermarktfiliale in Berlin-Lichterfelde. Die Fahrt zu ihrer Arbeitsstelle in der Straße Unter den Eichen 97 mit den öffentlichen Verkehrsmitteln kostet erheblich Zeit, gut eine Stunde ist sie unterwegs. Pünktlich steht sie Tag für Tag um sieben Uhr vor der Tür. Ihre Wohnung muß sie also zwischen fünf und halb sechs Uhr morgens verlassen.
Rung erzählt später: »Das war morgens, so gegen halb fünf, ich habe mich in der Ecke da rumgetrieben. Es kann auch früher gewesen sein.« Obwohl in der Anklageschrift diese Uhrzeit angegeben wird, kann sie als unwahrscheinlich angesehen werden. Heiligabend gehört zu den Tagen im Jahr, an denen der Tag am kürzesten und die Nacht am längsten ist. In Zusammenhang mit den Lichtverhältnissen erinnert sich Rung aber: »Es fing schon an, hell zu werden. Die Laternen brannten noch, es war ausreichend Licht, so daß ich alles sehen konnte.«
Um die ungefähre Tatzeit herauszufinden, spielt die Kripo die Fahrroute mit dem 4er und dem 48er Bus durch. Einschließlich der Fußwege und Wartezeiten benötigte die Frau »demnach etwa 60 bis 65 Minuten von ihrem Wohnhaus zur Arbeitsstelle, so daß sie zwischen 5.30 und 5.45 Uhr ihr Wohnhaus verlassen haben dürfte, eher früher als später.«
Rung bringt die Frau in seine Gewalt: »Ich zog ihr jetzt die Strumpfhosen und den Schlüpfer aus, sie wehrte sich nicht und schrie auch nicht. Ich sagte ihr, daß ich sie umbringe, wenn sie schreit. Nachdem Strumpfhose und Schlüpfer ausgezogen waren, habe ich sie vergewaltigt. Bei mir hatte ich nur die Hose aufgemacht.«
Josefine G. hat nicht die Kraft und vielleicht auch nicht den Mut, Widerstand zu leisten. Schutz sucht sie offensichtlich einzig darin, daß sie sich älter macht, als sie in Wirklichkeit ist: »Sie sagte mir, daß sie 66 Jahre alt sei.« Ansonsten läßt sie den Ge-

walttäter gewähren. »Das einzige, was sie bei der Vergewaltigung gesagt hatte, war, daß ich mich während der Vergewaltigung abstützen solle, da ich zu schwer war. Das tat ich dann auch.« Rung braucht nicht viel Zeit. »Hinterher machte ich mir die Hose wieder zu. Habe mich dann nochmal auf sie draufgesetzt und sie gewürgt.«
»Wie lange?«
»Solange, bis sie bewußtlos war.«
»Warum nicht bis zum Tod?«
»Das weiß ich nicht. Ich habe sie erst hinterher totgemacht. Ich habe sie dann an den Beinen genommen, zum Kanal heruntergezogen und mit dem Kopf ins Wasser hineingehalten, wobei ich ihre Beine noch festhielt. Ich habe sie an den Beinen gehalten und sie tauchte mit dem Kopf bis zum Bauch ins Wasser ein.« Viele Jahre danach wird ihm die Frage gestellt, zu welchem Zweck er die Frau so behandelt habe?
»Damit sie ertrinkt, weil ich sie umbringen wollte.«
»Wie lange hielten Sie die Frau ins Wasser?«
»Kann ich heute nicht mehr sagen, aber so lange, bis ich der Meinung war, daß sie tot ist.«
»Und dann?«
»Dann habe ich sie ins Wasser fallen lassen. Ich habe nicht darauf geachtet, ob sie versunken ist. Ich drehte mich sofort um und bin zu ihren Strumpfhosen und dem Schlüpfer gegangen, die noch auf der Böschung lagen. Ich nahm die Sachen mit und bin dann von der Böschung auf den Bürgersteig. Nicht weit entfernt stand am Straßenrand ein Lkw, mit offener Ladefläche. Dort habe ich Strumpfhose und Schlüpfer raufgeworfen.«
»Hatten Sie noch mal zur Frau zurückgeschaut, als Sie weggingen?«
»Nein. Ich weiß nicht, ob sie untergegangen war oder im Wasser trieb.«
»Sind Sie zu irgendeinem Zeitpunkt während der Tat durch Passanten oder Autos gestört worden?«
»Nein, dort war niemand, dort war Totenstille.«
»Standen Sie zum Zeitpunkt der Tat unter Alkoholeinfluß?«
»Meiner Meinung nach ja, ich kann das heute nicht mehr genauer sagen.«

»Haben Sie die Frau zu irgendeinem Zeitpunkt geschlagen oder getreten?«
»Nein.«
»Können Sie sagen, was die Frau im Korb hatte?«
»Nein, er war aber nicht leer, da war irgend etwas drin.«
»Wo blieb der Korb?«
»Der muß auf dem Gehweg stehengeblieben sein, sie hatte ihn fallenlassen, als ich sie zu Anfang von hinten in den Würgegriff nahm.«
Josefine G. stirbt einen lautlosen Tod. Niemand hört etwas, niemand sieht etwas. Um 6.45 Uhr findet eine Passantin am Straßenrand den Korb der Getöteten. Darin liegt ihr Ausweis, eine schwarze Geldbörse mit 104 Mark und 100 österreichischen Schillingen. Die Finderin bringt den Korb zur Polizei. Es dauert noch bis kurz vor halb zehn Uhr vormittags, dann kommt die Frau noch einmal an der Fundstelle vorbei und sieht unterhalb der Böschung eine weibliche Person im Wasser treiben. Die Feuerwehr übernimmt die Bergung der Leiche.
»Ich bin dann«, so Rung gegenüber der Polizei, über seinen Verbleib nach der Tat, »aus der Gegend weg, weiß aber nicht wohin.« Diese Gedächtnislücke läßt sich schließen. Etwa eine Stunde nach dem Mord an Josefine G., es ist 6.30 Uhr, beginnt eine Zeitungshändlerin, wie jeden Morgen die Reklametafeln verschiedener Presseerzeugnisse vor ihrem Geschäft aufzustellen. Die Verkaufsstelle liegt in der Sonnenallee 156 und ist noch nicht einmal einen Kilometer von der Stelle entfernt, an der die Österreicherin tot im Wasser treibt. Dabei bemerkt die 30jährige, wie ein Mann scheinbar recht interessiert die Auslagen ihres Geschäftes studiert. Kaum hat sie den Verkaufsraum wieder betreten, als sie von hinten angefallen und in den Würgegriff genommen wird. Es kommt zu einem Handgemenge, die Frau stürzt, sie merkt noch, wie sie in den hinteren Teil des Ladens geschleift wird, dann schwinden ihr die Sinne. Sie bekommt nicht mit, daß der Fremde sie teilweise entkleidet und sich dann an der Bewußtlosen zu vergehen versucht. (Die Untersuchung im Krankenhaus ergab eine vollendete, während Rung nur vom Versuch einer Vergewaltigung spricht.)
Daß der Frau am Ende das Schicksal von Josefine G. und Su-

sanne M. erspart bleibt, verdankt sie wahrscheinlich der Aufmerksamkeit eines Hausbewohners. Ein 39jähriger war durch die Geräusche im Laden aufmerksam geworden. Er veranlaßt seine Frau, die Polizei zu rufen und will selbst dem Täter den Fluchtweg versperren, indem er die Ladentür zuhält. Er ist aber den Kräften Rungs nicht gewachsen, der sich aus dem Staub machen kann, bevor der Funkwagen eintrifft. Aus einer Schreckschußpistole feuert der Helfer auf Rung und versucht den Vergewaltiger, der Schlüpfer und Strumpfhose seines Opfers mitgenommen hat, zu verfolgen, aber nach einigen Querstraßen verliert er ihn aus den Augen.

Der Verfolger kann den Mann beschreiben, und so entsteht wenige Tage später ein Phantombild von Rung, das seinem wirklichem Aussehen zu dieser Zeit sehr nahe kommt.

Phantombild des Täters, der die Zeitungshändlerin überfiel

Zu den wichtigsten Merkmalen des Täters gibt der Augenzeuge an: »um 30 Jahre, ca. 180 cm, stämmig, kräftig, die Haare dunkelbraun, mittellang, kraus, voll ...« Genau einen Monat zuvor hatte im Mordfall Susanne M. der zur Arbeit fahrende Bäcker, die Person beschrieben, die so auffällig erschrocken war: »Der Mann war circa 1,80 Meter groß, um die 30 Jahre alt, länglich, schmales Gesicht, dunkelbraune, gelockte Haare (gescheitelt) ...« Der zehn Tage zuvor am Halensee überfallene Taxifahrer hatte den Täter vom »Alter zwischen 18 und 25 Jahre, ca. 180 cm groß, schlanke Figur, dunkle leicht gewellte Haare, Mittelscheitel« beschrieben. Von einigen Unterschieden abgesehen, sind die Personenbeschreibungen frappierend ähnlich. Zwar ist Rung größer, als die drei Augenzeugen angeben, aber es scheint, daß sein Aussehen, zumindest was Statur und vor allem Größe (1,80 Meter) und Haartracht (»kraus«, »gelockt«, »leicht gewellt«) anbelangt, stets etwa das gleiche Bild im Gedächtnis der Leute hinterläßt. Aber trotz der drei Beschreibungen, trotz einer Phantomzeichnung, kommt man nicht auf Thomas Rung. Er kann sich seiner fast sicher sein.

In den letzten Tagen des Jahres 1983 stellen verschiedene Zeitungen nicht nur die Verbindung zwischen dem Mord an Josefine G. und dem Überfall auf die Zeitungshändlerin her, sie verweisen auch auf mögliche Zusammenhänge zum Verbrechen an Susanne M. Im Mordfall M. aber besitzt die Mordkommission bis dahin nur eine wirkliche Spur, das sind die Schuhabdrücke, der Schuhgröße 46 $^1/_2$.

Seit Anfang Dezember steht fest, die Schuhspuren sind für die Ermittlungen von besonderer Bedeutung. In einem dazu angefertigten Bericht eines Beamten der ersten Mordkommission heißt es ausdrücklich: »Diese Spuren sind teilweise von so außerordentlicher Qualität, daß man in ihnen nicht nur die Herstellerfirma ›Adidas‹ sondern auch die Größe ›11$^1/_2$‹ lesen kann. Aus der Lage und der Vielzahl dieser Spuren kann zweifellos geschlossen werden, daß sie vom Täter verursacht worden sind. Ihnen kommt deshalb bei der Überprüfung tatverdächtiger Personen wesentliche Bedeutung zu.«

Als Rung mitbekommt, daß die Schuhe zu einem entscheidenden Beweisstück werden, trennt er sich schweren Herzens von ihnen. »Zur Klärung der Frage, welche annähernd verbindlichen Rückschlüsse man aus der festgestellten Schuhgröße auf die Körpergröße des Trägers dieser Schuhe ziehen kann«, heißt es in dem Vermerk der Mordkommission weiter, wobei der Rat eines Fachmannes vom Institut für Rechtsmedizin der FU Berlin eingeholt wurde, der auch Rücksprache mit anderen Experten aus Mainz nahm. »... daß man eine Mindestgröße von 1,83 m bei dem Träger dieser Schuhe unterstellen müsse. Will man völlig sicher sein, könne man von einer unteren Schwelle von 180 cm Körpergröße ausgehen.«

All diese in vielem übereinstimmenden Faktoren werden jedoch nicht zu einer konzentrierten Fahndung summiert. Obwohl in der Presse die beiden Mordfälle Susanne M. und Josefine G. in einem Atemzug genannt werden, ermitteln unterschiedliche Mordkommissionen. Die erste Mordkommission (M I 1) bearbeitet den Vorgang M., und M I 6 ist mit dem Mord an der Österreicherin betraut.

»BILD« vom 31. Dezember 1983

Wie im Fall Susanne M., fand das Verbrechen zu einer Tageszeit statt, in der die Straßen der Stadt wenig belebt sind. Es geht für die Kripo darum, Leute zu finden, die möglicherweise irgendwelche Wahrnehmungen gemacht haben könnten. Selbst wenn sie selbst sich dessen gar nicht bewußt sind. Wer ist

zwangsläufig zu so früher Stunde unterwegs? Neben den Polizeistreifen, können dies private Wachdienste sein. Aber auch die Zeitungsboten müssen früh raus und in schummrigen Winkeln der Stadt ihre Blätter austragen. Auf diese Nebenberufsgruppe richten die Ermittler ihre Aufmerksamkeit. Am 30. Dezember 1983 bekommt der für den Bereich des Kiehlufers zuständige Zeitungsausträger der »Berliner Morgenpost« Besuch von zwei Beamten der sechsten Mordkommission. Der 27jährige erläutert die Tour, die er allmorgendlich, außer montags, absolvieren muß. In dem für die Ermittlungen besonders wichtigen Abschnitt Kiehlufer 41 bis 53 stellt der Mann etwa um fünf Uhr die Blätter zu. Auch Josefine G. wurde von ihm beliefert.
Der Mann hat aber in der fraglichen Nacht keine besonderen Beobachtungen gemacht, kann sich nicht erinnern, überhaupt jemanden dort auf der Straße gesehen zu haben. Dann wird routinemäßig sein Vorleben von der Kripo gecheckt. Der Mann ist dreimal vorbestraft. Einmal hat er etwas aus einem Auto gestohlen, ein anderes Mal wurde er »wegen erschwerten Diebstahls von Grabschmuck« verurteilt. Jedes Mal erhielt er Geldstrafen. Von Januar bis Juni 1983 allerdings saß er in Untersuchungshaft. Er hatte seine neun und dreizehn Jahre alten Stiefkinder, einen Jungen und ein Mädchen, sexuell mißbraucht. Die 14 Jahre ältere Ehefrau hatte ihn angezeigt. Nun, als ihn die Kripo befragt, lebt er in einer Lebensgemeinschaft mit einer 70jährigen. Unversehens ist er ins Visier der Ermittler geraten.

Die Spur des Verbrechens

Am 3. Januar 1984 wird Rung 23 Jahre alt. Zum Jahresende 1983 hat er sein Aussehen verändert, er ließ sich die Haare zum Stoppelschnitt kürzen. Er ist Berlins schlimmster Serienmörder, polizeibekannt, aber nicht gejagt. Als Serientäter werden jene Rechtsbrecher bezeichnet, die regelmäßig, stets aufs Neue Verbrechen begehen. Zwischen den einzelnen Taten liegt eine sogenannte Abkühlungsphase und für jedes neuerliche Verbrechen wird ein erneuter Tatentschluß gefaßt. »Dieser Verbrechertyp«, so der französische Kriminologe Stéphane Bourgoin, »ist ein rückfälliger Mörder. Er mordet monate- oder jahrelang in gewissen zeitlichen Abständen. Man spricht üblicherweise von einem Serienmörder, wenn jemand mehr als drei Morde begeht.« Erkenntnisse über Serienmörder sind bei den deutschen Polizeibehörden relativ dünn gesät. Selbst noch zehn Jahre später, als das Thema in den Medien breiten Raum einnimmt, stützt sich das Bundeskriminalamt zum großen Teil auf Erfahrungen, die das US-amerikanische FBI gesammelt hat.
Bourgoin, der ebenfalls diese Erkenntnisse nutzte, kommt zu dem Ergebnis: »Im Vergleich zum gewöhnlichen Kriminellen, der grundsätzlich eine Feuerwaffe benutzt, bevorzugt der Serienmörder den direkten Kontakt zu seinem Opfer. Er benutzt ein Messer, er würgt, er schlägt mit einem Gegenstand zu. Da der Serienmörder immer wieder tötet, wechselt er manchmal die Methode; das ist vor allem bei den Psychotikern zu beobachten, die ihre Verbrechen nicht im voraus planen, sondern spontan begehen.«
Rung ist im eigentlichen Sinn also kein Serienmörder, wie er in den vorliegenden Untersuchungen beschrieben wird. Gewisse Kennzeichen, das stets gleiche Vorgehen, der immer gleiche Opfertyp, also eine bestimmte »Handschrift« sind bei ihm nicht auf den ersten Blick auszumachen. Für ihn ist das Töten kein Ritual, nicht der »Sinn« seiner Tat, sondern der Abschluß, die

Verdeckung der Straftat. Rung mordet nicht nach jedem Delikt, aber er kennt auch kein zurück von dem eingeschlagenen Weg, und er weiß, daß er »da nicht mehr rauskommt«.
So zieht er weiter seine Spur des Verbrechens durch die Stadt. Dienstag, 4. Januar 1984, Viertel nach acht Uhr abends, am Halteplatz Joachimstaler Straße, Ecke Kurfürstendamm wartet eine 53jährige Taxifahrerin auf Fahrgäste. Sie ist die erste in der Schlange und bemerkt den jungen Mann erst, als er sich auf den Rücksitz fallen läßt. Er will ins Märkische Viertel zur Quickborner Straße. Eine Strecke die sich lohnt. Die Frau fragt, ob er eine bestimmt Strecke bevorzugen würde.
»Über Moabit!«
Dann geht die Fahrt los. Es ist keine unangenehme Tour, die gesprächige Fahrerin plaudert angeregt mit dem Mann im Fond. Der ist ruhig, nichts deutet daraufhin, daß etwas nicht in Ordnung sein könnte. In der Quickborner Straße läßt er die Frau stoppen. Sie schaltet das Taxameter aus und nennt ihm den Fahrpreis: »Zweiundzwanzig Mark, bitte!« Doch statt einer Geldbörse hält der bis dahin so angenehme Passagier plötzlich ein kleines Messer in der Hand. »Los, los, das Portemonnaie her, aber schnell!« befielt der Mann, der nun wie ausgewechselt ist. Die Frau kann diese Wandlung gar nicht begreifen, glaubt zuerst an einen Spaß und dreht sich zum Fahrgast um. Der macht nun klar, daß es sich hier nicht um einen verspäteten Silvesterscherz handelt: »Das Portemonnaie her, Geld her, sonst gibt es ein Blutbad!« Die Überfallene zeigt Nervenstärke, sie redet auf den Räuber ein: »Ach, laß' das doch, Junge!« Sie reicht ihm ihre weinrote Kellner-Geldtasche mit etwa 250 Mark. Sie beschreibt den Täter mit »ca. 185 cm groß, schlank, Deutscher. Berliner Dialekt. Im Gesicht schwere Akne. Ca. Anfang 20. Stoppelhaarschnitt, ohne Scheitel dunkle Farbe.« Wie der taxifahrende Kollege, der am 13. Dezember 1983 am Halensee überfallen worden war, in seiner Aussage betont hatte, »sprach der Täter einwandfreies Deutsch mit Berliner Mundart«. Die sich so sehr gleichenden Täterbeschreibungen kommen jedoch nicht zusammen, um in einer gezielten Fahndung zu gipfeln.
Bereits einen Tag nach dem Überfall in der Quickborner Straße legt sich Rung auf seiner neuen Arbeitsstelle in der Tempelho-

fer Borussiastraße mit dem Senior- und dem Juniorchef an. Hier hatte er einen Job zum Ausschlachten von Autos angenommen. Aber die ihm zugewiesene Tätigkeit ödet ihn schon nach zwei Tagen an. Er verlangt nach einer Beschäftigung, »bei der man nicht verblödet«. So ist am 5. Januar 1984 das Ende seiner Anstellung gekommen. Der Seniorchef schickt ihn ins Büro, um sich Geld und Papiere zu holen. Dort gerät Rung mit dem Junior aneinander. Das endet in einer handfesten Keilerei. Die Polizei schlichtet den Streit. Rung bekommt sofort seinen Lohn in die Hand gedrückt. Die Sache bleibt ohne gerichtliches Nachspiel.

In diesen Monaten, nicht mehr datierbar, begeht Rung eine ganze Reihe weiterer Verbrechen. Bei einem kann er sich nur noch ganz vage an den Zeitraum entsinnen: »Etwa 1980 bis 1984, Nähe Kaiserdamm, in einem Mietshaus. Die Wohnung war im zweiten Obergeschoß. Ich verfolgte einen alten Mann bis zu seiner Wohnung. Ich ließ ihn in seine Wohnung gehen, wartete eine kurze Zeit, klingelte dann und habe ihn in dem Flur seiner Wohnung niedergeschlagen. Es waren mehrere Schläge mit der Faust gegen den Hals. Der Mann fiel zu Boden, war aber nicht besinnungslos. Er hat um Hilfe gerufen und ich habe auf den liegenden weiter eingeschlagen. Er war aber nicht besinnungslos, sondern zappelte am Boden weiter rum, rief aber nicht mehr um Hilfe.«

Rung verschmäht kaum eine Verbrechensart, außer vielleicht das Dealen mit Drogen, und er begeht keine Betrügereien. Dafür fehlt ihm vermutlich die Phantasie. Was er sich besorgt, ist eigentlich gleichgültig, aber wie er es sich beschafft, trägt jedesmal den Stempel äußerster Brutalität.

Nur wenn er zu nächtlicher Stunde bei seinen Beutezügen auf keine Gegenwehr stößt, wie zum Beispiel in den Fällen der Brandstiftung, kommt er ohne körperliche Gewalt aus. Der Konfrontation mit gleichwertigen Gegnern geht er aus dem Wege.

Rung hat seine Ganovenlektionen gelernt und will einmal seinen Komplizen damit beeindrucken. Als ein Kumpan im Winter Brennmaterial braucht, zeigt er ihm wie es geht.

Die Nogatstraße verläuft jenseits des Bahndammes parallel zur

Silbersteinstraße. Im Haus Nummer 38 befindet sich eine Kohlenhandlung. Zum Geschäftsschluß am 30. Januar 1984 hat der Besitzer seinen Lastwagen, einen 7,5 Tonner, mit rund 80 Zentner Kohlen beladen. Sie sind fein säuberlich in Holzkiepen gestapelt, um am kommenden Morgen bei der Auslieferung in den Kellern besser aufgeschichtet werden zu können. Alles ist vorbereitet, im Fahrtenschreiber ist eine neue Scheibe eingelegt.
»Mein Kumpel hatte vorgeschlagen, daß wir uns ein paar Taschen Kohlen von dem Lkw holen sollten. Daraufhin schlug ich vor«, entsinnt sich Rung, »doch den ganzen Lkw zu klauen, weil Diebstahl Diebstahl ist.«
Kurz nach Mitternacht erscheint Rung mit seinem Komplizen in der Nogatstraße. Die beiden bemächtigen sich des Fahrzeuges. Einen Lastwagen zu starten bedarf es eigentlich kaum mehr als einen Nagel, aber Rung besitzt aus seiner Arbeit auf dem Schrottplatz sogar noch immer einen Lkw-Schlüssel. So wird der Laster samt Ladung auf den Platz an der Möckernstraße gefahren, auf dem Rung sich zu dieser Zeit nebenher beim Autoausschlachten Geld verdient. »Dort konnten wir schön lange heizen.« Das leergeräumte Fahrzeug, ohne die Holzkästen, stellt Rung auf der Straße ab, wo es am nächsten Tag von Angestellten der Kohlenhandlung entdeckt wird.

Immer noch nicht im Visier

Anfang 1984 wird Rung klar, daß er viele Spuren in Berlin hinterlassen hat, möglicherweise zu viele. Er beschließt, aus der Schußlinie zu treten und sich andernorts eine »Existenz aufzubauen«. Wobei allein das Wort »aufbauen«, schon zum Zeitpunkt des Entschlusses eine Rung-eigene Bedeutung besitzt. Grund zur Flucht hat er nicht, denn zu dieser Zeit kümmern sich die Ermittler überhaupt nicht um ihn.
Im Mordfall Melanie S. wird am 12. Januar die Anklageschrift gegen Michael Müller fertiggestellt. Er wird strafrechtlich als Jugendlicher behandelt und muß sich vor einer Jugendkammer verantworten. Das hat für ihn den einzigen Vorteil, daß er für die Tat, die er ohnehin nicht – zumindest nicht in der tödlichen Konsequenz – begangen hat, im Falle einer Verurteilung nur geringer bestraft werden kann. Nach lediglich zwei Verhandlungstagen, am 7. und 14. März 1983, kommt die 18. große Strafkammer des Landgerichts Berlin zu einem Schuldspruch: »Der Angeklagte wird wegen Mordes in Tateinheit mit schwerem Raub zu einer Jugendstrafe von acht Jahren verurteilt.«
Müller, der nun stellvertretend für Rung, den Weg in die Strafhaft antritt, hat keine ungebrochene Biographie. Schon seine Mutter hatte alkoholkranke Eltern. Sie lief mehrfach von Zuhause weg, blieb in der Schule sitzen. Sie war 20 Jahre alt, als Michael im Januar 1963 geboren wurde. Der Vater wollte mit der Kindeserziehung nichts zu tun haben. Er hielt sich lieber außerhalb der Wohnung auf und kam erst spät abends nach Hause. Zwei Wochen nach Michaels erstem Geburtstag bekam seine Mutter das zweite Kind. Sie war überfordert. Der drei Monate alte Bruder wurde unterernährt und verwahrlost ins Krankenhaus eingeliefert, die Mutter wegen Kindesvernachlässigung in Haft genommen und »wegen Kindesvernachlässigung in einem besonders schweren Fall zu zwei Jahren und sechs Monaten Zuchthaus verurteilt« (Zitat: Urteil Müller).

Der Vater verließ die Familie und zog zu seiner Mutter. Für die beiden Jungs begann eine Odyssee durch Kliniken und Kinderheime. Kurzfristige Versuche, nach der Haftentlassung der Mutter die Ehe wieder zu reparieren, bescherten der Familie im August 1967 einen weiteren Sohn. Dann zerbrach die Gemeinschaft völlig, der Vater, stets nur an der Mutter nörgelnd, flüchtete sich in den Alkohol, die Mutter äußerte Selbstmordabsichten. Per Beschluß des Amtsgerichtes ging die Vormundschaft für die drei Jungs im Mai 1969 an das Jugendamt Tempelhof über.

Michael zeigte im Kindergarten im Umgang mit Gleichaltrigen gravierende persönliche Defizite: »Er galt als ein bescheidenes, zurückhaltendes Kind mit sehr viel Hemmungen, das recht unselbständig und geistig wenig rege war. Innerhalb der Gruppe bemühte er sich, Kontakt zu den Kindern zu bekommen, wurde aber nur von wenigen für voll genommen.« Nachdem die Mutter ihn vorübergehend aus dem Heim zu sich genommen hatte, erwies sie sich schon bald wieder als überfordert und ließ ihn erneut einweisen.

Mit 19 Jahren wurde er dann endgültig aus dem Heimleben entlassen. Er hatte zu diesem Zeitpunkt erhebliche Schwierigkeiten, das von ihm erarbeitete Geld sinnvoll einzuteilen. Er trank nicht und nahm keine Drogen, aber er ließ seine Barschaft an Spielautomaten. Kontakte zu Mädchen hatte er nicht, er blieb ein Einzelgänger.

Obwohl Müller im Gerichtssaal seine Selbstbezichtigungen nicht wiederholt, zweifelt die Jugendkammer nicht an der Schuld des 21jährigen. Das Nachrichtenmagazin »Der Spiegel« urteilte über das Urteil: »Ein Justizskandal ist es nicht, daß Michael M. 1984 als Mörder verurteilt wurde. Viel schlimmer: Fehler, wie sie im Justizbetrieb täglich vorkommen, haben zu seiner Verurteilung geführt.« Dies ist nur ein Aspekt, denn der Fall Müller ist in Wirklichkeit ein Fall Rung. Ermittler und Justiz erweisen sich im Umgang mit dem Verbrecher völlig überfordert. Rung, der wie ein streunender Hund durch die Straßen der Stadt läuft und seine schweren Straftaten stets allein begeht, hinterläßt unzählige »Duftmarken«. Dennoch hat niemand den Riecher, die Spur aufzunehmen.

Im Fall Susanne M. kommt die Mordkommission kaum von der Stelle, aber sie hat sich auf Christian Schubert kapriziert. In der Sache Frieda K. ist die Angelegenheit als Unfall zu den Akten gelegt worden. Im Mordfall Josefine G. hat die Kripo neben dem verdächtigen Zeitungsausträger noch weitere Spuren aufgetan. Im Rahmen der obligatorischen Umfrage in den Gaststätten der näheren Umgebung, erfahren die Männer von einem Zwischenfall, der sich in der Nacht zum 24. Dezember im Lokal »Löwenklause« zugetragen hat.
Ein Mann, reichlich unter Alkohol, hatte kurz vor Mitternacht mit obszönen Äußerungen einen weiblichen Stammgast angemacht. Der Stänkerer, von dem die Kneipenwirtin nur weiß, daß er von Beruf Fleischer ist, wurde aus der Gaststätte gedrängt. Das Lokal, das er zwangsläufig verlassen mußte, liegt in der Wildenbruchstraße. Der Mann schwankte in der Straße ein paar Häuser weiter. An der Ecke zum Kiehlufer liegt das »Brücken-Eck«, auch die ganze Nacht geöffnet. Es war nicht das erste Mal, daß der Mann so betrunken angetroffen wurde. Erst eine Woche zuvor hatte ihn die Polizei nach Hause gebracht. Immer wenn er reichlich unter Alkohol steht, wird er aggressiv und streitsüchtig. Im nüchternen Zustand bereut er die Ausfälle, hin und wieder entschuldigt er sich. Am Morgen des 24. Dezember verließ er mit schwerer Schlagseite gegen fünf Uhr das »Brücken-Eck«.
Der Mann wird für die Mordkommission interessant. In der ersten Befragung kann er sich an den Heimweg nicht mehr erinnern. Bei seiner Vernehmung am 16. Januar schildert er dann, wie er vom Kiehlufer zu seiner Wohnung in der Elsenstraße gekommen ist. Die Beamten sind dem plötzlichen Wiedergewinn des Gedächtnisses gegenüber skeptisch. Noch am selben Tag wird die Wohnung des Fleischers durchsucht. Die weichen Knie, die der 22jährige nun bekommt, sind nicht dem Alkohol geschuldet.
Die Kripomänner nehmen die Zwei-Zimmer-Wohnung gründlich in Augenschein und finden im Feuerloch des Kachelofens einen Personalausweis, der nicht dem Wohnungsinhaber gehört. Schnell gesteht er, daß er den Ausweis und auch Geld vor einigen Wochen nachts einem Mann abgenommen hat, der hinge-

fallen war. Der Besitzer des Personaldokumentes sah den Vorgang etwas weniger banal. Er war beim Weg aus der Gaststätte im vereisten Park gestolpert, da habe sich der Mann, »der ein ganz schönes Pferd war«, auf ihn gestürzt, am Boden festgehalten, die Taschen durchsucht und beraubt. Diese Straftat hat für den Räuber Konsequenzen. Im Fall Josefine G. aber kommt die Mordkommission trotz der ausgelobten Belohnung von 5 000 Mark nicht voran.
Über seinen Kumpel aus der Steglitzer Kniephofstraße, den Rung aus gemeinsamen Zeiten bei der Gebäudereinigungsfirma kennt, tut sich für diesen unterdessen eine Möglichkeit zum »Auswandern« auf. Horst hatte sich, wie einige Jahre zuvor Karl Rung, in der Nähe von Helmstedt ein Haus gekauft und begonnen, dieses nun auszubauen. Der Ort heißt Jerxheim und liegt in der Gegend, die Rung aus vergangenen Tagen noch gut bekannt ist. Barnstorf ist nur acht Kilometer entfernt.
Sein Freund ist damals, so läßt Rung die Zeit Revue passieren, »nur am Wochenende rübergefahren, um an seinem Haus zu bauen. Wir kamen dann mal ins Gespräch, weil er unter anderem an dem Haus eine Werkstatt mit Hebebühne hatte, nebenan noch eine Werkstatt mit Grube. Da hatte ich dann den Entschluß gefaßt, mich selbständig zu machen, weil er mir die Werkstätten zur Miete anbot. Er selbst brauchte sie nicht.« Der einstige Kollege überredet Rung, sich selbständig zu machen, natürlich im Kfz-Metier.
Von den 5 000 Mark des Scheinehe-Honorars ist inzwischen die erste Rate eingetroffen. Rung erinnert sich ganz gern an seine Scheinfrau, wenn wieder mal absolute Flaute im Geldbeutel herrscht. Ruft er Christa an, muß sie nicht lange überlegen: »So, so, Thomas braucht Geld!« Sie ist auch nicht kleinlich und so kommt die eine und andere telegrafische Zahlungsanweisung in Jerxheim an. Rung kauft sich einen gebrauchten Opel Caravan. Das Auto wird jedoch nicht auf seinen Namen angemeldet, denn er besitzt keinen Führerschein. Aufgrund seines opulenten Vorstrafenregisters, glaubt er ohnehin nicht, daß er zur Fahrprüfung zugelassen würde.
Am 19. März 1984 wandelt er seine Adresse in der Silbersteinstraße 71 zum Nebenwohnsitz um. Vier Tage später meldet er

sich in der Helmstedter Straße 25 in Jerxheim an. Ein knappe Woche darauf, am 29. März, läßt er sich für eine Gebühr von 10 DM in Jerxheim als Gewerbetreibender im Bereich Autohandel und Autoaufbereitung registrieren. Das ist natürlich ohne Fahrerlaubnis ein schwieriges Unterfangen. Dazu kommt, daß er, »mit dem Opel Kombi einige Zeit ohne Versicherung und Kraftfahrzeugsteuer herumfuhr«. Schon am 9. April wird er mit zuviel Alkohol im Blut und ohne Fahrerlaubnis erwischt. Das bringt ihm ein Ermittlungsverfahren und am 29. Mai 1984 vor dem Amtsgericht Helmstedt eine Strafe von 20 Tagessätzen à 60 Mark ein. Aber, bis er sich vor Gericht verantworten muß, terrorisiert er praktisch den ganzen Ort.
Am 13. April, vier Tage nachdem er am Lenkrad seines Autos erwischt worden war, legt Rung richtig los. Um eine Werkstatt zu betreiben, muß man sich eine einrichten. Zwei Gleichaltrige aus dem Ort, mit denen Rung sich inzwischen etwas angefreundet hat, sehen in den unternehmerischen Plänen Rungs die Gelegenheit, einen Job zu finden. Aber Rung macht sie nicht zu Mitarbeitern, sondern zu Komplizen. »Eines Nachts bin ich mit zwei Leuten aus dem Dorf mit meinem Auto Opel Kombi einbrechen gefahren. Ich hatte nun vor, eine Werkstatt auszuräumen, um meine einzurichten. Gedacht, getan.« Eine Tankstelle mit angeschlossener Kfz-Werkstatt im nahegelegenen Büddenstedt, die sich auf »Toyota«-Fahrzeuge spezialisiert hat, wird von Rung und zwei »Bauernlümmels«, wie er die beiden bezeichnet, heimgesucht: »Wir waren ein paar Dörfer weiter gefahren und haben eine geeignete Werkstatt gefunden. Ich war damit beschäftigt, alles ins Auto zu verfrachten. Die anderen beiden Dorfkumpels waren im Verkaufsraum und machten sich an die Ladenkasse ran. Durch die falsche Bedienung fing die Kasse an zu Klingeln und die beiden rannten wie zwei aufgescheuchte Hühner weg, schrien ›Alarm, Alarm‹. Ich bin dann mit dem Wagen rausgefahren und fragte die beiden, was sie gemacht haben, worauf sie mir dann von der Kasse erzählten. Ich sagte: Los zurück und weiter einpacken. Das trauten sie sich aber nicht, so daß ich allein zurück bin und die Kasse gleich einpackte und an Werkzeugen noch so viel, wie ins Auto reinging. Anschließend sind wir wieder nach Jerxheim zurückgefahren.

Wir sind auch ein zweites Mal hin und haben noch den letzten Rest geholt.«

Es kommt so etwas wie Erfolgsstimmung nach dem Raubzug auf. »Der eine von den beiden Dorfkumpel wollte unbedingt mal mit mir einen Trinken gehen. Ich tat dem zwar den Gefallen und schaffte es ihn dreimal am gleichen Tage betrunken zu machen. Als ich dann auch schon so ziemlich betrunken war, fragte ich den anderen, der gar nichts trank, ob er Auto fahren kann und uns nicht nach Hause fährt?« Rung nennt den Dorfkomplizen, der nun das Auto lenkt, »Bubi«. Die angeheiterte Truppe kommt aber schnell auf Abwege: »Irgendwie ist er dann aber in einen Feldweg rein, mußte wenden und fuhr das Auto in einen fünf Meter tiefen Graben. Das hat mich so sauer gemacht, daß ich den einen, der so voll war, schon vorhatte zu ertränken. Mit dem, der nichts getrunken hatte, bin ich zum Bauern gelaufen, der auf dem Feld am Arbeiten war und fragte den, ob er uns nicht mit dem Trecker rausziehen kann. Der sah sich das an und sagte aber dann, das ist nicht möglich.

Ich prügelte noch auf den Betrunkenen ein. Das beobachtete ein Schafhirte. Der Schafhirte brüllte mich an, deshalb ging ich auch auf ihn zu und sagte, er soll sich raushalten. Als ich nah an dem Schafhirten dran war, schlug der mir mit seinem Stock vor die Augenbrauen, daß ich stark anfing zu bluten. Ich war so sauer, daß ich den alten Mann niederschlug, einen Stein nahm, über sein Gesicht hielt und zu ihm sagte: ›So, du Schwein, jetzt schlage ich dich tot.‹ Worauf der dann sagte: ›Das kannst du doch nicht machen, ich bin doch ein alter Mann.‹ Ich ließ dann auch ab von dem Mann, setzte mich an die Böschung und schlief ein.«

Inzwischen hat das Szenario, das nach einem Unfall aussah für Großalarm gesorgt. Rung mit blutender Wunde, aber nur schlafend, erweckt optisch den Eindruck eines Schwerverletzten. »Aufgewacht bin ich auf einem Luftkissen und wurde ins Krankenhaus Helmstedt geflogen.« Als er dort ankommt, riskiert er schon wieder eine große Lippe. Nach ein paar Minuten macht er sich mit einem Pflaster an der Augenbraue wieder auf die Strümpfe. Seine Klaubrüder sind inzwischen anderweitig verarztet worden. »Als das passierte, ist dann das auch mit der Werkstatt aufgeflogen. Den, den ich so verprügelte, hat alles ausgeplauscht. So kam es dann, daß eines Tages die Polizei mit einem Lkw vor der Werkstatt bei mir stand und rein wollte, um das Diebesgut abzuholen.« Als die Ordnungshüter mit dem Dienstlastwagen vor Rungs Werkstatt vorfahren, um die Ausräumaktion in die andere Richtung zu betreiben, hat sich Rung schon wieder nach Berlin abgesetzt. Mit seinem Freund Horst, der noch immer bei der Gebäudereinigungsfirma beschäftigt ist, kann er nach Belieben zwischen Jerxheim und seinem Revier in Berlin hin- und herpendeln.

Daß er in den Tagen des Werkstattraubes mit mehreren Automatenaufbrüchen in Jerxheim außerdem für polizeiliche Ermittlungen sorgt, erscheint im Katalog seiner Verbrechen wie eine Marginalie.

Nach dem Urteil des Helmstedter Amtsgerichts verläßt Rung den zu heiß gewordenen Boden und taucht wieder für längere Zeit in Berlin auf. Und es dauert nur etwa zwei Wochen, bis Rung wieder ein schlimmes Verbrechen begeht. Er hat sich, der Zynismus ist kaum zu überbieten, bei Ingo Friedrich, der nach zwei Bränden immer noch darum kämpft, wirtschaftlich wieder auf die Beine zu kommen, einen Job besorgt.

Rung treibt sich also wieder an der Residenzstraße herum, von der nach Westen die Thaterstraße und annähernd auf gleicher Höhe nach Osten die Amendestraße abgeht. Die »Oma vom Büchsenweg« ist für ihn so gut wie vergessen, als er wieder von seinen Trieben getrieben wird.

Es ist die Nacht vom 13. zum 14. Juni 1984. Der neue Tag ist zwei Stunden alt. Eine 25jährige Frau ist mit dem VW-Käfer ihres Freundes auf dem Weg vom Kurfürstendamm nach Hause. Ihr Ziel ist die Raschdorffstraße, die parallel zur Amendestraße verläuft. Wenige Meter bevor sie das Auto vor ihrem Domizil einparken kann, erschrickt die Frau. Qualm und Feuer steigen aus dem Armaturenbrett. Sie fährt den Wagen im Bereich einer Bushaltestelle auf den Bürgersteig, steigt aus und sieht ratlos auf das verbrannt riechende Fahrzeug. In diesem Augenblick kommt ein junger Mann die Straße entlang. Er erkundigt sich nach dem Problem und hilft bereitwillig, den Käfer ein paar Meter weiter auf einen Parkplatz in der Hausotterstraße zu schieben. Als sich die junge Frau von außen über den Fahrer-

sitz beugt, um die Handbremse anzuziehen, wird sie von hinten gepackt. Rung geht brutal vor, wie immer. Er schlägt die Überfallene mehrfach mit dem Kopf gegen den Bremshebel, hält sie an den Haaren fest und drückt sie auf die Sitze.
Die Frau versucht die Nerven zu behalten und mit dem Mut der Verzweiflung auf den so jäh zum Monster mutierten Helfer einzureden. Sie will Zeit gewinnen, bietet an, man könnte doch zu ihr gehen. Das wäre ihre Rettung, denn dort ist ihr Freund. Rung aber geht auf solche Angebote nicht ein, er schiebt ihr den Rock hoch und zieht ihr den Slip herunter. Er hat nur eines im Sinn, schnellstmöglich »abzuspritzen«, wie er es nennt. »Sie sagte noch«, gibt Rung in seiner Erinnerung wieder, »daß sie ganz gern fickt und wir doch zu ihr nach Haus gehen können.« Für ihn kein Thema. »Im Auto habe ich sie von hinten genommen, nicht anal, aber eben von hinten. ... Sie sagte mir noch, daß ich ihr nicht weh tun soll, als wir dabei waren. Sie würde auch nichts machen.« Die verängstigte und erniedrigte Frau ahnt wohl, daß dieser Mann zu viel mehr fähig ist. Er wiederholt ein paar Mal: »Ich weiß gar nicht, was ich mit dir machen soll.«
Daß er sie nicht ermordete, so sagt er später, hat wohl unter anderem daran gelegen, daß ihm die Sache mit der Susanne M. nahegegangen sei. Außerdem glaubt er, daß die Frau ihn nicht wiedererkennen würde: »Daraufhin habe ich ihr befohlen, daß sie sich am Beifahrersitz mit dem Kopf nach unten hinkniet. Dann bin ich geflüchtet mit ihrer Geldbörse aus der Tasche und ihren Ausweispapieren. Als ich dann 1984 in Haft saß, wurde ich auch in dieser Sache überprüft.« Im Anschluß an die Vergewaltigung, raubt Rung der Frau noch die Handtasche mit 300 Mark Bargeld. Die Vergewaltigte ist kaum noch in der Lage, einen klaren Gedanken zu fassen. Mit einem Zweitschlüssel startet sie wieder den Wagen und fährt einfach los. Obwohl es nur einige hundert Meter bis zu ihrer Wohnung sind, verfährt sie sich. Das traumatische Erlebnis gräbt sich tief in ihr Gedächtnis ein.
Auf die Frage, warum er in diesem Fall nicht die Tat mit einem Mord beendet habe, gibt Rung erneut die nicht einleuchtende Erklärung, die Frau habe ihn nicht wiedererkennen können. Das aber ist äußerst unwahrscheinlich, denn die beiden haben vor

dem Überfall das defekte Fahrzeug von der Straße geschoben. Es ist schwer vorstellbar, daß die Frau ihn dabei nicht mit ausreichender Deutlichkeit hätte sehen können.

Und tatsächlich beschreibt die Mißbrauchte noch in der Tatnacht den Mann. Sie kann das Alter sehr präzise eingrenzen: »23 – 24 Jahre«. Rung ist dreiundzwanzigeinhalb Jahre alt. Wie schon andere wichtige Zeugen zuvor, schätzt sie seine Größe auf 180 Zentimeter. Rung hat sich inzwischen die Haare wieder wachsen lassen. So stimmt die Frisurenbeschreibung mit den zuvor gemachten Schilderungen zum Täter überein: »dunkel, krauslockig«. Aber damit nicht genug. Aus einer Lichtbildkartei der Polizei fischt sie die Fotografien von zwei mutmaßlichen Tätern. 1995, elf Jahre nach dem Geschehen, werden der Frau noch einmal sechs dreiteilige Täterfotos vorgelegt. Sie tippt mit dem Finger auf die Serie mit der Nummer 003082. Es sind die Bilder von Rung. Sie hat ihn wiedererkannt.

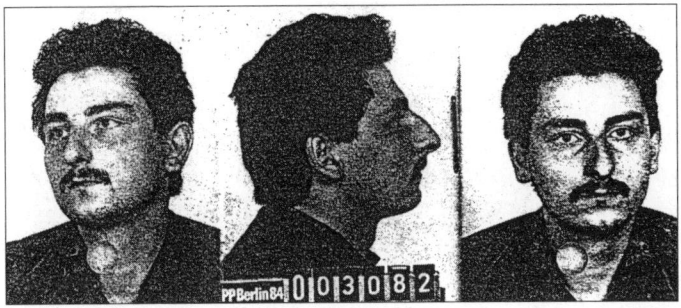

Thomas Rung in der Lichtbildkartei der Polizei

1984 aber trägt auch diese Fährte nicht dazu bei, dem Serientäter Thomas Rung auf die Spur zu kommen. Er verschwindet sofort wieder nach Jerxheim, wo er schon zwei Tage nach der Vergewaltigung wegen einer Sachbeschädigung erfaßt wird. »Das muß die lebhafteste Zeit für das Dorf gewesen sein, in Null Komma nichts hatte ich ein ganzes Dorf in Atem gehalten«, prahlt er im nachhinein: »Als ich in Jerxheim mein Gewerbe hatte, kam mal ein Gastwirt mit seinem BMW zu mir und wollte, daß ich ihm die Zylinderkopfdichtung mache. Als ich das Auto fertig hatte, fing der mit einem Mal an, über den Preis der

Reparatur Ärger zu machen. Als er mir dann weniger gab, als ich ursprünglich haben wollte, ging ich nachts durchs Dorf, bin bei ihm eingebrochen und habe mir seine Einnahmen rausgeholt, das waren fast 3 000 Mark. In die Norddeutsche Landesbank im Dorf und in die Dorfgemeinde bin ich auch noch eingebrochen. Allerdings war aus der Bank nichts rauszuholen. Ich stand vorm Geldschrank wie ein Schwein vor dem Uhrwerk. In der Dorfgemeinde habe ich eine Kasse mit ein paar Mark leergemacht. Auch hier stand ich vor einem riesigen Geldschrank. Als ich nach Jerxheim kam, hatten die Dorfbewohner keine ruhige Nacht mehr.«

Er schafft es, den Ort in Atem zu halten. Vor seiner Willkür ist niemand sicher: »Jerxheim war ein ziemlich geschwätziges Dorf, was mich manchmal ganz schön ärgerte. So bin ich auch auf die Idee gekommen, den Schwätzern das Telefon zu kappen. Außen am Haus waren die Telefonbuchsen angebracht, die habe ich mit einem Seitenschneider durchgetrennt, so konnten viele Leute nicht mehr telefonieren.« Das war am 1. Juli 1984. Einen Tag danach »... habe ich mit einem Bolzenschneider das Schloß von einem Hochmast durchtrennt und den Hebel nach unten gezogen. Damit hatte ich einer ganzen Straße den Strom genommen. So fing dann auch an, bei einigen das Fleisch im Tiefkühler zu tauen. Die Leute waren schon ganz schön aufgebracht und überlegten, wer das nur sein kann.«

Im Juli 1984 werden mindestens fünf von Rung verübte Straftaten in Jerxheim und Umgebung verbucht. Dabei pendelt er in dieser Zeit ständig zwischen der niedersächsischen Ortschaft und Berlin.

Auch in seinem einstigen Revier ist er in diesem Monat zugange. Am 14. Juli 1984 bricht er am Bahnhof Grunewald in das Lokal »Floh« ein und holt Fleisch, Spirituosen und die Kassenbestände heraus. Alles ist genau geplant. Rung hat eine Mittäterin, die außerhalb des Lokals an einer Telefonzelle wartet. Als der Wachschutz bei seiner Rundfahrt an dem Gebäude vorbeikommt, warnt sie den Einbrecher. Der verhält sich ruhig, bis die Gefahr vorbei ist, um dann seelenruhig fortzufahren und rauszuholen, was rauszuholen ist.

Für kurze Zeit zieht Rung sich anschließend noch einmal nach

Jerxheim zurück. Am 19. Juli wird er dort wegen Sachbeschädigung ermittelt. Für ihn sind die kriminellen Handlungen eine Art Freizeitbeschäftigung geworden. Er habe sie begangen, gesteht er, »aus Kitzel und vor allem aus Langeweile«.
Wieder kehrt Rung nach Berlin zurück. Über seinen Quartiergeber hat er inzwischen neue Bekanntschaften geschlossen. Beim Polterabend von Horsts Tochter geht es zur Sache. Es wird gesoffen, was die Leber verträgt. Am Ende scheint der Zoff unausweichlich. Rung springt über die Tische, um die Fäuste fliegen zu lassen. Eine Bekannte von Horst versucht zu schlichten. Rung glaubt zu merken, daß die Frau, die ihn beschwichtigend umklammert, gern eine andere Seite seiner Kräfte kennenlernen würde. So machen sie sich bekannt. Sie ist viel zu alt für ihn und besitzt einen Partner. Der Seitensprung wird also aufgeschoben. Aber ihr Lebensgefährte hat eine Tochter, in die sich Rung auf Anhieb verliebt. Birgit wird sein erster wirklicher Schwarm. Das Mädchen lebt mit der Freundin des Vaters in einer eigenen Wohnung. So lange Rung in Jerxheim wohnt und sie in Berlin, läuft die Verbindung ganz erfreulich. Sie besucht ihn, er besucht sie. Rung glaubt, zum ersten Mal in seinem Leben das erreicht zu haben, was ihm als »normale« Zukunft im Kopf herumschwirrt. Er zieht sogar ab Sommer 1984 in die Wohnung am Spandauer Grimnitzseeweg, die sich seine Birgit mit der Lebensgefährtin ihres Vaters teilt.
Es sind schöne Tage für den 23jährigen Rung, wenn er mit dem Mädchen in Jerxheim spazierengeht oder sich mit ihr in der Havel beim Baden vergnügt. Rung hat die »Taschen voll Asche«, verfügt zu dieser Zeit über genügend Geld, um mal einen draufzumachen. Damit ist das Mädchen jedoch nicht zu reizen. Seine Angebote, Discos zu besuchen oder sich auf andere Weise etwas ausgelassener zu vergnügen, schlägt sie aus. Die Beziehung mit Birgit, die im März 17 Jahre alt geworden ist, erweist sich nicht von großer Dauer.
Während das Mädchen keine Lust auf sexuellen Kontakt mit ihren Liebhaber zeigt, krabbelt die Stiefmutter schon mal unter die Bettdecke des Untermieters. Die Frau, die vor Warenhäusern als sogenannte Propagandistin Fische feilbietet, ist mehr als doppelt so alt wie Rung und von Alkohol und Tabletten ge-

zeichnet. Sie beteuert nur Lust darauf zu haben, sich neben ihn zu legen. Dann aber geht die Fummelei los. Er faßt ihr in den Schritt, im nüchternen Zustand ekelt er sich vor ihr. Das Erlebnis behält für ihn einen schalen Nachgeschmack. Sein Kontakt zu Frauen ist und bleibt problematisch. Nach einigen Monaten kündigt ihm Birgit die Liebesbeziehung endgültig auf. Er ist tief gekränkt.
Um seinen Trieb zu befriedigen, hält Rung erneut Ausschau nach Frauen. Im Suff ist er ungehemmt. Am 1. September 1984 vergewaltigt er in der Wilmersdorfer Markgraf-Albrecht-Straße wieder eine Frau. Eine Tat, an die ihm später jede Erinnerung fehlt. Dennoch scheint Rung seinem Schicksal weiter entgehen zu können.

Am 4. September 1984 wird der psychisch schwer gestörte Christian Schubert festgenommen. Trotz aller Ungereimtheiten, sieht man in ihm den Mörder von Susanne M. Eine neurotische Haßliebe-Beziehung zu seiner Therapeutin, die Zudringlichkeit gegenüber einer Mieterin, der er im Liebeswahn mit seinem Blut Kreuze an die Wohnungstür gemalt hat, und die Blutspuren an seinen Hosen sind ausschlaggebend, gegen ihn ein Sicherungsverfahren einzuleiten. Sein geistiger Zustand läßt eine Anklage nicht zu, deshalb gibt es derartige Rechtsverfahren, um per Richterspruch jemanden in die Nervenklinik einweisen zu lassen.
Für die Staatsanwaltschaft hat sich am 24. November 1983 und den Wochen davor folgendes zugetragen: »Auch im Jahre 1983 kam der Beschuldigte von seinen Wahnvorstellungen gegenüber der Zeugin G. (Therapeutin) nicht los. Er belästigte diese wiederum am 11., 13., und 15. November 1983. Er projizierte seine Wahnvorstellungen auch auf andere Frauen. Erwähnenswert ist in diesem Zusammenhang ein Vorfall vom 16. November 1983. An diesem Tag schlug er mit der Faust, wie schon einige Male vorher, gegen die Wohnungstür der Zeugin F. in der 1. Etage des Hauses Nackenheimer Weg 15. Er verlangte Einlaß und rief, daß die Zeugin sich ihm nicht widersetzen solle, es sei der Zeitpunkt gekommen, wo man zurückkommen müsse, man solle sofort öffnen und er wolle denjenigen umbringen,

der da hinter der Tür stehe. Die von der Zeugin telefonisch gerufenen Polizeibeamten stellten fest, daß der Beschuldigte auf die Wohnungstür der Zeugin mit seinem Blut mehrere Kreuze aufgemalt hatte.«
Dies alles sind zweifelsfrei Fakten, doch dann muß die Anklagevertretung den Bogen zu Susanne M. und den Mord vom 24. November herstellen: »Susanne M., bei der eine gewisse Ähnlichkeit mit der Zeugin F. bestanden haben soll«, selbst dieser Umstand wird im Konjunktiv gehalten, weil sich die Staatsanwaltschaft nicht sicher ist, »hatte am 23. November 1983 die Zeugin K. ... besucht. Sie hielt sich dort bis etwa 22.20 Uhr auf und fuhr dann mit einem öffentlichen Verkehrsmittel in ihr Stammlokal ›die 2‹ ..., wo sie sich bis kurz vor Mitternacht aufhielt.« Alle Ermittlungen, darunter sehr konkrete Zeugenaussagen, hatten aber ergeben, daß das spätere Opfer bis kurz vor ein Uhr in der Gaststätte geblieben war. Auf ihrem Nachhauseweg sei sie an dem auf dem Grundstück Silbersteinstraße 119 gelegenen Kinderspielplatz vorbeigekommen. Tatsächlich hätte Susanne M. an ihrer Wohnung vorbei, weiter in Richtung Hermannstraße gehen müssen, um an diesem Spielplatz »vorbeizukommen«. Auf diesem Spielplatz, so die Hypothese der Ankläger, »saß der Beschuldigte, wie schon in den Nächten zuvor, auf einer Bank und spielte auf seiner Gitarre«.
Anklageschriften – und ebenso Antragsschriften für Sicherungsverfahren – weisen an den entsprechenden Textpassagen die sogenannten Fundstellen aus. Als Fundstellen bezeichnet man die Stellen, an denen man in den Ermittlungsakten die entsprechenden Beweise (z.B. Zeugenaussagen, Gutachten etc.) finden kann, die die Thesen des Staatsanwaltes belegen und untermauern. An der Stelle, an der es um das Gitarrenspiel des Christian Schubert geht, gibt es keine Fundstelle in der Antragsschrift. Für das, was also hier als gegeben hingestellt wird, gibt es keine Beweise. Das spätere Geständnis von Thomas Rung ist die definitive Bestätigung, daß hier Phantasie die Feder geführt hat. »Es muß nun – etwa gegen zwei Uhr – zu einem Gespräch zwischen der Studentin und dem Beschuldigten gekommen sein.« Daß diese Behauptung falsch ist, liegt in der ausreichend skizzierten Sache. Aber die Staatsanwaltschaft, in

Nebensächlichkeiten sehr präzise, unterschlägt jetzt eine halbe Stunde. Für den Fußweg vom Aussteigen aus dem Bus bis zur Wohnung hätte Susanne M. etwa zwanzig Minuten benötigt. Sie wäre also gegen 1.30 Uhr am Spielplatz vorbeigekommen. Was sollte in der Zeit bis zwei Uhr geschehen sein? Eine halbe Stunde Gespräch mit dem Mörder? »Im Verlaufe dieses Gesprächs beschloß der Beschuldigte aufgrund seines Krankheitszustandes, die Studentin zu töten.«
Die Handtasche von Susanne M. war schräg gegenüber auf der anderen Straßenseite der Silbersteinstraße gefunden worden. Wie soll die Tasche dorthin gekommen sein, wenn die Frau ganz seelenruhig zu »einem Gespräch« auf den Spielplatz gegangen wäre? Die Schrift unterschlägt aber nicht nur die Handtasche, auch die Schuhspuren, die einzigen unumstößlichen Zeugnisse aus der Tatnacht, finden keinen Eingang in das Dokument.
Der Wiener Psychologe Theodor Reik (1888-1969) setzt in seinem Buch »Der unbekannte Mörder« an den Anfang seines Kapitels über den Justizirrtum folgende Lehre: »Der berühmte Fall des jungen Bäckergesellen, der vor einigen Jahrhunderten unschuldig zum Galgen geführt wurde, hatte den venezianischen Senat zu einem Beschluß geführt: jedesmal, wenn es sich um eine Anklage auf Tod oder Leben handelte, erschien ein Abgesandter des Senats vor den Richtern und sprach feierlich die Mahnung: ›Gedenket des armen Bäckergesellen!‹«
Schubert hat am Ende der langen Pechsträhne, in der er von einigen Presseerzeugnissen schon einen Tag nach seiner Festnahme als Täter abgestempelt wurde (»27jähriger Mörder von Susanne M. ist geistesgestört«, »Berliner Morgenpost«), doch noch die Gunst des Schicksals auf seiner Seite. Dieses Glück verdankt er der 29. großen Strafkammer und ihrem Vorsitzenden, der wohl abzuwägen weiß, was in Justitias Waagschalen liegt. Das, was der Staatsanwalt dort hineinlegte, wird für zu leicht befunden. Schubert verläßt am 9. Mai 1985 den Gerichtssaal als freier Mann.
Zurück zum September 1984: Rung bekommt nicht mit, daß wieder einmal ein anderer für sein Verbrechen büßen soll. Nach der Trennung von Birgit greift er wieder häufiger zur Flasche. Dann verwandelt er sich in das »tollwütige Tier«, das schon so

viel Unheil angerichtet hat. Am 18. September 1984 geht er in der Spandauer Pichelsdorfer Straße in einen Süßwarenladen und fällt über die Inhaberin her. Er schleift die Frau in den hinteren Raum, und es sieht so aus, als sei nun schon eine einheitliche Vorgehensweise, eine »Handschrift« des Sexualverbrechers Rung zu erkennen. Er versucht, die sich heftig wehrende Frau zu vergewaltigen. Ein ältere Kundin, die in diesem Augenblick den Laden betritt, durchkreuzt aber Rungs Vorhaben. Die Überfallene bietet ihm Geld, hundert Mark, damit er zu einer Nutte gehen könne, und greift zum Portemonnaie. Als sie den Geldbeutel öffnet, um ihm einen Hundertmarkschein herauszuholen, reißt er die Geldbörse mit 3 000 Mark an sich. Die alte Dame, die couragiert der Bedrängten zu Hilfe gekommen ist, reicht ihm noch zehn Mark.
Aber Rung ist außer sich. Im Wortwechsel schlägt er die Oma und macht sich davon. Daß er noch am selben Tag der Polizei in die Hände fällt, hat andere Gründe.
Mit Birgits Vater zieht er, unbeeindruckt vom bisherigen Geschehen des Tages, um die Häuser. Beide haben bereits kräftig getankt, als sie sich dazu entschließen, zu Hause weiterzubechern, weil das billiger ist. Von einer Taxe lassen sich die zwei heimwärts kutschieren. Längst nicht mehr Herr seiner sieben Sinne, brennt Birgits Vater mit seiner Zigarette ein Loch in die Sitze des Wagens. Der Fahrer sieht, daß mit den beiden kein gütliches Einvernehmen möglich ist, und greift zum Mikrophon seiner Funkanlage. Um zu verhindern, daß er die Polizei ruft, reißt Rung ihm das Sprechgerät aus der Hand. Erst da merkt er, daß direkt vor dem Taxi ein Funkwagen steht. Die Saufbrüder werden zum Polizeirevier in der Charlottenburger Chaussee mitgenommen. In dieser Situation ist Rung plötzlich wieder hellwach. Er befürchtet, daß gegen ihn einiges vorliegen könnte und damit für ihn vorerst Endstation ist. Einer der Polizisten will auf Nummer Sicher gehen und dreht Rung den Arm auf den Rücken, um ihn besser im Griff zu haben. Aber der wehrt sich und droht dem Beamten Hiebe an. Das bringt Rung später noch ein Verfahren »wegen Widerstandes gegen Vollstreckungsbeamte« ein.
In diesem Moment aber kann er seinen Kopf wieder einmal aus

der Schlinge ziehen. Er diktiert den Beamten die Daten seines Bruders in den Protokollbogen. Gegen den liegt nichts vor. Rung kann gehen. Die Rückgabe der Sachen, die ihm einstweilen abgenommen worden waren, muß er noch quittieren. Er unterschreibt mit »Thomas Rung«, aber das fällt nicht auf, freundlich teilt ihm noch ein Polizist mit, daß seine Mutter bereits auf ihn wartet. Rung hat keine Mutter, die ihn von einer Polizeidienststelle abholen würde. Es ist seine Vermieterin, die sich dafür stark gemacht hat, daß er nicht die Nacht in einer Zelle verbringen muß.

Rung hat den »point of no return« längst überschritten. Dieser Begriff stammt eigentlich aus der Luftfahrtsprache. Wenn ein Flugzeug mehr als die Hälfte des Treibstoffes aufgebraucht hat und nicht mehr zum Ausgangspunkt zurückkehren kann, dann ist der »point of no return« überschritten. Rungs Treibstoff hat ihn längst an einer Stelle anlangen lassen, von der eine Rückkehr zu einem – wie auch immer – »normalen« Leben für ihn nicht mehr möglich ist.

Inzwischen reagiert das Amtsgericht in Helmstedt und verfügte am 27. September 1984 wegen des Diebstahl der Werkstattausrüstung in Jerxheim und der daran anschließenden Hader mit dem Erlaß eines Haftbefehls. Rung bleibt in Berlin jedoch noch unbehelligt.

Drei Tage später will er seinen Sexualtrieb an der einstigen Freundin abreagieren und nimmt sich Birgit mit Gewalt. Ihr anfänglicher Versuch einer Gegenwehr wird von ihm mit der üblichen Roheit gebrochen. Sie läßt ihn gewähren – und zeigt ihn an. Am 1. Oktober wird er festgenommen, wird vernommen und kann anschließend wieder gehen. Was nicht erkannt wird, sein Treiben ist nicht mehr nach irgendeinem Vernunftsprinzip zu bewerten.

Seit dem Überfall im Süßwarenladen und der versuchten Vergewaltigung bearbeitet M III 4, die für Sexualdelikte zuständige Kommission – salopp gesprochen die »Sitte« – seinen Fall. Als er am 5. Oktober in der Wilmersdorfer Ruhrstraße einen Zeitungskiosk beraubt und bei der anschließenden Verfolgung, in eine Wohnung eindringt, um sich zu verstecken, endet zunächst sein Dasein in Freiheit. »Dann haben sie den Thomas aus dem

Verkehr gezogen«, berichtet Rung, über sich in der dritten Person sprechend. Er kommt, knapp 14 Monate nach der Entlassung aus der dritten Haft, in das Untersuchungsgefängnis nach Moabit. Einiges ist da zusammengekommen. Allerdings vermutet immer noch niemand in ihm einen Mann, der bereits vier Lebenslichter ausgelöscht hat.

Justizvollzug in Tegel

Nicht nur die Berliner Behörden kümmern sich jetzt um Rung, auch die Staatsanwaltschaft Braunschweig hat noch eine Rechnung offen. Die 20 Tagessätze zu je 60 Mark aus der Verurteilung wegen Trunkenheit am Steuer und unberechtigten Führens eines Pkw wurden nicht beglichen. Rung muß dafür absitzen und kommt so am 7. März 1985, vor der Eröffnung der Hauptverhandlung, in die Justizvollzugsanstalt Tegel.
Am 4. April 1985 steht er vor Gericht. Jetzt wird er das erste Mal als Erwachsener behandelt und bestraft. Aus vielen Einzeldelikten bildet die Kammer eine Gesamtstrafe von vier Jahren Freiheitsentzug. Dazu addieren sich zehn Monate, die noch zur Bewährung offen standen und nun widerrufen werden. Ein halbes Jahr hat er inzwischen schon wieder hinter sich, also stehen ihm etwa vier Jahre und vier Monate im Gefängnis bevor. Die Strafe ist im Grunde ein Geschenk, Rung weiß zu gut, daß er längst zum Kandidaten für eine lebenslange Haft geworden ist. Dieser Gefängnisaufenthalt bewirkt aber im Grunde nur eins: es wird eine kleine Schneise in den Wildwuchs Rungscher Verbrechen geschlagen.
Tegel, die Knaststadt an der Seidelstraße, ist so etwas wie der Durchlauferhitzer der Berliner Unterwelt. 1965 saßen dort rund 1 890 Häftlinge ein. In den Folgejahren sank die Zahl deutlich und liegt jetzt wieder bei etwa 1 500. Wer unter den zwielichtigen Gestalten Rang und Namen haben will, muß seine Lehr- und Wanderjahre mit einem Aufenthalt in der Justizvollzugsanstalt Tegel beschließen. In der Zeit, in der Rung dort einsitzt, kommen auch Willi und Hansi, Kumpels aus alten Zeiten, zu einem kleinen Aufenthalt in die Haftanstalt.
Die Erben von Melanie S. haben inzwischen eine Räumungsklage gegen Rung, der noch immer die Wohnung in der Silbersteinstraße besitzt, eingereicht. Zum 1. November 1985 ist er dort abgemeldet. Zusammenhänge zwischen den Morden in die-

ser Straße und dem wegen Vergewaltigung Einsitzenden sieht immer noch niemand. Rung hofft – nicht unbegründet –, daß mit seinem Knastaufenthalt Gras über die Sachen wachsen werde.
Zu seiner Scheinehefrau Christa hält er sporadischen Kontakt. Ab und zu hat er sich noch vor seiner Verhaftung bei ihr gemeldet. Einziger Grund war stets, daß er sie um ein paar Mark erleichtern wollte. Sie, die davon träumte, einmal selbst einen Puff zu betreiben, ließ sich auch immer wieder erweichen, dem Pro-forma-Gatten unter die Arme zu greifen. Schließlich hatte er durch die Ehe gewisse »Nachteile«. Als er nämlich nach der Hochzeit wieder mal beim Sozialamt in Neukölln vorstellig wurde, fragte ihn der Sachbearbeiter: »Na, Herr Rung, Sie haben ja jetzt geheiratet, wo ist denn Ihre Frau?« Nun wären Herr und Frau Rung gemeinsam zu veranschlagen, erfährt er, zeigt sich aber um eine Antwort nicht verlegen: »Wissen Sie, die geniert sich, hierherzukommen.« Er wird als Verheirateter an eine andere Stelle verwiesen und soll außerdem alle notwendigen Unterlagen seiner Ehefrau beibringen. Dazu hat er jedoch keine Lust. An der neuen Bearbeitungsstelle macht er Krach. Wenn man ihm schon kein Geld gibt, soll man ihm wenigstens seine ganzen Unterlagen rüberrücken. Er baut sich mit seiner ganzen mächtigen Gestalt vor der Sachbearbeiterin auf, die ihm völlig eingeschüchtert seine Akte aushändigt.
»Im Knast«, erzählt Rung, »kam dann so ein Halbneger auf mich zu und sagte: ›Du Thomas, du bist doch mit der Christa verheiratet. Hast du was dagegen, wenn ihr euch scheiden lassen würdet?‹«
Rung überlegt kurz und zeigt er sich einverstanden. Auf die liebgewordene Geldquelle will er aber nicht sofort verzichten. Er ruft seine Noch-Gattin an, um ihr 500 Mark zu entlocken, mit denen er sein Gefängnisleben etwas komfortabler gestalten könne. Das führt zu Spannungen. Norman, so heißt der Knastbruder, der kurz vor dem Freigang steht und seine Liaison mit der Prostituierten auf standesamtliche Beine stellen möchte, ist empört. Das sei ein Griff in die gemeinsame Kasse, die er mit der Prostituierten führen würde. Es gibt Krach mit Rung. Der schwärzt den Dunkelhäutigen bei der Gefängnisleitung an: »Der

Neger schickt meine Frau auf den Strich.« Normans Freigang ist perdu. Den Mithäftlingen gegenüber klagt dieser: »Der Rung, der erpreßt mich!«
Das kommt Rung zu Ohren, und er versucht, dem Brautwerber das Leben noch schwerer zu machen. Nun teilt er ihm mit, daß die Regelung der Ehe-Angelegenheit 1 000 Mark koste.
In den Räumen der Knastzeitung »Lichtblick« wird daraufhin unter Vermittlung des schwergewichtigen Chefredakteurs, eine »Krisensitzung« abgehalten. Rung soll seine 1 000 Mark bekommen und im Gegenzug seine Vorwürfe zurücknehmen. Rung willigt ein, Norman kann seine Zukünftige besuchen. Von dem Geld aber sieht Rung keinen Pfennig. Bei aller scheinbaren Cleverneß ist er am Ende doch der Geprellte.
Am 20. Februar 1987 werden Thomas und Christa Rung geschieden. Aus der Ehe zwischen dem Freudenmädchen und dem Knastbruder wird dennoch nichts. Der Mann kommt aus seinem Lebenskreislauf nicht mehr heraus. Seine Heroinabhängigkeit hat ihn ruiniert. Er ist HIV-positiv und stirbt wenig später an einer Überdosis der Droge. Man spricht davon, er habe sich den »goldenen Schuß« gegeben, um einem elenden Aids-Tod zu entgehen. Christa kann sich aber ihren Traum erfüllen und in der Kreuzberger Eylauer Straße eine Wohnung mieten, die sie zum Puff umdekorieren läßt. Rungs Schwager, der Ehemann seiner jüngeren Schwester, hilft ihr dabei. Das Etablissement ist aber ein defizitäres Geschäft. Christa heiratet noch einmal. Dieses Mal einen schwarzen US-Amerikaner. Aber die Ehe ist nur noch kurz. Offensichtlich von Norman infiziert, erkrankt Christa und krepiert jämmerlich an Aids.
Rung erfährt von all dem nur am Rande, er ist damit beschäftigt, seine Haftzeit über die Runden zu bringen. »Eines Tages kam der Sozialarbeiter zu mir und holte mich zum Gespräch. Es ging darum, mit mir den Vollzugsplan zu erstellen. Ohne mich überhaupt etwas zu fragen, hat mich der Herr G. gleich darauf hingewiesen, daß er mich auf Endstrafe abstellt und somit eine Entlassung auf zwei Drittel der Strafe ausgeschlossen ist. Für mich war auch gleichzeitig klar, daß eine Überprüfung von der Strafvollstreckungskammer auf eine Zweidrittel-Entlassung total ausgeschlossen ist.« (Bei Ersttätern und guter

Führung oder positiver gutachterlicher Bewertung ist eine Haftentlassung nach dem Verbüßen von zwei Dritteln der Strafzeit gängige Praxis.) »Mein Vollzugsziel«, so Rung weiter, »war darauf angesetzt, daß ich den Hauptschulabschluß absolviere. Ich kam also mit 24 Jahren in den Grundkurs der Hauptschule.« Um es vorwegzunehmen, Rung hat den Hauptschulabschluß geschmissen. Wie beinahe alles in seinem Leben, was Ausdauer, Konzentration und Selbstdisziplin erforderte, geht auch das schief.

»Ich bin ja nun mit vier Jahren Freiheitsstrafe – wegen Raub, Vergewaltigung und versuchter Vergewaltigung – in die JVA Tegel gekommen. Auf Leute mit Sexualstraftaten war kein Gefangener gut zu sprechen, daher habe ich die gesamte Haftzeit in Tegel Schweigen über meine Straftat gewahrt und lediglich von einem Raub mit Körperverletzung gesprochen. Es hat mich auch nie ein Beamter oder Gruppenleiter bei anderen Gefangenen angeschwärzt, denn ich habe nie etwas gehört.« Rung ist sich wohl bewußt, daß er auf der untersten Sprosse der moralischen Stufenleiter angelangt ist. Er trägt die Hypothek von vier Tötungsverbrechen mit sich herum, die er niemandem anvertrauen will.

Am 12. Januar 1986 stirbt Karl Rung, der Mann, der seinem Sohn prophezeit hatte, daß er irgendwann einmal hinter Gefängnismauern enden würde. Die letzten Jahren verbrachten Karl und Hilde wieder in Berlin. Im Sommer 1982 sind sie aus der Braunschweiger Gegend nach Berlin zurückgekehrt und wohnen in der Kolberger Straße im Wedding. Thomas suchte nicht den Kontakt zu ihnen. Vom Gefängnis aus schon gar nicht. In einem Brief teilt ihm Hilde den Tod des Vaters mit. »Das hat mich nicht im geringsten bewegt.«

In der Haft bleibt er ein Einzelgänger. Zwar besitzt er einen Paßmann oder »Spannmann« – wie Rung ihn nennt –, aber das ist allgemein üblich und wird von den meisten Gefangenen als eine Lebensnotwendigkeit angesehen. In einem solchen Zwiegespann ist der eine des anderen Paßmann, der ihn unterstützt, ihm hilft und besonderes Vertrauen genießt. »Ich hatte einen Mitgefangenen namens Horst kennengelernt. Das war ein Wohnungseinbrecher. Wir verstanden uns sehr gut. So kam es dann auch, daß wir Spannmänner wurden. Wir hatten Tag für Tag die Freizeit zusammen verbracht.« Als Rung den einstigen Paßmann nach seiner letzten Inhaftierung 1996 wieder in der JVA Tegel trifft, hofft er die alten Gemeinsamkeiten wieder aufleben lassen zu können. Aber Horst ist HIV-positiv und bereits von der Krankheit gezeichnet. Kurze Zeit später stirbt er.

In den 80er Jahren sind beide in der Teilanstalt I, aber auf unterschiedlichen Stationen untergebracht. Eines Tages warnt der Teilanstaltsleiter den Häftling M. vor Rung, ohne zu sagen, aus welchem Grunde. »Es blieb aber dabei«, meint Rung, »daß wir beide weiterhin unzertrennlich waren, Wir haben zusammen Fernsehen geschaut, Hasch geraucht, Kuchen gebacken und an Mitgefangene verkauft, unter anderem hatte ich dem Horst auch bei seiner Hausarbeitertätigkeit geholfen.«

In vielen Dingen aber bleibt Rung der Einzelgänger. Er beantragt sogar eine besondere Fernsehgenehmigung, weil er keine Lust hat, die Programme zu sehen, die die anderen Häftlinge sich aussuchen.

Obwohl ohne Hauptschulabschluß, bewirbt sich Rung um eine Lehre als Koch. Die Küche, in der die Ausbildung erfolgen soll, ist noch im Entstehen, unterrichtet wird in Behelfsräumen. Die Bedingungen sind nicht gerade ideal. Lehrling Rung ist ungeduldig, wenn etwas nicht nach seinem Kopf läuft, leistet er sich auch im Knast seine Kapriolen. »Eines Tages kam es zur Verzögerung, wie schon so oft, und wir mußten unten vor der Tür warten. Da mich alles schon wieder geärgert hat, bin ich ins Haus zurück. Der damalige Betreuer kam später zu mir in den Haftraum und verkündete, daß ich von der Kochlehre abgelöst worden bin.« Rung organisiert sich seine Niederlagen permanent selbst und kann die Konsequenzen nicht so recht begreifen. »Ich hatte schriftlich bei der Teilanstaltsleitung versucht, es aus meiner Sicht klarzustellen und wollte unbedingt die Kochlehre machen. Es hat alles nichts genutzt, jeder ließ mich abblitzen. Von Stund' an bin ich ziemlich frustriert durch den Vollzug gegangen, hatte den Glauben an alles verloren.«

»Ungeduld ist häufig schuld«, reimte Wilhelm Busch. Aber Rung sieht sich selten als den Schuldigen. Er nimmt sein Umfeld, wie in frühster Kindheit, als feindlich wahr. Es gibt von seiner Seite keine Bemühungen, Spannungsverhältnisse abzubauen. Er will, wie es der Volksmund sagt, mit dem Kopf durch die Wand. Es ist der Machtwahn eines Ohnmächtigen, der diese Persönlichkeitsstruktur hervorbringt.

Auch ohne Kochlehre kann sich Rung in der Anstaltsküche bewerben. Er wird genommen und arbeitet dort etwa eineinhalb Jahre, bis wieder ein Zwischenfall diesen Abschnitt beendet. Er sieht um sich herum nur Cliquenwirtschaft, die er verabscheut: »Ich war nie ein Cliquenmensch, bin mehr für mich allein gewesen und wollte einzig und allein ein gutes, gemeinschaftliches Verhältnis mit meinen Mitgefangenen. Eines Tages kam es auch zum Anecken mit einem Küchenbeamten. Es war ein Sonntag, ich hatte zu der Zeit einen Einzelposten, die Kartoffelschälmaschine hatte ich nicht saubergemacht. Der Beamte forderte mich auf, die Maschine sauberzumachen, was ich ablehnte, weil für mich Feierabend war. Raus kam, daß er mich ablöste und ich frustriert überlegte: Was unternimmst du jetzt? So kam es, daß ich mir eine Geschichte ausdachte, er hätte sexuell etwas von mir gewollt, und Strafantrag stellte.«

Sogar diese scheinbare Pfiffigkeit ist ein Schnitt ins eigene Fleisch. Aber das merkt Rung erst viel später. Vorerst geht es im üblichen Anstaltstrott voran, und Rung ist angeödet. »Nach drei Jahren Haftzeit habe ich mir gesagt, jetzt könnte doch genug sein, jeder Tag bis dahin hat wehgetan. Alles was nach diesen drei Jahren kam, ging mir dann am Arsch vorbei, mich hat der ganze Zirkus nicht mehr interessiert. Es gab in der ganzen Haftzeit weder von Seiten der Evangelischen Kirche, der ich heute noch angehöre, noch von Seiten der Sozialarbeiter, vernünftige Gespräche. Die haben mich regelrecht auf ein Abstellgleis gestellt. In der ganzen Haftzeit hat mich meine Schwester Christiane ab und zu mal besucht und zum Automateneinkauf auch ein wenig Bargeld mitgebracht. Aber es kommt dann irgendwann die Zeit, da hat man nichts Neues mehr zu berichten ...«

Wer draußen einsam ist, der bleibt es im Gefängnis. Von wem außerhalb der Mauern sollte Zuspruch und Unterstützung kommen? »Die Gefährlichsten sind die, die über Jahre im Knast sitzen und keine Beziehungen, vor allem Liebesbeziehungen, nach draußen haben. Jeder braucht seine Streicheleinheiten, andernfalls kommt man als Raubtier aus dem Vollzug.« Diese Worte entbehren nicht eines gewissen Sinngehalts, aber sie wirken von den Lippen eines Menschen, dessen Lebensweg zu diesem Zeitpunkt mit vier Leichen, mit Verletzten und Geschändeten gepflastert ist, äußerst zynisch.

Für Mitte August 1989 ist der Termin für Rungs Haftentlassung angesetzt: »Drei Monate vor meiner Entlassung habe ich dann einen Antrag auf Entlassungsausgänge gestellt. Im ersten Gespräch mit dem damaligen Gruppenleiter von Haus II sahen die Chancen gut aus. Als ich dann wieder auf der Station war, rief mich der Gruppenleiter erneut zu sich. Er eröffnete mir, ich habe noch ein offenes Verfahren wegen falscher Anschuldigung und daher gibt es noch keinen Ausgang. Ich bin dann zurück auf die Station und habe anschließend meine ganze Zelle kaputtgeschlagen.«

Von Haft zu Haft

Rung ist, als sich für ihn am 17. August 1989 wieder einmal die Tore der Justizvollzugsanstalt öffnen, 28 Jahre alt. Er hat davon neuneinhalb Jahre in Strafanstalten zugebracht. Er ist ein erwachsener Mensch, dessen allgemeiner Bildungsstand kaum über den eines Kindes hinausgeht. Dennoch ist er nicht dumm. Seine natürlichen Fähigkeiten sind nur verkümmert. In einem Gutachten wird Rung 1995 ein Intelligenzquotient (IQ) von 72 bescheinigt. »Dadurch, daß ich mich nach körperlicher Zuneigung gesehnt habe«, so erklärt Rung selbst seine Befindlichkeiten, »doch nicht bekam, ist meine Gefühlswelt durcheinander geraten. Ich bin regelrecht gefühlskalt geworden. So kam es auch, wenn wir uns Straftaten ausmalten, daß diese von äußerster Brutalität waren.«

Später versucht Rung seine Gedanken zu formulieren. Er stellte sich die Frage, wie es zu den schrecklichen Taten kommen konnte, und gab selbst als Antwort: »Ich möchte mal sagen, das war ja Aggressivität und die liegt bei mir im Blut. Als Kind habe ich diese Aggressivität nicht gespürt oder nicht wahrgenommen. Richtig zu Bewußtsein kam sie mir erst 1985, als ich mir über mich selbst Gedanken machte. Es war die Zeit, als ich das vierte Mal im Knast war. Und da habe ich mir die Frage gestellt, warum ich eigentlich so aggressiv bin. Ich habe mir damals das Buch geholt, mit dem Titel ›Das sogenannte Böse‹ von Konrad Lorenz. Ich hatte das Gefühl beim Lesen des Buches einen ›Aha-Effekt‹ zu haben und mich durch das darin Beschriebene widergespiegelt zu sehen.«

Lorenz erklärt 1974 in seinem Werk das Triebverhalten und die damit verbundenen Aggressionen bei verschiedenen Tieren und wendet die Erkenntnisse zur Erklärung der menschlichen Verhaltensweisen an. In den beschriebenen Reaktionen eines Lachtaubenmännchens, das nach längerem Entzug des Weibchens sogar einen Staublappen anbalzte, mag sich Rung zum

Teil wiedergefunden haben. Und vielleicht auch in dem von Lorenz zitierten Satz, den Goethe seinem Mephisto in den Mund legte: »Du siehst, mit diesem Trank im Leibe, bald Helenen in jedem Weibe.«

»Die Aggression liegt mir im Blut«, sagt Rung. Ob das Kriminelle, vor allem das Gewalttätige wirklich jemandem im Blut liegen kann, ist eine bis heute wenig erforschte Frage. Armand Mergen, Professor für Kriminologie, hat sich in seinem 1995 erschienen Buch »Das Teufelschromosom« mit dem Umstand auseinandergesetzt, daß bei einer Abweichung in der Chromosomenstruktur ein gewisses abnormes Verhalten festgestellt werden kann. Das gelte, so Mergen, vor allem, wenn sich beim Mann zu der Konstellation XY (X=weibliches und Y=männliches Chromosom) noch ein weiteres Y hinzugesellt: »Den Kriminologen interessiert ganz besonders das YY-Syndrom. Man findet es bei Sexualmördern und bei Tod säenden Amokläufern. ... Die Forschung hat sich bis heute zu wenig mit der Polygonosomie XYY beschäftigt. Es könnte jedoch sein, daß das überzählige Y-Gonosom die Potenzen für aggressiv-sexualkriminelles Verhalten in sich trägt. In dem Fall wäre es in der Tat ein wahres ›Teufelschromosom‹.«

Aber Mergen warnt auch vor zu einfachen Entschuldigungen. Dennoch fällt eine entsprechende Veranlagung erst in Kombination mit den sozialen und familiären Deformationen auf den fruchtbaren Boden. »Kein Mensch wird als ›Verbrecher‹ geboren. Jeder Mensch bringt jedoch mit seinem Erbgut eine ihm eigene Konstitution mit. Von dem Moment an, in dem er mit der Geburt in diese Welt geworfen wird, werden die Tendenzen zu spezifischem Verhalten manifest. Diese angeborenen Verhaltensmuster können ›kriminell‹ sein. Die ›vorbestimmte‹ Neigung zu derartig antisozialem oder antihumanem Verhalten sollte so früh wie möglich erkannt werden, um sie durch Behandlung, Erziehung, Anpassung etc. neutralisierend in den Griff zu bekommen.

Ererbte, konstitutionell verankerte ›gute‹ Eigenschaften lassen sich fördern und ausbauen. Wir kennen spezifische Begabungen z. B. für Musik, Mathematik, Kunst etc. Es sollte auch möglich sein, umgekehrt ›schlechte‹ Anlagen wenn nicht zu unter-

drücken, so doch durch eine entsprechende Erziehung zu kompensieren. Den ›geborenen Verbrecher‹ kann es nicht geben, solange das Verbrechen an sich nicht als spezifisches Verhalten definiert ist. Beschriebene kriminelle Verhaltensformen oder Triebäußerungen können jedoch angeboren sein.«
Seit seinem 16. Lebensjahr betrugen die Zwischenräume zwischen den Gefängnisaufenthalten bei Rung insgesamt etwa zweieinhalb Jahre. Er konnte die Freiheit nie sinnvoll nutzen. Wie groß kann da die Chance sein, daß er nunmehr als 28jähriger einen Halt findet?
Seine jüngere Schwester bietet ihm nach seiner Entlassung in ihrer Wohnung am Segitzdamm, in der Nähe des Wassertorplatzes in Kreuzberg fürs erste eine Bleibe. Sie und ihr Mann laden ihn sogar ein, den Urlaub mit ihnen in Jugoslawien zu verbringen. Aber Rung lehnt ab, er will sein Leben ordnen. Arbeit findet er bei einer Firma für Bautenschutz in Tempelhof, und er jobbt in der Utrechter Straße im Wedding. Er hält es in keiner

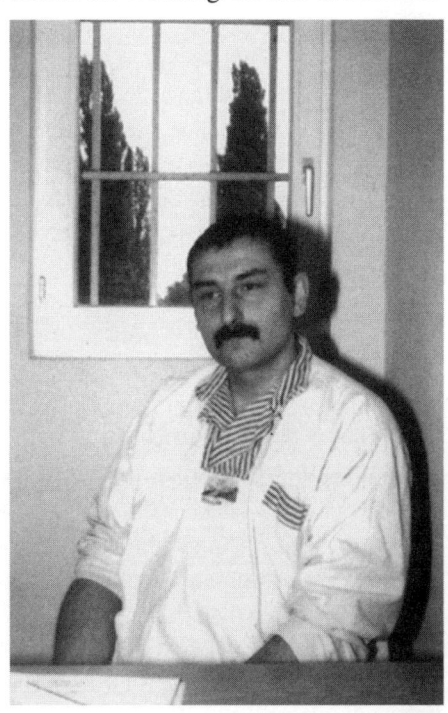

Thomas Rung 1998 in der Justizvollzugsanstalt in Tegel

Anstellung lange aus. Schnell paßt ihm dies oder jenes nicht, für ihn stets ein Grund, die Papiere zu fordern und zu gehen. Es gibt verschiedene Gründe, warum er die Arbeitsstellen schnell und häufig wechselt. Zum einen ist er kein unkomplizierter Mitarbeiter, zum anderen aber drücken ihn Schulden und er »flieht« bevor eine Lohnpfändung sein Einkommen minimiert.
Sofort nach der Haftentlassung beginnt er auch wieder zu trinken und Haschisch zu rauchen. Am 3. Oktober 1989 läßt er sich vollaufen und verfällt in der U-Bahn in einen Tiefschlaf. Er verschläft Station für Station, fährt hin und her. Am U-Bahnhof Osloer Straße, damals noch Endstation der Linie 9 wird er unsanft von zwei BVG-Mitarbeitern aus den Träumen gerissen. Rung ist, wie immer, wenn man unsanft behandelt, über diesen Kundendienst erbost. Es gibt Krach, die Polizei wird geholt und da man in seinen Taschen noch ein paar Gramm Haschisch findet, kommt die Angelegenheit zu den Akten.
Etwa einen Monat später ist Rung unterwegs zum Segitzdamm. Gleich gegenüber, am Erkelenzdamm, wohnt zu dieser Zeit Hermann, ein Freund aus früheren Tagen, der ihm den Job beim Autoverwerter Friedrich und die Ehe mit Christa verschafft hatte. Als sich Rung nun einige Sachen aus der Wohnung holen will, die er dort noch aufbewahrt wähnt, kommt es zu heftigen Auseinandersetzungen. Die beiden gehen mit Messern aufeinander los. Rung ist aufgebracht. »Wenn ich noch die Zeit gehabt hätte, wäre der auch noch gefallen«, meint er. Dabei benutzt er das Wort »gefallen«, als handele es sich um ein militärisches Schicksal auf einem Schlachtfeld, wenn jemand eines gewaltsamen Todes stirbt. Der Streit mit dem Kumpan wird von der Polizei geschlichtet. Man schreibt den 6. November 1989.
Drei Tage später fällt die Mauer in Berlin. Rung meldet sich an diesem Tag aus der Wohnung seiner Schwester ab. Der Konflikt mit Hermann hat das Verhältnis zu ihr abkühlen lassen. Er zieht es vor, in einem Wohnheim der Heilsarmee in der Hanauer Straße unterzukommen. Nichts Dauerhaftes, aber was ist in seinem Leben schon dauerhaft?
In diesen Tagen schwappt über Westberlin eine Welle von Millionen DDR-Bürgern, die sich unbedingt Ku'damm und KaDeWe ansehen wollen. Rung freundet sich schnell mit einigen

Ossis an, endlich kann er, der Niemand aus dem Westen mal etwas sein. Es wird gebechert, auf diesem Gebiet gibt es keine Vereinigungsprobleme. Man zieht um die Häuser. Im Fast-Food-Laden von »Burger-King« an der Tauentzienstraße bekommt die Truppe einen Feldverweis. So etwas läßt sich Rung nicht gefallen, er randaliert. Wieder kommt die Polizei.

Rung entdeckt den Osten als neuen »Abenteuerspielplatz«. Am 3. Januar 1990 will er seinen 29. Geburtstag ausgiebig in der Noch-DDR-Hauptstadt feiern. Die Mauer ist durchlässig geworden. Der Wechselkurs zwischen West- und Ost-Mark lädt geradezu ein, im Berliner Osten »einen draufzumachen«. Mit einem Kumpel aus dem Wohnheim zieht Rung los. Alles verläuft nach bekanntem Muster. Nahe der Friedrichstraße setzen sich die beiden in eine Kneipe und nehmen im Übermaß Hochprozentiges zu sich. Rung gerät mit einem Gast in Streit, vor dem Lokal artet dieser dann in eine handfeste Schlägerei aus. Bis die Polizei eintrifft, haben die beiden das Weite gesucht. Nachdem der Zechkumpan schlappgemacht hat, setzt Rung die Sauftour solo fort. Er kennt sich in dieser, für die meisten Westberliner so fremden Stadt nicht aus. Ziellos steigt er in die Straßenbahn und fährt durch unbekannte Straßen. Da kommt er wieder, der Trieb, der jede Contenance, alle Angst vor Strafe, jedes Gefühl menschlicher Achtung wegwischt. Schon im Herbst 1989 hatte er wieder einmal in einem Hausflur in der Kreuzberger Adalbertstraße versucht, eine Frau zu vergewaltigen. Das Raubtier ist also nicht zu bändigen.

Es ist nach Mitternacht, der 4. Januar 1990 ist bereits angebrochen. In Hohenschönhausen ist die Endhaltestelle der Straßenbahn. Rung steigt aus und stellt durch die menschenleeren Straßen einer Frau nach. Wieder hat er den Entschluß gefaßt, seinem Trieb gewaltsam zu befriedigen. Bis zum Hauseingang verfolgt er Edith B., dann fällt er über sie her. Die Frau wehrt sich und schreit um Hilfe. Bewohner des Hauses halten den schwer Angetrunkenen fest. So richtig wird für sie gar nicht erkennbar, daß der Hüne eine Vergewaltigung vorhatte. Es sieht wie ein versuchter Raub aus, aber letztlich kann man ihm nur die Körperverletzung nachweisen. Die Volkspolizei nimmt ihn mit. Viereinhalb Monate nach der Entlassung aus Tegel sitzt

Rung schon wieder in einem Gefängnis, jetzt aber im Berliner Osten.
Erste Station ist die U-Haftanstalt in der Keibelstraße am Alexanderplatz. Rung ist im rechtlichen Sinne im Ausland inhaftiert. Deshalb erhält er nach kurzer Zeit Besuch eines Beauftragten der Ständigen Vertretung der Bundesrepublik Deutschland in

Bescheinigung über Rungs Haft im DDR-Gefängnis

der DDR. Der so Umsorgte bekommt von seinem diplomatischen Gast eine Tüte mit Naturalien und 150 DM in bar. Außerdem erkundigt man sich nach dem werten Befinden. Die Hausordnung der Haftanstalt ignoriert er. Alle Versuche der Vollzugsbediensteten, ihn an die Spielregeln des Knastes zu gewöhnen, schlägt er in den Wind. Auch ein Rung darf sich in diesen Tagen als Sieger wähnen, denn er weiß, er ist ein Wessi. Von den »historischen Verlierern« will er sich nicht herumkommandieren lassen. Am 21. März 1990 verurteilt ihn das Stadtbezirksgericht Berlin-Mitte wegen Rowdytums und vorsätzlicher Körperverletzung zu einem Jahr Haft. Rung nimmt das Urteil noch im Gerichtssaal an.
Nun wird er in die Haftanstalt Rummelsburg eingeliefert. Wieder erhält er Besuch aus der Ständigen Vertretung der BRD. Al-

lerdings ist die Besorgtheit etwas gewichen. Der Gast sagt ihm unumwunden ins Gesicht, daß man wisse, was für ein Bandit er sei. Trotzdem gibt es wieder die Tüte und die 150 DM.
Rungs Knastbilanz ist auf zehn Jahre und zwei Monate angewachsen, als er am 28. August 1990 vorzeitig aus der Haft in Berlin-Lichtenberg entlassen wird. Ihm ist alles gleichgültig, er faßt nicht einmal den Vorsatz, sich zu ändern. Schon einen Tag danach, begeht er eine Sachbeschädigung an einem Imbißstand in der Neuköllner Erkstraße. In der Weserstraße, ebenfalls in Neukölln, findet er kurzfristig eine Bleibe. Eine Woche später besorgt er sich ein Zimmer in einem »Pennerheim« in der Dahlmannstraße, einer Querstraße zum Kurfürstendamm.
Mit dem Fahrrad durchstreift er, wenn das Wetter schön ist, die Stadt. Die Möglichkeit, ohne große Formalitäten zwischen West- und Ostberlin hin- und herzugondeln, macht ihm Spaß. Und wieder wird er von der Vorstellung ergriffen, sich mit Gewalt eine Frau zu nehmen.

»Bitte, laß' mich leben!«

Die Marienstraße liegt im Bezirk Mitte. Sie verbindet die Albrecht- mit der Luisenstraße, zur Charité ist es nur ein Katzensprung. Die Marienstraße ist 1990 Sanierungsgebiet. Rung radelt eines Tages, der sich heute nicht mehr genau bestimmen läßt, durch dieses Viertel. Er läßt seine Blicke kreisen, das Raubtier ist auf Beutefang. Doch er hat keine Eile, beobachtet vorerst das Haus Marienstraße 8. Mit einer Ausnahme stehen hier alle Wohnungen leer, das Gebäude soll gründlich umgebaut werden.
»Ich bin damals wiederholt mit dem Fahrrad in dieser Gegend unterwegs gewesen und war auch schon mehrmals in diesem Haus. Die Wohnungstüren standen offen. Ich hatte mich dort umgeschaut, ob irgend etwas Brauchbares zu finden war, da war aber nur Unrat.« Er sieht, daß noch eine Frau, ganz allein in dem gespenstisch entvölkerten Gebäude wohnt und spinnt sich einen Plan. Die Mieterin sitzt – ohne es zu merken – in einer tödlichen Falle.
Im Schutze der Dunkelheit geht Rung zu Werke: »Ich war beim ersten Mal abends im Haus. Von der Straße sah ich, daß nur in einer einzigen Wohnung Licht brannte. Diese Wohnung lag ganz oben im Haus. Das Haus war also bis auf diese Wohnung leer. Beim zweiten Mal bin ich dann hoch. Ich muß noch sagen, daß die Frau, als ich das erste Mal am beziehungsweise im Haus war, einmal aus dem entsprechenden Fenster der Wohnung oben guckte, nämlich zur Straße hin. Damit wußte ich, daß dort eine Frau wohnt. Ich ging dann ein zweites Mal zu dem Haus, ein paar Tage später, weil ich vorhatte, die Frau zu überfallen und zu vergewaltigen. Ich bin mit meinem Fahrrad dort hingefahren.«
Nur bei seinem ersten Mord an Melanie S. war Rung bisher langfristig planend vorgegangen. Bei seinen späteren Verbrechen, kam der Tatentschluß relativ spontan. Nun hat er sich wie-

der sein Opfer ausgewählt, die ganze bestialische Prozedur im Geiste vorexerziert, und wieder ist er angetrunken. »Ich bin dann gleich zu ihrer Wohnung hoch. Es wurde draußen gerade langsam dunkel, es war so gegen 18 Uhr. Die Wohnung der Frau ging im obersten Stockwerk rechts ab, geradezu war jeweils eine weitere Wohnung. Diese Wohnungstüren waren zu, aber da dürfte keiner mehr gewohnt haben, denn die Fenster waren dunkel. Ich habe an der Wohnungstür geklopft. Ich glaube, eine Klingel war nicht mehr da oder funktionierte nicht. Die Frau kam zur Tür und öffnete sie weit.«

Da der Strom im Haus abgestellt ist, funktioniert auch die Klingel nicht mehr. Rung klopft an der abgeschabten Altbautür. »Ich verwickelte die Frau in ein Gespräch, weiß aber nicht mehr, was ich sagte. Sie hatte dann gesagt, sie müßte mal rasch zum Herd. Darauf hatte sie nämlich Kartoffeln zu stehen. Ich muß hier noch erwähnen, daß sie in der Küche, vor der Vergewaltigung, die Kartoffeln, die tatsächlich auf dem Herd standen, ausgemacht hat, das heißt die Gasflamme löschte. Das war irgendwie auch das einzige, was sie dort zu essen hatte. Auch das einzige auf dem Herd. Sie ging dann von der Tür weg zur Küche, ließ dabei die Wohnungstür weit offen. Diese Gelegenheit habe ich genutzt. Ich bin gleich hinter der Frau her und nahm sie noch im Flur von hinten in den Würgegriff. Ich legte ihr von hinten meinen Unterarm gegen ihren Hals und drückte ihn gegen meine Brust. Sie wollte schreien. Ich habe dann aber mit dem Würgegriff nachgelassen und ihr gesagt ›Wenn du hier schreist, bringe ich dich um‹. Sie blieb daraufhin ruhig. Sie hat nur gefleht: ›Bitte, laß' mich leben!‹«

Für Rung sind Menschen in einem solchen Augenblick eine amorphe Masse. Er hat keinen Blick mehr dafür, wer vor ihm steht. In welcher Verfassung dieses Wesen ist. Wieder ist es ein wehrloses Geschöpf, das er zu seiner sexuellen Befriedigung bestimmt und gnadenlos zum Tode verurteilt hat. Für die Frau hat er kaum einen Blick: »Wie sie bekleidet war, bekomme ich heute nicht mehr zusammen. Ich meine sie war mit einer Schürze bekleidet.« Allein in dem Abrißhaus, hätte sowieso niemand die Schreie der Frau gehört. Ihr Flehen stößt nur auf taube Ohren. Die Entscheidung ist längst gefallen. Rung wird der Frau das Leben nicht lassen. Warum? »Sie hätte mich wiedererkannt. Außerdem wurde ich kurze Zeit vorher aus der Haft entlassen. Naja, daß ich nicht gleich wieder rein muß, wenn sie mich hätte wiedererkennen können.« Eine fadenscheinige Erklärung, schließlich hat er inzwischen mehrfach Straftaten begangen, bei denen er einwandfrei zu identifizieren gewesen wäre, und hatte dennoch nicht immer getötet. Hier aber steht sein Entschluß fest.

»Ich hatte sie zuvor in die Küche gezogen, und das erwähnte Gespräch hatte sich dort zugetragen. Ich habe ihr dann gesagt, daß sie sich ausziehen soll, was sie auch tat, sie war dann ganz nackt. Die Sachen ließ sie neben sich auf die Erde fallen. Ich hatte sie noch nach ihrem Alter gefragt, sie sagte entweder 55 oder 56 Jahre.« Die Frau, deren Name für Rung ohne jede Bedeutung ist, heißt Helga K. und wäre wenige Tage vor Weihnachten, am 22. Dezember 1990, 59 Jahre alt geworden.

»Dann habe ich sie in der Küche auf dem Fußboden vergewaltigt. Sie lag dabei auf dem Rücken ... Sie sagte dann, daß sie aus der Scheide blutet. Ich sah das, es stimmte. Warum sie dort blutete, weiß ich nicht. Ich habe gesagt, daß wir uns jetzt waschen gehen würden, ich hatte nämlich vor, daß sie Wasser in die Badewanne einläßt. Und dann wollte ich sie ertränken. Das habe ich ihr aber nicht gesagt. Die Badewanne stand in der Küche. Es war eine richtig große Badewanne mit Füßen. Die Badewanne stand in der Küche rechts, in so einer Nische drin. Dann ist auch schon aus ihrer Vagina Blut auf die Erde getropft. Das habe ich mit ihrem alten Schlüpfer weggemacht ... Sie hat dann Wasser in die Wanne eingelassen. Da war ein entsprechender Hahn, es war Kaltwasser. Ich habe ihr gesagt, sie sollte erstmal in die Wanne gehen. Sie hatte Angst, sie muß so eine Vorahnung gehabt haben. Ich habe auf sie eingeredet: Es passiert nichts. Sie stieg dann doch in die Wanne, die Wanne war schon halb voll und sie setzte sich hinein. Sie saß mit dem Kopf zum Wasserhahn. Dann habe ich sie unter Wasser gedrückt, bis sie tot war.«

»Wie, unter Wasser gedrückt?« will der Vernehmer wissen.

»Den Kopf mit der Hand. So nach hinten. Ich habe praktisch ihr ins Gesicht gefaßt und sie unter Wasser gedrückt. Ob mit ei-

ner Hand oder mit beiden, weiß ich nicht mehr genau. Sie hatte versucht hochzukommen, ich hielt sie aber weiter unter Wasser, so lange, bis sie tot war.«
Das Wasser ist eiskalt, in das die Todeskandidatin steigen muß. Für Rung ist damit sein Verbrechen nicht »erledigt«. Vergewaltigen, Morden und Rauben sind für ihn zusammengehörende Dinge. Er durchsuchte nach dem Mord an Melanie S. die Wohnung und sah bei Susanne M. nach, ob es Geld oder Wertsachen zu holen gibt. In der Wohnung von Helga K. hofft er ebenfalls, Verwertbares zu finden. Aber die Frau besitzt nichts. Wer unter solchen Bedingungen lebt, gehört kaum zu den Begüterten.
Das Hinterhaus in der Marienstraße 8 ist bereits abgerissen. Seit Anfang 1990 ist sie die einzige Mieterin in dem verwaisten Haus. Man spricht davon, daß das Gebäude einem Hotelneubau weichen soll. Im gesamten Haus gibt es – mit Ausnahme ihrer Drei-Raum-Wohnung – bereits keinen Strom mehr. Rung durchschnüffelt ihre Behausung dennoch: »Dann bin ich erstmal ins Schlafzimmer, habe dort in den Schrank reingeschaut, da war aber nichts weiter. Von da aus ins gegenüberliegende Zimmer. Das war auch ziemlich leer. Dann ging ich ins Wohnzimmer, da war auch nichts zu holen, die ganze Wohnung war ärmlich. Als einziges aus ihrer Wohnung nahm ich aus dem Wohnzimmer ein Zigarettenetui mit, es ist aus beschichtetem Metall. Die Farbe kann ich nicht sagen, eventuell silber. Es ist so ein Etui zum aufklappen. Innendrin sind zwei Gummibänder, die die Zigaretten halten. Ich bin dann aus der Wohnung raus und zog die Tür hinter mir ins Schloß. Den Schlüpfer habe ich mitgenommen und später irgendwo weggeworfen.«
Am 12. September 1990 hatte sich Helga K. noch mit ihrer Schwester getroffen, eine Verabredung am 29. September hielt sie nicht mehr ein. In den zwischen diesen beiden Terminen liegenden 17 Tagen muß das Todesdatum der Frau liegen. Die 58jährige besaß nur noch wenige Kontakte. Als sie zehn Jahre zuvor immer mehr zu trinken anfing, wandten sich die engsten Freunde von dem Ehepaar K. ab. Nach dem Tode ihres Mannes ertränkte die Frau ihre Sorgen noch mehr im Alkohol. Ihre eigene Tochter brach die Verbindung zu ihr ab. Sie führte ein ab-

geschiedenes Leben. Es vergehen Wochen, bis sie gefunden wird.
Die S-Bahnstrecke zwischen Alexanderplatz und Zoologischer Garten führt dicht an der Marienstraße vorbei. Rung benutzt einige Male diese Strecke. Dabei kann er die Rückfront des Hauses Marienstraße 8 und das Küchenfenster der Wohnung sehen. Wenn es bereits zu Dunkeln beginnt, schaut er besonders genau hin. Längere Zeit beobachtet er, daß dort kein Licht brennt und ist überzeugt, daß man das Opfer noch nicht gefunden hat.
Am 14. Oktober 1990 will Helga K.s Schwester, mit der sie noch lose und sporadischen Umgang pflegte, nach dem Rechten sehen. Aber niemand öffnet in der dritten Etage der Marienstraße 8. Auf das Rufen der Besucherin reagiert nur eine Nachbarin aus einem gegenüberliegenden Haus. Ihr ist aufgefallen, daß seit drei Wochen in der Wohnung von Frau K. kein Licht mehr brannte. Das läßt den Rückschluß zu, daß Rung vermutlich am 25. September die Frau umgebracht hat. Aber noch weiß keiner, daß in der Wohnung eine Leiche liegt. Die Stippvisite fällt aus, die Schwester kehrt nach Hause zurück. Sie besitzt seit Jahren einen Schlüssel zur Wohnung, aber den hatte sie nicht eingesteckt. In dumpfer Vorahnung, daß da etwas nicht stimmt, läßt sie sich zwei Tage später von ihrem Sohn und dessen Freundin begleiten, als sie, nun mit dem Schlüssel, in die Marienstraße fährt.
Ein grausiger Anblick erwartet die drei, als sie am vorgerückten Nachmittag des 16. Oktober in die Wohnung von Helga K. kommen. Die Leiche in der Badewanne ist bläulich aufgedunsen und von Maden übersät. Von einer Fleischerei aus wird die Polizei und die SMH, die Schnelle Medizinische Hilfe, alarmiert.
Am 23. November, etwa zwei Monate nach dem Mord, verfaßt die Direktion 3 der Kriminalpolizei einen Schlußvermerk: »Im vorliegenden Fall haben sich keine Anhaltspunkte dafür ergeben, daß die Frau K. Opfer eines Tötungsdelikts geworden ist. Es wird von hier aus für durchaus möglich gehalten, daß sich die Frau K. die Verletzungen an den beiden oberen Kehlkopfhörnern zugezogen hat, als sie beim Aufhängen der Wäsche stürzte und mit dem Hals unglücklich auf den Badewannenrand

aufschlug. Aus der Wohnung wurde nichts entwendet und es konnten keine Personen namhaft gemacht werden, die in der Wohnung der Frau K. verkehrten. Zu ihrer Schwester hatte sie nur eine lockere Verbindung, und diese gibt in ihrer Vernehmung an, daß ihre Schwester seit Jahren alkoholabhängig gewesen sei.«

Sein fünftes Tötungsverbrechen, ist für Rung zugleich das zweite, das als Unfall zu den Akten gelegt wird. Das heißt, statistisch ausgedrückt, 40 Prozent seiner Morde bleiben vorerst unentdeckt. Rein juristisch wäre dies nicht völlig korrekt, denn der Tod der 85jährigen Frieda K. gilt als Raub mit Todesfolge. »Fachleute vermuten, daß jedes dritte Tötungsdelikt trotz einer vorhandenen Leiche unentdeckt bleibt«, schrieb der »Tagesspiegel« am 7. August 1993. Und in der »Mitteldeutschen Zeitung« vom 18. September 1998 geht man noch weiter: »In Deutschland bleibt nach Expertenkenntnis mindestens jeder zweite Mord unentdeckt.« Die Erfahrungen aus dem Rung-Fall belegen, daß es sich dabei nicht um haltlose Übertreibungen handelt, sondern um durchaus als realistische und ernstzunehmende Wahrnehmungen.

Der Schlimmste

Vom Wohnheim in der Dahlmannstraße aus ist Rung im September und Oktober 1990 zu seinen Touren aufgebrochen; auch zum Mord an Helga K. Aber das Asyl sagt ihm nicht zu. Deshalb besucht er, entgegen früheren Gewohnheiten, öfter mal die Stiefmutter, die 1988, nach dem Tod von Karl, wieder an den Senftenberger Ring im Märkischen Viertel gezogen ist. Die Grenze zwischen Ost- und Westberlin existiert nur noch formell, die Vereinigung der beiden deutschen Staaten macht sie seit dem 3. Oktober 1990 völlig absolet. Für Hilde ist nun Sohn Eckhard wieder nähergerückt, sie kümmert sich um dessen Familie und hält Verbindung zu dessen erster Frau und deren erwachsenen Töchtern.
Die ältere der beiden Enkelinnen hat ein Kind, die jüngere zwei. Hilde mißbilligt insgeheim das Solo-Dasein der beiden jungen Frauen. An Christine, die 1963 geborene zweite Tochter von Eckhard, stört sie das besonders. »Jetzt hat die zwei Kinder und schmeißt dauernd die Kerle raus.« Das kann Hilde nicht gutheißen. Thomas greift diese flapsige Art auf. »Dann ist es das beste, ich tu' mich mit Christine zusammen, dann habe ich auch gleich eine Wohnung.«
»Soso«, Hilde ist verwundert über die Sichtweise des Stiefsohnes, »das bestimmst du einfach so?« Während des eigenartigen Gespräches klingelt das Telefon. Es ist Eckhards erste Frau, Christines Mutter. In den Tagen der Vereinigungseuphorie, als man sich zwischen Ost und West noch einlädt, redet sie Thomas zu, ihre Familie in Hellersdorf zu besuchen. Erntedankfest würde gerade gefeiert, und das wäre doch ein Anlaß. Rung willigt ein und stattet den weitläufig Verwandten einen Besuch ab. Was vor kurzem noch als alberner Spruch geäußert wurde, wird in rasantem Tempo zur Wirklichkeit. Christine und Thomas kommen sich näher. Sie sagt im nachhinein: »Er war mein Traumtyp. Groß, breite Schultern, kräftige Hände, dunkelhaa-

rig, braune Augen ...« Rung gelingt es sogar, Christines vier und fünf Jahre alte Söhne für sich zu gewinnen. Christine und Thomas haben dieselbe Wellenlänge. Jungverliebt sitzen sie auf der Couch und schmusen, während im Hintergrund Musik von den Kastlruther Spatzen läuft.

Der 20. Oktober 1990 wird zum Datum ihrer Vereinigung. Vier Tage zuvor wurde die Leiche von Helga K. gefunden. Rung setzt seine Ankündigung ohne Zeitverzug in die Tat um und zieht bei Christine ein. Am 12. November 1990 meldet er sich in der Heidenauer Straße 25, im Bezirk Hellersdorf, polizeilich an. »Zuerst war das für mich ja noch alles ziemlich interessant«, meint Rung. »Zum einen hatte man sich viel zu erzählen, und zum anderen war ich zufrieden, endlich eine feste Beziehung zu einem Mädel zu haben. Der letzte Mord hatte mich dann auch gar nicht so belastet.«

Rung genießt die Rolle des Exoten. Man trifft nicht viele aus dem Westen, die sich in den Neubausiedlungen am östlichen Stadtrand niederlassen. Der Fall der Mauer hat aus den beiden Berliner Stadthälften noch lange kein einheitliches Ganzes gemacht. Ein bißchen kann Rung mit der neuen Umgebung seiner eigenen Geschichte entfliehen. Mit unüberhörbarem Stolz berichtet er, wie er »in Hellersdorf eingesteppt« ist. Mit Christines beiden Kindern hat er sich angefreundet, aber sie sollen keinen falschen Papi vorgeflunkert bekommen, er will nur »Onkel Thomas« genannt werden. Die neuerworbene Idylle ist für ihn – zumindest für einige Zeit – die Erfüllung eines Lebenstraumes vom Glück.

»Ich fing dann auch an, nach und nach alles zu renovieren, so daß wir es etwas gemütlich hatten. Durch meine Schwester sind wir auch noch sehr schnell zu einer Schrankwand gekommen und etwas später bekamen wir von den selben Leuten auch noch Sitzelemente. Meine Worte zu Christines alten Möbeln hatten immer gelautet: Weg damit, das ist doch alles Müll. Darunter hat sie sehr gelitten, ging ihr irgendwo alles zu schnell. Außerdem stellte mich Christine bei all ihren Bekannten vor. Alle tranken Alkohol, ich natürlich das meiste. Meinem Nachbarn kam es schon unheimlich vor, so daß er einmal fluchtartig unsere Wohnung verließ. Nach einiger Zeit kam es auch zu einigen

Ausfällen, so daß es auch schon mal zum Streit kam. Mir fiel dann auch schon auf, daß Christine, was den Haushalt anging, ziemlich faul war. Die Nachbarn hatten mir bei den Saufabenden auch schon so einiges über ihre Unsauberkeit in der Wohnung erzählt. Im Suff hatte ich mich nämlich oft darüber ausgelassen.«

Neun Monate nach der »schnellen Vereinigung«, wie die Bekannten frotzeln, kommt am 20. Juli 1991 der gemeinsame Sohn Christopher zur Welt.

Aber das neue Familienglück bringt für Rung keine Abkehr von den bösen Taten. Seine Biographie bleibt weiter geprägt von Straftaten. Er ist eine Bestie, aber die wird nicht gejagt. Rung ist zum Serienmörder geworden, dem schlimmsten den Berlin (man kann hier Ost und West in einen Topf werfen) seit Kriegsende erlebt. Aber nach ihm wird nicht generalstabsmäßig gefahndet, wie einst zum Beispiel nach Paul Ogorzow, der entlang der S-Bahnstrecke Rummelsburg-Friedrichshagen in den Jahren 1940/41 acht Frauen ermordet hatte und als S-Bahn-Mörder in die Kriminalgeschichte der Stadt einging. Aber Ogorzow hatte sich »logisch« verhalten. Er hinterließ die für einen Serienmörder typischen Spuren. Die Taten lagen örtlich und zeitlich eng beieinander. Die Opfer wiesen deutliche Ähnlichkeiten auf. Horst Bosetzky, als Krimiautor -ky bekannt, hat die Geschichte in Form eines dokumentarischen Romans nachgezeichnet. An den Anfang seines Werkes stellt -ky ein Zitat von Joseph Goebbels, aus dessen Tagebucheintrag vom 15. Juli 1926: »Jedes Weib reizt mich bis aufs Blut. Wie ein hungriger Wolf rase ich umher. Und dabei bin ich schüchtern wie ein Kind. Ich verstehe mich manchmal selbst kaum.« Eine Selbsterkenntnis, die auch auf Rung zutreffen dürfte.

Es gibt jedoch einen, ganz gravierenden Unterschied zwischen Rung und anderen Serienmördern wie Ogorzow. Rung ist kein Lustmörder. Er tötet, um zu verdecken. Im psychologischen Sinne ist er ein Serienvergewaltiger. Rung vergeht sich nicht an den toten Körpern, wie es Rudolf Pleil tat. Pleil, der sich in den ersten Nachkriegsjahren anbot, Menschen über die grüne Grenze zwischen der sowjetischen Besatzungszone und den Westzonen zu schleusen, benötigte den gewalttätigen Sex. Frauen die sich ihm anvertrauten, um von Ost nach West zu gelangen, wurden ermordet, mißbraucht und ausgeraubt. Männliche Opfer tötete er nur um sie zu berauben. Von März 1946 bis April 1947 hatte Pleil entlang der Zonengrenze von Clenze (Niedersachsen) bis Hof (Bayern) zwölf Frauen umgebracht und beraubt. Auffällig aber ist, daß auch Rung neben dem Sexualverbrechen stets zugleich einen Raub begeht oder versucht. Pleil war 1947 wegen des Mordes an einem älteren Mann festgenommen und vor Gericht gestellt worden. Die Anklage führte jedoch nur zu einer Verurteilung wegen Totschlages. Erst nach Jahren gestand Pleil in der Haft seine Verbrechensserie und wurde dann wegen neunfachen Mordes zu lebenslanger Gefängnisstrafe verurteilt. Während Pleil 1950 mit zwei Mittätern in Braunschweig vor Gericht stand, stellte der Arzt, der Pleil in der Haft begutachtete im »Spiegel« die Frage: »Brachte Pleil die Anlage zu seiner kriminellen Entartung bei seiner Geburt mit in diese Welt, formte ihn seine familiäre und soziale Umwelt entscheidend aus, geriet er in die unbarmherzige Mühle der Kriegs- und Nachkriegszeit ... oder sehen wir ein Produkt aus allen diesen Einflüssen vor uns?« Es scheint, als sei man in der Beantwortung dieser Frage im zurückliegenden halben Jahrhundert nicht weiter vorangekommen.

Es gibt auch Serientäter ohne jeden sexuellen Bezug. 1984 wurde in Westberlin der dreifache Frauenmörder Waldemar St. gefaßt. Er hatte betagte Damen in ihren Wohnungen überfallen und beraubt, nur um an Geld zu kommen und seinen aufwendigen Lebensstil zu finanzieren. Sein Vorgehen gleicht, die sexuelle Motivation außer Acht gelassen, dem von Rung. Am 30. März 1984 zum Beispiel würgte St. in der Tempelhofer Borussiastraße die 87jährige Erna H. und ertränkte sie anschließend in der Badewanne. Im Prozeß gegen ihn kamen die Erniedrigungen zur Sprache, die er durch seinen Vater erdulden mußte, der ihn wie einen Dackel immer nur »Waldi« rief. St. wurde im November 1984 – wie es damals strafprozessual noch möglich war – zu einer Freiheitsstrafe von dreimal lebenslänglich verurteilt.

Reine Beschaffungskriminalität eines Drogenabhängigen waren die Morde des 21jährigen Hansjoachim W., der 1986 ebenfalls drei alte Frauen in ihren Wohnungen umbrachte. Auch W.

besaß einen Vater, der die Familie drangsalierte und die Mutter grün und blau prügelte.

In der Historie der Serienkiller überdauern nur die schauerlichsten Figuren das Vergessen. Fritz Haarmann zu allererst, dem 1925 in Hannover der Prozeß gemacht wurde. Die Anklage warf ihm vor, zwischen 1918 und 1924 mindestens 27 Jungs, viele nicht älter als 13 Jahre, sadistisch ermordet und zerstückelt zu haben. Weniger in Erinnerung sind die Taten des Peter Kürten, der Ende der 20er Jahre Düsseldorf in Angst und Schrecken versetzte. Er fand seine Befriedigung darin, Kinder beiderlei Geschlechts, mit einer Schere niederzumetzeln, er überfiel aber auch erwachsene Frauen. Als er gefaßt wurde, verhielt er sich wie Rung. Er sagte von sich: »Ich bin eine Bestie, ein wildes Tier!«

Wenngleich die Verbrechen in ihrer Ausführung kaum vergleichbar sind, so weisen doch die Biographien von Menschen wie Kürten und Rung eine Vielzahl von Parallelen auf. Kürten wuchs in einer vielköpfigen Familie auf – er hatte zwölf Geschwister –, der Vater war ein Tyrann und Alkoholiker. Kürten entwickelte einen Haß gegen den Vater, der in einem Mordplan endete. Mit 16 Jahren wurde er das erste Mal straffällig.

Besonders tief im Gedächtnis der Bundesbürger hat sich wohl auch der Fall Jürgen Bartsch eingegraben. Als Kirmes-Mörder ist er zur Figur der Zeitgeschichte geworden. In den Jahren 1962 bis 66 fand der Adoptivsohn einer Fleischerfamilie aus der Nähe von Wuppertal die Befriedigung seines Sexualtriebes, indem er Jungs im Alter zwischen elf und fünfzehn Jahren, sadistisch zu Tode folterte.

Bartsch, der, als er gefaßt wurde, 20 Jahre alt war, ging in seiner Verbrechensvorbereitung besonders planmäßig vor. Er lockte die Kinder von Rummelplätzen in eine Höhle und richtete sie geradezu rituell hin, um sich an den Sterbenden zu befriedigen. Auch im Fall Bartsch traten Verhaltensmuster zu Tage, die man ebenso bei Rung findet. So meinte Bartsch im Gleichklang wie Kürten oder Rung, daß in ihm ein Raubtier wohne, das nicht aufhören könne, zu morden.

Der bereits zitierte französische Kriminologe Stéphane Bourgoin faßt in seiner Studie einige Koordinaten im Leben von Se-

rienmördern zusammen. Natürlich treffen nicht alle Punkte gleichermaßen auf Rung zu. Dennoch paßt er in das Bild, das hier entworfen wird: »Der Gesellschaft gegenüber verschlossen, kann ein solcher Mensch seine Feindseligkeit nach außen kehren. Sie drückt sich dann in aggressiven Handlungen aus, die seine Umgebung für unvernünftig und grundlos hält. Dies zeigt sich ab der Pubertät. Nun wird er als Störenfried, Unruhestifter und Egoist beschrieben.
Er hat große Schwierigkeiten in seiner Familie, mit seinen Freunden und den Vertretern der Obrigkeit. Er wird asozial, was bis zum Mord gehen kann. Er versucht, sich an der Gesellschaft zu rächen und die anderen dafür zu bestrafen, daß sie sich wohlfühlen.
Die Geschichte dieser Menschen bringt also zahlreiche Probleme ans Licht, die auf die Familie zurückweisen. Die Hälfte der befragten Serienmörder hatte Verbrecher in der Familie. In 53,3 % der Fälle gab es eine Vorgeschichte psychischer Erkrankungen in der familiären Umgebung. Dies schließt einen ungenügenden Kontakt und unangemessene Beziehungen zwischen Eltern und Kind mit ein. In 69 % der Familien gab es Fälle von Alkoholismus, in 33,3 % wurden harte Drogen genommen, in 46,2 % gab es erhebliche Schwierigkeiten, was die Sexualität anbelangte. Man kann sagen, daß die meisten dieser Verbrecher ein freudloses Leben führten und eher schlechte Kontakte zu den Mitgliedern ihrer Familie hatten.
Die Familien führten zudem ein unstetes Leben: Kaum ein Drittel der untersuchten Serienmörder wuchs an ein und demselben Ort auf. In 53,3 % der Fälle war die Familie häufig umgezogen, in 40 % der Fälle waren die späteren Verbrecher in Pflege gegeben, in Heime oder psychiatrische Anstalten gesteckt worden, 66 % von ihnen hatten von frühester Kindheit an psychische Schwierigkeiten. Da sie so häufig umzogen oder weggegeben wurden, konnte die familiäre Unbeständigkeit auch nicht durch gute Beziehungen zu Nachbarn und Bekannten ausgeglichen werden.
In 47 % aller Fälle hatte der leibliche Vater die Familie verlassen, bevor der Heranwachsende zwölf Jahre alt war. Bei 66 % aller Serienmörder war die Mutter die maßgebliche Bezugs-

person, aber zu 45 % war diese Beziehung von großer Gefühlskälte bestimmt. Letzteres gilt zu 70 % auch für die Beziehung zum Vater.«

Ein eigener Sohn und gute Vorsätze

Selbst die Zeiten väterlicher Vorfreude sind bei Rung nicht von krimineller Abstinenz bestimmt. Er demonstriert, daß der Wegfall der Grenzen besonders von den Gesetzesbrechern genutzt wird, ihr Terrain zu erweitern.
Noch im Herbst 1990 nimmt er einen Konsum-Markt in Hellersdorf aufs Korn, der später als Kaiser's Filiale noch einmal von ihm »besucht« wird. »Ich bin dort zweimal drin gewesen. Beim ersten Mal habe ich vorn eine Scheibe eingeschlagen und bin durchgeklettert. Rausgeholt habe ich Zigaretten, Kaffee und Wurst. Beim zweiten Mal bin ich am Lieferanteneingang durch eine Scheibe rein. Als ich in den Umkleideräumen war, stand unten ein Funkwagen und sagte zu mir: ›Komm runter, dann kannst du nach Hause gehen.‹ Ich habe aber einen Umkleideschrank ein Stück hervorgezogen und mich dahinter versteckt. Dann erschien eine ganze Polizeimannschaft, die haben mich aber nicht gefunden und sind wieder abgerückt. Ich wollte dann nur noch raus, es war aber alles zu. Ich habe mir eine Drahtglasscheibe vorgenommen und bin raus. Mitgenommen habe ich nichts.«
Dem Alkohol will er eigentlich entsagen. Aber es bleibt ein frommer Wunsch. Christine stellt ihre »neue Errungenschaft« reihum bei ihren Bekannten vor. Das aber führt dazu, daß jeder mit dem Neuen im Kreise der Ex-DDR-Bürger anstoßen will. Die Janusköpfigkeit des – zumindest im nüchternen Zustand – umgänglichen Mannes bemerkt zunächst niemand. Wenn er aber allein loszieht, liegt Unheil in der Luft. 1990 schlägt er wieder im Ku'damm-Karree zu, wo er schon am 21. Januar 1981 eine kräftige Schlägerei in einer der kleinen Kneipen vom Zaume gebrochen hatte. Es zieht ihn magisch in diese Ecke: »Ich lernte zwei Westdeutsche am Hauptbahnhof kennen. Der Unterhaltung nach, war der, den ich später überfallen hatte, ein Autohändler. Das sagte er. Zu dritt sind wir zum Ku'damm-Kar-

ree, ich führte sie dorthin, weil ich ihnen Berlin zeigen sollte. Es ergab sich dort so, daß diese beiden Männer in gegenüberliegenden Kneipen getrennt saßen. Ich blieb bei dem, der angeblich Autohändler war. Als der auf Toilette mußte, bin ich mitgegangen. In der Passage Richtung Ausgang Uhlandstraße habe ich ihn dann mit der Faust niedergeschlagen. Aus seiner Gesäßtasche zog ich seine Börse, in der ich circa 1 200 Mark fand. Die Börse hatte ich mitgenommen.«
Von solchen Aktionen ihres neuen Freundes weiß Christine nichts. Zaghaft deutet Rung ihr gegenüber an, daß er keine saubere Weste besitzt und schon einiges »ausgefressen« hat. Sie sieht es mit den Augen der Verliebten und flachst: »Aber umgebracht hast du noch niemand!?« Eine ehrliche Antwort bleibt er ihr schuldig. Daß Rungs kumpelhafte Gutmütigkeit schnell ins Gegenteil umschlagen kann, wenn er sein Quantum Alkohol intus hat, muß sie bald erkennen. Einen Monat vor der Geburt des Sohnes gerät Rung mit einem Hausbewohner in Streit. Er rastet aus, rennt die Treppe hoch und holt ein Messer. Nur mit Mühe kann ihn Christine bändigen. Die Polizei muß gerufen werden. Für die Bewohner des Hauses Heidenauer Straße 25 beginnt eine unruhige Zeit.
Am 20. Juli 1991 ist es soweit: Die Geburt des gemeinsamen Kindes kündigt sich an. Unruhig läuft der Mann, der fünf Menschenleben auf dem Gewissen hat, hin und her, darauf wartend, daß ihm die frohe Botschaft überbracht wird. Als man ihm mitmitteilt, daß er Vater eines Sohnes geworden ist, fühlt er sich als »der glücklichste Mensch der Welt«. Für eine kurze Zeitspanne ist er wie ausgewechselt: »Als Christopher geboren wurde, fühlte ich mich großartig. Es gab auch kein schöneres Kind, wie mein eigenes. An dem Tag, wo Christine ins Krankenhaus Berlin-Kaulsdorf kam, lief ich an der Telefonzelle in Hellersdorf hin und her und wartete darauf, endlich die Nachricht zu kriegen, daß er da ist. Als sie dann kam, bin ich auch gleich ins Krankenhaus und habe mir meinen Burschen angeschaut. Als stolzer Vater hatte ich dann das Krankenhaus wieder verlassen. Ich war so aufgeregt, daß ich mich gar nicht, nicht mal bis heute, bei Christine bedankte. Als Christine dann nach Hause kam, beobachtete ich den Kleinen sehr viel. Die erste Zeit war es ja

so, daß Christopher lediglich seine Nahrung zu sich nahm und dann schlief. Ich machte ihm die Hose sauber, ging mit ihm baden und unternahm auch sehr viel mit ihm, wie Spaziergänge, und habe Christopher bei all meinen Geschwistern und Bekannten vorgestellt.
Als er dann schon etwas älter war, kam es mir immer so vor, als wollte er mit den Großen mitmischen, so der Ausdruck seiner Augen.«
Nun ist die Grundlage für eine Ehe gelegt. Rung fühlt vor, wie Christine darüber denkt. Eine gute Freundin rät ihr aber, nichts zu überstürzen. Rungs Alkoholismus legt solche Bedachtsamkeit nahe. »Ich hatte zu der Zeit auch wirklich in mich hineingeschüttet«, gesteht Rung. Christine will noch etwas abwarten. Später ist sie vom »Heiratsgedanken abgeschwenkt, weil sie an das Finanzielle gedacht hat.« Sie hatte alles noch einmal gründlich überlegt und festgestellt, daß sie durch eine Heirat ihre günstige steuerliche Eingruppierung verloren hätte.
Für Rung ist das Thema Heiraten damit erledigt, er kann ohnehin nicht aus seiner Haut. So glücklich er über den Sohn ist, seine unheilvolle »Karriere« kann er nicht beenden. Dabei wäre das zunächst nicht schwierig, denn er wird nicht gehetzt. Niemand fahndet nach ihm. Am 12. September 1991 wird ihm sogar noch ein Strafrest erlassen, der aus der Tat vom 4. Januar 1990 offen war.
Das Verhältnis zu Christine bekommt alsbald erste Risse. Er wird zwar ihr gegenüber nicht handgreiflich, droht aber eines Tages im Streit, sie aus dem Fenster zu werfen. Sie ruft die Polizei, die ihm klarmacht, daß er sich mäßigen muß. Christine hängt an ihm, will die Beziehung nicht leichtfertig lösen. Ihre Freude, sich mit Bekannten zu treffen, geht ihm mächtig auf die Nerven. Sein Einzelgängertum schüttelt er nicht ab. Außerdem hätte er gern »mehr aus ihr gemacht«. Doch sie verspürt keine Lust, das Püppchen zu spielen, sie liebt ihre legere Kleidung, Jeans und Pullover. Rung beginnt sich innerlich von ihr abzuwenden.
Es ist immer dasselbe Lied: Wenn Rung trinkt, ist der Krach programmiert. Nicht anders am 28. April 1992. Nur einige Meter von seiner Wohnung in Hellersdorf entfernt, macht er an ei-

nem Imbißstand in der Riesaer Straße Ärger. Zum wiederholten Male muß seinetwegen die Funkstreife alarmiert werden. Im Polizeifahrzeug randaliert er weiter, das bringt ihm eine erkennungsdienstliche Behandlung ein. Dazu gehört, daß er wieder »Klavierspielen« muß. Im nachhinein muß man allerdings die Frage stellen: Wozu eigentlich?
Daktyloskopie heißt die Wissenschaft, mit der man mittels seines Fingerabdrucks einen Menschen – und im Kriminalfall den Straftäter – identifizieren kann. Jedes Kind kennt praktisch diese Waffe der Kriminalistik. Fingerspuren am Tatort sind nach einem alten Volksglauben, der absolute Selbstverrat des Täters. Erst nach seinem Geständnis 1995 werden die bei dieser ED-Maßnahme im April 1992 abgenommenen Fingerabdrücke mit Spuren anderer, noch unaufgeklärter Fälle verglichen. Dabei werden auch die Fingerabdrücke, die von der Spurensicherung am 24. Dezember 1983 an der Ladentür der von Rung überfallenen Zeitungsverkäuferin sichergestellt werden konnten, hervorgeholt. Jetzt kommt man beim Landeskriminalamt Berlin zu der Feststellung, daß eine »Umgriffsspur auf der Ladentür außen, oberhalb des Schlosses« mit dem Abdruck des linken Ringfingers von Thomas Rung übereinstimmt. Diese Erkenntnis kommt leider drei Jahre zu spät.
1992 führen Rungs Fingerabdrücke die Polizei noch nicht auf die Spur des Serientäters. Von der Tat im Zeitungsladen in der Sonnenallee, wo Rung am Heiligabend 1983 eine Vergewaltigung versucht hatte, zum Mord an Josephine G. war sofort ein Zusammenhang vermutet worden. Die Chance, einen gefährlichen Verbrecher aus dem Verkehr zu ziehen, blieb ungenutzt.
Die Menschen in seiner unmittelbaren Umgebung lehrt Rung das Fürchten. In der Heidenauer Straße greift er, ein Vierteljahr nach den Vorkommnissen am Imbißstand, eine Hausbewohnerin an. Er sieht sich von ihr verleumdet. Sie soll herumerzählt haben, daß er sich während des Krankenhausaufenthalts von Christine mit fremden Frauen vergnügt habe. Das stimmt nicht, und Rung reagiert gewalttätig. Er schlägt auf die Frau ein, der er noch dazu unterstellt, sie wisse sogar, was in seiner verschlossenen Post stehen würde. Erneut muß sich die Polizei mit Rung befassen.

Schwierige Familienbande

Wiederholt hat Rung seiner Christine versprochen, die Finger vom Alkohol zu lassen. Er geht arbeiten, wechselt zwar häufig die Stellen, bringt aber regelmäßig Geld nach Hause. Zusammen haben die beiden ungefähr 6 000 Mark im Monat zur Verfügung. Zwar schießen die Mieten in Hellersdorf in kürzester Frist um einige hundert Prozent nach oben, dennoch kann es sich die Familie gutgehen lassen.
Thomas ist gerade bei einer Personalleasingfirma beschäftigt und arbeitet als Maler, als er am 6. Februar 1993 wieder einmal sein Versprechen bricht und sich kräftig betrinkt. Volltrunken, in schmutzigen Arbeitsklamotten, fährt er nach Feierabend mit der U-Bahn nach Hause. Wieder meldet sich sein Verlangen, das er im Suff nicht beherrschen kann. Er fixiert mit seinen Blicken die junge Frau, die ihm gegenüber sitzt. Die nimmst du dir, befiehlt er sich, steigt mit der Frau aus und geht ihr nach. Am Eingang des Hauses Carola-Neher-Straße 58 in Hellersdorf fällt er über die Frau her. Er ist wie von Sinnen, verschwendet keinen Gedanken daran, daß er am frühen Abend hier nicht ungestört seine Tat würde ausüben können. Die Frau wehrt sich und schreit. Rungs längste Periode in Freiheit ist wieder beendet, annähernd zweieinhalb Jahre sind erst seit seiner Haftentlassung im August 1990 vergangen.
Rung sitzt wieder hinter Gittern. Christine hält aber zu ihm, sie will den Bruch, der sich schon abzuzeichnen beginnt, nicht vollziehen. Am 25. August 1993 steht er wegen versuchter Vergewaltigung in Tateinheit mit Körperverletzung vor Gericht. Die Kammer muß sich mit seinen Alkoholexzessen beschäftigen. Schließlich kommt er aber wieder gnädig davon. Er bekommt eine Haftstrafe von einem Jahr und acht Monaten, und es wird für ihn eine Unterbringung nach Paragraph 64 des Strafgesetzbuches angeordnet. In dem Paragraphen ist festgelegt: »Hat jemand den Hang, alkoholische Getränke oder andere berau-

schende Mittel im Übermaß zu sich zu nehmen, und wird er wegen einer rechtswidrigen Tat, die er im Rausch begangen hat oder die auf seinen Hang zurückgeht, verurteilt ... so ordnet das Gericht die Unterbringung in einer Entziehungsanstalt an ...«
Von der U-Haft in Moabit muß Rung nun auf die Station 15 der Karl-Bonhoeffer-Nervenklinik umziehen. Er ist sich seiner deformierten Persönlichkeit bewußt. Im Rückblick sieht er die Therapie jedoch ohne Wirkung: »Daß ich den Willen hatte, eine richtige Therapie zu machen, ist die Wahrheit. Auf dem Gerichtstermin habe ich den Willen einer Alkoholtherapie deutlich zum Ausdruck gebracht, dem wurde auch stattgegeben.«
Der inzwischen 32jährige ist nun wieder in einer geschlossenen Einrichtung. Mit dem 14. Lebensjahr war er das erste Mal mit Alkohol in Berührung gekommen. Seit er 16 ist, trinkt er, also bereits sein halbes Leben. Eine Heilung, wenn es sie denn wirklich gibt, wird spät versucht. »Was mir dann aber auf der Station 15 widerfahren ist, hatte nichts mehr mit Alkoholtherapie zu tun. Die Unterbringung sehe ich mehr als Alibifunktion des Staates an. Mein Wille war nun – Therapie. Ich bin also davon ausgegangen, daß demzufolge es auch ein Therapieprogramm gibt. Nichts gab es dergleichen, jeder sollte sich selbst überlegen, wie er seine Therapie macht.«
Der Therapeut holt Rung zum Gespräch und versucht, ihm mit väterlichen Ratschlägen den Weg in ein Leben ohne Weingeist zu zeigen: »Herr Rung, schlagen Sie sich mal den Alkohol aus dem Kopf, dann wird das schon werden!« Sein Patient ist perplex. Rung sieht aber, daß sich der Therapeut bemüht. »Mit dem Mann fing es an, daß sich so einiges bewegte. Das Angebot war gleich Null. Herr G. hat dann eingeführt, daß es Wochenpläne gibt, und so nichts dem Zufall überlassen wird. Jeder sollte ab sofort selbst seine Freizeit planen. Außerdem hat er eingeführt, daß montags und freitags Meeting war, wo zum Beispiel die Woche an Außenaktivitäten oder sonst dergleichen geplant wurde. Freitags wurde ein Wochenrückblick gemacht.«
Rung ist ziemlich fordernd, was seine Umgebung und die Mitmenschen betrifft. In seiner Partnerschaft zeigte er sich darüber unzufrieden, daß die Wohnung nicht so aufgeräumt war, wie er sie gerne hätte. In der geschlossenen Abteilung der Karl-Bon-

hoeffer-Nervenklinik ist es nicht anders. »Als ich auf die 15 raufkam, hat mich am meisten die dreckige Küche genervt. Auch hier kam es durch Herrn G. zu einer Lösung, so daß alle 14 Tage eine andere Gruppe saubermachte. Das Meeting fing an, Früchte zu tragen. Dann kam es dazu, daß wir Patienten ein Wohngruppenkonzept ausgearbeitet haben. Das ging allerdings in die Hose, weil es regelrecht an Unterstützung von Seiten der Klinik mangelte, und außerdem mußte in dieser Zeit der Therapeut wegen eines Verstoßes am Patienten die Station 15 verlassen. Von der Stunde an konnte man zusehen, wie die Aktien in den Keller fielen. Der Mann hat ernsthaft versucht, etwas zu bewegen.«

Rung dringt nicht zu den Wurzeln seiner eigenen Probleme vor. In seinem Kopf ist ein Chaos, das er nicht beseitigen kann. Seine innere Zerrissenheit wird überdeckt von einem wachen Auge für äußere Mißstände. »Ich sah, daß sich die Pfleger, einschließlich des Oberpflegers, auf Kosten der Patienten ein schönes Leben machten, weiter aber auch nichts. Pfleger nahmen sich sämtliche Kost der Patienten, ob vom Frühstück, Mittag oder Abendbrot, von allem fiel etwas ab. Es gibt heute noch Patienten, die das bestätigen können. Auch ließen sich Pflegerinnen von einem Patienten unverzollte Zigaretten aus Polen mitbringen. Der hat daraufhin eine Geldstrafe bekommen. Sich sinnvoll mit dem Patienten zu beschäftigen, daran hat kaum einer gedacht. Konflikten sind sie regelrecht aus dem Weg gegangen, indem sie vom Meeting einfach fernblieben. Es kam auch schon so weit, daß nicht einmal, und das öfters, Bescheid gesagt wurde, daß das Meeting ausfällt.«

Geleitet wird die Station 15 von einem Mann, der versucht, das Gute in seinen Patienten zu sehen. Als Psychiater muß er sich mit Krankheitsbildern auseinandersetzen, die sich nicht mit Röntgenbildern und Laboranalysen erforschen lassen. Von den seelischen Abgründen seines Patienten Thomas Rung ahnt er nichts.

Ende Oktober 1993 war Rung aus Moabit in die Klinik gekommen. Im Frühjahr 1994, nach einem halben Jahr auf der geschlossenen Station, stellt er den Antrag, sich draußen eine Arbeitsstelle suchen zu dürfen. Das wird ihm genehmigt. Doch

bevor er sich wieder an das Arbeitsleben gewöhnen muß, nutzt er die warme Frühlingssonne, um es sich am Tegeler See gemütlich zu machen. Eine Woche ungezwungen faulenzen, das ist nach seinem Geschmack.
Um sich in einem selbständigen Leben ohne Alkohol bewähren zu können, werden den Patienten zum Ende der Therapie separate »Probewohnungen« auf dem Gelände der Klinik zugewiesen. Rung erweist sich dabei alles andere als geheilt. In den letzten Tagen seines Klinikaufenthaltes – die Entlassung auf Bewährung ist bereits verfügt – erlaubt sich Rung einen Rückfall. Er wird betrunken von einem Pfleger erwischt. Dennoch trifft der Stationsleiter die folgenschwere Entscheidung, ihn gehen zu lassen. Weiteres Unheil kann so seinen Lauf nehmen. Die Mängel in den Ermittlungen kann der Arzt allerdings ohnehin nicht ausgleichen. Am 23. September 1994 ist Rung, nach etwas mehr als 19 Monaten, wieder auf freiem Fuß.
Elf Jahre nach dem Mord ist Susanne M. unvergessen. Engagierte Frauen aus dem Bezirksamt Neukölln rufen anläßlich des elften Todestages der Studentin zu einer Demonstration auf. In dem Aufruf machen sie deutlich, wie tief dieses Verbrechen die Frauen und die Frauenbewegung getroffen hat. »Diese Tat steht für viele ähnliche Verbrechen, die Jahr für Jahr an Frauen begangen werden. Aber der Mord an Susanne M. war besonders brutal und betraf eine Frau, die hoffte, dadurch, daß sie in Selbstverteidigung geübt war, körperliche Angriffe abwehren zu können. Die Berliner Frauenbewegung traf der Mord wie ein Schock, der bis heute wirkt.« Am 24. November 1994 ziehen die Frauen vom Richardplatz in Neukölln zu dem Spielplatz, an dem Susanne M. ihrem Mörder zum Opfer fiel.

Rung kehrt nach Hellersdorf zurück. Für die Familie soll es ein neuer Anfang werden. Aber es kriselt. Vor allem seinem Stiefbruder Eckhard bringt er wenig Sympathie entgegen. Jetzt ist Eckhard noch dazu so etwas wie ein Schwiegervater in spe. Eckhard hat sich erst wenige Monate vor Rungs Entlassung von seiner zweiten Frau getrennt und ist aus Treptow ebenfalls nach Hellersdorf, zu seiner Tochter Kerstin gezogen. Sie hat ihrem Vater, der nach der Trennung von seiner zweiten Ehefrau ohne

Dach über dem Kopf dastand, in ihrer Wohnung eines ihrer drei Zimmer überlassen, das Wohnzimmer. Christine fühlt sich verpflichtet, ihrem Vater ebenfalls ihre Fürsorge angedeihen zu lassen. Der Alkohol hat Eckhard ruiniert. Dafür aber bringt Rung kein Verständnis auf. Er will ihn nicht auf den Familienausflügen dabeihaben.

Christine und Thomas wollen die wiedergewonnene Zweisamkeit ausgelassen erleben und buchen im Herbst 1994 einen einwöchigen Aufenthalt in Holland. Kurz vor der Abfahrt macht das Auto schlapp. Für die Reparatur fehlt der Familie das Geld. Eckhard zeigt sich unzugänglich, will seiner Tochter und seinem Stiefbruder nicht unter die Arme greifen. Christine muß sich von Freunden das Geld leihen. Bei Rung vertieft sich der Groll gegen den Sohn seiner Stiefmutter.

> **SEITE 10 / DER TAGESSPIEGEL**
>
> ## Gedenkmarsch für 1983 ermordete Studentin
>
> Etwa 100 Frauen zogen durch den Kiez am Neuköllner Richardplatz
>
> **NEUKÖLLN** (emv). Etwa 100 Frauen nahmen am Donnerstagabend an einem Gedenkgang für die Studentin Susanne M. teil, die vor elf Jahren auf einem Spielplatz in der Silbersteinstraße vergewaltigt und ermordet wurde. Ziel der Aktion, so Renate Bremmert-Hein, Neuköllner Frauenbeauftragte und eine der Initiatorinnen, sei es, „die Menschen wieder sensibler für Hilferufe zu machen". Auch Susanne M., deren Mörder nicht zweifelsfrei ermittelt werden konnte, habe damals laut um Hilfe gerufen, doch die Schreie seien von Nachbarn nicht ernstgenommen worden.
>
> Traurige Aktualität erhielt der Gedenkmarsch durch den Mord an einer jungen Kindergärtnerin in der vergangenen Woche in der Nähe des Richardplatzes. Zu dumpfen Trommelschlägen bewegte sich der Demonstrationszug durch dunkle Seitenstraßen des Neuköllner Kiezes. Begleitet wurde der Marsch von Aktionen verschiedener Künstlerinnen, die Dia-Bilder zum Thema auf Brandwände projizierten und eine musikalischen Performance im Körnerpark veranstalteten.
>
> Zum Abschluß der Veranstaltung legten die Teilnehmerinnen auf dem Spielplatz in der Silbersteinstraße kleine Steine zum Gedenken an die ermordete Studentin aus. „Viele Frauen reagieren mit Rückzug in die Privatspäre auf die steigende Gewaltbereitschaft", sagte die Neuköllner Kunstamtsleiterin Dorothea Kollandt. Es ginge nun vor darum, das tägliche Leben in Berlin für Frauen sicherer zu machen.

»*Der Tagesspiegel*« *vom 26. November 1994*

Alte und neue Verwerfungen innerhalb der sonderbar verflochtenen Familienbande brechen auf. Schließlich überwirft sich Rung mit Eckhard auch noch in der Frage, ob Christine das Auto Ihres Vaters übernehmen soll. »Eckhard hat Silvester mit uns gefeiert, er hat wieder von dem Auto angefangen und gemeint, daß Christine es fahren könne und nehmen solle.« Rung besitzt keinen Führerschein, die Sache wurmt ihn. Er schlüpft in die Rolle des Pfennigfuchsers: »Ich war strikt dagegen, weil es mit seinen 90 PS zu groß und zu teuer für uns war. Sie hat sich durch-

231

gesetzt, weil sie sich von ihrem Vater beschwatzen ließ und den Wagen fuhr.« Rung trägt seinen Konflikt nicht offen aus. Die Animositäten bleiben unterschwellig.

Zur Jahreswende 1994/95 hat Eckhard schon den Vertrag in der Tasche, mit dem sein Ausscheiden aus der Telekom besiegelt ist. Zu DDR-Zeiten war er bei der Post beschäftigt. Nach der Wende ging sein Betriebsteil zur Telekom über. Beim zwangsläufigen Personalabbau wurde Eckhard eine Abfindung von über 60 000 Mark angeboten. Er willigte ein. Der Januar 1995 ist sein letzter Monat bei der Telekom, ab 1. Februar ist Eckhard arbeitslos.

Die Zerstörung

Eckhard T. ist schwerer Alkoholiker, gleich nach dem Aufstehen greift er zur Bierbüchse. Im Verlauf des Tages bringt er es in der Regel auf zehn Halbeliter-Dosen und mehr. Da Rung Maler ist, liegt es nahe, daß er dem Stiefbruder die Wohnung renoviert. Noch hält er sich an seinen Entschluß, nicht mehr zur Flasche zu greifen. Er verschmäht den Alkohol, wenn Eckhard ihm welchen anbietet und selbst trinkt. Das geht eine ganze Weile gut. Dann aber fallen alle guten Vorsätze über Bord. Am 24. Februar 1995, es ist ein Freitag, hat Rung seinen ersten Alkoholrückfall seit er aus der Klinik entlassen wurde.
So an die sieben bis acht Bier und drei kleine Fläschchen »Kümmerling« hat er intus, als er nach Hause kommt. Für jemanden, der seit Monaten nicht mehr getrunken hat, reicht die Dosis, um sehr benebelt zu sein. Christine ist entsetzt und schwer enttäuscht. Sie spürt, daß die Risse in der Beziehung zu Thomas, nicht mehr zu kitten sind.
Abends besuchen sie Eckhard, auf dem Nachhauseweg macht sie Rung Vorhaltungen. Eigentlich will der jetzt weitertrinken. Um Christine abzuschütteln, ohne sie noch mehr mißtrauisch zu machen, erzählt er etwas von »die Nacht durcharbeiten müssen« und läßt sich von ihr zum U-Bahnhof Wuhletal fahren. Christine überredet ihn aber, mit nach Hause zu gehen und sich hinzulegen.
Auf der Couch schläft er ein und wird erst am Morgen wach. Er steht auf und verliert kein Wort mehr über den »Ausrutscher« vom Vortage. Dann macht er sich fertig und geht zur Arbeit. Der Rausch vom Tag davor ist jedoch kein peinliches Mißgeschick, Rung ist längst am Ende seiner Sackgasse angelangt. Schon auf der Fahrt zur Arbeit kauft er sich am U-Bahnhof drei Büchsen Bier und fängt sofort an, alles in sich hineinzukippen. Auf der Arbeitsstelle wird das, was am Freitag begonnen wurde, hemmungslos fortgeführt. Nichts bremst, nichts zügelt ihn mehr. Auf

Bier folgt »Kümmerling«, auf »Kümmerling« Bier, fast ohne Pause.
Nach Feierabend geht es weiter. An einem türkischen Imbißstand wartet Rung mit einem Kollegen auf Christine. Sie wollte ihn mit dem Auto abholen, und er hatte dem Kumpel angeboten, mitsamt eines 12,5-Kilo-Farbeimers mitgenommen zu werden. An der Döner-Bude gibt sich Rung mit dem türkischen Anisschnaps »Raki« den Rest. Christine kommt aber nicht, sie muß länger arbeiten. Die beiden Maler packen den Eimer und nehmen die U-Bahn.
Es ist nun schon früher Abend. Christine hat gegen 16.30 Uhr ihren mittleren Sohn Lars bei Eckhard abgeholt. Der Achtjährige durfte dort den Tag verbringen und mit dem Großvater Mittagessen gehen. Gegen 19 Uhr schaut die ältere Tochter Kerstin auf einen Sprung bei Eckhard vorbei. Sie hält sich in diesen Tagen viel in der Wohnung ihrer Mutter auf und wird auch diese Nacht in der dortigen Wohnung verbringen. Vater und Tochter unterhalten sich nur kurz. Im Fernsehen soll der »Musikantenstadl« laufen, darauf freut sich Eckhard schon. Nach ungefähr zehn Minuten verläßt Kerstin den Vater wieder.
Inzwischen hat der Suff aus Rung wieder einen Mr. Hyde gemacht. In seinem alkoholgeschwängerten Kopf brauen sich Wut und Haß gegen Eckhard zusammen. Ihm gibt er die Schuld an seinen Problemen mit Christine. Er geht nicht nach Hause, sondern macht sich auf den Weg zu seinem Stiefbruder. Es ist etwa 19.30 Uhr, als er in der Cottbusser Straße 60, die Stufen hochsteigt. In seinem Kopf brodelt es. »Und da habe ich in meinem Brausekopf gedacht: Gehst du mal hin, zu Eckhard, und redest mal mit ihm Klartext. Ich hatte zweimal geklingelt und er hat mir die Tür geöffnet. Erst die Haustür, dann die Wohnungstür, wo er stand. Er hat sich dann im Wohnzimmer wieder auf sein Sitzelement gesetzt. Dann bin ich in die Küche gegangen, ich sagte ihm: ›Ich hole mir jetzt ein Bier.‹ Daraufhin sagte er zu mir verärgert: ›Du spinnst wohl‹, weil er von meiner Alkoholproblematik wußte. Daraufhin habe ich zu ihm gesagt: ›Du kannst mich mal am Arsch lecken.‹ Daraufhin sagte er: ›Na, dann mach doch.‹ Dann bin ich ins Wohnzimmer zurück, von der Küche aus, mit dem Bier. Dort habe ich es auf

den Tisch geknallt, dabei ging die Scheibe von dem Tisch kaputt. Das ist ein Holztisch mit einer Glasscheibe gewesen. Da hat er sich wieder aufgeregt und gemeint, ich spinne wohl. Ich habe ihm mit irgendwelchen beleidigenden Worten irgendwas gesagt. Ich habe zu ihm gesagt, ›Dich mach ich alle‹, bin dann aufgestanden und habe ihn auch mit beiden Händen am Hals gewürgt. Unter anderem mit dem Knie in die Magenkuhle getreten. Er war dann bewußtlos, er saß aber immer noch auf dem Sessel. Dann habe ich noch mal gewürgt, aber nur kurz. Das ganze Würgen war übrigens ohne jeglichen Widerstand seinerseits.«

So hat Rung den sechsten Menschen getötet. Vier Frauen mußten bis dahin ihr Leben lassen, weil er seine sexuelle Befriedigung suchte, die 85jährige Frieda K. fiel seinen Räubereien zum Opfer. Mit Eckhard T. hat er seine Motivspanne noch erweitert. Jetzt hat er getötet, weil ihn sein »Stiefbruder seit langer Zeit regelrecht angekotzt hat«.

Rung ist ein schwacher Mensch, daran ändert auch seine überdurchschnittlich kräftige Statur nichts. Eckhard T. ist ihm mit seinen 169 Zentimetern Körpergröße und einer wenig robusten Konstitution nicht gewachsen. Danach geht Rung vor, als würde er etwas zelebrieren, die nahezu identische Handlung wie viereinhalb Jahre zuvor, beim Mord in der Marienstraße. »Ich habe ihm dann die Schlüssel aus der rechten Hosentasche seiner Jeanshose genommen. Dann bin ich ins Bad gegangen und hab Wasser in die Wanne gelassen. Dann habe ich ihn am Hosenbund genommen, von hinten am Gesäß, und in die Badewanne gebracht. Ob ich das Wasser angelassen habe, weiß ich nicht mehr genau. Im Wasser habe ich ihn noch kurz untergedrückt. Ob er da noch lebte, weiß ich nicht, er war aber leblos.«

Und auch bei diesem Verbrechen verquickt er verschiedene Taten. Wie in vielen Fällen davor, wird das Opfer schließlich noch beraubt: »Ich bin dann zurück ins Wohnzimmer, habe aus einer Geldkassette 1 000 DM in Scheinen genommen. Sie war verschlossen, ich öffnete sie mit einem der Schlüssel, den ich ihm aus der Hosentasche nahm. Ich hatte gewußt, daß an dem Bund auch der Kassettenschlüssel ist. Das Schlüsselbund war lose in der Hosentasche. Ich verschloß die Kassette wieder und habe sie in den kleinen Schrank im Wohnzimmer, wo der Fernseher steht, zurückgestellt. Dann habe ich aus der Anbauwand, aus einer grünen Schachtel, ca. 700 bis 800 DM in Hundertmark-, Fünfzigmark- und Zwanzigmarkscheinen herausgenommen. Aus der Lederjacke, die im Flur hing, nahm ich seine Papiere.« Die angefangene Büchse Bier nimmt Rung ebenso mit, wie eine angefangene Flasche Weinbrand, die er in der Küche findet, als er nach einer knappen halben Stunde die Wohnung verläßt. An den Eimer Farbe denkt er in diesem Augenblick nicht. Der hätte zum verräterischen Indiz werden können, wenn er jemandem in der Wohnung aufgefallen wäre. Der Eimer steht in einer Ecke und wird bei allen Ermittlungen übersehen.

Auszug aus den handschriftlichen Notizen, die Rung später im Gefängnis anfertigte

Von der Cottbusser Straße aus geht Rung nach der Tat ohne Umwege in die Heidenauer Straße. Er weiß, jetzt ist alles, was er sich den letzten Jahren aufgebaut hat, zu Ende, sein Schicksal ist besiegelt. Sein Wahn, sich seine Welt zurechtwürgen zu wollen, beginnt auf ihn selbst zurückzuschlagen. Bereits nach den ersten Morden war die Möglichkeit für ein normales Leben vertan. Es gelang ihm aber ein Versteckspiel, mit dem er sich – trotz aller anderen Verurteilungen – der Justiz entziehen konnte. Nun aber muß Rung seinem eigenen Spiegelbild mißtrauen.
Bei Christine läßt er sich apathisch auf einen Stuhl fallen. Er sagt nur: »Du kannst ja nichts dafür!« Dieser Satz wird für sie auch dadurch nicht verständlicher, daß er ihn wiederholt. Wie soll sie darin ein chiffriertes Mordgeständnis erkennen? Sie hängt an ihm und geht sogar so weit, ihm trotz der Ausschweifungen noch einmal eine Chance zu geben. Dreieinhalb Stunden schläft er auf dem Stuhl sitzend, dann legt er sich auf das Sofa und versinkt in einen Tiefschlaf bis halb fünf Uhr morgens. Noch immer den Alkohol in sich spürend, nimmt er ein Bad und gaukelt Christine vor, zur Arbeit zu müssen. Der Mund ist ihm trocken, sein Durst will gestillt werden. Um fünf Uhr verläßt er das Haus. Dabei merkt er, daß er noch die persönlichen Sachen von Eckhard in den Taschen hat. In der Stendaler Straße, an der Ecke zur Hellersdorfer wirft er auf dem Kundenparkplatz eines Schuhgeschäftes Scheckkarte, Personalausweis und einige andere Dokumente aus der Brieftasche des Ermordeten in den Gully. Dann zieht es ihn in die Gegend, in die es ihn immer wieder verschlägt. Kurz vor sechs Uhr morgens hält eine Taxe in der Lietzenburger Straße. Rung, der gar nicht vorhat, zur Arbeit zu gehen, steigt aus und verschwindet im nächstliegenden Bordell. Die Bardame und eine der Dirnen sind gerade dabei, Feierabend zu machen und die Stühle auf die Tische zu stellen, da wedelt der frühe Gast mit ein paar Scheinen. Eine blonde, vollbusige Russin geht mit ihm aufs Zimmer oder das, was man in diesen Etablissements dafür ausgibt. Die Nummer ist schnell erledigt. Anschließend vergnügen sich die beiden noch mit der Bardame am Tresen. Rung ist spendabel, er gibt das Geld, das er wenige Stunden zuvor seinem ermordeten Stiefbruder gestohlen hat, mit vollen Händen aus. Champagner muß es sein.

Es wird bereits hell und die Straßenlaternen werden abgeschaltet, als Rung, schon wieder kräftig angetrunken, auf der Lietzenburger Straße steht und eine Taxe heranwinkt. Jetzt will er am Stuttgarter Platz weitermachen. Die Discountpuffs dort haben zu dieser Stunde noch geöffnet. In einem der unappetitlichen Läden nimmt er sich eine Thai-Frau. Alles läuft in animalischer Stumpfsinnigkeit ab. Den Damen ist jeder willkommen, der Geld hat. Eine Gunstgewerblerin in fortgeschrittenem Alter bietet ihm noch eine separate Show an. Er drückt ihr zwei blaue Scheine in die Hand und verzichtet. Dann zieht er weiter und trinkt bis zum späten Nachmittag. – Gegen elf Uhr vormittags wird Eckhard von seiner Tochter Kerstin tot in der Badewanne entdeckt. Der Kopf liegt völlig unter Wasser, die Beine ragen am anderen Ende über den Wannenrand hinaus. Wenig später wird auch Christine informiert. Dumpfe Angst befällt die 32jährige. Sie nimmt die Kinder, hinterläßt auf einem Zettel eine kurze Nachricht für Thomas, daß ihr Vater tot und sie bei ihrer Schwester sei, dann fährt sie zu ihrer Mutter.

»BZ« vom 20. Februar 1996

238

Als Rung, wieder kräftig angetrunken nach Hause kommt, merkt er, daß sein Zerstörungswerk bereits ihn selbst getroffen hat. Seine eigene Lebensgemeinschaft ist zerbrochen. Er gibt nicht auf, will sich nicht der Polizei stellen und einen Schlußstrich ziehen. Also geht sein Vabanquespiel weiter. Um möglichst überzeugend den Überraschten zu spielen, greift er zum Telefon. Der Reihe nach ruft er alle an, die zum engeren Familienkreis gehören. Seine Stiefmutter Hildegard, zu der er sonst eigentlich keinen Kontakt pflegt, bekommt gegen 22.30 Uhr von ihm einen Anruf: »Klär mich mal auf, was ist da los?« Nicht anders bei Christines Schwester oder Eckhards zweiter Ehefrau. Er will sich einen Eindruck davon verschaffen, wieweit die Ermittlungen der Polizei bereits gediehen sind. Aber an diesem Sonntag kommen Kripo und Staatsanwaltschaft nur zu der recht allgemeinen Erkenntnis »ungewisse Todesursache«, damit ist das noch kein Fall für die Mordkommission.

Zwei Umstände, neben der ungewöhnlichen Auffindesituation des Toten, fallen den Ermittlern der »Örtlichen« aber bereits am Sonntag auf. Das eine ist die zerbrochene Glasscheibe des Holztisches, von der Kerstin weiß, daß sie am Samstagabend noch nicht kaputt war; und das andere sind die Schlüssel, die Eckhard T. stets mit einem Karabinerhaken an einer Gürtelschnalle getragen hat, und die nun fehlen.

Gegen 16 Uhr am Sonntag, als Rung sich gerade telefonisch ein Bild von der Lage verschafft, wird mit der Obduktion Leiche von Eckhard T. im Gerichtsmedizinischen Institut der Charité begonnen. Beim Sezieren des Toten stellt man eine ganze Reihe von Verletzungen fest. Am Bein ist deutlich ein Hämatom, also Bluterguß zu sehen. Der Tote weist beidseitig Rippenbrüche im Nahbereich des Brustbeins auf. Genau dort, wo Rung mit dem Knie dagegen getreten war. »Weiter wurde festgestellt«, so in der ersten Zusammenfassung des Obduktionsergebnisses, »daß beide Zungenbeinhörner und beide Schildknorpelhörner gebrochen waren.« Diese im Hals befindlichen Körperteile werden in der Regel beim Würgen, Erdrosseln oder Strangulieren in Mitleidenschaft gezogen. Die Mediziner müssen aber einschränken, daß »typische ›Umgriffabdruckspuren‹, wie beim Würgen, nicht erkennbar waren«. Weiter entdecken die Gerichtsmediziner: »Ertrinkungsflüssigkeit wurde in der Keilbeinhöhle vorgefunden, so daß die Aussage getroffen werden konnte, daß der Tod durch Ertrinken eingetreten ist.« Außerdem stellen sie eine Blutalkoholkonzentration von 2,56 Promille fest. Der die Obduktion leitende Professor gibt darauf sein Fazit in einer widersprüchlichen Formel. Seiner Ansicht nach deuten »die Verletzungen auf einen atodischen (nicht tödlichen) Sturz hin, wenngleich die festgestellten Verletzungen mit der vorgefundenen Auffindesituation zur Zeit nicht in einen logischen Zusammenhang zu bringen sind«. Es sind keine »Abwehrverletzungen« oder Spuren scharfkantiger äußerer Gewalteinwirkung zu erkennen. So heißt es am Ende: »Die Obduktion konnte keine eindeutige Klärung der Todesumstände erbringen.« Sicher ist hieraus nicht eindeutig ein Mord erkennbar, aber es bleibt auch die einleuchtende Erklärung offen, was genau in der Wohnung geschehen war. Schließlich müssen auch zu dem Obduktionsergebnis die Schlüssel und die zerbrochene Glasplatte in die Überlegungen einbezogen werden. Weitere Ermittlungen in diesem Fall sollen vom LKA 4113, das ist die dritte Mordkommission, übernommen werden. An diesem Sonntag aber ist nichts mehr zu tun.

Die Nacht von Sonntag auf Montag verbringt Rung in Treptow, bei Eckhards zweiter Frau. Die Scheidung war eingeleitet und läuft noch. Langsam wird Rung wieder etwas klarer im Kopf. Am Montag vormittag bleibt er noch da. Unaufhörlich klingelt das Telefon. Verwandte und Bekannte sind von den Geschehnissen betroffen. Am Verhalten seiner Gastgeberin merkt er, daß sein Name im Zusammenhang mit Eckhards Tod auftaucht. Ganz offensichtlich halten ihn viele einer derartigen Tat für fähig. Um die Mittagszeit hält er es für ratsam, seine Interimsunterkunft zu verlassen. Er fährt, immer noch in der Malerkleidung, in die Heidenauer Straße. Er steigt in die Badewanne, zieht sich danach frische Sachen an und geht zum Friseur.

Die ganze Familie ist in Aufregung, fast alle scheinen ihm das Schlimmste zuzutrauen. Selbst seine Lieblingsschwester »Mausi« bekommt es mit der Angst zu tun. Sie ruft ihren Mann an, um sich von der Arbeitsstelle abholen zu lassen. Schon um zwanzig Minuten nach acht Uhr morgens meldet sich Hildegard

bei der Direktion 7, die den Fall bearbeitet. Sie erkundigt sich nach dem Stand der Ermittlungen. Dabei erwähnt sie, wie im Aktenvermerk festgehalten wird, »daß es nach der Erbschaft vom Vater, Heinz T., im September 1994, zu Streitigkeiten zwischen den Halbbrüdern« gekommen sein soll. Hildegard mag Thomas von allen Stiefkindern am wenigsten.
Mittags, als Rung wieder nach Hellersdorf zurückfährt, erscheinen drei Beamte der Direktion 7 in der Cottbusser Straße, um den Fragen nachzugehen, wie sich der Verstorbene in dieser Wohnung, eventuell bei einem Sturz, so schwere Verletzungen hatte zuziehen können, wie oder mit welchem Gegenstand die gläserne Tischplatte zerschlagen wurde und wo die Schlüssel geblieben sind. Auch bei dieser Besichtigung finden die Ermittler keine Erklärung für den Vorfall. Sie kommen aber zu der Überzeugung, daß »ein Unglücksfall (wie z. B. Sturz o. ä.) zum Tode des Betroffenen führte, erscheint (subjektiv) mehr als fragwürdig«.
Rung, der es in diesen Stunden nicht aushält, allein zu sein, ruft einen Kumpel an, den er noch vom Aufenthalt auf der Station 15 der Karl-Bonhoeffer-Nervenklinik her kennt. Sie treffen sich am U-Bahnhof Alexanderplatz. Während die beiden belanglose Dinge reden, läuft Rung immer wieder zum Telefon, um Christine zu erreichen. Gegen halb acht Uhr abends nimmt sie den Hörer ab. Am kommenden Tag, es ist Dienstag, der 28. Februar, wollen sie sich um vier Uhr nachmittags zu einem klärenden Gespräch treffen.
Sein Gesprächspartner verabschiedet sich gegen 21.30 Uhr von Rung, nicht ohne ihn vor dem weiteren Genuß von Alkohol zu warnen. Zwei Stunden bleibt er allein und sucht sich einen Gefährten, der mit ihm auf Sauftour geht. Etwa eine halbe Stunde vor Mitternacht klingelt bei Jürgen Werner das Telefon. Die beiden verabreden sich.
Zu dieser Zeit, im Vermerk der Dirketion 7 wird 23.30 Uhr angegeben, entscheidet die dritte Mordkommission in der Sache Eckhard T., »den Tatort doch nicht zu übernehmen«. Rung, auf den so viele Finger zeigen, wird in diesem Augenblick nicht einmal als Zeuge gesucht.
Als Rung gemeinsam mit Werner nach Mitternacht durch die

verschiedenen Hellersdorfer Lokalitäten zieht und beide ungezügelt Bier und Mixgetränke in sich hineinschütten, gehen Rung die Bilder durch den Kopf, die sich festgefressen haben. Vor kurzem erst hatte er Gabriela P., einer früheren Arbeitskollegin von Christine, bei der Renovierung der Wohnung geholfen. Als er auf der Leiter stand und während der Werkelei betrachtete er sie, wie sie im kurzen Rock dasaß, und war sich sicher, die könnte etwas von ihm wollen. Eine hübsche Frau, die 34jährige. Aber er versuchte nicht, in einem Gespräch auszuloten, ob die Frau tatsächlich mehr als nur kameradschaftliche Sympathien für ihn hegt. Am Morgen, kurz vor acht Uhr klingelt er an der Tür von Gabriela P. in der Weißenfelser Straße 2. Sie scheint zu ahnen, daß ein Monster vor ihr steht. Die Ereignisse der zurückliegenden 48 Stunden waren ihr nicht verborgen geblieben.

Zwei Tage zuvor, am Sonntag, als Eckhard T. tot aufgefunden worden war, hatte ihre Freundin Christine abends, gegen halb zehn Uhr, angerufen und unter Schock stehend, in schwer verständlichen Sätzen erzählt, daß ihr Vater wie ein Hund ersäuft in der Wohnung lag. Sie meinte, daß es Thomas gewesen sein muß, denn der wäre seither verschwunden. Weil ihr dies alles Angst machen würde, ginge sie nicht mehr nach Hause. Sie sei mit den Kindern zu ihrer Mutter geflohen. Dann bittet sie Gabriela noch, wenn Thomas bei ihr auftauche, ihm auf keinen Fall zu sagen, wo sie sich mit ihren Kindern versteckt hält.

Noch ein Menschenleben

An der Verhaftung Rungs, am Nachmittag des 28. Februar 1995, ist mittelbar der 45jährige Leiter der 84 Betten umfassenden Station 15 der Karl-Bonhoeffer-Nervenklinik beteiligt. Rung war bis September 1994 in seiner Abteilung, die sich mit gerichtlich eingewiesenen Suchtkranken befassen muß, untergebracht. Er kennt den alkoholabhängigen Gewalttäter Rung, den fünffachen Mörder Rung kennt er nicht. Der Stationsleiter hatte nur mittelbar mit dem Patienten zu tun, andere Fachleute der Station hatten direkteren Kontakt zu ihm. Trotz des Alkoholrückfalls kurz vor seiner Entlassung, befürwortete der Arzt jedoch die Entlassung Rungs in die Freiheit.

Als im März 1995 das Geständnis Rungs bekannt wird, trifft es diesen Mann wie kaum einen anderen. »Das ist wie ein Schlag ins Gesicht.« Aber der Arzt will aus einem sehr persönlich empfundenen Tiefschlag keine generalisierenden Rückschlüsse ziehen. Er versucht auch bei Straftätern, deren Biographie zu größter Vorsicht Anlaß gibt, ein Quentchen soziales Verhalten zu entdecken. Er schenkt den Menschen viel Vertrauen. Zu viel, wie er sich zwei Jahre später selbst eingesteht.

Schon während des Prozesses gegen Rung gerät die Abteilung für Forensische Psychiatrie der Karl-Bonhoeffer-Nervenklinik in die Schußlinie der Kritik. Die »Berliner Morgenpost« schreibt am 18. Februar 1996: »Die Unterbringung psychisch kranker Straftäter wird verbessert. Einzelheiten erläutert Gesundheitsstaatssekretär Detlef Orwat nach Angriffen gegen die Karl-Bonhoeffer-Nervenklinik (KBoN), die ein Sachverständiger in der vergangenen Woche im Prozeß gegen den des Serienmordes angeklagten Thomas Rung erhoben hatte. ... Zur ›Kritik von Rungs Prozeß-Gutachter ... am positiven Entlassungsbescheid der KBoN für den alkoholkranken Serienmörder‹ meinte Orwat nur: ›Psychiater sind keine Hellseher.‹ Rung war 1994 nach einer gerichtlich angeordneten Entziehungskur entlassen worden,

obwohl er noch kurz zuvor betrunken von einem Ausgang zurückgekehrt war.«
Über den Fall Rung ist in der Stadt schon beinahe Gras gewachsen, da kommt er durch einen anderen Zwischenfall wieder in die Presse. Karl-Heinz G. ist wie einst Rung auf der Station 15 untergebracht. Seine Vita ähnelt der von Rung in zahlreichen Punkten. G., 51 Jahre alt, startete mit 14 Jahren seine kriminelle Karriere. In seinem Vorstrafenregister finden sich Diebstahl, Raub und Sexualdelikte. Vielleicht noch schlimmere Taten, von denen niemand etwas weiß? Drei Jahrzehnte hat der Mann hinter Gittern verbracht. Eine Gefahr für die Allgemeinheit, ohne Zweifel. 1997 ist er nun auf der Station 15 der Klinik. Der Stationsleiter schenkt ihm – trotz aller zur Vorsicht mahnenden Vorzeichen – sein Vertrauen. Er gewährt dem gefährlichen Mann Freigang aus der Nervenklinik. Am 30. Oktober 1997 nutzt Karl-Heinz G. die Gelegenheit, mit einem Komplizen in der Reinickendorfer Gotthardstraße eine Bankfiliale zu überfallen. Der Mann ist nicht nur ein Bankräuber, er ist ein entmenschter Killer. Obwohl ihm die Kassiererin bereits 58 000 Mark ausgehändigt hat, knallt er sie kaltblütig ab. Es dauert rund einen Monat, bis es der Polizei gelingt, den Mörder festzunehmen. Der Leiter der Station 15 ist erneut tief getroffen und steht im Feuer der öffentlichen Kritik. »Schon angesichts der Vergangenheit von G. war die Entscheidung des Arztes fragwürdig«, schreibt die »Berliner Zeitung« anläßlich des Prozesses gegen Karl-Heinz G.
Am 12. Januar 1998 erhängt sich der Stationsleiter in seiner Kreuzberger Wohnung. In Abschiedsbriefen legt er seine persönlichen Gründe für diesen Schritt dar. Der »Tagesspiegel« über die Situation des angesehenen Arztes: »N., so zeigen seine letzten Aufzeichnungen, litt unter der Spannung zwischen der Therapie für kranke Straftäter, dem Risiko der Fehlprognose, dem Schutz der Bevölkerung und nicht zuletzt dem politischen Druck auf die Gerichtspsychiatrie. Schwer getroffen hat den Psychiater zum Beispiel der Fall seines ehemaligen Patienten Thomas Rung, der im März 1995 überraschend eine Mordserie mit sieben Opfern gestanden hatte. Er könne Menschen in der U-Bahn nicht mehr in die Augen sehen, schreibt N., wenn

Fälle bekannt werden, wo erfolglos behandelte oder therapieverweigernde Patienten rückfällig werden, Verbrechen begehen und töten. Auch Selbstmorde von Patienten in der geschlossenen Anstalt bewegten Peter N. tief. Kritisch setzt sich N. in den Abschiedsbriefen zudem mit behördlich verordneten verschärften Sicherheitsregeln in der Gerichtspsychiatrie auseinander, die in den Augen vieler Mitarbeiter therapeutische Arbeit zunehmend behindern.«

»Rübe ab!«

Am 2. März 1995, kurz nach Mittag, gibt Rung bei der Polizei einen Teil seines Geheimnisses preis. Aber es ist noch ein langer Weg, bis die wirkliche Geschichte von Berlins schlimmsten Serienmörder der Nachkriegszeit sich ganz offenbart. Er gesteht zunächst, nicht nur Gabriela P. umgebracht zu haben. Noch immer will er jedoch nicht mit der ganzen Wahrheit rausrücken.

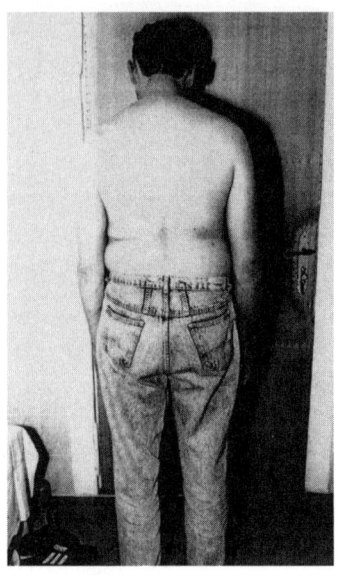

Thomas Rung nach seiner Verhaftung im März 1995

Peter Böhm, Kriminalhauptkommissar bei der fünften Mordkommission, faßt noch einmal das Vorgespräch in einer Frage zusammen: »Herr Rung, Sie haben hier erklärt, daß Sie außer Gabi, noch vier weitere Frauen umgebracht haben. Sie sind bereit über diese Taten zu sprechen. Voraussetzung sei aber, daß Sie zunächst mit Herrn Rechtsanwalt Z. sprechen, weil es Ihnen darum geht, Ihre Geschichte auch an die Presse zu verkaufen und Herr Z. Sie nicht nur vertreten, sondern sich auch darum kümmern soll. Ich teile Ihnen hier mit, daß Herr Z. eben erreicht und hierherbestellt wurde. Bleiben Sie dabei – nach Rücksprache mit Ihrem Rechtsanwalt –, hier Geständnisse in weiteren vier Mordfällen abgeben zu wollen?«
»Ja. Ich werde diese Geständnisse machen. Es muß noch nicht heute sein, ich muß erst noch mit Herrn Rechtsanwalt Z. sprechen. Ich muß das Finanzielle mit ihm besprechen, das heißt,

daß ich dann über die Geständnisse an Geld komme, weil ich zur Zeit über keines verfüge.«
»Herr Rung, sind Sie bereit, hier noch eine Frage zu beantworten?«
»Fragen Sie.«
»Haben Sie etwas mit dem Tod des Herrn Eckhard T. zu tun?«
»Das schwöre ich Ihnen, damit habe ich nichts zu tun. Wäre es der Fall, würde ich das über meinen Rechtsanwalt Z. auch gestehen, ich habe wirklich nichts mit dem Tod des Herrn T. zu tun.«
Noch wird die Wahrheit von einer Lüge begleitet. Rung weiß, daß er den Mord von 1990 an Helga K. nicht einräumen kann, ohne gleichzeitig den Tatverdacht im Fall Eckhard T. gegen sich zu erhärten. Zu ähnlich ist die Vorgehensweise bei beiden Verbrechen, um nicht zwangsläufig Parallelen sichtbar werden zu lassen.
Eckhard T. wird auf dem Friedhof in der Rhinstraße zu Grabe getragen. Es ist eine bescheidene Trauerfeier. Neben seiner Mutter Hilde begleiten ihn nur seine Stiefschwestern Sieglinde und Christiane sowie Eckhards zweite Frau auf dem letzten Weg.
Rung wechselt am 6. März 1995 von Rechtsanwalt Z. zu einer Rechtsanwältin, die seinem Wunsch entsprechend Kontakte zur Presse herstellt. An diesem Tag beginnt Rung sein umfangreiches Geständnis abzulegen. Er schildert den Tatablauf beim Mord an Gabriela P. »Ich habe sie durch Christine , meine Lebensgefährtin, kennengelernt. Das war 1990. Sie war eine ehemalige Postangestellte und hatte ein sehr enges Verhältnis mit Christine , ich meine ein freundschaftliches. Daß ich mit ihr also intimen Kontakt hatte, das stimmt nicht.
Als ich in der Nacht mit Jürgen W. trank, kam bei mir der Trieb wieder. Ich bin dann morgens zielstrebig zu Gabi hin, ich hatte vor, sie zu vergewaltigen und auch zu töten. Ich wäre sowieso für die Vergewaltigung eingesperrt worden.
Ich weiß nicht mehr genau, ob ich unten klingeln mußte, auf jeden Fall stand ich dann oben vor ihrer Wohnungstür und klingelte. Sie öffnete. Es fand keine längere Unterhaltung an der Tür statt. Ich habe sie gefragt, ob ich reinkommen kann, um ein bißchen zu quatschen. In dem Augenblick kam Lisa die Treppe

runter. Ich hielt ihr nur den Rücken zugekehrt und habe mich extra nicht umgedreht. Nachdem Lisa weg war, hat Gabi mich in die Wohnung gelassen. Sie ging ins Wohnzimmer vor. Noch im Flur zog ich mir Jeans und Unterhose und die Jacke aus. So ging ich ins Wohnzimmer. Sie stand dort und war sehr erschrocken, als sie mich so sah. Ich habe sie dann im Wohnzimmer und auf dem Sitzelement vergewaltigt. Sie hat es über sich ergehen lassen. ... Ich fragte sie jetzt nach ihrer Postcard und nach der Höhe des Geldes auf dem Konto. Sie sagte, daß 800 DM drauf seien. Sie gab mir ihre Postcard. Woher sie sie nahm, weiß ich nicht mehr. Ich fragte dann nach der Geheimnummer, sie sagte sie mir, es war die 1500. Danach habe ich sie vom Wohnzimmer im Würgegriff ins Schlafzimmer gebracht. Ich hatte sie dabei mit beiden Händen von vorn am Hals gepackt und drängte sie so ins Schlafzimmer. Sie hat versucht zu schreien und sich zu wehren. Sie konnte aber nichts ausrichten, weil ich größer und kräftiger war. Dann lag sie leblos auf dem Bett. Sie muß jetzt schon tot gewesen sein. Ich hatte sie aufs Bett gedrängt gehabt und mit beiden Händen erwürgt. Sie hat dabei auf dem Rücken gelegen, und ich hatte mich dabei über sie gelegt. Ich habe so lange gewürgt, bis sie kein Lebenszeichen mehr von sich gab.
Ich habe dann mit den Decken rumgefuchtelt und eine über sie gelegt. Ich hatte vor, Feuer zu machen. Und da sollte auch Brennbares sein, auf ihr. Ich habe dann am Fußende des Bettes Decken hochgenommen und angezündet. Es brannte dann dort auch richtig. Um es dort anzuzünden, habe ich mein Feuerzeug benutzt. Dann habe ich noch mal an einer zweiten Stelle Feuer gemacht, nämlich dort, wenn man aus dem Zimmer rausgeht, noch im Zimmer rechts an der Schlafzimmertür. An dem Schrank hingen Sachen herunter oder irgendwas anderes und die habe ich angezündet. Die brannten dann auch. Auch dafür nutzte ich mein Feuerzeug. Dann bin ich sofort aus der Wohnung raus.«
Er erzählt nicht, wie er anfangs überlegt hatte, die Leiche in einen Bettbezug zu stecken und sie so aus dem Haus zu schaffen, aber das hätte nicht unauffällig geschehen können. Es war bereits hell draußen, die Leute gingen zur Arbeit oder Einkaufen,

Kinder waren auf dem Weg zur Schule. Er besaß kein Fahrzeug. Alles, was ihm durch den Kopf ging, war reichlich wirr.
Wenn schon nicht in allen Details genau, so gesteht Rung doch insgesamt sieben Tötungsdelikte, die Brandstiftungen und Vergewaltigungsverbrechen. Am 16. März 1995 erscheint die Illustrierte »Stern« mit Rungs Konterfei auf der Titelseite, darunter »Ich gestehe«. In dem Bericht fehlt der Name von Helga K. Rungs Angaben sind so vage, daß es den Reportern des »Stern« nicht gelingt, diesen Fall zu konkretisieren.

»Stern« vom 16. März 1995

Neben der Illustrierten will Rung mit dem privaten Fernsehsender RTL ins Geschäft kommen, um seine Lebensbeichte zu vermarkten. Gegen die Absichten des Senders, mit Rung in der Untersuchungshaft ein TV-Interview zu führen, interveniert die Staatsanwaltschaft. Am 13. Februar 1996, der Fall ist unterdessen in den Medien reichlich ausgeschlachtet worden, entscheidet der 5. Strafsenat des Berliner Kammergerichts, daß die Filmaufnahmen zu gestatten sind.

Seit November 1995 liegt die 67 Seiten umfassende Anklageschrift gegen Rung vor. Die Anklage gliedert sich in die Fälle I – IX. Es werden ihm die sieben Tötungsdelikte und die Vergewaltigungen in der Sonnenallee am Heiligabend 1983 und in der Hausotterstraße im Juni 1984 zur Last gelegt.

Die Vernehmungen, die diese Anklageschrift ermöglicht haben, fanden vom 1. bis 24. März 1995 statt. Am vorletzten Tag der Befragung, lenken die Ermittler das Gespräch auf einen ungeklärten Fall. Am Morgen des 4. November 1992 war die Feuerwehr zum Brand eines Einfamilienhauses in der Strehlener Straße in Hellersdorf gerufen worden. Beim Löschen entdeckten die Einsatzkräfte die verkohlten Leichen der 36jährigen Sabine W. und ihrer zehnjährigen Tochter. Beide waren durch stumpfe Gewalt gegen den Hals ermordet und dann war Feuer gelegt worden. Rung verneint, dieses Verbrechen gehe nicht auf sein Konto.

Bei Gabriela P. ist Rung dem weit verbreiteten Irrtum aufgesessen, nach einem Brand könne die Todesursache nicht mehr festgestellt werden. Schon vor über hundert Jahren, 1889, gelang es einem Arzt beim Landgericht Aurich, den Nachweis zu erbringen, daß im Blut eines Toten keine Spur von Kohlenoxid zu finden war, also beim Ausbruch des Brandes keine Atmung mehr bestand.

Der Prozeß vor der 36. großen Strafkammer des Landgerichts Berlin gegen Thomas Rung beginnt am 30. Januar 1996. Sechs Wochen zuvor, am 17. Dezember 1995, stirbt Hildegard Rung, seine Stiefmutter im Alter von 72 Jahren. Sie hat das Geständnis ihres ungeliebten Stiefsohnes noch erlebt. Zu selbstkritischen Schlußfolgerungen war sie zu keiner Zeit fähig gewesen. Den anderen Kindern gegenüber wies sie bis zuletzt jede Verantwortung ihrerseits und von Karl zurück. »Ihr wollt doch wohl nicht uns die Schuld geben?«

Der Prozeß gegen Rung ist für die Medien letztendlich ohne Sensationen. Was zu gestehen war, ist längst veröffentlicht. Der Angeklagte stemmt sich nicht mehr gegen sein Schicksal. Es findet im Gerichtssaal kein spitzfindiges Tauziehen zwischen Verteidigung und Staatsanwaltschaft statt. Für Unmut sorgt nur noch der psychiatrische Gutachter, als er dem Serienmörder einen »Teddybär-Charme« attestiert.

Nach nur sechs Verhandlungstagen verkündet am 5. März die Kammer »im Namen des Volkes« das Urteil: zweimal lebenslange Haft mit anschließender zehnjähriger Sicherheitsverwahrung. Bis zum 12. Juli 2033 muß Thomas Rung nun hinter Gittern bleiben. Rung, der das letzte Wort hat, zweifelt das Strafmaß nicht an, wohl aber, daß es im Namen des Volkes gesprochen worden sei. Er weiß längst: »Das Volk will nur eins: Rübe ab!«

CHRISTIAN HEERMANN
Der Würger von Notting Hill
Große Londoner Kriminalfälle

Scotland Yard, mit diesem Namen verband sich fast ein Jahrhundert lang die Vorstellung eines siegreichen Kampfes der besten Detektive der Welt gegen das Verbrechen. Mythos oder Wirklichkeit? Diese Frage untersucht Christian Heermann mit der Gründlichkeit eines Historikers und im Stil eines erfahrenen Kriminalautors. Aus der Fülle verbürgter Ereignisse hat er die interessantesten Fälle ausgewählt. Die Tatsachen sprechen eine überzeugende Sprache. Sie lassen erkennen, wo die wirklichen Verdienste von Scotland Yard liegen und wo die Grenzen. Das Buch bietet eine Sammlung spannender Kriminalfälle und gleichzeitig eine Darstellung der Entwicklung des englischen Polizeiwesens; es verbindet dabei beste Unterhaltung und reiches Faktenwissen auf originelle Weise.

320 Seiten, brosch., mit zahlreichen Abbildungen, 29,80 DM
ISBN 3-360-00885-5

Das Neue Berlin

DOROTHEA KLEINE
Christus kam nur bis Falkenberg
Die Fälle des Richters W.

Nicht selten stehen Menschen vor Gericht, deren Lebensgeschichte normal begann, an einem Punkt aber aus der Bahn geriet und ins Kriminelle mündete. Von solchen Fällen erzählt Dorothea Kleine; es sind alles Fälle, die in unmittelbarem Zusammenhang mit der veränderten sozialen Situation nach der Wende stehen, Fälle, die sich in Cottbus und Umgebung ereigneten und am Cottbuser Gericht durch den Richter Gottfried Werneburg verhandelt wurden. Nicht nur durch die genaue und einfühlsame Wiedergabe der Lebensgeschichten, sondern auch durch kenntnisreiche Darstellung der polizeilichen Ermittlungsarbeit und genaue Beobachtung von Gesprächen und Verhören gelingt es der Autorin, dem Leser die Urteilsfindung und -begründung vor Augen zu führen und ihn emotional zu bewegen.

192 Seiten, brosch., 19,80 DM,
ISBN 3-360-00855-3

Das Neue Berlin

PETER KIRSCHEY

Mörder wie du und ich

Geschichten aus dem Gerichtssaal

Am Anfang stehen Hoffnung, Zukunftspläne, Lebensträume; die Gründung einer Familie, Kinder, eine interessante Arbeit. Dann holt der Alltag diese Menschen ein – Enttäuschungen, Überlastung, finanzielle Not. Nicht selten ist Alkohol im Spiel, der Absturz ins soziale Abseits ist programmiert. Wege aus der Krise scheint es nicht zu geben. Wen haben gutmeinende oder gleichgültige Eltern, wen hat die Gesellschaft schon auf solche Situationen vorbereitet? Wie ein letztes, verzweifeltes Aufbegehren folgt die unvorstellbare Tat: die Tötung des eigenen Kindes, Raubmord, Elternmord ... Von nun an ist es kein normales Schicksal mehr, es ist ein Fall für die Justiz. Jede dieser Geschichten ist gleich tragisch, und jede ist anders. Peter Kirschey erzählt von Fällen, die vor Gericht verhandelt wurden. Ohne voyeuristischen Blick, aber mit Anteilnahme und auf der Suche nach den Hintergründen.

192 Seiten, brosch., 19,80 DM,
ISBN 3-360-00913-4

Das Neue Berlin

ISBN 3-360-00889-8

2. Auflage
© 2000 (1999) Das Neue Berlin Verlagsgesellschaft mbH
Rosa-Luxemburg-Str. 39, 10178 Berlin
Umschlagentwurf: Jens Prockat
Druck und Bindung: Ebner Ulm